Peyton Thomas
Wenn wir wie Sterne leuchten

PEYTON THOMAS

# WENN WIR WIE STERNE LEUCHTEN

Aus dem amerikanischen Englisch
von Claudia Max

cbj

Der Verlag behält sich die Verwertung der urheberrechtlich
geschützten Inhalte dieses Werkes für Zwecke des Text- und
Data-Minings nach § 44 b UrhG ausdrücklich vor.
Jegliche unbefugte Nutzung ist hiermit ausgeschlossen.

Dieser Roman wurde auf dem angestammten und heutigen
Territorium der Mississauga vom Volk der Anishinaabe,
der Haudenosaunee Confederacy, der Huron-Wendat,
der Wyandot und Dakota geschrieben.

Penguin Random House Verlagsgruppe FSC® N001967

1. Auflage 2024
© 2024 der deutschsprachigen Ausgabe
cbj Kinder- und Jugendbuchverlag
in der Penguin Random House Verlagsgruppe GmbH,
Neumarkter Str. 28, 81673 München
Alle deutschsprachigen Rechte vorbehalten
© 2021 by Peyton Thomas
All rights reserved including the rights of reproduction in
whole or in part in any form.
Die amerikanische Originalausgabe erschien 2021
unter dem Titel: »Both Sides Now«
bei Dial Books, einem Imprint Penguin US Ltd, New York
Übersetzung: Claudia Max
Umschlagkonzeption: Suse Kopp unter Verwendung
eines Motivs von Arcangel (Clayton Bastiani)
skn · Herstellung: bo
Satz: Buch-Werkstatt GmbH, Bad Aibling
Druck: GGP Media Gmbh, Pößneck
ISBN 978-3-570-16625-3
Printed in Germany

www.cbj-verlag.de

*Für Lena,*
*meine beste Leserin, meine treueste Freundin*

# KAPITEL 1

»Wie jetzt – du willst, dass wir die Argumentation in die Fünfziger zurückverlegen?«

»Komm schon, Finch. Wann hab ich dich je in die falsche Richtung gelotst?«

Da hat er recht. In all den Jahren, in denen wir gemeinsam debattieren, hat Jonah Cabrera immer die richtige Richtung vorgegeben. Ein Regalbrett in meinem Zimmer stöhnt und ächzt unter vier Jahren blauer Bänder und Goldmedaillen und droht, irgendwann durchzubrechen. Dieses Brett ist der stumme Beweis: Hör auf Jonah, und du, Finch Kelly, wirst weit kommen.

Ich bin trotzdem skeptisch. »Das andere Team wird uns hassen, wenn wir sie zwingen, als Stalins Genossen aufzutreten.«

»Oh nein, nicht als seine Genossen.« Jonah dreht sich zur Tafel und kritzelt mit weißer Kreide seine Argumente. »Es ist 1955. Stalin hat den Löffel abgegeben. Der Kalte Krieg wird allmählich kälter. Eisenhower hat gerade den New Look auf den Weg gebracht.«

Ich beobachte ihn über meinen Tisch gebeugt und kaue

kräftig auf dem gelben HB-Bleistift herum. »Was war das noch mal mit dem New Look?«

»Mehr Atomwaffen, mehr verdeckte Operationen«, erwidert er selbstbewusst und richtet sich auf, »und die Verbreitung von noch mehr amerikanischer Propaganda hinter dem Eisernen Vorhang.«

»Verstehe.« Ich nehme den Stift – der mittlerweile eher wie ein von einem Biber angenagtes Ästchen aussieht – aus dem Mund und mache mir ein paar Notizen. Ich gebe es zu: Er ist dabei, mich zu überzeugen. »Rede weiter.«

In zehn Minuten werden wir hier in der Annable School aus diesem Klassenzimmer auf die Bühne treten, die es größenmäßig mit dem Broadway aufnehmen kann. Wir werden vor Hunderten von Leuten stehen, und wir werden in maximal acht Minuten langen Reden Argumente vortragen, dass jede Nation der Erde – egal, wie reich oder arm sie ist oder wie sehr sie dazu neigt, Terrorzellen hervorzubringen – unbegrenzte Mengen Atomwaffen verdient hat.

Glauben wir das ernsthaft? Hilfe, nein. Schon gar nicht Jonah, der mit dem Klemmbrett Unterschriften sammelnde Schulaktivist und Fluch für die atomare Existenz unseres Kraftwerks hier in der Stadt. Zwischen den vielen Buttons auf seinem Rucksack erspähe ich einen kleinen sonnenscheinfarbenen mit der Aufschrift: ATOMKRAFT? NEIN DANKE! Trotzdem steht er vor der Tafel und legt sich ins Zeug, um Argumente zusammenzutragen.

»Beide Teams – die USA und die Sowjetunion – sind mehr als bereit, flächendeckend Pilze hochgehen zu lassen.« Jonah deutet mit einer ausholenden Bewegung auf die Tafel. »Und der einzige Grund, warum sie nicht gleich ein Feuerinferno über dem gesamten Planeten auskippen ...«

»... ist das Gleichgewicht des Schreckens.« Ich schaue auf meine Stoppuhr. Noch acht Minuten, die Zeit vergeht schneller, als mir lieb ist. »Diese Vorstellung, die einzige Verteidigung gegen Atomwaffen ...«

»... bestünde in noch mehr Atomwaffen«, beendet Jonah den Satz. »Warum sollten wir die Russen angreifen, wenn wir wissen, dass sie sofort zum Gegenschlag ausholen werden?«

Während er mir das erklärt, kritzelt Jonah eine Reihe von unterstreichenden Illustrationen an die Tafel: Rauch, Flammen, die unschuldige Zivilbevölkerung, die sich in radioaktive Asche auflöst.

Falls es mit Greenpeace nicht klappt, hat er bestimmt noch eine Zukunft als Künstler.

Vorausgesetzt natürlich, dass einer von uns überhaupt irgendeine Zukunft will, denn erst mal müssen wir aufs College. Aber wenn wir die Annable School in der letzten Wettkampfrunde schlagen, wird uns die North American Debate Association of Washington State eine gigantische, glänzende Trophäe überreichen – die sich *super* auf College-Bewerbungen machen wird und, was noch viel wichtiger ist, auf Bewerbungen um Stipendien. Jonahs Mutter ist examinierte Krankenschwester. Mein Vater ist seit einem halben Jahr arbeitslos und macht gerade den siebten Schritt bei den Anonymen Alkoholikern. Keiner von uns beiden kann es sich leisten, auf den goldenen Plastikklotz zu verzichten.

»Okay, aber Jonah, die Annable weiß *haargenau*, wie sie diese Argumentation widerlegen muss.«

»Nicht, wenn wir sie in die Fünfziger zurückverlegen«, bettelt Jonah. Im Betteln ist er der absolute Experte und extrem überzeugend. »Komm schon, Finch. Zeitreise? Darauf ist Ari nie im Leben gefasst.«

Er spricht von Ariadne Schechter: dem Wunderkind von Debate Captain an der Annable School, meiner schlimmsten Feindin, meiner ewigen Widersacherin, meinem diametralen Gegensatz. Ich verabscheue sie. Und zwar zutiefst. Aus so vielen Gründen. Für den nervigen Qualm ihrer Lavendel-E-Zigarette. Für ihre absolut ironiefreie Liebe für die Milchdiebin Maggie Thatcher. Und nicht zuletzt dafür, dass sie sich über die frühzeitige Zulassung für den Studiengang Auswärtiger Dienst an der Georgetown University ihren Studienplatz klargemacht hat. Ich hingegen musste mich mit einem vernichtenden Ablehnungsschreiben abfinden. Das nagt immer noch an mir.

Es würde vermutlich weniger an mir nagen, wenn Aris Vater nicht vierzig Millionen gespendet hätte, um auf einer hohen Klippe am Rande des Unigeländes die Schechter School of Sustainable Entrepreneurship bauen zu lassen, wo nun nachhaltige Unternehmensführung gelehrt wird.

Doch ich darf gerade nicht in diesen wilden Strudel von Groll geraten. Es sei denn, ich will sowohl die Runde als auch den Bundesstaatstitel verlieren und in der Gunst der Georgetown University noch tiefer sinken.

»Dieser Ansatz, sie zu zwingen, sich als Kommunisten auszugeben, ist auf jeden Fall ... kreativ.« Das muss ich ihm lassen. Aber mehr auch nicht. »Ich mache mir bloß Sorgen, dass er zu kreativ ist. Regelbrechend kreativ. Die Art von kreativ, die Ari bei der Jury rumjammern lassen wird.«

»Okay, Punkt eins: Du machst dir immer Sorgen«, erwidert Jonah, mittlerweile thront er auf der breiten Schatztruhe von Lehrerpult. Das macht er immer, wenn er nervös ist – hin und her laufen, mit den Fingern schnippen und sich auf alles, bloß keinen Stuhl setzen. »Und Punkt B: Du weißt genau, dass wir die Runde ein bisschen aufmischen müssen. Es ist das Ende des Tages. Das Ende des Wochenendes. Alle sind kurz vor dem Einschlafen.«

»Du offensichtlich auch«, sage ich. »Du hast gerade ›Punkt eins‹ und ›Punkt B‹ gesagt.«

»Hab ich? Verdammt.« Er grinst mich verlegen an, nach einem Gähnen schwingt er die Arme hoch über den Kopf. »Dann müssen wir wohl kreativ werden. Und uns wachrütteln.«

»Indem wir Nasir eine Steilvorlage für einen gefakten russischen Akzent geben?«

Nasir Shah ist Aris Debattierpartner, ein Wirtschaftsbesserwisser, der vermutlich nächstes Jahr nach Oxford geht und Tom Haverford in *Parks and Recreation* nachäfft.

»Nasirs russischen Akzent würde ich für mein Leben

gern hören«, sagt Jonah mit Unschuldsmiene. »Ich glaube, es würde unsere Gewinnchancen immens erhöhen.«

»Vielleicht«, sage ich. »Es sei denn, die Jury nimmt es uns übel, dass wir ihm die Gelegenheit dazu gegeben haben.«

»In Ordnung. Keine Akzente. Nur nüchterne Argumente.« Jonah ist immer noch zappelig und trommelt mit den Knöcheln auf dem Pult herum: massive alte Eiche, der maximale Gegensatz zu den Spanplatten und dem Plastik bei uns an der Johnson Tech, anderthalb Stunden Fahrzeit entfernt in einem Vorort von Olympia. »Wenn wir hier die Standardnummer durchziehen – also ›dieses Haus‹ als NATO oder was auch immer definieren –, bleibt uns im Prinzip nur, zu argumentieren, dass mehr Atomwaffen eine gute Sache sind.«

»Genau. Schwer zu vertreten. Vor allem für einen Umweltschützer wie dich.«

»Wenn wir aber die Debatte in den Kalten Krieg zurückverlegen? Und als die Vereinigten Staaten von A auftreten? Und Annable zwingen, den Standpunkt der Sowjets zu vertreten?« Sein Hin-und-her-Wippen auf dem Tisch bringt einen Deko-Apfel zum Wackeln – *Bester Lehrer der Welt* ist in das Glas eingraviert. Ich halte die Luft an. »Wir brauchen nicht die ganzen langweiligen Standardargumente runterzubeten«, sagt er. »Wir brauchen nicht das Gleichgewicht des Schreckens anzuschneiden, sondern können eher historisch argumentieren. Und über Kommunismus reden.«

Der Apfel findet sein Gleichgewicht wieder. Ich atme aus.

»Und Kapitalismus.« Ich richte mich auf und schnipse mit den Fingern. »Und die Truman-Doktrin und ... oh, oh! Wenn wir Letztere mit Entstalinisierung verbinden, könnten wir sogar ...«

Seine Hand findet mein Handgelenk und hält meinen Bleistift an.

»Wusste doch, dass ich dich an Bord kriege.« Er zwinkert. »God bless America.«

Ich habe in meinem Leben zwar noch nie eine Präsidentin oder einen Präsidenten getroffen, doch als ich die Bühne betrete, kann ich mir einen Moment lang vorstellen, wie es sich anfühlen muss, eine oder einer zu sein. Ich bin einen Meter und wenig beeindruckende fünfundsechzig Zentimeter groß, habe einen widerspenstigen roten Haarschopf irgendwo zwischen Chuckie Finster von den Rugrats und einfach bloß Chucky, der Mörderpuppe. Und ich fühle mich alles andere als präsidentenmäßig.

Aber als ich unter der riesigen Lichtanlage des Annable-Auditoriums in den Ozean von Publikum starre und den Applaus aufsauge, habe ich das Gefühl ... keine Ahnung ... alles tun zu können. Die beste Rede meines Lebens halten. Mir den Titel des Bundesstaates sichern. Mir einen Platz an der Uni meiner Träume sichern. Und vielleicht kann ich eines Tages der erste trans Abgeordnete im Kongress sein. Nichts – *absolut nichts* – scheint unmöglich.

Ich setze mich neben Jonah an den Tisch, der für diejenigen reserviert ist, die für *ja, Atomwaffen, her damit* argumentieren. An einem anderen Tisch zu unserer Linken späht Ari Schechter durch die Ponyfransen ihres Hillary-Rodham-Haarschnitts und kritzelt noch ein paar letzte Wörter auf ihre Karteikarten. Den Schulleiter der Annable – Verzeihung, den *Herrn Direktor* –, der am Podium in sonorem *Masterpiece Theatre*-Akzent seine Einführung vorträgt, ignoriert sie geflissentlich. Er spricht über »freies Hinterfragen« und »offenen Dialog« und »die Verbreitung diverser Sichtweisen«, und ich frage mich, wie »divers« die »Sichtweisen« an einer Prep School sein dürfen, an der die Elite für 25 000 Dollar im Jahr fürs College fit gemacht wird.

»Die Pro-Seite wird vertreten von *der* Johnson Technical High School«, sagt der Direktor – und das klingt sehr schräg, dieses hochnäsige irrelevante »der«; es lässt uns wie eine sehr andere Steuerklasse klingen, »und vorgetragen durch Jonah Cabrera und Kelly Finch.«

Ich forme die Hände zu einem Trichter. »*Finch* Kelly!«

Ich bin sehr stolz auf meinen Namen. Schließlich habe ich ihn mir selbst gegeben. Er ist gut. Aber die meisten stolpern darüber. »Nach Atticus Finch«, erkläre ich immer. »Dem Anwalt aus *Wer die Nachtigall stört*«, dann raffen sie es gewöhnlich und nicken. Meine erste Wahl war »Atticus«, falls das was zur Sache tut, aber meine Eltern haben ein Veto eingelegt. Im Großen und Ganzen war es für sie in Ordnung, dass ihre Tochter ihr Sohn wurde. Ihren Sohn mit dem exzentrischen Namen eines griechischen Philosophen aus dem zweiten Jahrhundert herumlaufen zu sehen, war weniger in Ordnung.

»Ah, richtig.« Der Direktor schiebt seine Brille die Nase hoch und späht noch einmal zu dem Blatt auf dem Rednerpult. »Finch Kelly. Verzeihung.«

Verhaltener Applaus. Ein einsamer schriller Pfiff. Das ist vermutlich Adwoa – unsere Coachin, die uns von den billigen Plätzen aus anfeuert.

»Und die Opposition wird natürlich von unserer Ariadne Schechter und Nasir Shah präsentiert!«

Aus der Menge: Donner. Es klingt wie am ersten Abend beim Bumbershoot Festival, aus dem Publikum rollt eine tosende Geräuschwelle. Dieser Saal ist voll mit Annable-Kids, die sich an diesem Wochenende als Freiwillige beteiligen: Zeitnehmer:innen, Diskussionsleiter:innen, Tabmaster:innen. Sie sind laut. Sie sind viele. Aber sie sind nicht diejenigen, die wir überzeugen müssen.

Ich senke den Blick und schaue zur Jury hinüber, dieser Reihe Wachposten ganz vorn. Ihre Mienen sind undurchdringlich, sie klatschen nicht. Wie erreichen wir sie? Wie kriegen wir sie dazu, uns zu mögen?

Oder zumindest dazu, die Bombe zu lieben?

»Und nun, zur Eröffnung der letzten Runde des N.A.D.A. Washington State Championship heißen Sie bitte aufseiten der Befürworter der Streitfrage – »Sollte allen Staaten der Besitz von Atomwaffen gestattet werden« – Jonah Cabrera willkommen!«

Jonah erhebt sich. Noch mehr von diesem höflichen, desinteressierten Gastspiel-Applaus. Doch dann tritt er einen Schritt vor und öffnet den obersten Knopf am Sonntagsanzug seines Vaters. Und man kann es spüren: Das Publikum ist angetan und von einem Moment auf den anderen ein bisschen in ihn verliebt.

Zur Info: Jonah Cabrera sieht *super* aus. Also, objektiv gesehen. Mit dem kantigen Kinn und den markanten Wangen und der dunkelbraunen Haut mit dem Goldschimmer, wenn er Sonne abbekommt, sieht er wahlkampfmäßig gut aus. Wie ein Kennedy aus Calabarzon statt Camelot. Man sieht ihn an und will ihn weiter anschauen. Nein, nein, man will ihn nicht nur anschauen; man will ihm *zuhören*.

»Einen schönen guten Nachmittag, liebe amerikanische Landsleute«, sagt Jonah und legt eine Pause ein. »Und seien Sie gegrüßt, *Genossinnen und Genossen* hinter dem Eisernen Vorhang.«

Er neigt den Kopf nach rechts. Das ist ein persönliches Grinsen, nur für mich gedacht. Ich lächle zurück. In meinem Magen regt sich ein schönes, gefährliches Gefühl.

Als würden wir gegen die Regeln verstoßen.

Als würden wir ungestraft damit davonkommen.

»Das heutige Thema lautet ›Soll dieses Haus allen Staaten den Besitz von Atomwaffen gestatten‹.« Jonah räuspert sich. Auf der anderen Seite der Bühne weicht allmählich die höfliche Ruhe aus Aris Gesicht. »Wir haben beschlossen, ›dieses Haus‹ heute als den Sicherheitsrat der Vereinten Nationen ca. 1955 zu definieren und ›Atomwaffen‹ als ...«

Ari Schechter springt auf die Füße, ihr Arm schießt wie ein Bajonett hervor.

»*Geschäftsordnungsantrag!*«

Jonah könnte aufhören zu reden. Er könnte auf Aris Frage eingehen.

Tut er aber nicht.

»Botschafter Finch Kelly und ich«, erklärt er, »werden im Sinne der Vereinigten Staaten von Amerika argumentieren, der Zeitpunkt der Debatte ist nach dem Tode des grausamen und blutrünstigen Diktators Josef Stalin.«

Aris Gucci-Loafer tippen einmal, zweimal, dreimal auf die Bühne: »*Geschäfts! Ordnungs! Antrag!*«

Der Direktor der Annable schiebt auf seinem Platz ganz vorne zwischen den Jurymitgliedern die Brille nach unten. Er hebt die Hand.

»Ja, Ms Schechter? Sie verlangen einen Geschäftsordnungsantrag?«

»Mr Speaker«, presst sie durch einen knirschenden Käfig aus Zähnen, »mein Gegner hat das Thema auf eine Art und Weise definiert, um ... um diese Debatte ...« Sie spricht nicht weiter, schüttelt mit finsterer Miene den Kopf und setzt noch einmal an: »Die Definitionen des gegnerischen Teams gehen meiner Meinung nach am Thema vorbei.«

Die Jury steckt die Köpfe für ihre eigene Debatte zusammen: »Hat Ari recht? Haben wir gegen die Regeln verstoßen? Oder kommt Ari wie eine zickige Vorschülerin rüber, die einen Wutanfall im Hatchimals-Gang bei Toys ›R‹ Us hat?«

Also in einer Welt, in der Toys »R« Us nicht bei lebendigem Leib von Spekulanten wie ihrem Vater gefressen wird.

»Unsere Jury ist zu einem Urteil gelangt.« Der Direktor hebt das Haupt aus den zusammengesteckten Köpfen der Jurymitglieder, er klingt – finde ich? hoffe ich? – traurig. Ein gutes Zeichen für uns. »Solange die Definition nicht unzulässig die Regeln der Debatte einschränkt – und die Jury ist nicht der Meinung, dass Mr Cabrera dies tat – hat das Team der Johnson Technical jedes Recht, die Debatte in einen historischen Kontext zu verlegen.«

»Aber ... Aber ...« Höre ich da etwa ein Zittern in Aris Stimme? Flennt sie gleich los? »Mr Speaker, wenn Sie die Streitfrage von der 9/11-Epoche abkoppeln, nehmen Sie ihr im Grunde ...«

»*Vielen Dank*, Ms Schechter.« Das kommt von einer der Jurorinnen, einer Frau mit glattem schwarzem Haar, sie erhebt die Stimme, um Ari zu übertönen. »Sie können fortfahren«, sagt sie lächelnd zu Jonah, »Botschafter Cabrera.«

Das Publikum – *dieses* Publikum aus Annable-Leuten, so auf der Seite von Ari und Nasir, so total gegen uns –, es lacht tatsächlich! Und zwar lauthals! Ari lässt sich mit wütendem Blick auf ihren Platz fallen. Jonah dreht sich zu mir, auf den Lippen wieder dieses winzige Lächeln, das nur uns beide einschließt.

Das hier bedeutet: *Hab ich dir doch gesagt, dass ich uns in die richtige Richtung lotse.*

Nach der Runde, die ehrlich gesagt weniger das Blutbad war, das ich mir gewünscht hätte, werden wir vier in eine kleine weiß gemauerte Kammer hinter der Bühne geführt.

Man bezeichnet so was wohl als *Greenroom*, er ist spärlich möbliert: ein Couchtisch und eine einzige abgewetzte Couch. Nach unserer fast einstündigen Diskussion bin ich überdreht und möchte mich hinsetzen und runterkommen. Aber Nasir ist schneller als ich. Und nachtragend, wie er ist, stürzt er sich auf dieses einzige Sofa und macht sich auf allen drei Kissen breit.

»Du gestattest?«, frage ich und klopfe mit einem müden Fuß. »Ich würde mich gern setzen.«

Er gibt keine Antwort, sondern schließt die Augen, spreizt die Beine noch weiter und hält beide Mittelfinger himmelwärts.

Jonah lacht. »Und der Preis für Miss Liebenswürdigkeit geht an ...«

»Liebenswürdigkeit? *Liebenswürdigkeit?*« Ari klingt heiserer als sonst und zieht, während sie im Raum hin und her läuft, kräftig an einer quietschepinken Juul. »Ihr zwei habt die Streitfrage voll zu euren Gunsten gebogen, und *du* ...« Sie bleibt stehen und deutet mit ihrer E-Zigarette auf Jonah: »Du hast uns gezwungen, als Befürworter eines der repressivsten Regimes in der Geschichte der Menschheit zu argumentieren.«

»Hey, erinnerst du dich noch, dass du die Jury gefragt hast, ob wir die Regeln brechen?« Jonah lehnt sich gegen die weiße Ziegelwand und lächelt sie mit seinem breiten, lässigen Grinsen an. »Und erinnerst du dich auch noch, dass sie bestätigt haben, dass dem nicht so ist?«

»Ganz richtig.« Ich bin in der Stimmung, weiterzudiskutieren. »Du bist doch bloß sauer, dass du nicht an den Aspekt des Kalten Krieges gedacht hast.«

»Da hast du recht. Zu schummeln wäre mir nie in den Sinn gekommen.« Aris Husten klingt verschleimt. »Ist ja auch egal. Beim Bundesstaatenwettkampf rücken die beiden besten Teams automatisch zu den Nationals auf. Was will man mehr?«

Sagt das Mädchen, das alles hat – einschließlich eines Studienplatzes an meiner Traum-Uni. Den sie sich erschummelt hat.

»Erinnere mich noch mal, Ari: Wie viele Gebäude in Georgetown sind doch gleich nach euch benannt?«

»Boah, Finch. Find dich damit ab!« Selbst durch die Dampfschwaden sehe ich, wie sie die Augen verdreht. »Es ist nicht meine Schuld, dass die Frühzulassung dir einen Arschtritt verpasst hat. Neuntausend Leute haben sich um neunhundert Plätze beworben.«

»He, nicht so laut.« Nasir zieht einen Ohrstöpsel heraus. »Ich versuche gerade, auf das Badewasser von dieser Twitch-Streamerin zu bieten.«

Ich beachte ihn nicht. So wie wir alle.

»Und du bist nicht der Meinung, dass du bei diesem Wettkampf ein paar Vorteile hattest, Ari?« Ich gehe einen Schritt auf sie zu, in ihren Nebel hinein. »Und auf deinem Arsch gesessen hast, während dein Dad Scheck um Scheck ausstellte ...«

Sie verdreht noch immer die Augen. »Er hat *einen* Scheck ausgestellt, Finch.«

Mein Aufschrei lässt meine Stimme versagen: »Über vierzig *Millionen* Dollar!«

»Ach wirklich?« Sie atmet lila aus. »Ich dachte, es wären fünfzig gewesen.«

Ich stürze mich fast auf sie – um was genau zu tun, weiß ich nicht. Ich habe mich noch nie geprügelt und ich würde definitiv den Kürzeren ziehen. Ari ist größer und kräftiger als ich. Neben ihr sehe ich wie ein Strich in der Landschaft aus. Zum Glück gewinnt Jonahs kühlerer Kopf die Oberhand. Er legt mir eine Hand auf die Schulter und zieht mich zurück.

»Ganz ruhig bleiben, ihr zwei.« Er sagt das sowohl zu mir als auch zu ihr. »Nicht der richtige Zeitpunkt für einen Faustkampf.«

»Nein, natürlich nicht«, sagt Ari kopfschüttelnd. »Aber selbst da würdest du vermutlich noch einen Weg finden zu bescheißen.«

Entgegen Jonahs Ratschlag ballen sich meine Hände links und rechts zu wütenden Fäusten. »Wir haben *nicht* beschissen.«

Genau in diesem Moment wird die einzige Tür des Raums aufgestoßen: Die Spitzen der Budapester des Direktors treten ein. Ari versucht hektisch, ihre Juul wegzustecken, Nasir schiebt sein Handy in die Hosentasche, und ich schüttle meine Fäuste wieder zu Händen. Als die Tür schließlich ganz offen ist, stehen wir vier stramm. Musterschüler:innen. Falls der Direktor den violetten Nebel um Ari bemerkt, lässt er sich jedenfalls nichts anmerken.

»Ms Schechter? Mr Shah?« Er wendet sich zu mir und Jonah und überlegt angestrengt – kein Blatt dieses Mal, von dem er ablesen könnte. »… Die anderen?«

»Mr Kelly«, helfe ich ihm auf die Sprünge, und Jonah schiebt »Mr Cabrera« nach. Der Direktor heuchelt ein Lächeln und deutet mit den Armen auf die geöffnete Tür.

»Wunderbar«, sagt er. »Wir sind bereit für sie.«

»Was für eine temperamentvolle harte letzte Runde zum Abschluss dieses Wettkampfes.«

Der Direktor späht über seine Schulter und grinst Ari – die sich mit aufgeblasenen Wangen bemüht, einen Raucherhusten zu unterdrücken – und Nasir an. Für uns gibt es kein Lächeln. Von mir aus. Soll er uns meinetwegen abschreiben. Dann wird es noch viel schöner, wenn er diesen Umschlag aufreißt und unsere Namen liest.

»Ich werde nicht lange herumreden«, erklärt er, »denn es ist mir ein Vergnügen, die diesjährigen Gewinner des Washington State Senior Debate Championship zu verkünden.«

Seine Finger klacken leise gegen das Holz des Rednerpultes – vermutlich die einprozentige Version eines Trommelwirbels. Er nimmt den Umschlag. Er reißt ihn auf.

Und gerade als ich mich bereit machen will aufzustehen, sagt er: »Glückwunsch … Ariadne Schechter und Nasir Shah!«

Ich stehe nicht auf. Ich atme nicht. Ich kann nur zusehen, wie Ari und Nasir verblüfft auf der Bühne nach vorn stolpern und eine Trophäe entgegennehmen, die so groß ist wie ich. Ich blicke nach links zu Jonah und stelle fest, dass er mich bereits verdattert ansieht.

»Zweiter Platz«, sagt er zögernd. »Zweiter Platz rückt trotzdem noch zu den Nationals auf. Zweiter Platz ist ... in Ordnung. Oder?«

*Falsch*, möchte ich ihm erklären. Zweiter Platz ist nicht gut genug. Nicht für mich, nicht für uns und definitiv nicht für Georgetown.

Aber ich gebe ihm keine Antwort. Ich kann nicht. Zum ersten Mal an diesem Tag hat mich die Sprache verlassen.

# KAPITEL 2

»Wie isses gelaufen, Champion? Haste ein paar Annable-Ärsche versohlt?«

Dad sieht verschwommen aus im Objektiv des Wohnzimmer-Computers und kratzt sich das Midlife-Crisis-Bärtchen am Kinn. Er nennt mich oft »Kumpel« und »Champion« – sozusagen als Bestätigung meiner Männlichkeit. Normalerweise stört es mich nicht, aber heute habe ich das Recht verloren, mich als »Champion« zu bezeichnen. Und zwar öffentlich und demütigend vor Hunderten. Ich zucke zusammen, als ich daran denke; Dad bekommt es mit.

»Was ist los? Warum ziehst du so ein Gesicht?« Er beugt sich vor, runzelt die Stirn, ein Sturm braut sich zusammen. »Hat wieder eins der verwöhnten Bälger einen Kommentar zu deinen Klamotten abgelassen?«

»Ist das Finch?« Hinter Dad erkenne ich verschwommen Flanell: Es ist Mom, die sich einen Stuhl heranzieht und in die Webcam schaut. »Was ist denn, Schatz? Du siehst nicht glücklich aus.«

Wenn es das instabile Billig-Hotel-Wi-Fi zulässt, rufe ich

meine Familie normalerweise nach den Wettkämpfen an. Aber noch nie zuvor musste ich sie über eine Katastrophe informieren. Ich weiß nicht recht, wie ich es anstellen soll – Leuten, die selbst genug davon in ihrem Leben haben, eine schlechte Nachricht zu überbringen.

Während ich noch nach Worten suche, erscheint meine kleine Schwester im Bild. Sie streicht die Haare mit den Fingern zurück – früher waren sie rot wie meine, doch seit Kurzem hat sie sie mit Farbe aus der Drogerie schwarz gefärbt.

»Moment. Habt ihr etwa *verloren*?«, fragt sie ungläubig. Ich nicke grimmig. Sie lässt ein mitfühlendes »*Fuck*« hören.

Dad ruft »Ruby! Keine Kraftausdrücke!«, aber ich weiß, innerlich meint er sein Schimpfen nicht ernst. Der dunklen Wolke nach zu urteilen, die sich auf seiner Stirn zusammenbraut, ist er kurz davor, selbst über die Annable zu fluchen.

»Und?« Mom, eine Kunst-Redakteurin für *Mountain*, weiß, wie sie ein hartes Interview führen muss. »Kannst du uns erzählen, was passiert ist?«

Soll ich lügen? Oder wenigstens ein bisschen Zuckerguss über die Sache gießen? Nein, nein; Mom würde sowieso die Wahrheit aus mir herausholen. Lieber ehrlich sagen was ich jetzt bin: ein Loser. Jemand, der verliert.

»Ja, Annable hat uns in der letzten Runde geschlagen.« Ich kratze an einem ausgetrockneten Pickel auf meiner Nase. »Wie hoch, weiß ich noch nicht. Das erfahren wir erst, wenn wir die Abstimmungszettel zurückbekommen.«

»Oh Finch, Herzchen«, gurrt meine Mutter. »Es tut mir so leid. Du bist bestimmt ...«

»Was ist mit deinen College-Bewerbungen?«, unterbricht Dad. »Du wolltest diesen Unis in D.C. doch deine Ergebnisse vom Bundesstaatswettkampf schicken, oder? Um ein paar zusätzliche Stipendien-Dollars zusammenzutrommeln?«

Echt gut zu wissen, dass ich mich immer darauf verlassen kann, dass mein Vater meine tiefsten Ängste aussprechen wird.

»Na ja, wir sind Zweite geworden«, setze ich langsam an und versuche zu lächeln. »Das bedeutet, wir rücken trotzdem zu den Nationals auf. Immerhin etwas.«

Das hat Jonah vorhin zu mir auf der Bühne gesagt, als die Niederlage noch ganz frisch war. Aber erst jetzt, als ich es laut wiederhole, wird es mir bewusst: Zweiter Platz ist auch schon was. Habe ich es nicht verdient, stolz auf dieses Was zu sein? Wenigstens ein bisschen?

»Aber ohne volle Kostenübernahme kannst du nicht in D.C. auf die Uni gehen«, sagt Dad. »So dicke haben wir es nicht, Junge. Darüber haben wir geredet.«

Haben wir. Wir haben geredet und geredet und geredet. Aber offenbar nicht genug: Dad lässt keine Chance aus, Salz in diese spezielle Wunde zu streuen. Meine Mutter und er wollen mich überreden, mich im Bundesstaat nach einer Uni umzusehen, aber ich habe mein Herz an das andere Washington verloren, das, in dem der Fortschritt stattfindet, wo gute Leute den gerechten Kampf führen, wo jeder Ziegelstein Geschichte ausatmet. Georgetown ist meine Traum-Uni, aber ich habe mich auch an der American und der George Washington beworben. Ich will einfach *dort sein*, verstehst du? Ich will alles, was die Stadt zu bieten hat.

Und natürlich will ich den Brownstone von Mitch McConnell mit einer Schachtel Eier von frei laufenden Hühnern beschmeißen. Das wird mir keine Uni in der Umgebung von Seattle bieten können.

»Dad. Bitte. Ich weiß.« Wenn mich mein Vater so in die Mangel nimmt, habe ich die schlechte Angewohnheit, nur noch mit einzelnen Silben zu antworten. »Ich gebe mein Bestes. Ich arbeite hart. Heute war bloß ein schlechter Tag.«

»Im Moment zählt alles«, erwidert er, ohne zuzuhören. »Jede Note. Jeder Test. Jeder Wettkampf.«

Ich sehe seinen finsteren Blick. Ich schlucke. Ich habe keine einzige Silbe mehr in mir. Also schweige ich. Ich finde hervorstehende Nagelhaut an einem Finger und kaue darauf herum.

»Herrgott noch mal, Mitch, kannst du ihn bitte in Ruhe lassen?«

»Was denn? Was hab ich denn getan?«

»Er hat gerade seine große Runde verloren. Vielleicht hebst du dir deine Tirade für einen anderen Tag auf.«

»Tja, wenn er sich diese Elite-Unis am anderen Ende dieses Scheiß-Landes in den Kopf gesetzt hat, wird er dafür arbeiten müssen ...«

»*Aghghghghghghghghghghgh.*« Roo rutscht näher an die Kamera und späht mich durch zu Klauen eingerollten

Händen an. »So ging es das ganze Wochenende, Finch. Komm nach Hause. Rette mich. Bitte. Ich halt es nicht mehr aus, Scheiße noch mal.«

»Okay!«, ruft meine Mutter. »Jetzt reicht's!« Mein Vater und sie dürfen sich anzoffen, wie sie Lust haben – den ganzen Tag, die ganze Nacht, apokalyptisch –, aber Gott bewahre und Roo wirft die S-Bombe ab. »Geh auf dein Zimmer, Ruby.«

»Dein Ernst?« Ihre ungeschickt waschbärmäßig umrandeten Augen drehen und drehen sich. »Ihr seid doch diejenigen, die den Dritten Weltkrieg vor Finch abziehen.«

»Geh. Auf. Dein. Zimmer.«

»Okay. Wenn du meinst.« Roo hebt kapitulierend die halb in ihrem langärmligen Hoodie verborgenen Hände und steht auf. »Tut mir leid, dass du die Runde verloren hast, Finch. Richte dieser Schlampe von der Annable aus, sie soll einen ... lutschen gehen ...«

»*Ruby!*«

Und schon ist Ruby nicht mehr in der Kamera zu sehen.

»Tut mir leid wegen ihr«, sagt Mom. »Ist schon in Ordnung, wirklich«, erkläre ich ihr, denn wenn ich etwas wirklich nicht ausstehen kann, dann irgendwelche Vertraulichkeiten meiner Eltern, wie *schwierig* Roo sein kann.

»Falls du die Nationals gewinnst«, sagt Dad – und streut weiter Salz in meine Wunden, »machen diese D. C.-Unis bestimmt die Taschen auf.«

»Ich hoffe es.« Trotz der frischen Schrammen habe ich bereits angefangen, mir über den nächsten Wettkampf Gedanken zu machen. »Das ist harte Konkurrenz, diese Internate in New England, aber ...«

»Hey, Finch! Die Dusche ist frei!«

Ich war so in mein Telefongespräch vertieft gewesen, dass ich nicht gehört habe, wie die Badezimmertür aufging. Jonah zu übersehen, der in einer blassen Dampfwolke herauskommt, das Handtuch gefährlich tief sitzend, ist hingegen unmöglich. Ich halte die Hand vor meine Webcam. Ich will nicht, dass meine Eltern sehen, was ich sehe.

»Finch?«, ruft meine Mutter verwirrt. »Bist du noch da?«

»Jep!«, zwitschere ich. »Sorry. Habe gerade ein Problem mit der Kamera.« Jonah beugt sich über einen Koffer, sein Handtuch rutscht noch tiefer. Ich werde meine Hand nicht so bald wegziehen. »Kann ich euch später anrufen? Nach dem Bankett?«

»Klar doch, Sportsmann.« Ich habe noch nie in meinem Leben irgendeinen Sport betrieben. Das weiß Dad. »Halt die Ohren steif.«

»Danke.« Ich drücke energisch auf das rote Telefon.

Die Gefahr ist gebannt. Jonah zieht gerade die Hose hoch.

»Glückwunsch«, sage ich. »Jetzt wissen meine Eltern offiziell, dass du pumpen gegangen bist.«

Jonah lacht und schlägt mit dem Handtuch nach mir. Ich weiche aus, aber nur knapp. Das Handtuch trifft mit einem nassen Klatschen die Matratze.

»Ehrlich gesagt, bin ich momentan überhaupt nicht in Form«, sagt er, was natürlich eine Lüge ist, denn ich habe gesehen, wie sich sein Bizeps gerade angespannt hat. Die Muskeln sind direkt vor meiner Nase, kleine Wassertröpfchen aus der Dusche schimmern darauf. Es ist so was von obszön. »Kein Musical dieses Jahr bedeutet: Kein Boyfriend macht mir bei Tanzproben Feuer unterm Arsch. Allmählich werde ich schwabbelig.«

»Echt jetzt, Jonah?« Ich hebe eine Hand und deute auf ... alles von ihm. »In welcher Welt gilt *das hier* als schwabbelig?«

Es kommt bitterer heraus als beabsichtigt. Aber ich kann nichts gegen meinen Neid tun, wenn ich Jonah so ansehe, hoch aufgeschossen und sonnengebräunt. Irgendwann, wenn die Krankenversicherung einwilligt, werde ich meinen Körper zu etwas modellieren, das ich nicht verabscheue. Allerdings wird mich keine Operation der Welt größer machen. Oder meine krausen Haare glätten. Oder meine papierweiße irische Haut daran hindern, schon bei der bloßen Andeutung von Sonnenlicht zu verbrennen.

Jonahs Freund, Bailey Lundquist, der Star des Theaterclubs an der Johnson Tech – ist ebenfalls blass. Sogar noch blasser als ich. Aber ihm steht dieser Mondlook. Seine Züge haben etwas Zartes, Elfenhaftes. Er und Jonah sehen gut zusammen aus. Unter ihren Halloweenkostümen der letzten Jahre: ein mittelalterlicher Ritter und ein Elfenprinz; ein säbelrasselnder Pirat und ein Tiefsee-Meermann; Jon Snow und Daenerys Targaryen mit Jonahs heiß geliebtem Hund Toto, der mit Pappmaschee-Drachenflügeln hinterhertrabte.

»Hey, du musst es von der positiven Seite betrachten«, sagt Jonah – vielleicht hat er den bitteren Unterton in meiner Stimme bemerkt, vielleicht möchte er mich aufmuntern. »Wir haben die letzte Runde verloren, aber wir haben etwas sehr viel Wichtigeres gewonnen.«

»Ach ja?« Ich werde munter. »Was haben wir denn gewonnen?«

»Zwei Tickets, um die Muskeln spielen zu lassen, Baby!« Er hebt die Arme und spannt den Bizeps wie ein Bodybuilder an.

»Ich hasse dich.« Ich schleudere ein Kissen nach ihm; frontal in die Bauchmuskeln, *Volltreffer*. »Zieh dir ein Hemd an.«

»Für das Bankett dachte ich an Blau.« Er wirft das Kissen beiseite und beugt sich über seinen Koffer. »Und vielleicht meinen *Hamilton*-Hoodie für Nasirs After-Party. Den mit ›Talk less, smile more‹.«

Ich lache. »Guter Ratschlag für Nasir.«

»Weißt du was?« Jonah hebt den Kopf und deutet auf mich. »Du solltest mitkommen.«

»Mitkommen? Mit dir? Zu Nasirs After-Party?«

»Ja, zu allen drei Punkten.«

»... *Warum*?«

Ich war noch nie bei einer von Nasirs Absturzpartys, aber ich habe genug Geschichten über diese Gemetzel gehört: Knochenbrüche, Kindeszeugungen, Fliesenböden, ölglatt von Bier und Körperflüssigkeiten. Nicht unbedingt mein Ding.

»Vielleicht muntert dich eine Party auf«, sagt er. »Und lenkt dich vom Finale ab.«

»Auch wenn uns der Gastgeber der Party bei besagtem Finale geschlagen hat?«

Jonah gibt keine Antwort; ich habe gewonnen. Ich feixe und steuere auf die Dusche zu. »Hoffe, du hast nicht das ganze warme Wasser verbraucht.«

»Pah«, erwidert er. »Du weißt, dass ich nur Blitzduschen nehme.«

Das weiß ich tatsächlich von unseren vorherigen Übernachtungen in Super-8-Motels und Quality Inns. Aber ich ziehe ihn trotzdem gern damit auf. »Klingt trostlos, Greta.«

»Weißt du was? Für diesen Spruch werde ich mit der Stoppuhr festhalten, wie lange du da drin bist.« Er tippt auf eine unsichtbare Uhr an seinem Handgelenk. »Dann sag ich dir haargenau, wie viel Wasser du vergeudet hast.«

Ich werfe ihm einen finsteren Blick zu – ja, ich mag es, lange zu duschen; verklag mich doch! – und gehe ins Bad. Nach Jonahs kurzer Wasserfolter auf Raumtemperatur ist es zwar nur leicht dampfig, aber ich muss den Spiegel trotzdem mit der Hand abwischen. Als ich mich sehe, bin ich überrascht: Auf meinem Kinn sprießt ein rotblonder Schatten. Es schockt mich immer noch jedes Mal. Wie ich wohl aussehen würde, wenn ich ihn zu einem Bart wachsen lassen würde? Zottelig? Pubertär? Absolut unüberzeugend?

Ich seufze. Ich greife nach dem Rasierer.

Nach anderthalb Jahren Testosteron und einem Jahr

pubertätsverzögerndem Lupron gehe ich endlich als dreizehnjähriger Junge durch. Ich bekomme oft das Kindermenü gereicht. Viele wohlmeinende Fremde fragen mich: »Und, bist du aufgeregt, auf die Highschool zu kommen, junger Mann?« Das »junger« nervt, aber der »Mann« geht klar. Mehr wollte ich nie. Leute sehen mich an und denken »er«. Sie denken »ihn«. *Ohne* darüber nachzudenken.

Ich schon. Ich denke darüber nach. Vor allem, wenn ich allein bin wie jetzt gerade. Ich sehe meine Augen im Spiegel und gehe jedes Detail durch. Sind meine Wangen zu rund? Ist mein Kiefer kantig genug? Sollte ich meine Akne abdecken oder werden Fremde das Make-up bemerken und »Mädchen« denken?

Die beste Methode, diesen Fragen ein Ende zu machen, ist, die Dusche voll aufzudrehen und mich vom Wasserstrahl durchkochen lassen. So schalte ich am liebsten ab. Nicht mit Feiern. Ich war bisher nie bei einem von Nasirs Abstürzen – und sollte ich in Anbetracht des garantiert reichlich fließenden Alkohols dort und Dads Geschichte mit dem Zeug nicht lieber die Finger davon lassen?

Keine Ahnung. Vielleicht liegt es an dem heißen über mich laufenden Wasser, dass ich ruhiger werde, aber allmählich denke ich, dass Jonah recht haben könnte. Würde mich ein bisschen Musik und Bewegung in eine bessere Stimmung versetzen? Ich kann schließlich einen Bogen um das Bier machen, oder? Sprite trinken. Sogar tanzen, falls mich mein Rücken nicht mehr umbringt.

Das erinnert mich an: Ich müsste den ganzen Abend

abbinden, oder? Aber ich möchte den Binder nicht wieder anziehen. Zum ersten Mal heute kann ich richtig atmen: ganz tief ein, ganz tief aus. Nichts presst meinen Oberkörper zusammen, meine Rippen, meine Lungen. Der Preis für diese Erleichterung heißt jedoch, erinnert zu werden. An sie. Und wie unübersehbar sie sind. Und wie absolut falsch für mich. Im Sommer habe ich meinen OP-Termin. Was mich angeht, kann er gar nicht schnell genug kommen. Doch bis dahin muss ich unter dem Duschkopf den Kopf senken und die Wärme auf den wundesten Punkt direkt zwischen meinen Schulterblättern treffen lassen, wo der Binder den ganzen Tag draufgedrückt hat.

Als ich so vornübergebeugt die langen Wasserrinnsale von meinen Beinen zu meinen Knöcheln beobachte, werde ich auch daran erinnert, dass ich heute noch nicht geweint habe. Kein einziges Mal. Eigentlich sollte ich weinen. Oder? Debattieren ist der absolut einzige Ort, an dem ich unbesiegbar bin, wo ich alle und alles übertreffen kann. Aber ich habe verloren! Ich habe das Finale des Bundesstaates verloren! Eine der wirklich entscheidenden Runden. Eine Runde, die bei den Zulassungskomitees der Georgetown, der American und der George Washington Gewicht gehabt hätte. Ich würde gern deswegen weinen. Wirklich. Ich wünschte, ich könnte die Augen zusammenkneifen und alles herauspressen: die Wut natürlich, aber auch die Angst und die Verlegenheit.

Das ist der Haken bei der Einnahme von Testosteron, allerdings der Haken, über den einen niemand aufklärt:

Manche Jungen verlieren durch eine bizarre Konfluenz von Biologie und Chemie und Endokrinologie die Fähigkeit, zu weinen. Man wird natürlich immer noch traurig. Man spürt immer noch dieses heiße, vertraute Brennen hinter den Augen und dieselbe Enge in der Kehle. Aber man kann die Trauer nicht rauslassen. Das Wasser kommt nicht.

Da wir schon von Wasser sprechen, ich habe viel zu viel verbraucht. Wenn ich nicht bald aus der Dusche steige, wird Jonah mir einen seiner ... na ja, nein, Vorträge trifft es nicht. Er wird mir eher ein schlechtes Gewissen machen. Wie immer man es nennt, wenn der Debattierpartner sein Handy zückt und einem die Greatest Hits zeigt: die Schildkröte mit Plastikstrohhalm im blutigen Nasenloch, das Seepferdchen, das sich perfekt um ein Q-Tip kringelt, ein bis auf die Knochen abgemagerter Eisbär, der mitleiderregend durch eine Tundra aus Müll streift.

Manipulativ wie sonst was? Ja. *Unglaublich* wirkungsvoll? Auch ja.

Ich trete aus der Duschkabine. Als ich nach dem Handtuch greife, sehe ich mich kurz und verschwommen im Spiegel. Die Zwillingsspitzen meiner Brust, die sich heben und senken. Ich drehe mich weg. Ich wünsche mir – nicht zum ersten Mal –, in einem anderen Körper zu leben.

Vor dem Flurspiegel versucht sich Jonah – vergeblich – am Binden seiner Krawatte. Es ist irgendwie lustig: Jonah, der sich sein ganzes Leben als Junge definiert hat, selbst wenn es um besagtes Leben ginge, kann keinen simplen Krawattenknoten binden. Aber ich, der Typ, der in Rüschen und Schleifen großgezogen wurde? Ich habe es *drauf*.

Jonah sieht neidisch zu, als ich mich neben ihn stelle und mühelos meine Krawatte zurechtrücke. »Warum kannst du das so gut?«

»Am Windsorknoten habe ich mir die Finger blutig geübt«, erkläre ich ihm. »Um zu kaschieren, dass ich keinen Adamsapfel habe.« Er lacht. Ich winke ihn näher. »Komm her. Lass mich meine transmaskuline Zauberkraft anwenden.«

Er dreht sich zu mir. Die Enden seiner Krawatte hängen lang und lose herunter. »Zeig, was du draufhast«, sagt er, als ich das eine Ende mit roten und blauen Streifen und das weiße andere mit goldenen Sternchen nehme.

»Was ist das denn für ein Muster?«, frage ich. »Ich hätte ja auf die USA-Flagge getippt, aber die Farben sind nicht ganz ...«

»Nein, das ist die Fahne der Philippinen«, erklärt er. »Mein Dad hat sie mir für diesen Wettkampf gegeben. Ich hätte sie heute Abend gern rausgezogen, quasi als sehr subtilen Mittelfinger für die Jury, die mich anschaut und denkt ›Dieser Typ kann doch nie im Leben manierlich Englisch‹.«

Ich weiß ganz genau, was er meint. Als wir jünger waren – Neuntklässler, die Neuen –, ist es noch häufiger passiert. Doch selbst jetzt mit unserem Regalbrett voller Trophäen geraten wir manchmal an einen Preisrichter, der bereits die Stirn runzelt, wenn Jonah den Raum betritt und bevor er überhaupt etwas gesagt hat. Oder an einen

Moderator, der die Regeln einen Tick zu langsam vorliest. Manchmal geraten wir sogar an einen Gegner, der Jonah beim artigen Händeschütteln nach der Runde zu seinem fehlenden Akzent beglückwünscht.

»Du bist besser als sie alle.« Meine Hände nesteln immer noch an seiner Krawatte herum. »Das weißt du, oder?«

Ich sehe zu ihm hoch und warte auf ein Lächeln. Ein Nicken. Irgendetwas, das mir zeigt, dass er mich versteht. Stattdessen sagt er: »Tut mir leid.«

Ich sehe ihn fragend an. »Was tut dir leid?«

»Die Kalter-Krieg-Sache«, sagt er. »Das hat uns das Genick gebrochen. Und es ist meine Schuld. Hundertprozentig. Ich übernehme die volle Verantwortung.«

Ich sehe nach unten: auf meine Hände, seine Krawatte. Ich kann ihm nicht in die Augen schauen. Wie, wie kommt er darauf, dass unsere Niederlage seine Schuld sei? Es ist *meine*, denke ich, *meine Schuld*. Und weil ich unkonzentriert bin, lasse ich den entscheidenden Schritt bei dem Knoten aus und vermassle das ganze Ding. Das schmale Ende baumelt lose bis zum Gürtel hinunter.

»Entschuldige dich nicht.« Ich ziehe den Knoten wieder auseinander, streiche das Rot und Blau und Gold glatt. »Wir haben verloren, weil ich nicht auf Aris Stellvertreterkrieg-Argument gefasst war.«

»Nein, nein. Du hattest alles im Griff.« Jonah seufzt. »Als du die imperiale Überdehnung eingebracht hast, fiel ihr nichts dazu ein. Dein ganzer Paul-Kennedy-Sermon war super.«

»Aber er hat Nasir nicht ausgebremst«, brumme ich, ich bin nicht in der Stimmung für Komplimente. »Vergiss nicht, wie er anfing mit ›Derselbe Paul Kennedy, der es ins Bücherregal von Osama bin Laden geschafft hat?‹.«

»Mann, das war so eine arschige Reaktion«, sagt Jonah kopfschüttelnd. »Weißt du, was sie noch auf bin Ladens Festplatte gefunden haben? Ungefähr fünfzig Episoden *Naruto*. Ist Sasuke deshalb ein Terrorist? Warte. Nein. Schlechtes Beispiel.«

»Halt still«, weise ich ihn an, als er ganz aufgeregt mit den Armen fuchtelt, weil er über Anime redet. »Nicht die Schultern bewegen.« Ich ziehe den Knoten an seinem Hals fest. »Und du brauchst dir auch keine Schuld zu geben.«

Er lässt die Hände sinken. »Es ist bloß ... Ich weiß, wie wichtig diese Runde für dich war. Wegen Georgetown. Und D.C. Und ... überhaupt.«

»Ach.« Ich atme aus und zupfe seinen blauen Kragen zurecht. »Wir können immer noch die Nationals gewinnen.«

»Verdammt richtig, Dude.«

Wir schlagen die Handflächen aneinander – ein High Five, das sich wie ein Versprechen anfühlt.

»Und?«, fragt er. »Bist du so weit? Wir wollen nicht zu spät zum Bankett kommen. Oder zur After-Party.«

»Oh, ich kann es kaum erwarten«, antworte ich trocken und folge Jonah durch die Tür. »Heute Abend ist ja der Abend, an dem ich *endlich* herausfinden werde, wie eine Party aussieht.«

Doch meine Antwort scheint zu trocken gewesen zu

sein, Jonah schaut mich über die Schulter mit großen Augen an.

»Wie jetzt«, setzt er langsam an und versucht, aus meinem Kommentar schlau zu werden. »Ist das dein Ernst? Du, Finch Kelly, der stillste Nerd aller Zeiten – du willst mitkommen? Zu Nasir Shahs Besäufnis?«

Ist es mir wirklich ernst? Keine Ahnung. Ich stand eine ganze Weile unter der Dusche und habe mir diese Party ein- und dann wieder ausgeredet. Ich könnte hier sogar noch länger stehen und alles mit Jonah hin und her diskutieren, die Pros und Kontras erläutern.

Aber ich habe den ganzen Tag debattiert. Ich habe keine Lust mehr zu reden. Deshalb zucke ich mit den Achseln und antworte Jonah mit einer einzigen schlichten Silbe: »Klar.«

»Ja!« Jonah gibt mir die Faust. »Dann könnt Ari und du *endlich* diese ganze sexuelle Anspannung zwischen euch diskutieren.«

Ich schubse ihn mit einem kräftigen Stoß durch die offene Tür. Er lacht und schubst zurück. Wir stolpern auf den Gang und zielen mit Boxbewegungen aufeinander, allerdings zu sanft, um tatsächlich zu treffen.

Dank der Busse in Seattle kommen wir knapp eine Stunde zu spät zur Party. Der Himmel über der eleganten stahlgrauen Villa, die Nasir sein Zuhause nennt, ist schwärzer als schwarz, und die Feierlichkeiten sind in vollem, grausigem Gange. Ich setze mit einem kleinen Ballettsprung über eine nach Oatmeal aussehende Kotzelache, um auf die Hausklingel zu drücken. Ein hässliches Surren, das nach einem Schwarm Bremsen klingt, ist zu hören, dann reißt Nasir die Tür auf: türkisfarbene Partybrille, kein Shirt. »Wird aber auch Zeit«, grölt er. »Bereit, euch richtig abzuschießen?«

Bevor ich fragen kann, wohin er uns führt, zieht er uns auch schon durch einen strahlend weißen Eingangsbereich in einen noch strahlenderen und weißeren Flugzeughangar von Küche. Er deutet mit einer Armbewegung auf eine Arbeitsfläche mit Spirituosenflaschen – und ein einziges eingedelltes Tetrapak Tropicana.

»Das ist meins«, erkläre ich und schenke mir ein großes Glas Orangensaft ein.

»Echt, warum das denn?« Nasir verzieht das Gesicht, als er meinen Drink sieht. »Du trinkst das Mixzeug pur? Wer macht den so was, Mann?«

»Keine Sorge, Nasir«, sagt Jonah, die Hand um den Hals einer grünen Flasche. »Ich werde genug für uns beide trinken.«

»Macht das keinen roten Kopf bei dir oder so?«, erkundigt sich Nasir ernsthaft. »Du bist doch Asiate? Oder ist das nur bei den Weibern so?«

Jonah holt tief Luft – einen langen Atemzug, bei dem man fast bis fünf zählen kann. »War nett, mit dir zu quatschen, Nasir.« Und dann, bevor ich protestieren oder ihn bitten kann, bei mir zu bleiben, ist er verschwunden.

Er hat mich nicht mit Nasir allein gelassen. Nicht ganz. In der Küche drängen sich ungefähr fünfzig Leute – Debattierende, die ich kenne, Freiwillige, die ich nicht kenne. Die Mädchen tragen den gleichen Fummel wie beim Bankett, die Jungen haben die Krawatte gelockert und die Ärmel hochgekrempelt. Sie schenken sich Getränke ein, grölen Popsongs, die ich nicht kenne, falsch mit und setzen angetrunkene Versionen der Diskussionen fort, die wir den ganzen Tag geführt haben. Sie wirken zu Hause hier. Als würden sie sich wohlfühlen. Als sei der Sprung vom Podium zur Party die normalste Sache der Welt. Wo kommt dieses Selbstbewusstsein her? Und wie kann ich es erreichen?

Nasir verpasst mir einen Rippenstoß. Ich Glückspilz. In diesem riesigen Raum sucht er sich ausgerechnet mich zum Volltexten aus.

»Und was hat es mit dem O-Saft auf sich?«, fragt er. »Warum trinkst du nicht?«

Ich bin jede Woche mit Roo bei Alateen-Treffen. Ich weiß haargenau, wie ich mit dieser Frage umgehen muss. »Na ja, viele Leute wissen das nicht, aber Alkohol verursacht Krebs«, erkläre ich ihm. »Die Weltgesundheitsorganisation stuft Alkohol deshalb als …«

»Aber du bist doch irischer Abstammung, oder?« Er strubbelt durch meine roten Haare. »Ich dachte, ihr steht auf das Zeug.«

Da wir im einundzwanzigsten Jahrhundert auf einer Hausparty sind und nicht, zum Beispiel, auf Ellis Island, erwischt mich die erbärmliche antiirische Diskriminierung eiskalt. Darauf hat mich Alateen nicht vorbereitet. Ich habe keine Ahnung, was ich ihm antworten soll. Und bevor mir etwas einfällt, höre ich auch schon eine vertraute Stimme. »Heilige Scheiße, Nas. Lass den Jungen in Frieden.«

Als ich mich umdrehe, sehe ich Ari Schechter am Wasserhahn, wo sie langsam ein Glas mit Wasser füllt. Im Gegensatz zu allen anderen Mädchen im Raum hat sie sich nicht für die Party aufgestylt. Sie hat nicht mal ihre Uniform ausgezogen. Sie kommt mit schwingendem Schottenrock durch die Menge auf uns zu. Ist ihr bewusst, wie schräg sie aussieht? Wie fehl am Platz? Interessiert sie das überhaupt?

»Rodham!«, kräht Nasir und klatscht ihr auf den breiten Rücken. »Hab gar nicht damit gerechnet, dass du kommst!«

»Eine Siegerrunde lass ich nicht aus.« Ari grinst mich selbstzufrieden an. »Wie geht es dir, Finch? Das Urteil hast du wohl nicht erwartet, was?«

Erinnere mich: *Wie* konnte ich auf die Idee kommen, dass mich diese Party aufmuntern würde?

»Und bei den Nats werden wir euch noch mal plattmachen!« Nasir hält seine Flasche hoch und stößt einen triumphierenden Schrei aus: »Bé salamati!«

Ich reagiere nicht auf seinen Toast. Ari auch nicht.

»Im regulären Wettkampf bei den Nationals debattieren Teams aus demselben Bundesstaat nicht gegeneinander«, bemerkt sie trocken. »Was du wüsstest, wenn du meine Mails gelesen hättest.«

»Pah! Versau mir nicht die Laune!«, gibt Nasir zurück und verschüttet Bier. »Das hier ist eine Party! Ich mach mich jetzt auf die Suche nach Pootie Tang!«

Als er aus der Küche schwankt, sehe ich Ari verdattert an. »Wovon redet er?«, frage ich sie. »Pootie Tang?«

»Er meint *poontang*«, erklärt sie seufzend. »Abwertender Slang für Vagina. Vom französischen *putain* oder *prostitute*. Aber er hat natürlich nur die schwachsinnige Komödie im Kopf.«

»Ah«, sage ich. »Verstehe.«

Danach schweigen wir beide. Ari trinkt ihr Wasser. Ich trinke meinen Saft. Mit der rings um uns tobenden Party fühlt es sich an, als würden wir bei einem Familientreffen am Kindertisch festsitzen. Alle hier haben unendlich viel mehr Spaß als wir. Von einem Moment auf den anderen sind wir keine Erzfeinde mehr – sondern bloß die zwei langweiligsten Gestalten auf dieser Party.

»Ach, übrigens.« Sie rückt ein bisschen näher. »Wegen dieser Sache im Aufenthaltsraum vorhin.«

Ich mustere sie mit einem Seitenblick. »Du meinst, als du uns unterstellt hast, wir würden bescheißen?«

»Das war echt daneben«, sagt sie. »Stimmt, ich habe es euch ziemlich übel genommen, dass ihr die Debatte in die Zeit des Kalten Krieges gelegt habt. Aber andererseits …« Sie seufzt und zuckt mit den Achseln. »Fairplay?«

»Wow.« Es ist fast eine Entschuldigung. Ich bin beeindruckt. »Erleben wir hier gerade einen Camp-David-Moment?«

»Oh nein.« Sie lacht und rückt kopfschüttelnd von mir ab. »Überhaupt nicht. Wir haben unseren Sieg voll verdient. Ich gebe bloß zu, dass mein Wutanfall unpassend war. Unsportlich.« Sie redet nicht weiter, sondern stößt mit dem Rand ihres Glases gegen meines – ein zögerliches, nicht alkoholisches Anstoßen. »Also: Schwamm drüber?«

»Oh nein.« Ich ziehe mein Glas weg. »Ich bin voll hart.«

Sie macht große Augen und sagt »Ähm«, was dazu führt, dass mir bewusst wird, was ich da gerade gesagt habe, was wiederum dazu führt, dass ich den Mund öffne und anfange: »Nein ... nicht so ... meine ich nicht so ... ich wollte nicht, ähm ... dich ... *anmachen,* oder ... oder irgendwas ... in die Richtung ...«

»Nein, logisch«, Ari kichert. »War mir schon klar, denn das hast du so was von überhaupt nicht drauf.«

»Und wie ich es draufhabe!« Als ich einen Schritt vortrete, verschütte ich Orangensaft auf dem Boden. »Ich habe es definitiv drauf!«

»Voll«, sagt sie. »Orangensaft verschütten? Altbewährte Verführungsmethode.«

»Das war ein Missgeschick.«

»Tja, ich warte immer noch auf die Belege.« Sie trinkt gelassen ihr Leitungswasser und zieht vielsagend eine Augenbraue hoch. »Irgendeinen Beweis für vermeintliche Verführungskünste.«

»Was willst ...«, setze ich an, aber bevor ich auch nur *du damit sagen* aussprechen kann, wird mir bewusst: Ari meint das hier vielleicht als Anmache.

Ja, ich glaube, sie baggert mich ernsthaft an. Hatte Jonah recht? Liegt da so was wie ... Spannung zwischen Ari und mir in der Luft?

Ich drehe mich weg. Ich schaue auf den Fliesenboden. Auf die sauberen weißen Wände. Die vielen Flaschen auf dem Küchentresen. Auf alles, bloß nicht auf Ari. Falls ich recht habe und sie tatsächlich mit mir flirtet ... dann ist das echt verdächtig, oder? Ich bin nicht nur ihr schlimmster Feind, ich bin ... wie soll ich sagen, ich bin *ich*. Nicht unbedingt das, was man einen guten Fang nennt.

Ich hatte in meinem ganzen Leben nur eine Freundin: Lucy Newsome, eine Lesbe, die nach meinem Coming-out als Junge sofort die Beziehung beendet hat. (Die Trennung verlief freundschaftlich; jetzt ist sie meine beste Freundin.) Mit mir hat nie irgendjemand geflirtet. Schon gar nicht bei einer Party. Einer Party in einer echten Villa mit massenhaft Schlafzimmern im ersten Stock.

Was wird passieren, falls ich je mit einem Mädchen im Schlafzimmer lande? Würde sie mich küssen wollen? Mich berühren? Mich ausziehen? Ihre Hände würden den Binder finden. Sie würde schreien. Sich abwenden. All ihren Freunden erzählen, dass ich ... dass ich ...

Ich brauche Luft. Ich brauche Hilfe. Wo zum Teufel ist Jonah hin verschwunden?

»Kann ich ... Ich will bloß ... Ich muss Jonah finden und schauen, wie es ihm geht.«

»Klar. Kein Thema.« Ich schaue Ari an, sie schaut auf ihr Handy. »Dann sehen wir uns vermutlich nachher?«

*Vermutlich?* Was soll *das* denn heißen? Möchte sie mich später sehen? Und warum zerbreche ich mir ausgerechnet über *Ariadne Schechter* den Kopf?

Ich habe keine Ahnung. Ich kann es nicht sagen. Ich muss Jonah finden. Er wird wissen, was ich tun soll. Mit Ari. Mit der ganzen Sache. Auch wenn er schwul ist, auch wenn er noch nie mit einem Mädchen zusammen war – er wird es wissen. Er ist bei allem, worauf es ankommt, selbstbewusst. Bei allem, wo ich es nicht bin. Er kennt mich. Er wird wissen, wie er mich beruhigen kann.

Also mache ich mich auf die Suche nach Jonah. Es dauert länger, als mir lieb ist. Ich spähe in verwüstete Badezimmer, steige bierklebrige Treppen hoch, unterbreche mindestens ein halbes Dutzend angetrunkene Debatten. Hier herrscht wirklich intellektuelle Vielfalt: Am Billardtisch fragt sich eine große Gruppe, wo man die ganzen Vergewaltiger hintun soll, wenn die Gefängnisse abgeschafft werden; ein paar Typen, die vor der Toilette anstehen, diskutieren darüber, welches YouTube-Starlet den interessantesten OnlyFans-Kanal betreibt.

Endlich finde ich Jonah auf dem Südbalkon mit Blick auf die Skyline. Die Aussicht ist Millionen wert: die Space Needle, Wolkenkratzer, schneebedeckte Berge, die sich aus den Wolken erheben. Vor all dieser Pracht ist Jonah nur eine kleine schwarze Silhouette.

Ich will gerade die Fliegengittertür öffnen, als ich sehe, dass er die Hand am Ohr hat. Ich sehe etwas schimmern: ein Handy. Ich bleibe hinter dem feinmaschigen Gewebe stehen. Soll ich gehen? Ich will ihn nicht belauschen.

Bis ich meinen Namen höre.

»Nein, nein, Finch war einwandfrei. Das ganze Ding

war meine Schuld.« Dann eine Pause. Er hört zu; er lacht. »Mann, Bee, warum weißt du immer ganz genau, was du sagen musst?« Noch eine Pause – dieses Mal länger –, als er der Stimme seines Freundes lauscht. »Richtig. Genau. Keine totale Pleite. Wir werden bei den Nationals dabei sein. Immerhin haben wir die Silbermedaille geholt.« Atem, sichtbar in der kalten Februarluft. »Aber genug von mir. Wie geht es dir? Wie lief deine Probe? Bist du dein Duett mit ... Oh, super. Ich kann es kaum erwarten, es zu sehen. Ich kann es kaum erwarten, dich zu sehen.« Er seufzt, die Hand mit dem Telefon löst sich von seinem Ohr.

Ich will gerade zu ihm auf den Balkon gehen, als ich ein Rauschen höre. Jonah hält sein Handy hoch und lässt es riskant über dem Geländer baumeln. »Kannst du sie sehen?«, fragt er. Erst da wird mir klar, was er gerade tut: Er filmt die Skyline für Bailey. »Mount Rainier, direkt vor mir, hinter dieser Wolke?« Ich kann nicht hören, was Bailey darauf erwidert, nicht von dem Platz, an dem ich stehe, aber es scheint Jonah nahezugehen. »Ich bin so froh, dass du drangegangen bist«, sagt er. »Ich fühle mich so allein bei diesen Dingern.«

Jonah klingt ein bisschen seltsam, anders, als wenn wir reden. Derart leise und liebevoll habe ich seine Stimme noch nie gehört. Es ist so groß, was er mit Bailey hat. So viel heller als alles, was ich je für jemanden gefühlt habe.

»Du fehlst mir«, sagt Jonah. Er wartet einen Moment; er sagt: »Ich liebe dich auch.«

Nichts davon ist rätselhaft für ihn. Er weiß, wie es funktioniert. Alles. Er ist verliebt.

Und hier stehe ich, ein totales Kind, zu verängstigt, um auch nur ein Mädchen bei einer Party abzuschleppen.

Ich ziehe mich schnell zurück, bevor Jonah mich bemerken kann. Ich gehe nicht zur Party zurück. Ich wünsche Ari nicht Gute Nacht. Stattdessen schleiche ich mich durch eine Seitentür und die lange Auffahrt hinunter. Alleine steige ich auf einer verlassenen Seitenstraße in einen leeren Bus und fahre zum Holiday Inn zurück.

# KAPITEL 3

»Ari hat also behauptet, du hättest es nicht drauf, na und? Und du hast das als Aufforderung interpretiert, sie zu vögeln?«

»Wenn du es so sagst, klinge ich wie ein Idiot.«

Lucy und ich sitzen im Bus zur Schule, ihr flauschiger rosa Kopf wackelt an der Fensterscheibe hin und her, während sie sich ein Stück Tempeh in den Mund steckt. Es ist der Speck in den veganen Speck-Ei-Käse-Sandwiches, die uns ihre Mutter heute morgen gemacht hat. Lucys Mom ist eine bekannte Gastronomin hier, ihr gehört Viva Vegan. Ich bin kein Gesundheitsfreak, aber kostenlose Mahlzeiten habe ich noch nie ausgeschlagen.

»Bei allem Respekt, Finch, wenn es um Selbsterkenntnis geht, kannst du schon ein ziemlicher Idiot sein.« Lucy isst noch ein Stück Tempeh. »Ich meine, erst hast du dich für ein Mädchen gehalten. Also fast über zehn Jahre lang.«

»Nein, nein. Das stimmt nicht.« Ich richte mich auf und bewege einen Finger vor ihrem Gesicht hin und her. »Ich wusste immer – immer, immer, immer –, dass irgendwas nicht stimmte. Nur was genau, das habe ich erst bei der GSA herausgefunden.«

Dort habe ich Lucy das erste Mal gesehen, am ersten Tag der siebten Klasse in einem mit regenbogenfarbenem Krepppapier dekorierten Mathe-Klassenraum. Sie war damals schon eine rosahaarige Punkerin und hatte überall abwaschbare Tattoos, die sie seitdem durch eine kleine Armee von selbst gestochenen Stick-and-Pokes ersetzt hat. Ich war und bleibe ihr totaler Gegensatz: klein, sommersprossig und introvertiert. Zur GSA war ich nach einem Gespräch mit der Schulpsychologin geschickt worden. Damals hielt ich es für die üblichen Pubertätsprobleme: Ich spürte, wie sich mein Körper entwickelte, und wollte deswegen am liebsten sterben. Lucy war nett zu mir, während wir die vegane Interpretation des Genderbread-Menschen knabberten. Kurz bevor es Zeit wurde, nach Hause zu gehen, fragte sie mich, ob wir uns mal treffen wollten. Ihre Vorstellung von einer Liebesgeschichte? Ein Die-in, bei dem sich die Demonstrierenden auf ein Signal hin wie tot vor das Wahlkreisbüro von Jim McDermott legten. Es war Liebe auf den ersten zivilen Ungehorsam.

»Also gut, Skala von eins bis zehn«, bohrt Lucy. »Wie heiß ist Ari Schechter?«

»Ich ... Ich kann nicht ... Keine Ahnung!«, platze ich heraus. »Ich will nichts Misogynes sagen.«

»Was zum Teufel soll das denn heißen?«, fragt Lucy und mustert mich wie bei den Gelegenheiten, bei denen ich etwas Misogynes sage.

»Das bedeutet, ich will ihr Aussehen nicht auf einer

Skala von eins bis zehn bewerten!«, wimmere ich. »Kann ich dir nicht einfach erzählen, wie sie aussieht?«

»Natürlich.« Lucy bläst eine rosa Haarsträhne aus dem Gesicht. »Ich will bloß wissen, ob sie mein Typ ist.«

»Also, sie hat braune Augen. Braune Haare. Kurz. Also, ihre Haare. Sie ist nicht kurz. Sie ist groß. Aber nicht abartig groß. Normal groß.«

»Wow«, erwidert Lucy. »Ich kann sie mir bildhaft vorstellen.«

»Es tut mir leid!« Ich halte die Hände hoch, gleichermaßen defensiv wie verdutzt. »Ich hab keine Ahnung, wie ich über Mädchen reden soll! Du bist immer noch die Einzige, mit der ich je ... Du weißt schon.«

»Mit der du *was*?« Sie kaut auf einem Mundvoll Kichererbsen herum und grinst verschlagen. »Händchen gehalten hast?«

»Eine Beziehung hatte.«

Sie schnaubt. »Finch, wir waren ungefähr zwölf.«

Da hat sie nicht unrecht. Unsere Beziehung endete nach ungefähr einem Monat Sommerferien, bevor wir in die Achte kamen. In ihrem Zimmer, hinter fest verschlossener Tür. Ich erklärte ihr, dass ich nicht ihre Freundin sein konnte. Sie nahm die Neuigkeit gut auf und versicherte mir, dass sie mich lieb hatte. Sie umarmte mich so fest, dass ich dachte, sie bricht mir die Knochen. Und dann erklärte sie mir, dass ich nicht ihr Boyfriend sein konnte.

»Weißt du, manchmal fühle ich mich immer noch wie zwölf«, sage ich. »Vor allem, wenn ich Jonah mit Bailey telefonieren höre. Dieses Gespräch war einfach so ... keine Ahnung, *erwachsen*.«

»Okay. Dann kommt jetzt eine radikale Idee.« Lucy beißt vorsichtig ein weiteres Stück Tempeh ab und spricht langsam, während ihr Krümel aus dem Mund fallen. »Wenn wir davon ausgehen, dass bei dieser Geschichte so viel Angst im Spiel ist, dass du nicht mal mit einem Mädchen reden kannst, und es damit endet, dass du dermaßen sentimental wirst wegen eines Typen, der mit seinem Freund redet, dass du flüchten musstest, hast du dir mal überlegt, ob du vielleicht ...«

»Lucy.« Ich stöhne. »Nur weil du homosexuell bist, bedeutet das noch lange nicht, dass alle anderen ...«

»Ich sag ja nur!« Sie wirft die Hand hoch, eine Andeutung von Schulterzucken. »Etwas, worüber du nachdenken solltest!«

Einen kurzen Moment überlege ich tatsächlich, ob es etwas ist, worüber ich nachdenken sollte. Ich führe dieses Gespräch nicht zum ersten Mal mit Lucy. Sie behauptet gern – wie ihr Held Kurt Cobain mal –, dass jeder homosexuell ist. Sie wiederholt die Geschichte, wie sie ihrer Mutter erzählt hat, dass sie Mädchen mag. Zum ersten Mal. Als sie fünf war. Sie machte ihre Ansage, und ihre Mutter war nur so »Und was ist mit Jungs?«, und Lucy überlegte und antwortete dann: »Nein, nur Mädchen.« Lucys Mutter, frisch geschieden und nicht gut auf Männer zu sprechen, presste die Hand aufs Herz. »Oh Süße«, sagte sie. »Da bin ich aber *erleichtert*.«

Ich hingegen? Ich bin nie sicher gewesen, wen ich liebe. Und ich glaube, die wichtigere Frage lautet auch: Wird irgendjemand mich jemals lieben?

Bevor ich zu tief in eine Spirale des Selbsthasses verfallen kann, ruft der Busfahrer schon: »Nächster Halt, Johnson Tech!«

Lucy steht auf. »Das gilt uns«, erklärt sie mir hilfreicherweise.

»Ich weiß nicht. Vielleicht bleibe ich noch ein paar Haltestellen sitzen.« Ich seufze und sinke noch tiefer in meinem Sitz. Noch nicht mal acht Uhr morgens und schon killt der Binder meinen Rücken. Die OP kann gar nicht bald genug kommen. »Ich schwänze die erste Stunde. Und die zweite. Und die dritte. Und fahr einfach mit dem Bus gen Osten, der aufgehenden Sonne entgegen.«

»Soso.« Lucy wirft den Rucksack über die Schulter. »Hängst du wieder mit den Hausaufgaben hinterher?«

Bei jedem Wettkampf schwöre ich mir: Dieses Mal läuft es anders. Ich werde mir meine Zeit einteilen. Mir Prioritäten setzen. Ich werde mir eine farblich gekennzeichnete Dringend-Matrix à la Eisenhower ausdenken und sie bis ins Kleinste befolgen.

Und jedes Mal ignoriere ich unfehlbar in der Woche vor der Debatte meine Hausaufgaben.

Nein. Nicht »unfehlbar«. Es ist einiges fehlgeschlagen. Vor allem beim Rechnen.

»Ich muss es echt auf die Reihe kriegen«, erkläre ich ihr, als ich aufstehe und mich auf den schmalen Gang im

Bus stelle. »Wenn meine Noten dieses Halbjahr abstürzen, werde ich nie an der Georgetown aufgenommen werden. Oder an irgendeiner der anderen D.C.-Unis.«

Lucy folgt mir bis zur Bustür. »Du weißt, dass du nicht nach Georgetown musst, um etwas zu bewirken«, sagt sie. »Du könntest hierbleiben. Und für eine:n Senator:in im Bundesstaat arbeiten.«

»Aber hier passiert nichts«, sage ich. (Okay, jammere ich.) »Ich will nach D.C. Wo alle weltgeschichtlichen politischen Auseinandersetzungen stattfinden.«

»Warum gehst du nicht an die Evergreen?« Sie redet über das Ökotrutschen-College hier in Olympia. »Weißt du, wie viele weltgeschichtliche politische Kämpfer:innen auf der Evergreen waren?«

Ich werfe ihr einen zweifelnden Blick zu. »Nenn mir eine oder einen.«

»Hmm. Rachel Corrie, zum Beispiel?«

Okay. Stimmt.

Ich war wegen dieser Israel-Palästina-Geschichte die längste Zeit meines Lebens hoffnungslos verwirrt. Dann lautete letztes Jahr bei den Regionals das Thema: Dieses Parlament ist der Meinung, dass die Vereinigten Staaten Sanktionen gegen Israel verhängen sollten. Ich habe grummelnd bei Google zu recherchieren begonnen und fand diese Fotos von Rachel Corrie. Auf denen sie in den Spuren eines Bulldozers liegt, aus ihrer Nase läuft Blut.

Und mit einem Mal war ich nicht mehr verwirrt.

»Das ist nicht fair«, beschwere ich mich. »Ich bin nicht

mal ansatzweise so mutig wie Rachel Corrie. Nie im Leben könnte ich mich zwischen einen Bulldozer und jemandes Haus stellen.«

»Aber könntest du dich vor ein Haus hier in Olympia stellen?«, fragt mich Lucy, als sich die Türen des Gelenkbusses öffnen.

»Worauf willst du hinaus?«, frage ich sie, als wir aussteigen.

»Denny Heck scheidet dieses Jahr aus dem Kongress aus.« Lucy zieht die Gurte ihres Rucksacks über den Schultern straff. »Meine Mutter erzählt, da ist diese echt coole trans Lady, die für seinen Platz antritt. Alice Irgendwas. Sie kam gestern mit Broschüren ins Viva.« An der Kreuzung mustert mich Lucy mit einem Seitenblick. »Wenn du hier in Olympia bleiben würdest, könntest du für ihren Wahlkampf an ein paar Türen klopfen.«

Ich sollte nicht enttäuscht sein. Aber ich bin es. »Ich möchte der erste trans Abgeordnete im Kongress sein.«

»Dude, du führst dich wie ein Fünfjähriger auf.« Lucy verdreht die Augen. »Und vor dir soll es niemand schaffen?«

»In Olympia zu bleiben und als Freiwilliger einen Wahlkampf zu *unterstützen*«, erwidere ich stur, »ist nicht dasselbe, wie in D. C. auf die Uni zu gehen und zu lernen, wie man einen Wahlkampf *führt*.«

»Nein. Nicht dasselbe. Sondern vermutlich besser.«

»Klar, das musst du ja behaupten«, schnaube ich, als das WALK-Zeichen zu blinken beginnt und wir die Straße überqueren. »Du gehst ja nicht mal auf die Uni.«

Dieses Streitgespräch führen wir täglich. Lucy hält Uni für Beschiss – wenn sie richtig geladen ist, sogar für einen *bourgeoisen* Beschiss. Ich hingegen denke, mein Leben wird erst in Georgetown wirklich anfangen. Weder sie noch ich geben einen Zentimeter nach.

»Ich brauche keinen Abschluss«, behauptet Lucy selbstbewusst. »Ich weiß, wie man Videos macht. Ich weiß, wie man Drehbücher schreibt. Ich weiß, wie man eine Kamera anschaltet. Alles, was ich brauche, ist ein Patreon-Account, und schon bin ich im Geschäft.«

Das hat sie mir schon öfter erklärt, dieses YouTuber-Ding für Politaktivisten. Soweit ich mich erinnere, nennen sie es »BreadTube« und beziehen sich damit auf irgendeinen russischen Philosophen, der den Leuten vermutlich Brot geben wollte? Ich kapier YouTube nicht. Und noch weniger kapiere ich, wie Lucy ihren Lebensunterhalt mit YouTube verdienen will. Manchmal würde ich sie am liebsten an den Schultern packen, schütteln und ihr erklären: »Du *musst* auf die Uni.«

Aber ich bin ein guter Freund und gute Freunde streiten sich nicht dogmatisch. Jedenfalls nicht gleich frühmorgens, wenn sie noch einen langen Schultag vor sich haben. Als ich sie also auf den Backsteintreppen der Johnson Tech an den Schultern packe, umarme ich sie nur und sage: »Ich drück dir die Daumen.«

»Ich drück dir auch die Daumen, Finchie«, erklärt sie mir. »Ständig. Immer.«

Und dann küsst sie mich auf die Stirn. Das darf sonst niemand. Nur sie.

»Da ist er ja! Unser Loser!«

Als ich nach der Schule auf den Debattierclub zusteuere, wartet Adwoa nicht einfach an der Tür auf mich. Sie stürzt sich geradezu auf mich – umschlingt mich und wiegt mich hin und her.

»Rein mit dir!«, brüllt sie, obwohl mein Ohr kaum zwei Zentimeter entfernt ist, als sie mich in das vollgestellte Geschichtszimmer zerrt, in dem sich unser Club trifft. »Ich habe Kuchen gebacken!«

Und was für einen. Auf dem breiten Lehrerpult steht ein beinahe ebenso großer Blechkuchen. Er ist mit einer kunstvollen Glasur in allen Farben des Regenbogens überzogen. GLÜCKWUNSCH AN UNSERE LOSER, steht darauf, die Buchstaben wurden von einer beeindruckend ruhigen Hand geschrieben. Wie lange ist sie aufgeblieben, um dieses Ding zu backen und mit Zuckerguss zu überziehen? Und wie konnte sie wissen, dass es genau der Trostpreis war, den mein Herz brauchte?

Na ja, nicht nur mein Herz. Mein Magen auch.

»Vergiss das Jurastudium«, flehe ich sie an. »Mach eine Bäckerei auf.«

»Würde ich für mein Leben gern tun«, antwortet sie und verpasst mir einen temperamentvollen Schlag zwischen die Schultern. »Aber Prozesse bringen mehr Kohle.«

Wenn Adwoa uns nicht gerade coacht, absolviert sie in Seattle ihr letztes Jahr Jura. Jeden Montag springt sie nach einem langen Tag mit Seminaren in den Bus und fährt nach Olympia runter, um mit uns zu diskutieren. Sie redet davon, einen hoch dotierten Job in irgendeinem großen Tech-Konzern wie Microsoft oder Amazon anzunehmen. Sie arbeitet hart, hat große Träume und lässt sich nichts gefallen. Sie ist alles, was ich sein möchte, wenn ich erwachsen bin – statt Silicon Valley allerdings Capitol Hill und minus der superspitzen Gelnägel.

»Jonah? Finch?« Besagte Gelnägel glänzen heute silbern und deuten auf den Kuchen. »Werdet ihr zwei den jetzt vielleicht mal anschneiden, oder was?«

Mit einer glitzernden Hand reicht sie mir ein Buttermesser, mit der anderen winkt sie Jonah heran. Die Neunt- und Zehntklässler teilen sich in zwei ordentliche Reihen, um ihn durchzulassen. Als er die Hand auf dem Messerknauf über meine legt, spüre ich seine warme Handfläche auf der Haut. Nicht verschwitzt, warm. Sind meine Hände kalt? Liegt es daran? Ich bekomme ständig gesagt, dass ich kalte Hände habe.

Bevor ich zu viel über die jeweilige Temperatur unserer Hände nachdenken kann, drückt Jonah sie beide nach unten, und wir durchschneiden LOSER, und der Club jubelt, als hätten wir noch nie eine Runde verloren.

Es ist nice, so bewundert zu werden und dass andere zu einem aufblicken. Natürlich nicht im wörtlichen Sinne. Ich bin einer der Kleinsten im Club.

»Auf ein paar fette Arschtritte bei den Nationals!« Jonah hebt unsere noch immer vereinten Hände und stimmt einen Singsang an: »Erster Platz! Erster Platz! Erster Platz!«

»Braver Junge!« Adwoa schlägt ihm auf die Schulter.

»Behalte diese Energie bei! Das Thema für die Nats wird morgen früh bekannt gegeben.«

»Warte. Das Thema kommt schon *morgen*?« Ist das nicht krass früh? Wir haben uns bis eben noch Stress wegen des Bundesstaatswettkampfes gemacht. Aber Adwoa ist zu beschäftigt, um zu antworten, weil sie von kuchenhungrigen Schüler:innen umdrängt wird.

»Ist das Schokolade oder Vanille?«, fragt Tyler, einer der Jüngeren, und späht durch seine seltsame rahmenlose Brille. »Wenn es Schoko ist, darf ich nichts davon essen. Ich bin allergisch.«

»Du bist allergisch? Auf *Schokolade*?«, fragt Ava, eine knapp ein Meter fünfzig große Neuntklässlerin. »Wie kannst du überhaupt leben?«

»Alles gut, Ty. Pure Madagaskar-Vanille.« Adwoa reicht Tyler ein lilienweißes Stück Kuchen. »Ihr erinnert euch noch, dass es eine Zeile für ›Allergien‹ gab auf dem Anmeldezettel im September, oder? Ich werde euch schon keinen Schalentierkuchen mit Erdnussbutterglasur vorsetzen.«

»Verdammt«, sagt Jonah mit vollem Mund. Ein Vanillekrümel fällt ihm auf die Brust; ich strecke die Hand aus und wische ihn weg. »Damit ist ungefähr die Hälfte aller Pinoy-Gerichte vom Tisch.«

Das ist allerdings wahr. Ich bin kein Kochkünstler – die Skala meiner Fertigkeiten reicht von Frosties zu Fertig-Mac-and-Cheese –, aber ich bin oft genug bei Jonah zu Hause, um zu wissen, dass mit Salz und Knoblauch angeröstete Erdnüsse eines der Grundnahrungsmittel der

Cabreras sind. Wenn wir uns auf einen Wettkampf vorbereiten, stellt uns seine Mutter jedes Mal welche auf den überladenen Küchentisch. Ich liebe diese Nüsse. Durchaus möglich, dass ich sie sogar *brauche*.

»Der Kuchen ist genial, Adwoa«, stöhnt Jasmyne, meine Favoritin unter den Zehntklässler:innen, beim letzten Bissen. »Ich stimme Finch zu. Mach diese Bäckerei auf.«

Sie streckt mir die Hand für eine Ghettofaust entgegen. Ich habe es ihr noch nie gesagt, jedenfalls nicht ausführlich, dass ich sie für die beste Debattierende im Club halte. Sie ist erst fünfzehn, aber irgendwann wird sie mich, wird sie Jonah in den Schatten stellen und uns beide überstrahlen. Irgendwas sagt mir, dass ich in vierzig Jahren den Fernseher einschalten und sie an einem Podium als Präsidentin kandidieren sehe.

»Aww, Jas, das ist voll lieb von dir.« Adwoa presst die Hand aufs Herz – doch dann bekommt ihr rührseliges Lächeln etwas Verschmitztes. »Aber die heutige Übungsrunde erlasse ich dir trotzdem nicht.«

Jasmyne zieht eine Schnute, aber das ist nur Show. Sie sieht in Adwoa vermutlich eine Art große Schwester – ein älteres Schwarzes Mädchen, das es voll draufhat. Sie versucht ständig, sie zu beeindrucken. Und es gibt nichts, was sie mehr liebt als ein gutes Streitgespräch aus dem Stegreif. Sobald sich Adwoa zum Whiteboard dreht, verschwindet Jasmynes Schnute. Sie schiebt den leeren Teller beiseite und greift nach ihrem Stift und einem Notizblock. Sie ist *angeknipst*.

»Dann wollen wir doch mal schauen ... Die heutige Streitfrage lautet ...« Adwoa stellt sich auf die Zehenspitzen und schreibt die Wörter in schwarzen, lebendigen Buchstaben: »*Dieses Haus würde eine $CO_2$-Steuer einführen*, Jas, du bist in der Opposition, zusammen mit ...«

»Adwoa!« Jasmyne lässt ihr Notizbuch sinken und verschränkt die Arme vor der Brust. »Immer lässt du mich für die böse Seite argumentieren!«

»Mmhmm«, summt Adwoa und steckt den Deckel auf ihren Marker. »Die N. A. D. A. wird dich auch keine Runde aussetzen lassen, wenn du nicht einverstanden bist. Das Gleiche gilt bei mir.«

Jasmyne lässt die Füße schwingen und tritt nach den Tischbeinen.

»Aber du lässt mich nie über die Dinge reden, mit denen ich einverstanden bin.«

»Weil du klug genug bist, um des Teufels Advokat zu spielen, Schätzchen.« Adwoa deutet mit ihrem Marker auf die Menge. »Und als Unterstützer möchte ich sehen ...«

»Genau, wenn du immer nur Sachen verteidigen würdest, mit denen du übereinstimmst, wäre das Debattieren komplett nutzlos.« Tylers Stimme ist ein bisschen gönnerhafter, ein bisschen mehr *Ist doch logisch*, als mir gefällt – vor allem, weil wir als Club ungefähr einmal die Woche irgendeine Diskussion über des Teufels Advokaten führen. »Du musst deine persönlichen Gefühle außen vor lassen.«

»Aber so läuft das im wirklichen Leben auch nicht«, wirft Ava, den Mund voll Kuchen, ein. Außer ihr isst gerade keiner mehr, entweder hat sie sich unerlaubt ein zweites Stück geholt, oder sie hat stehen gelassene Kuchenreste im Raum gemopst. »Bei den Präsidentschaftsdebatten sieht man ja auch keine Demokraten darüber reden, warum die Republikaner so toll sind.«

Und dann reden plötzlich alle, eine Stimme legt sich über die andere. Es ist megalaut, eine Kakofonie – aber hey, zumindest debattieren wir alle.

Adwoa hakt zwei Finger in den Mund ein und stößt einen schrillen Pfiff aus. »Ruhe«, befiehlt sie, und wir gehorchen, denn wenn Adwoa etwas im Jurastudium gelernt hat, dann wie man einen überzeugenden Befehl bei Gericht ablässt. Während wir verstummen, schwingt sie sich auf das verlassene Lehrerpult.

»Darf ich Sie etwas fragen, Miss Jasmyne«, sagt sie und schiebt ein paar Braids hinters Ohr. »Gibt es irgendjemanden, den Sie bewundern, obwohl er Dinge getan hat, mit denen Sie nicht einverstanden sind?«

»Ja, klar. Logo. Wir haben alle einen ›problematischen Favoriten‹« – Jasmynes Finger krümmen sich zu Anführungszeichen – »oder so, aber ich rede von Leuten, die durch und durch *böse* sind.«

»Von wem zum Beispiel?«, fragt Adwoa. Sie streckt die Hände aus und lässt den Blick über das Klassenzimmer wandern. »Wer ist so durch und durch böse, dass wir keine Zeit damit verschwenden sollten, uns zu fragen, wie er seine Bösartigkeit rechtfertigt.«

»Donald Trump«, antwortet Jasmyne sofort. Und tapfer, wenn man bedenkt, dass in unserem Club mehr als ein paar Konservative sind. Ich sehe, wie Tyler die Hand hebt, um Rechtfertigungen vorzutragen, und wie Adwoa ihn mit einem kalten Blick zum Schweigen bringt.

»Und woher weißt du, dass Donald Trump durch und durch böse ist?«, fragt Adwoa. »Kann mir jemand ein Beispiel nennen, das durch und durch böse ...«

»Als er die Migrantenkinder von ihren Eltern getrennt hat«, komme ich Tyler zuvor. »Als er Müttern ihre Babys buchstäblich aus den Armen gerissen hat.«

»Genau«, sagt Jasmyne und schlägt mit der Handfläche auf die Tischplatte. »Da zählt kein *Warum*. Keine Ausrede. Trump ist einfach böse. Punkt.«

Adwoa ist furchtbar still. Eine Sekunde lang frage ich mich, ob Jasmyne sie in der Debatte geschlagen hat. Ob sie die ganze Diskussion fallen lassen wird. Doch dann verschränkt Adwoa die Arme, hebt den Kopf und sieht uns an.

»Weißt du«, sagt sie. »Auch Obama hat Migrantenkinder in Käfige gesperrt.«

Keiner von uns erwidert etwas. Keiner. Kein Wort geht in ihre Richtung. Bloß großäugiges verdutztes Starren – und Tylers selbstgefälliger Blick.

Jonah ist der Erste, der sich schließlich zu Wort meldet. »Nein, hat er nicht«, widerspricht er – und dann, eine Sekunde später, weniger selbstbewusst. »Hat er? Echt?«

»Jep. Obama hat dieselben braunen Kinder in exakt dieselben Käfige gesteckt«, erklärt Adwoa und nickt. »Und sie gezwungen, auf genau demselben Beton zu schlafen.«

Sie lacht freudlos. »Einer seiner Redenschreiber hat diese Fotos getweetet – ihr wisst schon, die mit diesen Stannioldecken und den Maschendrahtzäunen? – und war voll ›Das ist entsetzlich. Trump ist ein Monster‹. Ihm ist nicht mal aufgefallen, dass die Fotos von 2014 waren. Als *er* Obamas Reden schrieb.«

Ich frage mich mit diesem übelkeiterregenden mutlosen Gefühl im Magen, wie so etwas möglich sein kann. Wie konnte dieser Mann, der Obama buchstäblich Worte in den Mund legte, nicht wissen, was diese Worte befürworteten? Und dann frage ich mich, wie es sein kann, dass ich das nicht wusste. Ich informiere mich schließlich, oder? Ich lese Nachrichten. Ist das genug?

Ich schaue zu Jasmyne hinüber. Sie wirkt, als würde sie sich nicht besonders wohlfühlen. Adwoa scheint ihrem Gesicht das Unwohlsein anzusehen, denn sie lächelt Jasmyne traurig und verhalten an.

»Fragt euch einfach Folgendes«, nun ist ihre Stimme sanft, tröstend, »wenn jemand wie Barack Obama, der so viel klüger ist als ich, der so viel mehr für die Welt getan hat, als ich je tun werde – wenn ihm etwas so Wichtiges entgehen konnte, was entgeht mir dann erst alles?«

Sie redet nicht weiter. Ihre Finger trommeln über den Tisch.

»Gute Menschen werden ständig zu Bösem überredet«, sagt sie. »Ich bringe euch lediglich bei, das Böse zu erkennen, wenn es spricht – und ihm sofort Kontra zu geben.«

Sie redet nicht weiter, aber ihre Worte liegen schwer in

der Luft. Ich spüre diese nach unten ziehende Übelkeit, aber ich fühle auch noch etwas anderes. Dass ich nämlich nicht in diesem Gefühl untergehen muss. Sondern die Arme heben, mich wappnen und vorwärtsschwimmen kann. Gut oder böse, richtig oder falsch – was immer ich bin, hilflos bin ich nicht.

»Und in diesem freudigen Sinne«, erklärt Adwoa und wirft wieder ihre Braids über die Schulter, »heißt es in einer Viertelstunde Öltanker gegen Ökos.«

Als der Debattierclub vorbei ist, hat der Himmel die Farbe von Kohlestaub. Zwei Sachen, die ich an Olympia absolut nicht leiden kann: die ständige Bedrohung durch eine seismische Katastrophe und dass es im Winter schon um vier Uhr nachmittags dunkel wird.

Bei Dunkelheit nehme ich aus Sicherheitsgründen mit einer kleinen Gruppe den Bus. Da Adwoa den weitesten Weg hat, beansprucht sie den Fensterplatz, und ich setze mich an den Gang. Hinter uns schlingt Jonah den Arm um Bailey.

»Und bei euch gab es *Kuchen*?« Bailey kuschelt sich unter Jonahs Flügel. »Und du hast mir nicht mal ein Stück aufgehoben?«

Er zieht eine leichte Schnute; Jonah bringt ihn mit einem Kuss zum Schweigen.

»Du solltest ihn gut behandeln«, sagt Adwoa mit einem liebevollen Blick auf die beiden. »Besorg dem Jungen mal lieber Kuchen.«

»Oh, glaub mir«, erwidert Jonah. »Ich besorg's ihm oft genug.«

Adwoa lacht sprachlos. Jonah und Bailey kichern ebenfalls. Aber ich höre nicht mehr zu, sondern schaue auf mein Handy. Jeden Nachmittag um diese Zeit landet der *Economist*-Newsletter in meinem Postfach und ich möchte ihn mir nicht entgehen lassen. Schon gar nicht, wenn morgen die Streitfrage für die Nationals verkündet wird. Vielleicht findet sich in der E-Mail ein Hinweis, irgendein aktuelles Thema, über das wir debattieren werden. Darauf muss ich mich konzentrieren – nicht auf Liebesgeschichten, nicht auf Kuchen oder sonst was. Wenn ich mir erst mal meinen Platz an der Georgetown gesichert habe, wird noch genug Zeit für Beziehungen bleiben. Bis dahin: Konzentrier dich, Finch.

Adwoa rempelt mich an. »Hey«, sagt sie. »Hast du schon Rückmeldungen von den Unis?«

»Immer noch zurückgestellt an der Georgetown. Von den anderen bisher kein Wort.« Ich kann nicht anders, ich seufze. »Ich dachte, der Bundesstaatswettbewerb würde meine Chancen verbessern, aber ...«

»Ich weiß haargenau, wie du dich fühlst«, unterbricht mich Bailey und seufzt ebenfalls. »Ich bin nächstes Wochenende zum zweiten Vorstellungsgespräch an die Juilliard eingeladen.«

»Ich drück dir die Daumen und Zehen«, sagt Jonah und hebt tatsächlich eine Hand und drückt den Daumen. Was seine Zehen anbelangt, kann ich nur mutmaßen.

»Ich werde also nach New York fliegen«, erzählt Bailey weiter, »und dann im Juni zu den Jimmy Awards.«

»Jimmy Awards?« Adwoa zieht eine Augenbraue hoch. »Sagt mir nichts.«

»Damit sind die National High School Musical Theater Awards gemeint«, sagt Bailey. Man hört die Hoffnung in seiner Stimme. »Ich war schon mal dort, aber dieses Mal ist es meine letzte Chance. Ich will richtig gut sein.«

»Er ist zu bescheiden«, sagt Jonah und genießt eindeutig, eine Gelegenheit zum Angeben zu haben. »Bailey wurde zweimal als Bester Schauspieler nominiert. Letztes Jahr war er im Halbfinale. Einer der besten vier im ganzen Land.«

Bailey ist so blass, dass ich sehen kann, wie sich die Röte unter seiner Haut ausbreitet. »Ich will es nicht beschreien«, sagt er. »Ich habe noch nie etwas gewonnen.«

»Noch nicht«, sagt Jonah und tippt auf die Spitze von Baileys Elfennase. Dann wendet er sich zu uns. »Er macht es anders dieses Jahr. Übernimmt eine größere Rolle.«

»Moment – hast du nicht letztes Jahr Sweeney Todd gespielt?« Ich bin verwirrt. Auch wenn ich noch nie viel mit Theater anfangen konnte, weiß ich, dass Baileys Rollen groß sind. Hauptrollen. »Und das Jahr davor Jean Valjean?«

»Genau! Ich habe mir *Les Miserables* angeschaut, als ihr in der Zehnten wart. Und Jonah, du spieltest ...« Adwoa redet nicht weiter, sondern deutet mit dem Daumen auf Jonah. »Warte. Sag es mir nicht. Es liegt mir auf der Zunge ... M-irgendwas?«

»Marius Pontmercy.« Der Blick, den Jonah Bailey

zuwirft, ist so voller Liebe, dass es mich schon verlegen macht, überhaupt zuzusehen; es fühlt sich an, als hätte ich sie beim Rummachen überrascht. »Dort habe ich Bee das erste Mal getroffen. Er hat mir das Leben gerettet. Und meinen verwundeten Körper durch die Kanalisation geschleift.«

Bailey legt den Kopf auf Jonahs Schulter. »Wir haben ›Bring Him Home‹ zu unserem Lied erklärt.«

»Jungs, hört auf«, quiekt Adwoa und schlägt die Hand aufs Herz. »Da werde ich ja ganz rot.«

»Und mit welchem Musical trittst du dann dieses Jahr an?« Ich habe immer noch Fragen. »Mit welcher größeren Rolle?«

»Dieses Jahr darf ich mir das Stück *aussuchen*.« Baileys Mundwinkel wandern beim Sprechen nach oben. »Und ich habe mich für *Thoroughly Modern Millie* entschieden. Es geht um dieses Flapper-Mädchen, das in den Goldenen Zwanzigern nach New York kommt, einen reichen Mann trifft, sich verliebt …!«

»Und du spielst den reichen Mann?«

»Nein, nein. Ich spiele Millie.« Beim letzten Wort öffnet sich Baileys Lachen wie ein breiter Mondstrahl. »Wir haben es umbenannt in *Thoroughly Modern Billie*. Sie ist jetzt ein Junge. Es ist eine schwule Liebesgeschichte.«

»Ernsthaft?« Adwoa ist ein bisschen erstaunt, dann hebt sie den Arm über die Rückenlehne und schüttelt Jonah an der Schulter. »Jonah! Warum hast du dich nicht beworben? Du hättest den reichen Mann spielen können! Also, versteh mich nicht falsch, ich bin froh, dass ich dich während der Wettkampfsaison ganz für mich habe, aber ...«

Die Frage, die sie stellt, ist völlig harmlos – aber warum wird dann Baileys Grinsen mit jeder Sekunde schwächer?

»Ach, weißt du«, nuschelt Jonah. »Ich jongliere schon zwischen Debattierclub und Uni-Bewerbungen und Familienkram, und ich wollte bloß ...«

Die Anzeige im vorderen Teil des Busses rettet Jonah, indem sie aufleuchtet: seine Haltestelle. Nach einem kurzen Abschiedskuss für Bailey und einem noch kürzeren Nicken zu Adwoa und mir eilt er den Gang hinunter, schlüpft durch die Tür und hinaus auf den regenglatten Gehweg.

Ich drehe den Kopf, um ihm hinterherzusehen. Bailey tut dasselbe. Auf seinem mondweißen Gesicht liegt ein zutiefst unglücklicher Ausdruck. Er lässt mich – unvermittelt und schrägerweise – an Lucys absurden Kommentar heute morgen denken. Von wegen ich sei schwul. Insgeheim. Und eifersüchtig auf Jonah und Bailey. Wenn das wahr wäre, würde ich mich abwenden, oder? Ich würde Baileys Traurigkeit weiterschwären lassen. Ich würde ihm bestimmt nicht meine Hilfe anbieten.

Und um den Beweis zu erbringen, dass Lucy schiefliegt, hole ich tief Luft und frage: »Hey, Bailey?«

Er sieht mir in die Augen. »Ja?«

Ich senke die Stimme. »Ich weiß, es geht mich nichts an, aber ist bei euch beiden ... na ja, alles okay?«

»Oh ja«, erwidert Bailey, obwohl es eher nach *Oh nein* klingt, zumindest für meine Ohren. »Es ist wirklich nichts.«

Es ist definitiv etwas. »Wir versuchen bloß, Uni und so auf die Reihe zu kriegen.«

»Werdet ihr zwei es mit einer Fernbeziehung versuchen?«, fragt Adwoa. »Oder kommt Jonah mit dir nach Manhattan?«

»Er hat sich an der NYU beworben«, seufzt Bailey. »Und natürlich wäre das optimal. Aber ... du weißt ja. Geld.«

Wir nicken. Wir wissen Bescheid. Ich quäle mich seit Monaten wegen Stipendien und bei Adwoa hat ihr Jurastudium einen haushohen Berg Schulden hinterlassen. Sie erwähnt das gerne im Debattierclub, sobald jemand naiv genug ist, Interesse an einem Jurastudium zu bekunden – als harten, kalten Realitätscheck.

»Aber uns wird irgendwas einfallen«, sagt Bailey mit fröhlicher Stimme. »Bald haben wir unseren zweiten Jahrestag.«

»Zwei Jahre?« Adwoa stößt einen Pfiff aus. »Das ist eine lange Zeit.«

Bailey lacht, aber er rückt von uns ab und zieht sich in die blaue Welt seines Handys zurück. Es scheint ein heikles Thema zu sein. Vermutlich muss ich weiter nachbohren. Aber nicht heute. Nicht jetzt. Als sich Adwoa zu mir dreht, spricht sie leiser.

»Also«, sagt sie. »Wir haben nie richtig über deine Uni-Pläne geredet, oder?«

Sie hat recht. Bailey hat das Gespräch an sich gerissen, oder?

»Ich hätte einfach so gern eine verbindliche Antwort von

Georgetown«, erkläre ich ihr. »Diese Hinhalterei finde ich nervend. Ich möchte ein Ja. Oder ein Nein.«

»Du willst kein Nein. Glaub mir.« Sie lacht – und okay, ich lache auch. Ich kann es brauchen. »Ich habe mich in letzter Zeit für ein paar Jobs vorgestellt, und ...«

»Wie aufregend!« Ich rücke näher an sie heran. »Hast du schon Rückmeldungen? Weißt du, wo du hingehst?«

»Nun ja, vielleicht fliege ich nächsten Samstag nach Alabama.« Sie hält die Hände hoch und inspiziert ihre silbernen Fingernägel. »Für 'ne kleine letzte Bewerbungsrunde.«

»Moment. Alabama? Was ist in Alabama?« Seit ich Adwoa kenne, hat sie immer von Silicon Valley geträumt. Was ist mit Big Tech passiert? Außerdem, wenn sie diesen Job bekommt ... Wenn sie nach Alabama zieht ... »Wirst du den Debattierclub nächstes Jahr dann nicht mehr coachen?«

Sie kaut auf der Lippe herum. »Wird sich zeigen«, erwidert sie. »Ich habe ein paar gute Angebote hier in der Nähe von Seattle, aber der Alabama-Job, oh Mann ... Da würde ich im wahrsten Sinne des Wortes Unschuldige aus dem Gefängnis befreien. Jeden Tag Leuten helfen, auf Bewährung herauszukommen, wieder auf die Schule zu gehen und ein ganz neues Leben anzufangen.« Ihre Stimme ist weich und zärtlich. Sie redet über diesen Job, wie ein Kind über Disneyland reden würde. Aber dann bricht der Bann, und sie lacht: »Es wäre allerdings eine gewaltige Gehaltseinbuße. Diese Leute verfügen nicht über Amazon-Kohle. Ich könnte meine Schulden nicht zurückzahlen. Jedenfalls nicht in diesem Leben.«

»Aber wer würde dich hier ersetzen?« Ich bin unhöflich, aber ich kann nicht anders. »Hier in Olympia. Also als Coachin.«

Sie rollt die Finger in der Handfläche zusammen und runzelt die Stirn: Ein winziges Eckchen Nagellack ist abgeblättert.

»Ganz ehrlich«, sagt sie, »wenn du nicht auf dem Weg nach D. C. wärst ...«

Ich lasse mich zurückfallen. »Beschwör nicht den Teufel herauf.«

»Ich sage es bloß mal so«, erwidert sie. »Solltest du irgendwann dein eigenes Team coachen. Du wärst super. Die Kids hier? Sie lieben dich.«

»Danke, Adwoa. Das bedeutet, ähm ... Das bedeutet mir ...«

Vorne leuchtet die Anzeige auf. Der Bus hält auf die Bordsteinkante zu und bleibt stehen. Ich greife nach meinem Rucksack und wünsche mir, ich hätte passendere Worte gefunden, etwas mehr als dieses Standard-*Danke*. Ich möchte, dass Adwoa weiß, wie viel mir ihr Glaube an mich bedeutet.

»Mach schon, Finch.« Adwoa umarmt mich fest. »Ich schreib dir gleich morgen früh die Streitfrage für die Nationals.«

Nach einem kurzen Nicken in Baileys Richtung, das mit einem kurzen Winken beantwortet wird, stolpere ich in den rattengrauen Regen hinaus.

Hab ich schon erwähnt, dass ich den Regen hier hasse?

Hasse. Einfach nur hasse. Man entkommt ihm nicht. In manchen Monaten hier in Olympia habe ich das Gefühl, dass meine Socken nie trocken werden.

Als ich auf meine Haustür zugehe, tröste ich mich damit: *Nur noch ein bisschen Regen, Finch. Noch ein paar Monate Regen und du bist frei. Du kannst ins andere Washington davonfliegen, in das Washington mit Jahreszeiten. Das Leben wird beginnen. Dein richtiges Leben.*

Ich steige zur Veranda hoch und fische die Schlüssel aus meiner Hosentasche. Meine Eltern sind durch die Tür zu hören, sie schlingern gerade in etwas hinein, das wie der nächste Ehekrach klingt. Ich muss leise sein, wenn ich den Türknauf drehe. Noch leiser, wenn ich den Flur hinunterschleiche der immer nach nassem Hund riecht, obwohl wir nicht mal Pflanzen haben, geschweige denn einen Hund. Und am allerleisesten, wenn ich die Tür zu meinem Zimmer schließe – sofern ich mir meine Eltern – und ihren ständigen Streit – vom Leib halten will.

Eine Viertelstunde nach Mitternacht klopft es an meiner Tür, auf meinem Nachttisch blinkt aus dem Schwarz des Weckers hell die Uhrzeit. Ich hebe den Kopf vom Kissen. Ein schwacher Lichtstrahl leuchtet in mein Zimmer: Roo, die vorsichtig hereinkommt.

Obwohl es eigentlich nicht nötig ist, bewegt sie sich langsam und auf Zehenspitzen. Unsere Eltern brüllen sich in der Küche dermaßen an, dass es mich wundern würde, wenn sie irgendeinen Laut von uns hören würden. Meine

Schwester hält ein Videospiel in der Hand, das sie als Taschenlampe benutzt, außerdem Decken. Ein wildes Durcheinander. Wenn meine Eltern darauf bestehen, die ganze Nacht Krieg zu führen, verschanzen wir uns in einer Deckenfestung. Hier geht es uns besser, als wenn jeder von uns versucht, in seinem Zimmer zu schlafen.

Ich schüttle eine Decke, was sie in einer langen Welle durch die Luft schweben lässt. Durch die Wände brüllt Mom irgendwas wegen »Fünfzigtausend Dollar pro Jahr, Mitch! Wie sieht dein Plan aus? Von meinem beschissenen Gehalt kann ich ihn bestimmt nicht auf die Uni schicken.« Ich zucke zusammen. Das ist die Variante von familiärem Krach, die ich am allerwenigsten mag: die, bei der ich hinter den Kulissen der Star bin.

»Bloß weil er nicht einfach auf ein verdammtes State College gehen kann!« Dad brüllt ebenfalls – genauso laut und doppelt so gehässig. »Aber nein, er muss auf die andere Seite des Landes und einen Arschvoll Geld für etwas bezahlen, das er hier umsonst kriegen kann!«

Roo, die gerade mit einem wuchtigen Pokal eine Decke an meinem Schreibtisch beschwert, schaut mich gequält an. Ihr Mund formt *Oh Mann*, aber ich höre sie nicht, weil meine Mutter gerade brüllt: »Er ist ein Scheiß-Genie! Er verdient es, auf eine gute Uni zu gehen!«

Ich habe genug Streits von meinen Eltern miterlebt, um zu wissen: Das ist kein Kompliment. Sondern ein Köder. Falls mein Vater anbeißt? Und kontert: *Nein, er ist kein Scheiß-Genie!*, oder: *Nein, verdient er nicht*, wird sich der

Streit nicht länger um Geld drehen. Es wird um mich gehen. Ob meine Eltern mich lieben. Wer mich mehr liebt.

Wenn ich nicht den Verstand verlieren will, ist es besser, für heute Abend abzuschalten.

Wie unglaublich erleichternd, mich mit Roo unter diesen übereinanderdrapierten Schichten Baumwolle und Wolle zu verkriechen. Ich blättere meine Seiten um. Roos Daumen tippt auf ihren Bildschirm. Ich kaue auf meinem späten Abendessen herum, einem Müsliriegel. Wir erzeugen einen Rhythmus mit diesen kleinen Bewegungen. Ich werde mich auf diese Geräusche konzentrieren statt auf den Streit, der schwach durch die von uns errichteten Wände dringt. Es fühlt sich beruhigend an. Sicher. Ich verliere jedes Zeitgefühl und bin überrascht, als Roo den Kopf hebt.

»Hey, Finch?«

Ich blicke auf und blinzle sie im schwachen Licht an. »Ja, Roo? Alles gut mit dir?«

»Macht es dir eigentlich was aus?« Sie kaut auf ihrer Lippe herum und vermeidet Blickkontakt. »Wenn sie so über dich reden?«

Die Antwort lautet natürlich *Klar, macht es mir was aus, sehr viel sogar.* Aber ich weiß auch, dass es bei diesen Streitgesprächen eigentlich nicht um mich geht. Zumindest nicht jedes Mal. Gewöhnlich geht es um mehr – sie drehen sich um das größte Thema überhaupt: Geld.

»Wie soll ich sagen, Mom und Dad stehen schon lange unter Stress«, setze ich an. »Weil Dad arbeitslos ist und

Moms Redaktion verkleinert wird, ich meine ... nichts davon hat irgendwas mit mir zu tun. Oder ihnen. Oder irgendeinem von uns. Es ist nicht ihre Schuld, dass sich die Regierung weigert ...«

»Finch, echt jetzt? Kannst du bitte einfach ein Mensch sein? Nur eine Sekunde lang?« Selbst im schwachen Licht erkenne ich die Enttäuschung auf ihrem Gesicht. »Statt wieder mit Politik anzufangen?«

»Das Private ist politisch.«

Sie stöhnt. Ein Vorhang aus schwarzem Haar fällt ihr über die Augen. »Mann«, brummt sie hinter diesem Schleier. »Dein Nerd-Arsch wird mir nächstes Jahr echt fehlen.«

»Mein Nerd-Arsch?« Ich muss lachen. »Sorry – wie viele Stunden hast du doch gleich Mineshaft gespielt?«

»Es heißt Minecraft und das weißt du bestimmt auch.«

»Sorry, sorry, ich meinte Fortwatch.«

»*Finch.*«

Ich lache noch immer. »Overnite?«

»Okay. Es reicht.«

Sie wirft ihr Spiel beiseite und krabbelt auf allen vieren auf mich zu. Ich halte mein Buch als improvisiertes Schild gegen den erwarteten Angriff hoch. Aber er kommt nicht. Roo sinkt mit einem leisen, verängstigten Schniefen in meine Arme und kauert sich in meinen Schoß. Ich bin so verdattert, dass es einen Moment dauert, bis ich die Hände hebe und sie an meinen nicht abgebundenen Oberkörper drücke. Normalerweise ist Roo überhaupt nicht für

Körperkontakt zu haben, schon gar nicht für Ganzkörperkuscheln.

»Wenn du doch bloß nicht auf die Uni weggehen würdest.« Ihre Stimme ist leise und verschwindet fast in den Falten meines Pyjamas. »D. C. ist zu weit weg. Du solltest hierbleiben. Zu Hause wohnen.«

Ich wiege sie sanft hin und her. »Aber wo soll ich dann zur Uni gehen?«

»Evergreen«, antwortet sie. »Lucy redet ständig davon.«

Nun bin ich mit Augenverdrehen dran. »Sie hat dich wohl in ihr Komplott einbezogen, was?«

»Ihr könntet euch zusammen eine Wohnung nehmen und ich könnte bei euch beiden einziehen«, erklärt sie. »Dann müsste ich mir nicht jede verdammte Nacht anhören, wie sie sich anbrüllen.«

»Oh Roo.« Sie ist schwer in meinen Armen. »Ich muss nach D. C. Ich muss einfach. Aber es hat nichts mit dir zu tun. Ehrenwort.«

»Natürlich hat es was mit mir zu tun«, widerspricht sie. »Was passiert, wenn du weg bist? Dann bin ich allein.«

Sie hat recht. Das weiß ich. Wen hat sie außer mir? Die Pixel auf ihrem Bildschirm?

»Hör zu: In drei Jahren wirst du auch an der Uni sein und …«

»Oh, ich werde auf keinen Fall auf die Uni gehen.« Sie schnaubt. »Meine Noten kannst du vergessen. Außerdem braucht man keinen Uni-Abschluss, um Spieleentwicklerin zu werden.«

»Okay. Von mir aus. Keine Uni. In drei Jahren kannst du ausziehen und anfangen, deine eigenen Spiele zu programmieren und ...«

»Genau. Super. Noch drei Jahre, in denen ich versuche, bei diesem ständigen Geschrei zu schlafen. Wenn sie doch bloß einfach aufgeben und sich scheiden lassen würden.«

»Ruby!« Ihr richtiger Name schießt aus mir heraus. »Das meinst du nicht ernst. Du willst nicht wirklich ...«

»Vielleicht doch!« Roo ist wie ich – sie weint so gut wie nie –, aber jetzt ist sie kurz davor, ich sehe es ihr an. »Es geht mittlerweile, wie lange, ein Jahr so? Und er sucht nicht mal mehr nach einem Job! Er hockt bloß auf dem Sofa und er ... Er ...«

»Er ist fast sechzig«, unterbreche ich sie sanft; ich spüre, dass sie nicht mehr so in Fahrt ist. »In dem Alter findet man nur noch schwer einen Job.«

»Und was tut er dann? Was tun wir? Ernsthaft, Finch: Wann wird es je leichter werden?«

Dazu kann ich nichts sagen. Absolut nichts. Ich kann mich wenigstens damit trösten, dass ich in ein paar Monaten hier raus bin. Aber was ist mit ihr? Wie soll sie das aushalten? Alles, was mir einfällt, sind nutzlose kleine Nettigkeiten: *Halt durch, gib nicht auf, Kopf hoch.* Ich sage lieber gar nichts, bevor ich ihr solche Worthülsen verabreiche.

»Ich weiß es nicht, Roo«, erwidere ich schließlich. »Lass uns einfach ins Bett gehen. Ich brauche ein bisschen Schlaf.«

»Von mir aus«, antwortet sie beleidigt, aber sie wird ruhiger, als wir die Decken um uns ziehen und uns einkuscheln. Selbst jetzt, nachdem auch wir eine Auseinandersetzung hatten, wissen wir beide, dass es guttut, jemanden neben sich zu haben. Einen Menschen, der einen liebt. Der nicht weggehen wird.

Und trotzdem, als Roo ihren kleinen Kopf an meine Schulter schmiegt, kann ich nur an eines denken: wegzugehen.

# KAPITEL 4

Am nächsten Vormittag, und zwar den ganzen Vormittag lang, täusche ich, so gut ich kann, Ruhe vor. Mit ein bisschen mehr Schlaf wäre ich nicht so ein Nervenbündel – danke, Mom und Dad –, aber es würde mich trotzdem nicht davon abhalten, die Streitfrage für die Nationals mit Panik zu erwarten. Vor allem, als Adwoas Nachricht im Bus zur Schule kommt: themaverkündung@11:30, halt dich bereit, danach ein nützlicher YouTube-Link: Europe – The Final Countdown (Official Video)

Als die Stunde – vielmehr die halbe Stunde – schließlich näher rückt, bin ich hinten im Matheunterricht von Mr Mah eingesperrt. Betonung liegt auf *eingesperrt*. Wenn Mr Mah sieht, dass ich mein Handy benutze, wird er es mir wegnehmen; aber wenn ich die Nachricht nicht Punkt 11:30:00 Uhr lese, kommt es zur Selbstentzündung.

Ich habe mir deshalb aus meinem Buch einen Schild gebaut. Um mein Handy vor seinen neugierigen Blicken zu verbergen. Nicht, dass er nicht das Recht hätte, neugierig zu sein, wenn ich in seinem Unterricht offen Nachrichten lese. Mittlerweile hatte ich dreimal stummen vibrierenden falschen

Alarm: eine Einladung von Jasmyne, bei *Words With Friends* mitzuspielen, die Ankündigung einer neue Folge von *Pod Save America* und eine Nachricht von Lucy in überschwänglichen Großbuchstaben mit Tippfehlern: OOHH MANN LINSAY ELLFIS HAT MIR GERADE AUF TWITTE DMED WERD SIE VON MEIN KANAL INTERVW VERSUCHEN WNÜSCH MIR GLÜC!!!!!

Genau das will ich gerade tun – Lucys Nachricht antippen, ihr Glück wünschen und sie fragen, wer diese Linsay Ellfis ist –, als ich ein viertes Vibrieren spüre.

ADWOA DOUNA: rate wer das nats thema bekommen hat (ich nämlich) (ich habs gekriegt)

Ich hebe den Kopf und strahle Mr Mah mit meinem Ich-bin-ganz-Ohr-Lächeln an. Er lächelt zurück. Perfekt. Ich habe mir gerade fünf Minuten unverdächtige Bildschirmzeit erkauft.

ADWOA DOUNA: moment kopier dir gleich die email von der NADA
ADWOA DOUNA: Kylie Jenner hat eine Geburtstagsparty mit Thema Report der Magd gegeben und Es War Krass.
ADWOA DOUNA: omg sorry falsche mail
JONAH CABRERA: moment hat sie echt? der report der magd???
FINCH KELLY: Ist Kylie die mit der Pepsi-Werbung und der Bereitschaftspolizei oder ist das eine andere?

JONAH CABRERA: finch ich weiß wie viel zeit du damit verbringst schlaue artikel darüber zu lesen dass die kardashians der untergang der zivilisation sind
JONAH CABRERA: kann nicht. sein. dass du kendall und kylie nicht auseinanderhalten kannst
ADWOA DOUNA: okay sorry zweiter versuch von kopiereneinfügen

Ich warte. Ich beobachte das graue Blubbern. Die drei kleinen Punkte werden dunkler und dunkler. Das ist sie: die Pistole, die an der Startlinie abgeschossen wird. Was immer Adwoa als Nächstes tippt, wird den nächsten Monat meines Lebens bestimmen. Ich werde jedes Fitzelchen freie Zeit damit verbringen, diese Worte bei Google einzugeben. Ich werde jeden Artikel verschlingen, den ich umsonst lesen kann, und mich mit Roos Hilfe um die Paywalls herumhacken, die mich bei den anderen daran hindern wollen.

ADWOA DOUNA: Der nationale Ausscheidungswettkampf der North American Debate Association wird vom 29. – 31. März in der Gray School in Washington, D. C. stattfinden.
Das Thema des diesjährigen Wettkampfes lautet:
Dieses Haus stimmt dafür, transsexuellen Schüler:innen öffentlicher Schulen die Wahl der Toilette zu überlassen.

Nein. Nein, nein, nein. Ich kriege keine Luft. Vor meinen Augen verschwimmt alles. Das im Bus heruntergeschlungene Frühstück springt mir in die Kehle. Von allen Themen, die zur Diskussion standen, und allen Kulturkämpfen in allen Städten der Welt haben sie sich ausgerechnet meines herausgepickt.

»Finch?« Mr Mah durchdringt meine Benommenheit. »Ich werde dieses Telefon jetzt an mich nehmen.«

Er streckt die Hand aus und deutet auf das Telefon, das eifrig hinter meiner schlampig errichteten improvisierten Barrikade vibriert. Mir ist so was von schlecht: Ich brauche meine ganze Kraft, um den Mund zu öffnen und Wörter rauszubringen, nicht Galle.

»Familiärer Notfall«, erkläre ich ihm wenig überzeugend. »Ich muss … muss …«

Er schüttelt den Kopf, seine Gleitsichtgläser funkeln im Halogenlicht. »Geben Sie her, Finch. Sie bekommen es nach dem Unterricht zurück.«

Ich weiß nicht, wo ich die Energie hernehme, ihm das Telefon in die Hand zu legen, aber irgendwie schaffe ich es, und dann bin ich allein an der Insel meines Tischs. Ein- und auszuatmen, ist harte Arbeit. Noch härtere Arbeit ist es, nicht grauenvoll anschaulich über die sechzigste und einundsechzigste Seite des Mathebuchs zu reihern. Ich kann nicht glauben, dass mir das hier gerade passiert.

Die Sache ist die: Bei den Nationals ist man niemals einfach nur für oder gegen etwas. Man wechselt die Seiten. In der ersten Runde ist man *pro*; in der zweiten Runde ist man *kontra*. Beide Seiten. Da führt kein Weg vorbei.

Wenn ich zu diesem Wettkampf antrete, muss ich hinter

einem Podium stehen und Argumente gegen mein Recht, kacken zu gehen, vorbringen.

Ich werde gegen Leute argumentieren müssen, die noch nie in ihrem Leben einem trans Menschen begegnet sind. Die absolut nichts über mich wissen. Die alles glauben, was J. K. Rowling auf Twitter postet. Ich schlage täglich Rückwärtssaltos, um mir mit diesen Leuten *keinen* Schlagabtausch zu liefern. Hier in der Schule weiß so gut wie niemand, dass ich trans bin, und das aus gutem Grund: Ich wäre dann kein Individuum mehr, sondern ein Politikum.

Den Rest des Matheunterrichts verbringe ich mit unguten Grübeleien. Was zur Hölle soll ich tun? Ich kann diesen Wettkampf nicht einfach boykottieren; hier geht es um die *Nationals*, verdammt noch mal. Ich muss dort antreten. Und wenn ich in Georgetown irgendeine Chance haben will, muss ich gewinnen. Hinter einem Rednerpult stehen und eine Rede abliefern, warum ich es nicht verdiene zu pinkeln, und gewinnen.

Meine Mathenote wird Georgetown bestimmt nicht für mich klarmachen. Die strenge Ermahnung, die mir Mr Mah auf dem Weg nach draußen erteilt, bekomme ich kaum mit, stattdessen stolpere ich auf den Gang und tippe wie wild auf meinem Handy herum. Ich habe mehr als ein Dutzend Nachrichten verpasst. Die neueste – die erste, die ich sehe – lautet:

JONAH CABRERA: na finch da bist du doch bestimmt aufgeregt

… Wovon *redet* er? Jonah gehört zu den wenigen an der Johnson, denen ich erzählt habe, dass ich trans bin. Sollte er nicht wissen, dass ich absolut nicht scharf auf die Aussicht bin, ein Wochenende damit zu verbringen, mir Argumente anzuhören – nein, zu wiederholen –, warum ich überall in den Vereinigten Staaten Toilettenverbot habe? Ich schreibe ihm mit zittrigen Daumen zurück:

FINCH KELLY: Warum sollte ich da aufgeregt sein haha
JONAH CABRERA: hmmm vielleicht wegen washington??
JONAH CABRERA: district????
JONAH CABRERA: of columbia??????????

Moment. Warte. Ist er … sind wir wirklich …

Ich scrolle nach oben und da sticht es mir ins Auge: *Der nationale Ausscheidungswettkampf der North American Debate Association wird vom 29. – 31. März in der Gray School in Washington, D. C. stattfinden.*

Ich werde nach Washington, D. C. fahren. *Ich werde nach Washington, D. C. fahren.*

Eine Welle von Übelkeit bricht sich über mir. Ich spüre keinen Schwindel. Nicht mehr. Mit einem Mal bin ich wach. Ich fühle mich besser. Was soll's, wenn jede Runde eine transphobische brennende Mülltonne ist? Wen interessiert das? Wir reden von Mülltonnen, die bis oben hin mit weltgeschichtlichem Müll gefüllt sind und hell und trotzig vor Monumenten aus weißen Ziegelsteinen lodern.

Jonahs Worte ähneln Sonnenstrahlen, die Nebel durchdringen. Ich kann das Thema als das sehen, was es ist: ein Test. Wenn ich diesen Wettkampf gewinne, werde ich meinen wildesten Traum Wirklichkeit werden lassen. Ich werde nach Washington, D. C. gehen und dort Geschichte schreiben. Jahre später werde ich im Sitzungssaal des Repräsentantenhauses über Transrechte debattieren und auf die kleine Panikattacke zurückblicken und lachen und lachen und lachen.

Ich lege noch mal die Daumen auf die Handytastatur. Ich grinse.

FINCH KELLY: Dann
FINCH KELLY: Mal
FINCH KELLY: Los

Bei Viva Vegan gibt es eine Ecknische, die Lucy zu unserem persönlichen Eigentum erklärt hat. Wehe dem, der sich mit einem Smoothie, Süßkartoffelpommes und Spaghetti-Kürbis-Lasagne hier niederlässt, wenn wir da sind. Potenziellen Eindringlingen gegenüber können wir handgreiflich werden – und sind es auch schon geworden.

Heute wartet dort dank Mom Newsome ein Nach-der-Schule-Snack auf uns: Pita-Chips, Bohnendip, der nach Knoblauch und Zitrone duftet, und zwei dunkellila, fast schwarze Getränke, die sie aus irgendwelchen exotischen Beeren zusammengebraut hat, bei denen ich nicht mal weiß, wie ich sie aussprechen soll.

Wenn Lucy und ich irgendwo was essen gehen, befolgen wir ein striktes Handyverbot, vor allem im Viva – durchgesetzt von Lucy, vererbt von ihrer Mutter und offensichtlich geteilt von Mr Mah. *Nehmt einander wahr*, verkünden die Plakate in zittriger Schrift überall im Gastraum. *Achtsames Essen ermöglicht achtsame Gespräche.* Klingt wie Esoterik-Schwachsinn für mich, aber es scheint was dran zu sein. Lucy ist so achtsam, dass sie mich, als ich eine Sekunde, den *Bruchteil* einer Sekunde, auf meinen Schoß spähe, sofort ertappt und sich auf mich stürzt.

»Für diejenigen, die sich gerade erst zugeschaltet haben«, sagt sie und hält sich ein Ohr mit dem Finger zu, als würde sie in ein Headset sprechen, »wir haben gerade erfahren, dass der berüchtigte Finch Kelly Sexting betreibt – ja, Tom, ganz richtig, in der Öffentlichkeit und am hellichten Tag ...«

»Das ist kein Sexting!«, rufe ich. »Das ist ja nicht mal ein richtiges Wort!«

»Auch wenn Mr Kelly die Anschuldigung abstreitet«, fährt Lucy fort, »ebenso die Tatsache, dass *Sexting* eine völlig natürliche Entwicklung der englischen Sprache darstellt ...«

»Du wolltest sagen, den Zerfall der englischen Sprache.«

»... ist eines nicht zu übersehen«, fährt sie fort und zeigt mir einen zutiefst unnachrichtensprechinnenmäßigen Mittelfinger. »Mr Kelly starrt auf sein Handy, während er mit seiner besten Freundin, Lucy Newsome, in der Ecknische von Viva Vegan sitzt und eine vor Langem getroffene

Abmachung verletzt, dass beim Essen keine Nachrichten geschrieben werden.« Sie legt eine Pause ein, dann sagt sie weihevoll: »Und damit zurück zu dir, Tom.«

Ich nehme einen Schluck von meinem Smoothie. »Wer ist Tom?«

»Äh, *Brokaw*?« Als hätte ich sie gerade gefragt, ob der Himmel grün ist. »Wem hast du überhaupt gerade geschrieben?«

»Das ist der Gruppenchat des Debattierclubs.« Ich lasse mein Handy in den Rucksack fallen, halte die Hände hoch und zeige meine leeren unschuldigen Handflächen. »Wir haben heute Morgen das Thema für die Nationals bekommen.«

»Oje. Und was ist es dieses Mal?« Sie greift nach ihrem Smoothie und verdreht die Augen. »Müllentsorgung in den Meeren? Die Bewaffnung von Kindergartenkindern mit Sturmgewehren?«

Lucy ist *kein* Fan des Debattierclubs.

»Den genauen Wortlaut habe ich nicht mehr im Kopf.« Ich lüge. Natürlich erinnere ich mich an den genauen Wortlaut. Ich habe mir den Satz den ganzen Tag immer wieder vorgesagt. Aber ich will einen Streit mit Lucy vermeiden, die es ethisch kritisch findet, beispielsweise für das Recht der Vereinten Nationen auf unbegrenzte Atomwaffen zu argumentieren. »Aber irgendwas mit, äh ... trans Menschen. Und Toiletten.«

»Oh Finch.« Sofort verschwindet das Bissige aus ihrem Gesicht. »Ich wusste, dass es übel werden würde, aber ich dachte nicht, dass es, na ja, *persönlich* übel würde.« Sie holt tief Luft und mustert meine düstere Miene. »Scheiße. Du ziehst das nicht wirklich durch, oder? Gehst da rauf und behauptest, du hättest keine Rechte verdient?«

»Wir reden hier von den Nationals«, erwidere ich und hoffe, das reicht ihr als Erklärung.

Tut es nicht. »Und?«

»Da kann man ein Thema, nur weil es einen persönlich betrifft, nicht einfach auslassen.«

Lucy zieht dieses Gesicht – geschürzte Lippen, Nase krausgezogen –, das sie immer macht, wenn sie etwas Ekliges riecht oder aus Versehen Fleisch isst oder einen richtig *republikanischen* Republikaner sieht.

»Genau deshalb bin ich nie in den Debattierclub eingetreten.« Ihre Stimme klingt spröde und hart. »Ich könnte mich nie hinter ein Rednerpult stellen und den Satan geben.«

»Darum geht es nicht beim Debattieren.« Nun bin ich dran, das Gesicht zu verziehen. »Es geht darum, ein Thema aus jedem Blickwinkel zu begreifen. Ich rede nicht von links oder rechts. Nicht einmal von richtig oder falsch. Sondern Themen wirklich umfassend zu durchdringen, jede Nuance zu verstehen, die richtig komplizierten …«

»Nein danke«, unterbricht sie mich und schlägt die Zähne in einen Pita-Chip: *Knirsch*. »Ich muss keine Meile im Poloshirt eines Proud Boys herumlaufen, um zu wissen, dass er scheiße ist.«

»Wie dem auch sei«, murmle ich. Ich möchte dieses

Gespräch unbedingt beenden, bevor sie sich richtig in Rage redet und *mich* als Proud Boy bezeichnet. »Wenigstens findet der Wettkampf in D. C. statt.«

»Mein Gott, Finch, warum bist du so besessen von D. C.?«

Sie knallt ihren Drink auf den Tisch; ein Schluck Smoothie schwappt über und färbt den Tisch lila. »Es gibt direkt hier vor deiner Nase Menschen, die deine Hilfe brauchen.«

»Wen zum Beispiel?«

»Hm, die Obdachlosen, die im Sylvester Park kampieren?«

»Oh, unbedingt. Vergiss D. C.« Ich weiß, dass ich wie ein verzogenes Gör klinge. Es ist mir egal. »Ich bleibe einfach hier und beende mal eben im Alleingang die Obdachlosigkeit.«

»Wer hat gesagt, dass du das allein übernehmen musst?« Sie steht vom Tisch auf und zieht eine Postkarte von der Pinnwand ihrer Mutter. »Alice Brady in den Kongress«, liest sie und reicht mir mit selbstzufriedener Miene den Flyer.

Ich schaue mir die Karte an: eine junge rothaarige Frau, die, in helles Blau gekleidet, eine allgemeine Krankenversicherung, mutige Maßnahmen gegen den Klimawandel und Wohnraum als Menschenrecht verspricht.

»Ist das die Lady, von der du mir erzählt hast?«, frage ich sie. »Die trans Frau, die Denny Heck ablösen will?«

Lucy nickt. »Wenn du dein Leben der Unterstützung von trans Menschen widmen willst, ruf sie an.« Sie tippt auf die

Telefonnummer auf der Postkarte. »Flieg nicht nach D.C., um dafür einzutreten, dass es dir nicht erlaubt sein sollte zu pinkeln.«

Ich lege die Postkarte auf den Tisch. Alice Brady lächelt unbeeindruckt und auf dem Kopf stehend zurück.

»Du bist ausgesprochen überzeugend«, erkläre ich ihr und trinke meinen Smoothie. »Du hättest eine super Debattierpartnerin abgegeben.«

»Von wegen. Wir wissen beide, dass ich Jonah nicht das Wasser reichen kann. Er ist dein Seelenverwandter, was Debattieren anbelangt.« Sie macht eine Pause und lacht. »Dein Debattierverwandter.«

»Oh, Mist.« Ich sehe panisch auf die Uhr an der Wand. »In einer Viertelstunde bin ich mit ihm verabredet.«

Ich hatte ihn gefragt, ob wir uns nach der Schule gemeinsam vorbereiten können – am liebsten bei ihm zu Hause, damit ich mich dort mit Erdnüssen vollstopfen konnte. Aber er hatte schon was vor: Bailey hat ihn überredet, sich heute Nachmittag die Probe von *Billie* anzuschauen. Adwoa erklärte Jonah zwar, dass ein Date kein triftiger Grund sei, bei der Vorbereitung herumzuschludern – schon gar nicht, wenn es nur noch ein paar Wochen bis zu den Nationals waren, no Sir. Ich habe einen Kompromiss angeboten: Wir würden uns nach Baileys Probe treffen. Auf diese Weise konnte Jonah beiden Verpflichtungen nachkommen: seinem Freund gegenüber und uns.

Es funktionierte. Es herrschte Friede. Sei die Veränderung, die du in deinem Gruppenchat sehen willst.

»Dann mach dich mal lieber auf den Weg«, sagt Lucy. »Wird sowieso ewig dauern, Jonah mit dem Brecheisen aus Baileys Armen zu hebeln.« Offenbar merkt sie, dass sie ein bisschen fies ist; ein leichter Seitenblick genügt und sie rudert zurück. »Ich kann es ihm nicht verdenken. Ich meine, hast du Bailey mal angesehen?«

»Ich habe Bailey angesehen, ja.« Ich stehe auf und ziehe den Rucksack über die Schultern. »Und ganz ehrlich? Von den beiden ist Jonah konventionell gesehen der entschieden Attraktivere.«

Ich sage das beiläufig, als wäre es die schlichte, nicht weiter bemerkenswerte Wahrheit – denn so ist es –, aber Lucy stürzt sich trotzdem darauf und grinst wie der Teufel. »Ist das so?«

»So meine ich das nicht«, blaffe ich sie an. »Und ich sage damit überhaupt nicht, dass Bailey nicht gut aussieht. Sondern bloß, dass Jonah …« Ich suche nach einer Formulierung, die mich nicht impliziert. »Er ist wie einer dieser Männer aus … Schwarz-Weiß-Filmen. Oder, äh … aus einer Trenchcoat-Werbung.« Mein Stottern macht es nicht besser. Lucy grinst immer noch. »Hör auf, mich so anzusehen.«

»Ich sehe dich nicht irgendwie an.« Sie hält die Hände hoch und setzt eine Unschuldsmiene auf. »Außerdem stehst du ja überhaupt nicht auf Jungs.«

»Da hast du recht! Tu ich auch nicht!« Ich schlage mit der Hand auf die Tischplatte und beharre bockig: »Ich achte darauf, wie Jungen aussehen, weil ich auch ein Junge bin und mehr wie einer aussehen möchte.«

»Wie du meinst, Kumpel.« Sie lacht und schlürft die letzten Reste ihres Smoothies. »Schreib mir nachher, okay? Erzähl mir, wie der ›konventionell attraktive‹ Jonah derzeit aussieht.«

»Wird gemacht.« Ich zeige ihr den Finger. »Hab dich lieb.«

»Hab dich auch lieb«, antwortet sie und hält den Mittelfinger ebenso hoch wie ich.

Und weil ich heute noch nicht genug gelitten habe, stoße ich die Tür zur Aula genau im passenden Moment auf, um die allerletzten Worte zu hören, die ich unbedingt hören wollte: »Okay, alle miteinander! Noch mal von vorn!«

Das Crescendo des Orchesters hilft, mein verzweifeltes Stöhnen zu übertönen. Das laute Klackern der Steppschuhe der Tänzer hilft ebenfalls. Sie verschwinden in den Seitenbühnen und lassen Bailey auf der Bühnenmitte allein, in einem winzigen Lichtfleck. Einen Moment lang sehe ich – fasziniert und eifersüchtig – zu, wie sich sein Adamsapfel auf der schneeweißen Fläche seiner Kehle auf und ab bewegt.

Jonah sitzt im Parkett in der Mitte, direkt unter der Steuerkabine – der beste Blick im Haus. »Hey, Jonah.« Ich lasse mich in den Plüschsessel neben ihn fallen. »Wie läuft die Probe?«

»Super!« Dafür, dass es bereits später Nachmittag ist, klingt er furchtbar begeistert. »Allmählich haben sie diese großen Tanznummern echt drauf.«

Ich beäuge ihn misstrauisch. »Warum glaube ich dir das nicht?«

Er zögert eine Sekunde. »Ehrlich gesagt ist dieses Musical irgendwie ...« Aber dann gehen die Lichter aus, und die Musik wird lauter, und Bailey öffnet den Mund.

Seine Stimme. Heilige Scheiße. Kein Wunder ist Jonah in ihn verliebt.

Baileys Gesang verbindet etwas, das eigentlich nicht möglich ist: Naturtalent, Übung, Magie? Ich habe ihn früher schon singen hören, aber noch nie in einem so leeren Raum. Seine Stimme erreicht uns in dieser Höhle selbst ohne Mikrofon und nimmt uns gefangen.

Er ist ganz allein dort oben, nur er und sein Licht. Ich lehne mich an Jonah. »Ist das eine Einmannshow?«

»Nein, nein«, flüstert Jonah zurück. »Bailey eröffnet sie mit einem Solo, aber dann ...«

Aber dann! Die Musik explodiert, die Bühne verwandelt sich in ein Farbspektakel, und jede Tänzerin und jeder Tänzer des Theaterclubs stürzt heraus und wirbelt um Bailey herum. Sie umringen ihn in einer präzisen Formation. Ich verliere ihn beinahe aus den Augen, sein entenflauschig blonder Kopf verschwindet hinter Armen, Ellbogen, flatternden Händen.

»Leute? Hey Leute?« Über den Sturm von Steppschuhen ist Bailey kaum zu hören. »Für den schnellen Kostümwechsel brauche ich ein bisschen mehr Platz! Tiffany kannst du ein Stück zurücktreten?« Tiffany scheint ihn zu ignorieren, denn Bailey lacht – es klingt nicht glücklich. »Zwingt mich nicht zu schreien, okay? Ich darf meine Stimmbänder nicht strapazieren, sonst – *Tiff, echt jetzt?*«

Sie verblüfft mich, diese kleine Welle Affektiertheit in seiner Stimme, die bei *echt jetzt?* zum Höhepunkt aufwogt. Diese Seite von Bailey habe ich noch nie erlebt. Wenn ich es nicht besser wüsste – nicht mit ihm Bus fahren würde, nicht wüsste, dass er Jonah wie einen Prinzen behandelt –, könnte ich ihn glatt für eine Diva halten.

Ist er eine? Ist mir da was entgangen? Als ich ihn jetzt so in seinem Lichtstrahl anschaue, mit zwei kompletten Reihen Tänzer:innen, die sich hinter seinem Rücken wiegen, kann ich mich nicht erinnern, ihn jemals bescheiden erlebt zu haben. Am Ende des Songs, als er die Hände hochwirft und die letzte Note herausschreit, glänzt er im wahrsten Sinne des Wortes. Vor Schweiß. Aber trotzdem.

Ich schaue nach links: Jonah glänzt ebenfalls. An der dunkelsten Stelle seiner braunen Augen spiegeln sich die Bühnenscheinwerfer wider. Es ist beeindruckend, ihn so zu sehen: mit sprichwörtlichen Sternen der Verzückung in den Augen. Doch mir bleibt nicht viel Zeit, um ihn zu betrachten. Er ist sofort auf den Füßen, schlägt die Hände zusammen und jauchzt und jubelt: »*Bailey! Bailey! Bailey!*« Es ist komisch, eine so stürmische Ovation in einem so leeren Raum zu hören. Findet es außer mir noch jemand komisch? Das Ensemble. Der Schauspiellehrer? Wer auch immer? Es ist, als wären wir anderen gar nicht anwesend. Als habe nichts Bedeutung außer Baileys Höchstleistung, Jonahs Bewunderung.

Baileys Talent ist mir natürlich bewusst. Ich kann es sogar beklatschen. Aber ich bin nicht in sein Talent verliebt. Nicht, wie Jonah es unübersehbar ist. Als der Lehrer das Ensemble entlässt, rennt er die Treppe zur Bühne hinunter, zwei oder drei Stufen auf einmal nehmend. Ich renne ihm hinterher, der lahme alte Hund im Gegensatz zum hyperaktiven Welpen. Er erreicht die Bühne als Erster und wirbelt seinen Freund wie eine Stoffpuppe durch die Luft.

Als ich sie so beobachte, frage ich mich, ob es je jemanden geben wird, der *mich* so halten wird.

»Jojo!«, quiekt Bailey. »Oh mein Gott! Lass mich runter, Baby!«

Irgendwann stellt Jonah Bailey wieder auf die Erde, vorsichtig, als wäre er eine Porzellantasse. Aber seine Freude wird nicht schwächer, kein Lumen. Er schiebt eine weißblonde Locke hinter Baileys Ohr. »Heute warst du der *Hammer*, Bee.«

»Ich bin jeden Tag der Hammer« erwidert Bailey und schlägt Jonah auf die Brust. »Aber das wusstest du ja schon, oder?«

Selbst ohne Scheinwerfer ist Bailey von einem Leuchten umgeben. Die bloße Tatsache, neben ihm zu stehen, gibt mir das Gefühl, fade und schäbig zu sein. Neben ihnen, wollte ich sagen. Obwohl Dutzende von Leuten um uns herumstehen, alle in achtlos und unordentlich nach der Aufführung übergeworfenen Klamotten, ist es, als wäre ich in einen intimen Moment hereingeplatzt. Ich drehe mich zu den roten Samtvorhängen der Bühne und fahre mit der Hand ein kleinteiliges Muster im Stoff nach. Um irgendetwas zu tun zu haben, bis Jonah fertig ist und wir gehen und uns an die Arbeit machen können.

Nach der Probe ist es kalt draußen. Dunkel. Als wir über den Parkplatz laufen, zeigen sich am Himmel erste Risse eines Sturms. Jonah bleibt stehen, um in seinem Rucksack nach seinem widerspenstig gelben Schirm zu suchen.

»Auf der Skala von eins bis zehn«, sagt er zu mir, als sich der Polyester-Baldachin über uns öffnet, »wie aufgeregt bist du, nach D.C. zu fliegen?«

»Hundert«, sage ich, ohne zu überlegen. »Nein, tausend. Eine Million.«

»Wir sollten in der Georgetown vorbeigehen«, grinst mich Jonah an. »Damit du dir schon mal ein Bild vom Studentenleben dort machen kannst, bevor du im Herbst anfängst.«

Mir wird flau im Magen. »Mach mir keine falschen Hoffnungen.«

»Warum nicht? Wie könnte irgendeine Uni einen nationalen Debattierchampion abweisen?«, widerspricht er, und bevor ich protestieren kann, weil ich das mit den Hoffnungen ernst gemeint hatte, deutet er schon auf die Stoßstange seines bescheidenen gebrauchten Hybrids. »Steig ein. Ich mach die Arschwärmer an.«

Ein Auto stand in meiner Familie, die chronisch knapp bei Kasse war, nie zur Diskussion, schon gar nicht, nachdem die öffentlichen Verkehrsmittel in Olympia vor ein paar Jahren gnädigerweise kostenlos wurden. Jonah hatte das Glück, seinen Wagen letztes Jahr von seinen Eltern als Geburtstagsgeschenk zu bekommen. Natürlich war die Erwartung daran geknüpft, dass er seine Geschwister zur Little League und den Girl Scouts kutschieren würde, während sein Vater Not leidende Gemeindemitglieder besuchte und seine Mutter Nachtschichten im Providence St. Peter Hospital arbeitete. Doch Jonah ist der Typ, der nur fährt, wenn mehrere Leute mitfahren, deshalb throne ich an unseren Nicht-Bus-Tagen auf seinem Beifahrersitz.

Heute Abend ist sein Blick auf die Straße gerichtet. Meiner auf meinen Schoß. Mein Notizbuch ist aufgeschlagen, darauf liegen eine Handvoll Highlighter – in den Regenbogenfarben, ein altes Pride-Geschenk von Lucy.

»Also: Noch sechsundzwanzig Tage bis zu den Nationals. Bis dahin noch dreimal Debattierclub.« Ich ertränke mit dem gelben Marker jeden Montag in Sonnenschein. »Wenn wir uns jeden Mittwoch und Freitag nach der Schule zur Vorbereitung treffen und vielleicht noch ein paar Lunchtermine im Green Bean einplanen können, wird uns das ...«

Jonah lässt ein Lachen hören. Ein leises. Ich hebe neugierig den Kopf und sehe ihn an. Seine Augen haben die Straße verlassen. Sie haben mich gefunden.

»Was? Was ist denn?« Es fühlt sich komisch an, wie er mich ansieht. Genau genommen sieht er mich nicht an, sondern eher in mich hinein. Ich merke, wie ich mich versteife. »Warum starrst du mich so an? Hab ich was zwischen den Zähnen?«

»Erinnerst du dich noch an das erste Treffen des Debattierclubs?«, fragt er, während ich meine Zähne im Rückspiegel blecke und auf Petersilie absuche. »In der Neunten. Adwoa hat uns als Partner bestimmt.«

»Sie hatte einen guten Riecher.« Ich fahre mit der Zunge über die Zähne, zufrieden, dass ich nichts finde. »Wie viele von den anderen Teams sind nach vier Jahren noch dabei? Wie viele haben es bis zu den Nationals geschafft? Wir haben ihr viel zu verdanken.«

»Ja, das stimmt.« Er lacht noch einmal. »Mann, ich weiß echt nicht, wie die letzten vier Jahre ohne dich gelaufen wären.«

Mittlerweile regnet es. Heftig. Er sieht mich immer noch an.

»Danke«, erwidere ich. »Augen auf die Straße.«

Er dreht den Kopf weg. Der Moment, was immer er war – ist vorbei, schätze ich. Ich richte den Blick auf das Notizbuch in meinem Schoß.

»Okay. Also. Wenn wir noch ein paar zusätzliche Treffen am Wochenende hinkriegen, wird uns das vermutlich einen Vorteil verschaffen, was ...«

»Ich glaube, eigentlich will ich sagen: Das hier wird mir fehlen.«

Ich hebe verdutzt den Kopf. »Was wird dir fehlen?«

»Du weißt schon, nächstes Jahr«, setzt er an – jetzt stolpert er über seine eigenen Worte, als wäre er verlegen.

»Wenn wir an entgegengesetzten Küsten wohnen und du jemand anderen mit deinen farblich gekennzeichneten Kalendern traktierst.«

»Entgegengesetzte Küsten? Ich dachte, du gehst mit Bailey nach Manhattan. Also, wenn es finanziell hinhaut.«

Jonah schweigt eine ganze Weile und kaut auf seiner Lippe herum. Als er weiterspricht, ist seine Stimme leise. »Ich wurde an der University of Washington angenommen«, sagt er. »Und ich werde hingehen. Ich habe das Doris-Duke-Stipendium erhalten. Atmosphärenwissenschaft im Hauptfach, Renaturierungsökologie im Nebenfach.«

»Und Bailey weiß nicht Bescheid?« Ich erschrecke über mich selbst, dass ich es nicht einmal höflich sage oder durch Glückwünsche abmildere. Ich schreie es heraus: »Du hast es ihm nicht gesagt?«

Jonah zuckt zusammen und dreht sich weg. »Noch nicht«, sagt er. »Aber Bailey weiß, dass ich in der Nähe meiner Familie bleiben will, und er weiß, dass die UW so ungefähr das beste Programm für Umweltwissenschaften überhaupt hat.«

»… Klingt einleuchtend«, antworte ich, obwohl ich verunsichert bin. Warum erzählt Jonah mir etwas, das er Bailey noch nicht erzählt hat? »In Manhattan gibt es nicht gerade ausufernd viel Wildnis, die man retten könnte.«

»Genau«, lacht Jonah los. »Und ich steh nicht so auf Städte. Ich brauche Bäume. Felsen. Erde.«

Das verstehe ich natürlich. Ich kenne Jonah. An jedem Wochenende, an dem wir nicht debattieren, besteigt er den Mount Eleanor oder wandert zum Sheep Lake, oder er schwimmt im eisgrauen Wasser am Priest Point. In einem anderen Leben wäre er ein Holzfäller gewesen, ein Mann der Berge. Bailey am Broadway kann ich mir vorstellen, aber Jonah in Tribeca sehe ich nicht so recht.

»Zieht ihr zwei dann die Fernbeziehungsnummer durch?«

»Na ja ... Ich möchte es versuchen.« Jonah deutet ein Lachen an. »Und besser, es funktioniert, sonst werde ich versumpfen.«

»Versumpfen wie?«

»Oh, die Nächte durchfeiern, ausschließlich Take-out essen und jeden einzelnen Kurs vermasseln.« Er redet nicht weiter; wieder dieses angedeutete Lachen. »Meine Eltern werden Thanksgiving einen dieser Anrufe kriegen: »Holen Sie Ihren Sohn ab«, und dann werden sie vorbeikommen und mich in meinem Wohnheimzimmer unter einem großen Haufen Jollibee-Tüten begraben finden.«

Mir ist klar, dass er Witze macht – zumindest versucht er es –, aber er klingt besorgter, als ich ihn je gehört habe. Sogar noch besorgter als ich es bin angesichts meiner absolut schlimmsten Sorgen über Geld, College und die Zukunft. Was geht hier ab? Sonst ist doch er derjenige, der mich beruhigt. Wie ich darauf reagieren kann, weiß ich nur, weil er es mir vorgelebt hat.

»Ich glaube nicht, dass du dir Sorgen machen musst zu versumpfen«, erkläre ich ihm sanft. »Ich kenne dich, Jonah. Ich weiß, wie hart du arbeitest. Ich glaube, du wirst an der UW voll in deinem Element sein. Und tun, was du liebst.«

»Tun, was ich liebe?«, fragt er.

»Den Planeten retten!« Ich werfe die Hände hoch. »Ozonlöcher flicken! Wasser auf Waldbrände schütten! Plastik aus Ozeanen schlürfen!«

»Schlürfen?«, fragt er lachend – dieses Mal klingt es echt, was mich wiederum zum Lachen bringt. Als wir unter einer Reklametafel durchfahren, rollt eine Lichtwand über uns. Doch bevor ich auch nur blinzeln kann, ist sie schon wieder verschwunden. Er ist still. Wir befinden uns wieder im Reich von düsterem Spülwassergrau.

»Es ist einfach eine Riesenveränderung.« Seine Stimme klingt flacher – keine angsterfüllten Gipfel, keine herumalbernden Täler. »Eine Menge Stress. Alle sagen, Uni sei so viel härter als die Highschool.«

Er sieht mich an, als warte er auf meine Bestätigung. Als solle ich ihm sagen, dass es nicht stimmt und Uni ein Kinderspiel sei. Aber das kann ich nicht. Ich mache mir wegen genau derselben Dinge Sorgen.

Ich zucke die Achseln; er seufzt.

»Vielleicht geht es mir besser, wenn ich erst mal dort bin«, sagt er. »Du solltest mir ein bisschen was von deinem Selbstvertrauen abgeben. Das würde echt helfen.«

»Selbstvertrauen? Ich?« Wovon redet er? »Laut meiner Standardeinstellung ab Werk wird man für Existenzängste bestraft.«

Wieder wirft er den Kopf mit einem fröhlichen, echten

Lachen zurück. »Aber trotzdem kriegst du deinen Scheiß *erledigt*.«

Ist das so? Ich mache mir doch bloß den ganzen Tag Sorgen – über meine Noten, meine Punkte beim Debattieren, meine Chancen, es an die Georgetown zu schaffen. Jonah ist nicht so. Also nicht wie ich. Er ist besser. Objektiv so viel besser als ich auf jede erdenkliche Art. Selbstverständlich ist er gebildet, aber er spielt eben auch in Schulmusicals mit und sitzt in der Schülervertretung und teilt jeden Sonntagabend in der philippinisch-amerikanischen Glaubensgemeinschaft seines Vaters Abendessen an Obdachlose aus. Letzten Herbst war er verdammt noch mal Homecoming-King. Warum sollte er von mir Selbstvertrauen brauchen – oder irgendwas?

Wir biegen in seine Schotterauffahrt. Er bleibt sitzen, die Hand auf dem Schalthebel.

»Hey«, sagt er. »Ist es okay für dich, das für dich zu behalten?«

»Klar.« Ich fühle eine komische dunkle Erregung. Ich war immer in seinem Team, auf seiner Seite; jetzt wahre ich auch noch seine Geheimnisse. »Du willst es Bailey erst sagen, wenn du so weit bist. Verstehe.«

»Danke«, antwortet er und atmet aus. »Vielen Dank.«

Er öffnet seine Tür, ich öffne meine, dann gehe ich die Einfahrt hinter ihm hoch. Im engen, vollgestopften Eingangsbereich seines Hauses steht direkt neben dem Schirmständer ein Korb mit weichen Schlappen. Als ich die Schuhe ausziehe und mir ein Paar aus neuem blauen

Frottee heraussuche, jault Jonahs kleiner heller Hund Toto hinter mir.

»Finch!« Jonahs Mutter kommt die Treppe in ihrer Pflegerinnenuniform herunter – frisch gebügelt, weiß mit Muppet-Babys. »Jonah hat erzählt, dass du kommst. Wie schön, dich zu sehen!«

»Hi, 'Nay.« Jonah nimmt Toto auf den Arm, dann beugt er sich vor und küsst seine Mutter auf beide Wangen. »Soll ich Abendessen kochen?«

Sie schüttelt den Kopf und bindet ihre dunklen Haare zu einem Pferdeschwanz hoch. »May Pinakbet at sinisang sa Schrank.« Der *Schrank* – vermutlich ihre Abkürzung für Kühlschrank – verblüfft mich. Ich bin immer wieder platt, wie nahtlos Jonah und sie zwischen den Sprachen hin und her wechseln – mitten im Satz, manchmal sogar mitten im Wort. »Und ich hab die Erdnüsse gemacht, die so gern magst«, sagt sie zu mir. »Die Schüssel steht da drüben.«

Sie deutet durch einen Türbogen ins Wohnzimmer, in dem überall Spielzeug herumliegt. Auf dem Couchtisch steht eine glänzende Schale Erdnüsse. Ich muss mich echt zusammenreißen, um mich nicht sofort auf sie zu stürzen.

»Danke« Das meine ich ernst. »Voll nett.«

»Ganz ruhig, Tiger«, lacht Jonah. Er setzt Toto auf den Boden und drückt meine Schulter. »Teilen macht glücklich.«

Er umarmt seine Mutter ein letztes Mal, bevor sie geht und wir – weder langsam noch ruhig – ins Wohnzimmer stürzen, wo wir in unserer Hast fast die Schale vom Tisch stoßen.

»Ich hab dir schon erzählt, dass Bailey auf Erdnüsse allergisch ist, oder?«, fragt Jonah. »Er kann die nie essen.«

»Echt?« Er hat es bestimmt im Lauf der Jahre mal erwähnt, aber ich hatte es vergessen. Ich spüre einen merkwürdigen Schmerz – richtiges, ehrlich gemeintes Mitleid für Bailey, der für immer um Peanut Butter Cup, die beste Eissorte von Ben & Jerry, und Mrs Cabreras leckerste kulinarische Highlights gebracht wird. »Armes Schwein.«

»Ich darf sie auch nicht essen.« Jonah seufzt wie ein Märtyrer. »Nicht, wenn ich ihn küssen will. Und schon gar nicht, wenn ich ...«

»Okay, okay.« Ich weiß genau, worauf er hinauswill, aber ich höre Renata und Benjie, Jonahs sehr kleine und sehr beeinflussbare Geschwister, im Zimmer nebenan mit dem Hund spielen. »Ich brauche keine aufgeblasene Beschreibung deines S-E-X-lebens.«

Er grinst. Breit. »Wie jetzt, blasen?«

Ich drehe mich stöhnend von ihm weg und vergrabe mein Gesicht in den Sofakissen. Er lacht. Lacht! Voll dreist. Mein Gesicht wird noch röter; ich versinke noch tiefer. Die Ritzen dieser Couch beherbergen ein ganzes Öko-System: verlorene Buntstifte, ein verbogenes grünes Slinky; etwas, das nach Puppenschuh aussieht. Als ich wieder auftauche, nun nicht mehr rot, dafür mit Spielzeug in der Hand, bemerke ich ein kleines Gesicht, das mich durch die offene Tür mustert.

»Hi, Renata!« Ich strecke die Hand mit meiner Plastikausbeute vor. »Sind das deine Sachen?«

Sie steht, den Daumen im Mund, in der Tür und zögert.

»Du kannst ruhig reinkommen, nenè!«, ruft Jonah. »Sei nicht so schüchtern!«

Sie kommt langsam ins Zimmer. Ihre ordentlichen schwarzen Rattenschwänzchen wippen beim Laufen. »Danke«, sagt sie mit der leisesten Stimme der Welt und nimmt die Stifte und das Spielzeug. Bevor ich auch nur »Gern geschehen« erwidern kann, macht sie auf dem Absatz kehrt und verschwindet mit einem Satz aus dem Raum, als hätte ich ihr über meine Handfläche einen elektrischen Schock verpasst.

»Bei allen, die nicht zur Verwandtschaft gehören, ist sie noch schüchtern«, erklärt Jonah entschuldigend. »Aber wir arbeiten daran.«

Das weiß ich natürlich. Schließlich bin ich ziemlich oft hier. »Kein Problem. Ich bin zwar zehn Jahre älter als sie, aber ich bin auch immer noch schüchtern«, erwidere ich.

Er lässt sich lachend neben mich aufs Sofa fallen und zieht das Laptop aus seinem Rucksack. »Bereit zum Preppen?«

»Warte.« Ich wische mir die Hände an der Hose ab. »Ich will meine Tastatur nicht mit Erdnussfett vollschmieren.« Im Gegensatz zu Jonahs Computer wird meiner von Klebeband zusammengehalten; ich muss ihn so vorsichtig wie möglich behandeln.

»Kein Stress. Ich werde schon mal das Dokument einrichten.« Er klappt den Laptop auf und beginnt zu tippen. »Dieses Haus stimmt dafür, transidenten Schüler:innen ... Wie war noch mal gleich der exakte Wortlaut?«

»Transsexuellen Schüler:innen öffentlicher Schulen«, verbessere ich ihn, während ich mir das Salz von den Fingerspitzen lecke, »die Wahl der Toilette zu überlassen.«

»Hey.« Er dreht sich zu mir. Er hat zu tippen aufgehört. »Bist du ... okay damit? Also darüber zu diskutieren?«

Meine erste Reaktion, mein Reflex, ist ihm zu sagen: Klar, warum sollte ich nicht damit okay sein? Ich bin Debattierer. Des Teufels Advokat zu sein, ist mein Metier. Unser aller Metier. Das hier ist nichts anderes, als wenn Jonah mit seinen ATOMKRAFT? NEIN DANKE!-Buttons für atomare Vernichtung plädiert.

Zumindest sollte es nichts anderes sein. Ich will nicht anders sein. An der Johnson weiß kaum jemand, dass ich trans bin. Jonah ist einer davon. Wir haben Hotelzimmer geteilt. Sogar Betten. Er hat mich spätabends im Pyjama ohne Binder gesehen. Es gab dieses eine Wochenende, als er mit der Zahnbürste im Mund aus unserem gemeinsamen Badezimmer kam und fragte: »Hey, was issn mit dem Gummischwanz auf dem Handtuchhalter?« Ich hatte voll den Herzinfarkt. Fing an, mich zu entschuldigen. Und setzte mit einer hektischen Tirade über die Pflege und Aufbewahrung von Packern an. Er hielt bloß abwehrend die Hand hoch. »Kein Problem!« Dann ging er ins Bad zurück und spuckte die Zahncreme ins Waschbecken. »Ist ein netter Schwanz«, hörte ich ihn über den laufenden

Wasserhahn sagen. »Was Schwänze angeht, hast du einen guten Geschmack.«

Ich bin immer dankbar dafür gewesen, wie er damit umging – als wäre es völlig normal, nicht etwas, wofür ich mich entschuldigen musste. Ich würde es hassen, wenn er das Gefühl hätte, mich mit Samthandschuhen anfassen zu müssen.

»Ich werde schon klarkommen«, antworte ich tonlos. »Ist ja nicht das erste Mal, dass ich für etwas plädiere, woran ich nicht glaube.«

Jonah lässt sich in die Kissen zurücksinken und kaut angestrengt auf seiner Lippe herum. »Erinnerst du dich noch an diesen einen Wettkampf in Tacoma?«, fragt er. »Als wir gegen die gleichgeschlechtliche Ehe argumentieren mussten?«

»Natürlich erinnere ich mich daran.« Ich weiß noch, wie nervös er war, als Adwoa uns die Streitfrage vorgelesen hat, wie aschfahl sein Gesicht war. »Du hast überlegt, den Wettkampf zu boykottieren.«

»Stimmt. Schließlich will ich heiraten. Aber dann, weißt du noch, haben wir angefangen zu recherchieren und haben die ganzen schwulen Aktivisten aus den Siebzigern gefunden, die gesagt haben ›Wir wollen keine Welt, in der es nur okay ist, schwul zu sein, wenn man verheiratet ist‹. Und ich stimmte nicht unbedingt zu, aber ich konnte zumindest ihre Beweggründe nachvollziehen. Und wir haben aus dem Material eine Argumentationslinie aufgebaut, mit der ich leben konnte.« Er zuckt mit den Achseln und kratzt sich an der Nase. »Meinst du, das geht bei diesem Thema auch? Quasi ein Pro-Trans-Argument *gegen* den Toiletten-Schwachsinn?«

Ich schüttle den Kopf. »Das bezweifle ich.«

»Wie wäre es zum Beispiel mit Sicherheit? Also für die trans Jugendlichen.« Jonah beugt sich zu mir vor. »Wir könnten folgendermaßen vorgehen: Hey, es ist nicht sicher für diese Kids, Toiletten ihrer Wahl zu benutzen. Weil sie dort angegriffen werden könnten.«

»Mmh.« Zum ersten Mal, seitdem ich die Streitfrage gelesen habe, fühle ich ein vertrautes Flackern in der Brust: Hoffnung. »Das könnte funktionieren.« Ich greife nach meinem eigenen Laptop. »Viele trans Menschen haben Angst, öffentliche Toiletten zu benutzen. Ich meine, überall auf der Welt. Selbst an Orten, an denen es keine solchen Gesetze gibt.«

Jonahs Finger liegen reglos auf der Tastatur. »Und du?«, fragt er mit der Stimme von jemandem, der seine Frage schon in dem Moment bereut, in dem er sie stellt. »Angst?«

Ich öffne den Mund; ich schließe ihn. Ich habe keine Ahnung, was ich ihm antworten soll. Wir reden selten darüber, dass ich trans bin. Und über meine Toilettenangewohnheiten schon gar nicht.

»Nicht ... wirklich?«, bringe ich schließlich heraus. »Zumindest nicht im letzten Jahr.«

»Weil du, ähm ...« Seine Hand bearbeitet die Luft, das Handgelenk dreht Kreise, als er nach den passenden Worten sucht. »Weil du wie ein ... weil du ...«

Ich werde ihn von seinem Elend erlösen. »Weil ich als Mann durchgehe?«

»Ja. Genau.« Sein Lachen hat etwas Nervöses. »Wusste nicht, ob ich das so sagen darf.«

»Oh, darfst du natürlich nicht.« Ich lache und schüttle den Kopf. »›Durchgehen‹ geht gar nicht.«

»Verstehe.« Er nickt. »Ich wollte bloß ... wollte bloß wissen, ob es Dinge einfacher für dich gemacht hat.«

»Auf jeden Fall. Ich werde nicht mehr schräg angeschaut, wenn ich ins Männerklo gehe. Obwohl ...« Boah, das hier ist wirklich demütigend: Wer will seinen Freunden schon erzählen, wie er aufs Klo geht? »Wenn alle Kabinen besetzt sind – oder es nur eine gibt und sie nicht funktioniert oder so –, dann muss ich aufs Frauenklo. Was nicht ... ideal ist.«

Jonah zuckt zusammen. »Kann ich mir vorstellen.«

»Kannst du wirklich? Wie du, Jonah Cabrera, ins Frauenklo stiefelst so nach dem Motto ›Sorry, Ladies, bei den kleinen Jungs war alles besetzt!‹«

Er prustet los. »Okay, nein. Das kann ich mir tatsächlich nicht vorstellen. Ich kann mir vielleicht vorstellen, wie peinlich das ist, aber ...«

»Genau! Die Peinlichkeit!« Ich lasse die Hand aufs Sofa niedersausen, meine Handfläche hinterlässt einen kleinen Krater zwischen uns. »Danke! Das ist exakt die Trans-Debatte und es ist das peinlichste Thema überhaupt. Nicht etwa Heirat. Nicht Adoption. Sondern ...« Ich senke die Stimme, mir ist sehr bewusst, dass Jonahs kleine Geschwister nebenan spielen. »... sondern Pinkeln.«

»Gott.« Jonah seufzt und fährt sich mit der Hand durch die Haare. »Diese Konservativen arbeiten echt so: ›Okay, wie lassen wir diese Leute richtig eklig rüberkommen? Ich hab's! Wir erwähnen sie einfacher immer nur im Kontext mit Kacken.‹«

Durch die Wand ist ein Kicher-Chor zu hören. »Jonah hat ein böses Wort gesagt!«

»*Scheißen!*«, ruft er zurück, aber das bringt sie noch mehr zum Kichern. Toto stimmt ebenfalls laut kläffend ein. Jonah sieht mich entnervt an. »Diese Kinder von heute.«

»Aber weißt du was, sie haben recht.« Ich deute mit einem Kopfnicken zur Tür, wo Renata und Benjie immer noch vor Lachen wiehern. »Die Toilettendiskussion ist nicht nur abstoßend – sondern auch erwachsen. Man darf nicht darüber reden, wenn Kinder in der Nähe sind. Und das führt zu dieser ganzen Vorstellung, dass ... dass ... dass trans Menschen, vor allem Frauen, Vergewaltiger sind oder Pädophile oder ...«

»Oder Buffalo Bill. Alles klar.« Jonah tippt auf seine Tastatur, scrollt geschäftig im Dokument nach unten. »Nun denn. Sieht aus, als hätten wir einen guten Einstieg in die Pro-Seite der Toiletten-Diskussion. Wie argumentieren wir dagegen?«

Ich starre auf Google und schlucke. Ich habe *transsexuelle Sexualstraftäter* in die Suchleiste eingegeben. Der Cursor blinkt und blinkt. Meine Hände liegen auf der Tastatur. Sie rühren sich nicht.

Jonah legt den Kopf schief, um auf meinen Bildschirm

zu schauen. Sieht es. Sein Gesicht wird weich und er sagt leise: »Es tut mir leid, Finch.«

Das schwache Aufflackern von Hoffnung, das ich vorhin gespürt habe? Verschwunden.

Ich räuspere mich. »Schon gut«, erkläre ich ihm, »wirklich.« Aber seinem Gesichtsausdruck und der hochgezogenen Augenbraue nach zu schließen, glaubt er mir nicht. Verdammt, nicht mal ich selbst glaube mir.

»Wenigstens dauern die Runden nur ungefähr eine halbe Stunde?« In seiner Stimme liegt ein hoffnungsvolles Schönreden. Etwas Optimismus. »Eine halbe Stunde ist nicht lang.«

Einen Moment sitze ich schweigend da – kaue es durch, kaue auf meiner Lippe herum. Jonah hat total recht. Nichts in mir will aufstehen und behaupten, dass Menschen wie ich Sexualstraftäter sind. Aber es ist bloß eine halbe Stunde. Bloß so tun, als ob. Ist doch halb so wild, oder?

Was bleibt mir anderes übrig – wenn ich gewinnen will, wenn ich Georgetown will?

Ich bin der Erste, der es zugibt: Ich bin null technikaffin. Und werde, solange ich lebe, weder Bitcoins noch Blockchains kapieren, ganz egal, wie oft Roo versucht, es mir zu erklären, oder mich als »Plebs« beschimpft, was immer sie damit sagen will. Aber ich weiß genug über Computer, um zu wissen, dass meiner in seinen letzten digitalen Zügen liegt. Heute Abend bei Jonah hat er gestammelt und gestottert und sich immer wieder abgeschaltet. Am Ende habe ich aufgegeben – und Jonah einfach diktiert, was er in unser Thesenpapier schreiben sollte, und ihm hoch und heilig versprochen, dass ich es mir ansehe, sobald ich nach Hause komme.

Aber nicht mal das klappt. Der kleine blaue Kreis auf meinem Bildschirm dreht sich endlos. Was würde passieren, wenn ich jetzt aufstehen und meinen Laptop aus dem Fenster werfen würde? Ich ziehe diese Vorstellung gerade in Erwägung, als mein Blick auf ein Symbol unten auf dem Bildschirm fällt, ein weißer Kreis, nur ein paar Pixel groß. Er wird von etwas durchbohrt, das wie eine Schraube aussieht. Vielleicht eine Brechstange. Ich halte die Maus auf das Icon: STEAM steht in dem schmalen weißen Balken.

STEAM? Panik durchläuft mich und nimmt mir die Luft. STEAM ist ein Virus, oder? Ist es, muss es sein; ist mein Computer deshalb so langsam? Es gilt keine Sekunde zu verlieren. Ich öffne Google und schlage auf meine ohnehin schon angeschlagene Tastatur ein: Was ist *steamcomptr*?

Die Antwort kommt prompt: »Steam ist eine Internet-Vertriebsplattform des Spieleentwicklers Valve, auf der man Computerspiele kaufen, spielen, erfinden und diskutieren kann.«

»Roo!«, brülle ich. »*Roo!*«

Ich finde sie in voller Horizontale auf dem Sofa im Wohnzimmer. Ihr Abendessen – eine Schale No-Name-Lucky-Charms – steht auf dem Couchtisch, die Marshmallows sind aufgegessen, die braunen Haferringe matschig. Sie späht mich über den Rand ihres Laptops an – was sie wie ein Otter aussehen lässt, der eine Muschel auf dem Bauch balanciert.

»Was ist denn?« Sie zieht einen Ohrstöpsel heraus. »Wow. Du siehst voll angepisst aus.«

»Warum hast du meinen Computer gehackt?« Ich koche vor Wut.

Sie blinzelt mich an. »Ich habe nicht die geringste Ahnung, wovon du redest.«

»Wie ist *Steam* auf mein Laptop gelangt?« Ich halte den Bildschirm schräg und deute auf das weiße Icon: *J'accuse!* »Wenn du dich nicht eingehackt hast, erkläre mir, wie es dorthin gekommen ist.«

»Dude, oh Mann. Steam ist bloß iTunes für Videospiele.« Roo stöhnt und drückt sich die Handballen auf die Augen. »Es ist kein fortgeschrittener Hacker-Scheiß. Mein Gott, wie alt bist du? Zwölf?«

Eine schräge Stichelei für eine Vierzehnjährige.

»Hör zu, ich weiß nur, dass ich es nicht installiert habe.«

»Und du willst mir unterstellen, ich hätte es getan? Auf diesem Schrotthaufen?«

Ich klicke das Logo an. Ein Feld geht auf.

»Benutzername«, lese ich vor, »*kangarookelly*.«

»Oh.« Sie schiebt die Hände in die Taschen ihres Hoodies und weicht meinem Blick aus. »Ja, das ist ... Das ist einer meiner Benutzernamen.«

»Wie. *Einer* deiner Benutzernamen?«

»Okay. Manchmal, wenn ich Civ im Multiplayer-Modus spiele, benutze ich zwei Accounts gleichzeitig.« Als ich sie verblüfft anschaue, wird ihre Stimme schrill und defensiv: »So kann man leichter siegen. Eine Hauptstadt weniger, auf die man beim Endspiel eine Atombombe schmeißen muss.«

Ich verstehe nur Bahnhof – außer diesem entscheidenden Punkt: »Du hast meinen Computer für Videospiele benutzt? Um gegen dich selbst zu spielen?«

»Wenn ich gewusst hätte, dass du dich so anstellst«, blafft sie, »hätte ich es gelassen.«

»Roo, ich *brauche* diesen Laptop. Für die Schule. Zum Debattieren. Für Unikram.« Ich klappe ihn zu und drücke ihn an die Brust. »Es ist ein sehr alter, sehr kranker Computer. Er kommt mit Videospielen nicht klar.«

»*Gut.*« Sie klingt wütend, als sie den Blick auf ihren eigenen Bildschirm richtet. Warum? Mit welchem Recht? »Wird nicht wieder vorkommen.«

Ich will gerade einen Befehl erteilen: Lösch diesen Steam-Schwachsinn von meiner Festplatte, auf der Stelle, sonst kannst du was ... Aber dann höre ich in folgender Reihenfolge: eine aufschwingende Tür, ein Paar hochhackige Schuhe, die über das Linoleum klackern, ein Türknauf, der mit voller Wucht gegen die Wand knallt. Mom ist zu Hause.

Zusätzlich zu diesen vertrauten Geräuschen höre ich allerdings ein leises abgehacktes Summen. Es klingt wie Lachen, aber es hat einen Unterton, etwas Scharfes. Mir wird klar, dass sie weint. Meine Mutter weint. Aber warum? Ich schaue Roo an. Sie begegnet meinem Blick mit derselben Angst in den Augen.

Wir huschen schnell vom Wohnzimmer in den vollgestellten Eingangsbereich. Mom trägt noch immer Schuhe und Mantel. Sie ist vom grauen Regen durchnässt und hält einen Karton. Ich sehe eine Schneekugel. Einen Bilderrahmen mit unseren von der Sonne ausgeblichenen Gesichtern. Die Flasche Handlotion, die ich ihr letztes Weihnachten gekauft habe, nun halb leer, zittert oben auf dem Haufen und droht einen Kopfsprung zu machen.

Mom hebt den Kopf. Jede Sorgenfalte auf ihrem Gesicht meißelt sich tiefer und tiefer ein.

Ich schlucke kräftig. »Hat die Zeitung ...«

»Es ist vorbei, Finch.« Sie schließt die Augen. Aber ein paar einsame Tränen rollen trotzdem herunter. »Wir sind am Arsch.«

# KAPITEL 5

Man sollte denken, dass ich irgendwann während meiner siebzehn Lebensjahre in der schöngeredeten Schlammpfütze Olympia, Washington gelernt haben sollte, einen Regenschirm mitzunehmen, wenn ich rausgehe. Nachdem ich mich stundenlang hin und her gewälzt und mir Sorgen über meine und Moms Zukunft gemacht habe, gebe ich die Hoffnung auf Schlaf schließlich auf und mache mich auf den Weg zu Lucy. Ich dachte wirklich, die Jacke und die Halbstiefel, die ich über meinen Pyjama gezogen habe, wären für den kurzen Spaziergang zu Lucy ausreichend. Aber da habe ich mich getäuscht. Als Lucy die Tür öffnet und mich auf ihrer Veranda sieht, sehe ich aus, als hätte man mich in den Swimmingpool geschubst.

Lucy mustert mich von oben bis unten, jeden tropfnassen Zentimeter. »Zwei Fragen: Wer ist gestorben? Und wo ist dein Schirm?«

»Niemand ist gestorben«, schniefe ich, aber nicht etwa, weil ich weine; es regnet mir einfach ins Gesicht. »Meine Mutter, ähm ... hat ihren Job verloren.«

»Scheiße.« Lucy stößt einen leisen Pfiff aus. »Normalerweise würde ich dich jetzt in den Arm nehmen, aber ich glaube, ich gebe dir lieber ein Handtuch.«

Erneutes Schniefen. »Ein Handtuch klingt gut.«

»Dann komm rein.« Sie tritt einen Schritt zurück und bleibt stehen. »Es sei denn, du willst deinen Nervenzusammenbruch lieber hier draußen haben. Für so was haben wir eine Hängeschaukel.«

»Ich möchte bloß trocken sein«, erkläre ich ihr, weil ich mich nicht mal mehr erinnern kann, wie sich das anfühlt. Sie zieht mich ins Haus und lässt mich auf der Matte stehen, auf der *Namasté* steht statt *Willkommen*.

Lucy lebt mit ihrer Mutter in einem in einer Senke gelegenen Terrassenhaus, das unserem sehr ähnlich ist. Es gibt allerdings einen entscheidenden Unterschied: Während sich das Chaos bei uns hässlich anfühlt, ist ihres total charmant. Alles ist in sanften Tönen gehalten, Buddhas in Gold, Blech und Mahagoni. Lucy reicht mir das flauschigste Handtuch, das ich je in der Hand gehalten habe – es muss aus Bambusfasern oder irgend so was New-Age-Mäßigem sein –, und gibt mir ein Zeichen, ihr den Gang hinunter in ihr Zimmer zu folgen. Wir laufen an einer kleinen goldfarbenen Katze vorbei, die die Pfote zum Gruß hebt. Ich kraule sie mit einer Fingerspitze zwischen den Ohren.

»Ich mag die kleinen Sachen deiner Mutter«, erkläre ich ihr.

»Solltest du aber nicht«, blafft Lucy. »Obwohl ich immer wieder diese Orientalismus-Diskussion mit ihr führe, schleppt sie ständig diesen Scheiß von irgendwelchen Garagenflohmärkten an.«

Ich würde gern für besagten Scheiß eintreten – was ist so schlimm daran, wenn sie einer japanischen Familie eine Winkekatze in der Garage abkauft? –, doch bevor ich auch nur den Mund aufmachen kann, betreten wir Lucys Zimmer, eine völlig andere Welt; ein altmodisches dreidimensionales Lisa-Frank-Notizbuch.

Lucy hat Lichterketten über das Kopfteil ihres Bettes gehängt, die regenbogenfarbenen Glühbirnchen lassen rotes und gelbes und blaues Licht über die barbiepinke Bettdecke flackern, auf der wir uns früher geküsst haben und auf der wir nun platonische Übernachtungsbesuche abhalten. Jede Oberfläche in ihrem Zimmer ist weich. Sie hat Kunstfellteppiche in Leoparden- und Zebramuster, Sitzsäcke in Limette und Mandarine, einen ganzen Zoo Plüschtiere, die auf dem Kopfteil ihres Bettes zu einer Pyramide aufgetürmt sind.

Als ich mich aufs Bett plumpsen lasse, tritt die Katastrophe ein: Paddington löst sich aus den Kuscheltieren und fliegt auf den Boden. Lucy kreischt und springt mit einem Satz nach ihrem englischen Bären, und da sehe ich es: einen Flecken Haut, wie rissige Erde, knallrot, genau über ihrer Hüfte.

»Was ist das denn?« Ich kann mir gerade noch ein Würgen verkneifen.

»Was ist was?«, fragt sie und drückt Paddington an ihre Brust.

»Da, auf deiner Hüfte.« Ich deute auf die Stelle und zucke zusammen. »Hast du dich in Giftsumach gewälzt?«

»Oh. Nein. Ich wollte mir ein Stick-and-Poke stechen. Den Subaru-Stern. Hat sich entzündet.« Sie wirft einen hilflosen Blick auf die Stelle und zieht die Haut zwischen zwei Fingern auseinander. Ich drehe den Kopf weg, damit ich nicht kotzen muss. »Nicht weiter schlimm. Wir haben wichtigere Dinge zu besprechen als mein verhunztes Tattoo. Deine Mutter zum Beispiel. Die ihren Job verloren hat.«

»Ja. Wie alle anderen Kolleginnen und Kollegen.« Es grenzt an ein Wunder, dass ich überhaupt reden kann; meine Kehle ist so was von trocken. Meine Augen auch. Vermutlich gibt es nichts, das den Damm brechen kann – weder dass meine Mutter ihre Arbeit verloren hat noch dass die Zeitung, die ich mein Leben lang gelesen und geliebt habe, dichtgemacht wurde. »Ohne Vorwarnung. Niemand bekommt eine Abfindung.« Was noch weniger Spielraum bedeutet, wenn es um Unigebühren geht, aber diesen Teil spreche ich nicht an. Ich will nicht egozentrisch rüberkommen.

»Scheiße.« Lucy holt Luft. »Und Jobs für Nachrichtenredakteur:innen gibt es gerade auch nicht wie Sand am Meer, oder? Nicht mal in der Bundeshauptstadt?«

»Nein.« Ich seufze. »Weil Mom hauptsächlich Musikrezensionen schreibt. Oder über Kunstausstellungen. Solche Sachen. Sie hat mit ein paar Lokalpolitiker:innen über staatliche Mittel für Glee Clubs und Schulmusicals geredet, aber …«

»Aber Politik ist nicht wirklich ihr Metier. Verstehe.

Wird sie versuchen … woanders zu arbeiten? Für Zeitschriften? Oder einfach eine ganz neue Berufslaufbahn einschlagen?«

Ich kann ihr keine Antwort geben. Ich kann bloß mein Gesicht in den weichen Bauch eines Glücksbärchis drücken und wie meine kriegerischen keltischen Vorfahren schreien.

»Guter Junge, Finch.« Lucy schiebt die Hand in den Plüschtierhaufen, um mir über den Kopf zu streicheln. »Vergiss das gesprochene Wort. Werde wieder zum Höhlenmenschen.«

Ungefähr nach meinem vierten Schrei wird an die Tür geklopft. »Lucy? Schätzchen?«

Ich hebe den Kopf. Meine feuchten Haare fallen mir in die Augen, durch die roten Fransen sehe ich Lucys Mutter durch die Tür kommen. Ihre Locken sind in den letzten Monaten rosa geworden, aber eher eine dunklere Art lilafarbenes Pink, nicht der Zuckerwatteton, der Lucys Markenzeichen ist.

»Ich habe Tee mitgebracht.« Sie hält ein langes Holztablett hoch. Ich sehe eine blaue Keramikkanne, ein klebriges Honigglas und drei liebevoll angeschlagene Becher. Jeder ist anders. »Südafrikanischer Honeybush. Koffeinfrei, natürlich süß, und bei Ratten verhindert er nachweislich das Wachstum von Tumoren.«

»Danke, Mamacita.« Lucy nimmt das Tablett. »Den können wir brauchen.«

Sie füllt die Becher und reicht mir einen, der aus dem Souvenirladen auf dem Mount Rainier stammt – robust, mit aufgemalten verschneiten Gipfeln. Kleine braune Ringe erzählen von vergangenen Teepartys. Ich schließe die Augen und trinke einen Schluck Honeybush, der mich von innen heraus wärmt. Ich möchte weinen: Lucys Mutter ist tatsächlich mitten in der Nacht aufgestanden und hat Wasser gekocht, um Tee aufzubrühen und ihre treuesten Becher auf ein Tablett zu stellen, alles für mich. Und einen kurzen Moment denke ich, dass ich tatsächlich weinen werde – dieses Gefühl hinter den Augen, die enge Hitze. Doch als ich die Tasse wieder hinstelle, nein, nichts; Trockenzeit.

Lucys Mutter setzt sich ans Fußende des Bettes, wir lehnen uns an die Plüschtier-Pyramide. Lucy legt mir einen Arm um die Schultern. Ich bin dankbar dafür. Für sie.

»Und«, setzt Lucys Mutter an und zieht die dunkelrosa Augenbrauen hoch, »seid ihr zwei wieder zusammen?«

»Nee.« Lucy schüttelt den Kopf. »Er musste nur ein bisschen gedrückt werden.«

»Ich hatte heute Abend schlechte Nachrichten«, erkläre ich.

»Richtig schlechte«, sagt Lucy. »Er ist den ganzen Weg hierher ohne einen Scheiß-Schirm gelaufen.«

»Willst du darüber reden, Finch?«, fragt Lucys Mutter. »Ich bin zugelassene Hypnotherapeutin, das weißt du ja.«

»Ah, nein, ich … Ich möchte lieber nicht hypnotisiert werden.« Ich schüttle den Kopf, lächle und versuche, nicht allzu erschrocken auszusehen. »Aber vielen Dank. Also für das Angebot.«

»Finchs Mutter wurde heute gekündigt«, erklärt Lucy.

»Die Eigentümer von *Mountain* haben die Zeitung dichtgemacht. Und die ganze Redaktion gefeuert.«

»Oh Finch, Schätzchen.« Lucys Mutter drückt mir mitleidig das Knie. »Wie man in den Wald hineinruft, so schallt es auch heraus – irgendwann bekommt man alles zurück. Denk einfach daran.«

Ich lache bitter. »Das hoffe ich sehr.«

»Und dein Vater?«, fragt sie langsam und vorsichtig. »Er arbeitet auch nicht, oder? Hab ich das richtig in Erinnerung?«

Zu nicken kostet mich totale Überwindung. »Na ja, er sucht seit Langem, aber ...«

»Verstehe, Schätzchen.« Lucys Mutter lächelt. »Weißt du, falls du mal Abwechslung brauchst, wir unterstützen den Wahlkampf von Alice Brady. Sie ist einfach unglaublich. Und das Team verfügt über eine Menge Mittel, die deiner Familie helfen könnten.«

Lucy schlägt sich mit der Hand auf die Stelle über ihrem Herzen. »Einer hilft dem anderen!«

»Danke«, sage ich, »das klingt echt gut.« Aber ich frage Lucys Mutter nicht, was sie mit »Mitteln« meint oder wie Lucy sich vorstellt, wie »Einer hilft dem anderen« meine Familie vor dem Abgrund bewahren soll. Die Newsomes gehören nicht gerade zum einen Prozent, aber ich weiß nicht, ob sie sich wirklich vorstellen können, was es heißt, knapp bei Kasse zu sein. Mit Hypnotherapie und veganem Essen ist wirklich Geld zu machen. Gwyneth Paltrow hat ein ganzes Imperium darauf aufgebaut.

»Und falls du bereits deinen Antrag auf finanzielle Unterstützung während des Studiums eingereicht hast«, sagt Lucys Mutter, »solltest du unbedingt noch mal Kontakt aufnehmen und mitteilen, was sich verändert hat.«

»Das ist ... eine wirklich gute Idee.« Eine Sekunde lang – eine wundervolle schuldbewusste Sekunde lang – frage ich mich, ob das meine Eintrittskarte ins Studium sein könnte: nicht nur ein, sondern zwei arbeitslose Elternteile. Könnte mir das ... womöglich helfen?

Nein, nein – was denke ich da? Pleite zu sein, wird nicht helfen. Es gibt einen Grund, warum Ari Schechter die Frühzulassung für Georgetown erhalten hat und ich nicht. Vierzig Millionen Gründe genau genommen.

»Du zielst immer noch auf D. C. ab, richtig?«, fragt Lucys Mutter. »Nicht auf irgendeine Uni hier in der Gegend?«

»Er will nicht an die Evergreen, Mom«, unterbricht Lucy sie, bevor ich etwas erwidern kann. »Ich habe sie ihm schon angepriesen.«

»Oh, aber die Evergreen ist eine fantastische Uni«, beharrt Mrs Newsome. »Weißt du, während meiner Zeit an der Evergreen war ich mit einem Mädchen liiert, das mit Carrie Brownstein zusammen war.«

»Mom!«, quiekt Lucy und lässt sich auf die Knie fallen. »Warum hast du mir das nicht erzählt? Bin ich wirklich nur zwei Stufen vom lesbischen Königshaus entfernt?«

»Wer ist Carrie ...«, setze ich an, aber Lucys Mutter redet schon weiter und legt mir wieder die Hand aufs Knie.

»Wir werden dir die Daumen drücken«, erklärt sie.

»Egal, ob du in diesem Washington bleibst oder ins nächste weiterziehst.«

Kurz spüre ich ein Lächeln über mein Gesicht huschen, ein echtes. Wenigstens eine Person glaubt noch daran, dass ich es schaffen kann in dieses andere Washington. »Danke«, bringe ich heraus. »Das bedeutet mir viel.«

Sie lächelt zurück. Ihre Hand wandert wieder zu ihrem Becher, sie nimmt einen langen bedächtigen Schluck.

»Ich glaube, ich werde mich mal wieder ins Bett verkrümeln.« Sie steht auf und klopft aufs Fußende von Lucys Bett. »Passt auf euch auf. Ich habe noch ein paar Lecktücher im …«

»Mein Gott, *Mom*«, ruft Lucy. »Ich hab dir doch gerade eben erklärt, dass zwischen uns nichts mehr läuft.«

»Was immer du sagst!« Ihre Mutter geht lächelnd auf die Tür zu – eindeutig nicht überzeugt. »Viel Spaß noch bei eurer Übernachtungsparty.«

Kaum hat sie die Tür geschlossen, fallen Lucy und ich uns in die Arme und kriegen uns vor Lachen nicht mehr ein.

»Sie wünscht sich so was von, dass wir wieder zusammenkommen«, glucke ich.

»Oh ja. Das wünscht sie sich echt hardcore.« Lucy löst sich von mir und nimmt den Plüschelefanten in der Farbe von Sahnebrause. »Sie ist der Meinung, dass du einen guten Einfluss auf mich hast, obwohl …« Lucy tippt mit dem weichen Elefantenrüssel gegen meine Nase. »Dabei wissen wir alle, dass *ich* einen guten Einfluss auf dich habe.«

»Du findest es nicht komisch, wenn wir beieinander

übernachten, oder?«, frage ich und streichle träge das samtige Ohr des Elefanten. »Ich meine, obwohl wir seit Jahren nicht mehr zusammen sind, komme ich immer noch mitten in der Nacht zu dir.«

»Nein. Finde ich überhaupt nicht komisch,« sagt sie mit Nachdruck. »Beste Freunde übernachten regelmäßig beieinander.«

»Sogar, wenn die besten Freunde ein Junge und ein Mädchen sind?«

»Du klingst echt wie Mike Pence.« Sie wirft den Elefanten nach mir. »Ich steh ja nicht mal auf Jungs. Und du stehst vielleicht nicht auf Mädchen, auch wenn du …«

»Lucy …«

»… Leugne es ruhig weiter.«

Ich zeige ihr den Mittelfinger. Sie verdreht die Augen, rollt sich vom Bett und geht zum Schrank.

»Was machst du da?«, frage ich.

»Wenn du hier schläfst, solltest du dir was anderes anziehen«, sagt sie. »Du kannst dir Schlafzeug von mir borgen.«

Sie findet irgendwelche alten Jogginghosen für mich und ein ausgeleiertes T-Shirt von einem Konzert in der Showbox in Seattle. Ich nehme die Sachen mit ins Bad, und als ich zurückkomme, von meinem Binder befreit und in Phoebe-Bridgers-Fanartikel gehüllt, ist die Lichterkette in ihrem Zimmer ausgeschaltet. Ich muss mich mit zusammengekniffenen Augen durch die Dunkelheit tasten, um zu ihr unter die Decke zu kriechen. Sie schlingt den Arm um mich und vergräbt ihre Nase in meinem Nacken.

»Tut mir leid mit deiner Mom«, murmelt sie. »Und ihrem Job.«

»Danke.«

Nach einem Moment Schweigen sagt sie leise. »Ihr werdet das durchstehen. Du und deine Familie.«

Ich drehe mich um und suche im Dunkeln nach ihrem Gesicht. »Wie meinst du das?«

»Na ja, deine Eltern zoffen sich ständig und Scheiß. Und Arbeitslosigkeit wird die Sache bestimmt nicht einfacher machen. Aber sie halten zusammen, weißt du? Es wird keine Trennung geben.«

Beim Wort *Trennung* versagt ihre Stimme, deshalb frage ich sie. »Hat dein Vater ...«

»Ja. Vor zwei Tagen. Noch so eine scheißarmselige E-Mail. Er geht wieder in die Kirche und betet für meine Mutter und mich, und ich solle endlich aufhören, mich wie ein undankbares kleines Miststück aufzuführen, und ihm zurückschreiben, bla, bla, bla ...«

»Tut mir leid, Lulu.«

»Muss dir nicht leidtun. Er kann mich mal. Ich habe die beste Mutter der Welt.«

»Da hattest du echt Glück, weißt du das?« Das meine ich ehrlich. »Ihr zwei habt euch einfach ... ihr habt euch gern. Ihr habt euch wirklich echt lieb. Und du bist ohne ihn so viel besser dran.«

Sie rutscht näher, bis wir Nase an Nase liegen. »Hast du dich je gefragt, warum Leute heiraten?«

»Na ja, der finanziellen Sicherheit wegen. Außerdem

werden alleinerziehende Eltern ständig stigmatisiert. Im Prinzip basiert doch unsere ganze Gesellschaft darauf, jeden auszuschließen, der nicht Teil einer Kleinfamilie ist. Da gibt es diesen Typ, Michael Cobb, der ein ganzes Buch darüber geschrieben hat ...«

»Okay, ich stehe genauso auf politische Kampfreden wie du«, sagt sie, »aber das war keine Einladung, mir die volle Dröhnung Debattierchampion zu verabreichen.«

»Entschuldigung. Schon richtig, dass du mich unterbrochen hast.«

»Ich will bloß sagen – manchmal bin ich froh, dass mein Vater abgehauen ist, weißt du?« Sie blinzelt. Ihre Wimpern bewegen sich auf meiner Wange auf und ab. »Was, wenn er geblieben wäre? Wenn ich mich die letzten zehn Jahre aktiv mit seinem Scheißdreck hätte herumschlagen müssen? Ich wäre so viel schlechter dran als jetzt.«

»Ich glaube, es gibt eine Menge Leute, die unverheiratet einfach glücklicher sind.« Ich rede nicht weiter. Ich merke, wie sich meine Stimme verändert und klein und ängstlich wird in meiner Kehle. »Aber wenn man jemanden wirklich liebt und die Person dich auch wirklich liebt und beide füreinander da sind ...«

»Was ist denn mit dir los?« Lucy lacht und tritt mir leicht gegen das Schienbein. »Seit wann bist du so ein hoffnungsloser Romantiker?«

»Bin ich nicht!« Ich gehe auf Abstand – zu ihr und ihren eiskalten Füßen. »Ich schwöre!«

»Alles klar, Dulli. Ich war mit dir zusammen.«

»Ich weiß echt nicht, ob ich je wieder eine Beziehung haben werde.«

Es ist etwas, das ich zu niemandem außer Lucy sagen würde. Oder zu überhaupt irgendjemandem, solange Licht angeschaltet ist. Oder wenn ich nicht sowieso schon so traurig wäre.

Lucys Seufzer fächelt über mein Gesicht. »Nicht«, sagt sie. »Das tust du ständig.«

»Was?«

»Cockblocking, sprich, deinem Schwanz im Weg stehen, also dir selbst«, sagt sie. »Beziehungsweise eher Clamjamming.«

»Ich ... vermassle es meiner *Muschel*? Hast du ernsthaft Muschel gesagt??«

»Ich versuche, deiner Anatomie Respekt zu zollen!« Sie dreht sich von mir weg; ich versuche mit aller Kraft, ihr ebenfalls einen Tritt zu verpassen. »Lass mich in Frieden!«

»Clamjamming ist das Übelste, was ich je gehört habe.«

»Okay, in Ordnung. Ich werde es nie wieder sagen.« Sie bekreuzigt sich und wir strecken uns wieder aus. Wir kichern beide auf diese dumme, fröhliche Art, die nur bei Übernachtungsbesuchen entsteht, und können nicht aufhören. »Ich wollte dich bloß ausbremsen, bevor du wieder in einer deiner Selbsthass-Spiralen versinkst.«

»Ich hasse mich nicht selbst«, lache ich. Nein. Wirklich nicht. Na ja, glaube ich zumindest. »Es ist bloß ... schwierig für mich, mich auf jemanden einzulassen, verstehst du? Vor allem vor meiner OP.«

Sie schnaubt. »Ich habe was mit dir angefangen.«

»Ja, aber du stehst auf Muschis.«

»Nur wenn die Muschis an Mädchen sind«, sagt sie. »Und nur um das mal festzuhalten, ich mag alle möglichen Mädchen. Mädchen mit Muschi, Mädchen ohne ...«

»Aber nicht alle sind wie du! Die meisten Mädchen ... würden es nicht mal in Erwägung ziehen, etwas mit einem Typen wie mir anzufangen. Und das ist ... du weißt schon, na ja. Okay. Jeder, wie er Lust hat.«

Lucy schweigt einen Moment und starrt an die Decke. Ihr Schweigen fühlt sich schwer und belastend an.

»Weißt du«, beginnt sie langsam. »Ich habe lange überlegt, warum mein Vater abgehauen ist.«

Ich erkenne keine Logik in diesem Kommentar. »Worauf willst du hinaus?«

»Dass ich viel Zeit damit verbracht habe, mich zu fragen: ›Was stimmt nicht mit mir? Was habe ich getan? Warum liebt er mich nicht?‹«

»Lucy.« Irgendetwas in meinem Magen sinkt wie ein Stein. »Du weißt genau, dass es nicht deine Schuld war.«

»Klar. Dass er mich abgelehnt hat? Hatte absolut nichts mit mir zu tun. Scheiß drauf. Er wusste nichts von mir. Er wollte nichts von mir wissen. Er wollte bloß aus meinem Leben raus. Das Problem war er, nicht ich.« Sie legt den Kopf auf meine Schulter, küsst mich auf die Wange und vergewissert sich, dass ich zuhöre. »Deshalb: Geh nicht durchs Leben und halte dich für das Problem. Die Mädchen – die Leute –, die nicht über deinen Körper hinausschauen können? Sie sind das Problem. Nicht dein Oberkörper. Oder deine Muschel.«

»Ich werde dir echtes menschliches Geld bezahlen, wenn du nie wieder ›Muschel‹ sagst.«

Sie lacht, dreht sich weg und ahmt mit den Lippen ein Furzgeräusch nach. »Du wirst jemanden finden, Finch.«

»Sicher?«

»Absolut. Und jetzt schlaf.«

Und irgendwie schlafe ich trotz allem tatsächlich ein.

Obwohl ich mich bloß in Lucys Bett zusammenrollen und den Tag unter dem Plüschtierberg verschlafen will, schaffe ich es am nächsten Morgen, in der Schule zu erscheinen. Die ersten Kurse erlebe ich mehr oder weniger im Halbschlaf. Um die Mittagszeit hänge ich total triefäugig in meinem Spind und suche in dem Chaos meinen Schulausweis, den ich für die Cafeteria brauche. Ich bin dermaßen müde, dass es einen Moment dauert, bis ich die Hand auf meiner Schulter wahrnehme. Ich drehe mich um und sehe hoch. Es ist Jonah, der mich breit und lässig anlächelt.

Ein paar Schritte hinter ihm steht Bailey, der nicht von seinem Handy aufblickt. Er wirkt total vertieft. Was auch immer er sich gerade anschaut, muss extrem faszinierend für ihn sein.

»Hast du meine Nachricht gestern Abend bekommen?«, fragt Jonah aufgekratzt. »Im *Atlantic* war dieser Artikel über eine Schule, an der es einen Riesenkrach wegen eines trans Kids gab, das die Toilette benutzen wollte. Es ging um Toiletten mit Kabinen, und ich dachte, vielleicht könnten wir ... Finch? Hörst du mir zu?«

»Klar.« Ich habe vielleicht die Hälfte dessen mitbekommen, was er gesagt hat. »Entschuldigung. Ich habe den Artikel ...« Ich rede nicht weiter und gähne breit. »... nicht gesehen. Hab keine Mails gelesen gestern Abend.«

»Wow. Ganz was Neues.«

»Ja.« Ich gebe ein müdes Lachen von mir. »War eine ziemlich heftige Nacht.«

»Aww, tut mir leid, Finch«, sagt Bailey und sieht mich mitleidig an. »Ich muss Jonah jetzt entführen, aber wenn ihr zwei später weiterreden wollt ...«

»Weißt du, Bee«, Jonah dreht sich zu Bailey. »Könntest du uns eine Minute geben?«

»Logisch.« Baileys Lächeln wirkt seltsam verkniffen, angespannt. »Kein Problem.«

Er verdreht die Augen, als Jonah sich wieder mir zuwendet. Jonah bekommt es nicht mit, ich schon. Baileys Blick ist ein unhöflicher ausladender Kreis bis zur Decke, der endet, wo er begann: auf dem Display seines Telefons, das ein leises, aufdringliches Bloppen von sich gibt. *Candy Crush*. Eindeutig.

»Du hattest eine heftige Nacht?« Jonah senkt leicht die Stimme, sodass ich ihn hören kann, Bailey aber nicht. »Heftig inwiefern? Gut heftig oder schlecht heftig?« Er klingt ehrlich besorgt. »Bitte sag nicht schlecht heftig.«

»Heftig im Sinne von, äh ...« Meine Kehle presst jedes

Wort heraus. »Meine Mutter, sie ... sie hat ... hat ihren Job verloren.«

»Oh mein Gott.« Jonahs Hand; meine Schulter. »Finch, das tut mir echt megaleid.«

Jonahs Miene ist ehrlich bestürzt – als wäre er derjenige, der schlechte Neuigkeiten hatte, nicht ich. Ihn so zu sehen, setzt mir zu. Weil ich ihm nicht in die Augen schauen kann, richte ich den Blick auf den Boden.

»Wir haben es schon eine ganze Weile kommen sehen.« Ich möchte etwas sagen, das den Schlag abmildert, und den traurigen Ausdruck von seinem Gesicht wischen. »Es kam nicht wirklich überraschend.«

Jetzt liegt sein Arm um meine Schulter, er lenkt uns den Gang hinunter zu einer Wandnische mit einer Bank. Hier ist es ruhiger. Wir setzen uns.

»Bist du okay?«, fragt er. »Kannst du mir genauer erzählen, was passiert ist?«

Ich will ihm gerade antworten – eine lange, laute Tirade über Venture-Kapitalisten, die die Knochen unserer lokalen Zeitung abnagen – als plötzlich Bailey vor uns auftaucht und sein Handy hochhält. Auf dem Bildschirm läuft eine Uhr, *tick-tick*.

»Hey, sorry«, sagt er, »aber in einer halben Stunde ist die Mittagspause vorbei, und wenn wir jetzt nicht mal endlich ... stehen wir uns in dem Bubble-Tea-Laden die Beine in den Bauch.«

»*Babe*.« Ein Anflug echter Wut rollt durch das Wort. Es ist etwas, das ich so gut wie nie in Jonahs Stimme höre –

schon gar nicht, wenn er mit Bailey redet. »Finchs Mutter hat gerade ihren Job verloren.«

»Oh Finch, *Schätzchen*.« Da ist wieder dieser mitleidige Blick in Baileys Augen; dieses Mal traue ich ihm weniger. »So eine *Scheiße*.«

»Ja«, ist alles, was ich nuschelnd herausbringe. »Genau das.«

Reden fällt mir schwer in diesem komischen diffusen Zustand, bei dem ich das Gefühl habe, aus meinem Körper herauszuschweben. Erst als Jonah mich drückt, stellt sich die Welt wieder scharf. Sein Arm ist wie ein Anker.

»Hast du Lust, mit Jonah und mir was essen zu gehen?«, fragt Bailey. »Vorausgesetzt, dir ist gerade danach.«

»Bailey. Echt jetzt. Das ist so was wie eine Krise«, unterbricht Jonah ihn streng und als würde er mit einer ungezogenen Renata oder einem ungezogenen Benjie reden. »Wir beide können doch auch einfach nach der Schule einen Kaffee trinken gehen.«

»Aber wir sind nach der Schule im Green Bean verabredet«, mische ich mich ein. Ich will Jonah nicht nerven, aber er soll es auch nicht vergessen. »Wir müssen uns mit Adwoa vorbereiten.«

»Stimmt.« Jonah schürzt die Lippen und atmet aus. »Okay! Dann könnten wir morgen zusammen Mittag essen, Bee. Würde das passen?«

»Morgen interviewt mich KIRO-7 in der Mittagspause. Schon vergessen?« Bailey hält eine Hand hoch und kreuzt die Finger. »Ich hoffe auf ein bisschen Presse vor meinem zweiten Vorstellungsgespräch an der Juilliard.« Das letzte Wort singt er und zieht es richtig in die Länge: *Juuuuuuilliaaaaard.*

»Dann werden wir einfach ...« Jonah überlegt einen Moment, dann gibt er seufzend auf. »Wir können irgendwann anders gehen.«

Bailey wirft einen Arm über die Stirn und mimt einen Schwächeanfall à la Südstaaten-Schönheit. »Dann gehe ich eben mutterseelenallein essen.«

Bevor Jonah etwas erwidern kann, dreht sich Bailey auf dem Absatz um und verschwindet mit großen Schritten im langen verschwommenen Strom des wuseligen Gangs. Ich schaue Jonah an. Er windet sich mit seinem ganzen Körper.

»Bist du sicher, dass du derjenige bist, der mich gerade trösten sollte?«, frage ich ihn. Er versucht, mich beruhigend anzulächeln, aber es geht so dermaßen daneben, dass ich loslache. »Ehrlich, Jonah, heute führt er sich wie ein ziemliches Arschloch auf. Ist alles in Ordnung mit euch beiden?«

Jonah drückt noch einmal meine Schultern. »Finch, ganz ehrlich: Das hatte nichts mit dir zu tun«, versichert er mir, obwohl ich das überhaupt nicht gefragt hatte. »Bailey ist einfach nur gestresst. Sein zweiter Termin an der Juilliard ist dieses Wochenende. Nächste Woche hat das Musical Premiere. Wir überlegen immer noch, ob eine Fernbeziehung funktionieren könnte. Seine Nerven liegen blank, dafür kannst du nichts. Wenn überhaupt, kann ich etwas dafür.«

Ich senke die Stimme und beuge mich vor. »Du hast ihm immer noch nicht von der UW erzählt?«

»Werde ich schon noch.« Dieses Mal windet er sich nur leicht. »Sobald er den Kopf frei hat und Neuigkeiten aufnehmen kann, werde ich es ihm erzählen.« Jonah nimmt den Arm von meinen Schultern. Und war ja klar: Es fehlt mir! Es ist dasselbe Gefühl wie letzte Nacht, als ich zwischen Lucy und ihren Plüschtieren eingerollt lag. Ich will den Arm zurück. »Mach dir meinetwegen keine Sorgen, Finch. Du hast selbst echt genug am Hals.«

Ich sehe ihn an, sein Gesichtsausdruck ist ebenso hoffnungsvoll wie traurig.

Und ich kann nichts dagegen tun: Ich mache mir Sorgen um ihn.

Wir hätten es uns wirklich denken können, dass es wenig Sinn ergibt, sich direkt nach der Schule im Green Bean zusammenzusetzen. Schulter an Schulter mit Jonah und Adwoa suche ich das Restaurant, ein weites Meer aus plärrenden Babys und schreienden Schüler:innen, nach einem freien Tisch ab.

Adwoa hebt als Erste die Hand. Eine Gruppe silberhaariger Männer steht gerade auf – sehr, sehr langsam – von einem der raren Vierertische. Bevor sie losstürzt, wippt sie kurz auf den Zehen.

»Finch! Hilf mir, diesen Tisch zu besetzen.« Sie steckt Jonah einen druckfrischen Zwanziger zu. »Cabrera. Getränke?«

»Schon unterwegs.« Jonah steuert auf den Tresen zu. »Dein Gift?«

»Schwarz«, antwortet Adwoa. »Keine Sahne, kein Zucker.«

Während wir uns durch die Menge drängen, driften wir leicht auseinander. »Finch?«, ruft Jonah.

»Eine heiße Zitrone? Und vielleicht ein bisschen Honig dazu?« Der Ausdruck, der über Jonahs Gesicht huscht, ist eine Art verblüfftes Augenzusammenkneifen. Hält er mich für kompliziert? »Sorry!«, rufe ich zurück. »Ich weiß, es klingt schräg, aber ich will nicht die Stimme verlieren und ...«

»Nein, nein. Überhaupt nicht schräg.« Jonah löst sich von uns und telegrafiert zwei erhobene Daumen. »Ein schwarzer Kaffee und eine heiße Zitrone, kommt sofort.«

Danach teilen wir uns wirklich auf – Jonah geht Richtung Tresen, Adwoa und ich drängen zu dem Vierertisch, um Parkas, Schals und Taschen über die Rückenlehnen zu hängen. Als Adwoa ihre Handtasche auf einen Stuhl legt, lache ich los.

»Deine Tasche braucht ihren eigenen Platz?«

»Oh ja«, sagt sie. »Das ist eine Telfar. Alexandria Ocasio-Cortez hat auch eine.«

»Oh. Ich weiß wenig über Mode, aber ich weiß, dass ich für sie alles tun würde.«

Adwoa lacht und bindet ihre Zöpfe zu einem tief sitzenden Pferdeschwanz zusammen. »Hey, setz dich, ja? Ich wollte mal hören, ob du mit diesem Trans-Thema klarkommst. Schließlich betrifft es dich persönlich.«

»Ist nicht jedes Thema persönlich?« Ich setze mich

zögernd hin; ich mag es nicht, wenn ich so direkt angesprochen werde. »Du bist doch diejenige, die immer behauptet, das Persönliche sei politisch.«

»Stimmt schon. Aber es gibt einen Unterschied zwischen, sagen wir, ›Das betrifft uns alle‹ und ›Das betrifft *mich*‹, weißt du? Zum Beispiel machen wir uns alle Sorgen, wie man das Waffenproblem in den Griff bekommen kann, oder? Aber wir machen uns nicht alle den Kopf darüber, welche Toilette wir benutzen.«

»Muslimische Mädchen werden gezwungen, über Hijabs zu diskutieren«, erkläre ich ihr. »Und katholische Jugendliche müssen über Abtreibung diskutieren.«

»Da hast du recht«, stimmt sie nachdenklich zu. »Gott weiß, dass ich an der Uni bis zum Erbrechen mit jedem weißen Typen, der die Klappe wegen dieses ›Blue Lives Matter‹-Mülls aufreißt, über die Abschaffung der Polizei herumdiskutiere.«

»Ich verstehe echt nicht, wie du das schaffst.« Ich höre, wie sich Ehrfurcht in meine Stimme schleicht. »Ich bringe nie die Energie auf, mich mit solchen Leuten einzulassen.«

»Tja, ich muss mich ›einlassen‹, ob es mir passt oder nicht.« Adwoa seufzt. »Eines Tages könnte schließlich ich betroffen sein, weißt du? Wie … Hey, ich will jetzt nicht dramatisch werden, aber Sandra Bland? Sie sah aus wie ich …«

Plötzlich rollt eine Welle extremer Schuldgefühle durch mich. Ich habe jede Menge Schlagzeilen über ermordete trans Menschen gesehen, aber nie hat ein Opfer mir geähnelt. Sie scheinen eher auszusehen wie Adwoa, fast immer sind es Mädchen, fast immer sind sie Schwarz. Manchmal sind es Sexarbeiterinnen. Ihr Leben ist so unendlich viel gefährlicher als meines. Warum habe ich solche Angst vor dieser Debatte? Was habe ich überhaupt zu verlieren? Wenn ich schon all diese Privilegien habe, sollte ich nicht lieber den ganzen Tag TERFS anrempeln, diese bekloppten Radikalfeministinnen, die trans Frauen ausschließen wollen?

Ich schiebe den Unterkiefer vor. »Ich komme mit dem Thema klar, Adwoa«, sage ich. »Muss ich einfach.«

»... Okay«, erwidert sie skeptisch. »Das ... höre ich gern. Lass uns nur sichergehen, dass du dich um deine ...«

Bevor sie den Satz beenden kann, ist Jonah mit einem schweren Tablett in der Hand zurück. »Für die Dame: groß, dunkel und gut aussehend.« Er reicht ihr einen vorbildlichen Keramikbecher – bei Green Bean gibt es grundsätzlich weder Papier noch Plastik – mit schwarzem Kaffee. »Und für den Herren: heiße Zitrone mit Honig und einem Hauch Ingwer.«

Ich nehme ihm den Becher ab. *Ingwer*, denke ich, *das ist neu.* Ich trinke vorsichtig einen Schluck; die Aromen entfalten sich auf meiner Zunge. Es ist so was von lecker. Ich bin selbst überrascht, als ich laut seufze.

»Hab ich alles richtig gemacht?« Er klingt besorgt.

War es das Seufzen? Dachte er, es schmeckt mir nicht?

Ich stelle den Becher auf den Tisch. »Nein, nein«, versichere ich ihm eilig. »Es ist perfekt. Danke schön.«

»Und wieder ein zufriedener Kunde«, sagt er und lässt erleichtert die Schultern sinken. Er legt Adwoas Jacke beiseite und lässt sich schräg gegenüber von mir auf dem Stuhl nieder. Dann greift er wieder nach dem Tablett. Das Getränk seiner Wahl ist ein Iced Coffee in einem Glas von der Größe einer Autobatterie. Ich nehme zumindest an, dass es Kaffee ist. Das Getränk ist ... pink? Kann Kaffee überhaupt pink sein?

Adwoa spricht haargenau meine Gedanken aus. »Was ist das denn? Ein Erdbeer-Milchshake?«

»Das ist eine Iced Raspberry White Chocolate Mocha mit Sojamilch.« Jonah rettet die Schildkröten vor Plastik und schlürft einen langen Schluck durch den Metallstrohhalm, den er überall mitschleppt. »Mit Rosenblättern obendrauf.«

»Alles klar.« Adwoa überlegt. »Darf ich was leicht Homophobes sagen?«

Jonah lacht. »Darfst du nicht.« Trotzig rührt er die Rosenblüten in sein zugegebenermaßen sehr hübsches Getränk. »Wie dem auch sei, sag mir, was ich während des Getränkeholens verpasst habe.«

Mein Blick begegnet Adwoas. Sie nickt – *erzähl du* –, also lege ich los.

»Wir haben, äh, über das Thema geredet«, erkläre ich ihm. »Ob ich damit klarkomme.«

»Oh!« Jonah schnippt mit den Fingern. »Dieselbe Diskussion, die wir beide Dienstag Abend hatten also?« Ich nicke ihm zu; er nickt zurück. »Und es ist immer noch okay für dich? Du willst diesen Wettkampf nicht auslassen?«

... *Diesen Wettkampf auslassen?* »Nein!«, kreische ich. »Niemals. Wir reden hier von den Nationals, vom landesweiten Ausscheidungswettkampf.«

»Ich weiß. Ich weiß. Ich will bloß sagen: Ich könnte es verstehen, wenn du nicht über etwas debattieren willst, das dich dermaßen persönlich betrifft.« Er seufzt und zuckt die Achseln. »Ich meine, ich habe dieses Jahr aus ziemlich genau dem gleichen Grund das Musical ausgelassen, insoweit...«

»Wie jetzt.« Ich sehe Jonah verwirrt an. Von welchem »Grund« redet er hier genau? »Ich dachte, du wolltest dich einfach auf die Nationals konzentrieren.«

»Es ist ehrlich keine große Sache«, antwortet Jonah mit einer seltsamen Schwere, die mir sagt, ja, es ist definitiv eine riesengroße Sache. »Im Musical gibt es diese große Rolle eines Chinesen. Und da ich der erfahrenste asiatische Typ im Club bin, hätten sie die Rolle vermutlich mit mir besetzt. Bailey wollte unbedingt, dass ich es mache.«

»Und was ist das Problem?«, fragt Adwoa. »Versteh mich nicht falsch. Ich finde es super, wenn ich dich ganz für mich habe. Aber dieses Musical klingt wie für dich gemacht.«

»Ja, aber es ist...« Jonah seufzt tief und stützt das Kinn in die Hand. »Diese Show ist nicht gerade sehr *woke*?«

Seine Schultern sind voll angespannt und bis zu den Ohren hochgezogen, wie sie es immer sind, wenn wir mit zehn Minuten Vorbereitungszeit für eine große Runde antreten.

Wow. Er will echt nicht darüber reden. Ich werde einfach das Thema wechseln. Kein Problem.

»Sollten wir nicht mit der Vorbereitung anfangen?«, frage ich und stelle meine heiße Zitrone ab.

»Soso«, summt Adwoa. Sie rückt näher an Jonah heran. Sie ist *extrem* interessiert. »Was stimmt denn nicht mit dem Musical, Jonah? Spuck schon aus.«

»Also gut.« Jonah atmet hart aus. »Also, die Hauptfigur zieht in ein Hotel, das von dieser Chinesin geführt wird.« Er hält inne, noch ein frustriertes Schnauben. »Allerdings ist sie in Wirklichkeit eine weiße Frau, die sich bloß als Chinesin verkleidet hat, also …«

»Also gelbes Make-up. Yellowface«, sagt Adwoa tonlos.

»Okay, es geht um Yellowface.«

Jonah seufzt mit gesenktem Kopf und murmelt der Tischplatte zu. »Sie spricht mit Akzent, sie kneift die Augen zusammen, und sie trägt dieses feste weiße Puder-Make-up.« Er hebt den Kopf und seufzt noch einmal. »Ich meine, sie ist die Böse, insoweit ist es nicht total ignorant …«

»Oh nein.« Adwoa fallen fast die Augen aus dem Kopf. Ich habe keinen Spiegel zur Hand, aber ich sehe garantiert genauso erschrocken aus. »Ich denke, es ist sehr ignorant.«

Jonah gibt keine Antwort. Sein Blick ist wieder auf die Tischplatte gerichtet. Ich lege ihm eine Hand auf den Arm.

»Ich verstehe, warum du nicht Teil von etwas sein willst, das so … so …« Ich suche nach den richtigen Worten; ich finde sie nicht. »… von *so etwas*.«

»Es kommt noch besser.« Jonah nimmt den müdesten

Atemzug bisher. »Dann gibt es noch diese chinesischen Schurken – also echte Chinesen, keine verkleideten Weißen. Sie kidnappen Mädchen aus dem Hotel. Weiße Mädchen. Und ähm ...« Er redet nicht weiter und schaudert. »Sie verkaufen die Mädchen. In die ... Prostitution. In Hong Kong.«

Es entsteht ein langes, verblüfftes Schweigen. Adwoa klappt tatsächlich die Kinnlade herunter, nur ein wenig. Als ich es schließlich schaffe, den Mund zu öffnen, bringe ich bloß »... *Wow*« heraus.

»Genau«, sagt Jonah düster – und ich glaube, genau das lässt Adwoa wieder einmal in ihren Rechtsanwältinnen-Modus umschalten, denn sie schlägt mit der flachen Hand auf den Tisch. »Tut mir leid. Tut mir echt leid. *Jugendliche* spielen bei so was mit? Als Schulaufführung?«

»Ja. Landesweit. 2002 war das Musical ein Hit am Broadway. Hat einen Haufen Tonys gewonnen. Irgendetwas Ansprechendes muss es wohl haben. Keine Ahnung. Ein paar von den Songs sind ganz nett.«

Noch nie zuvor habe ich Scham auf seinem Gesicht gesehen, und sie jetzt wahrzunehmen – den sanften flachen Bogen seiner Unterlippe, das stumpf gewordene Glänzen seiner Augen –, ist genug, um mir Bauchschmerzen zu verursachen. Wie schmerzhaft muss es sein, frage ich mich, etwas zu verteidigen, das einen verletzt?

»Hast du mit Bailey darüber geredet?«, frage ich ihn ruhig. »Weiß er, dass du ein Problem mit dem Musical hast?«

Jonah schweigt einen Moment und rührt in seinem

Kaffee. Dicke rosa Blütenblätter versinken durch die blasse Sahnehaube.

»Die Show ist für Bailey extrem wichtig«, sagt Jonah. »Ich meine, diese ikonische Rolle zu spielen? Als Junge? Und es in eine schwule Liebesgeschichte umzuwandeln? Da würde ich ihm nie in die Quere kommen.« Nun schleicht sich echter Optimismus in seine Stimme. »Vermutlich ist es nur eine Überreaktion von mir. Ich habe mir definitiv Dinger geleistet, die Bailey auf die Palme bringen würden, insoweit ...«

Wovon redet er? Was kann Jonah schon getan haben, das ... Oh, *oh*. Uni. Jonah hat seinem Freund immer noch nicht von der UW erzählt. Bailey glaubt nach wie vor, dass Jonah ihm im Herbst nach Manhattan folgen wird. Schweigt Jonah deshalb zu dem Musical? Wappnet er sich lediglich für einen anderen, größeren Krach?

Ich kann Jonah zu nichts davon Fragen stellen. Nicht gerade jetzt. Adwoa hat ihn schon auf den Zeugenstand gehoben. »*Überreaktion?*«, fragt sie. »Es ist ›vermutlich nur eine Überreaktion‹ von dir?«

»Ja, vielleicht«, erwidert Jonah. »Keine Ahnung.«

»Ist es nicht«, beharrt sie – eine Hand zur Faust geballt. »Sieh mich an. Hör mir zu. Jeder andere, der in diesem rassistischen Zirkus mitwirkt, *unter*-reagiert.« Sie löst die Faust und beschreibt mit dem Finger einen Kreis um die Wut auf ihrem Gesicht. »Das hier ist die angemessene Reaktion.«

»Ich entschuldige es nicht, Adwoa«, antwortet Jonah.

»Ich will bloß nicht die Sache kaputtmachen, die quasi Baileys Lebensinhalt ist.«

»Okay. Hör zu.« Adwoa legt ihre Hand genau vor Jonah auf den Tisch. Sie ist nun ruhiger, ihre Stimme klingt gelassener. »Als jemand, der von Zeit zu Zeit auch was mit weißen Jungs hat?« Sie presst eine Hand aufs Herz und schaut Jonah mit todernster Miene an. »Ich habe ihnen im Laufe der Jahre *eine Menge* durchgehen lassen. Und ich kann dir gar nicht sagen, wie sehr ich mir wünsche, noch mal jede Situation durchleben zu können, in der ich so nach dem Motto reagiert habe ›Nimm es einfach cool, mach nicht alles kaputt, ist kein großes Ding‹. Wenn ich alles noch mal entscheiden könnte, hätte ich mich gegen so viel rassistischen Schwachsinn gewehrt.« Sie seufzt und legt die Hand auf den Tisch. »Ich wünsche dir was Besseres, Jonah. Du hast es verdient.«

»Ich leugne nicht, dass das Musical rassistisch ist. Denn das ist es. Und zwar voll. Aber ich halte Bailey deshalb nicht für ein Monster. Und ich glaube nicht, dass es für mich so entscheidend ist, um deswegen einen Riesenoff vom Zaun zu brechen.« Hier redet er nicht weiter – vermutlich merkt er, dass Adwoa sich bereit macht, Gegenbeweise zu erbringen –, dann bittet er: »Sorry. Können wir nicht einfach weitermachen?« Er dreht sich zu mir: »Finch? Wir sollten vermutlich mit der Vorbereitung anfangen, oder?«

Sollen wir weitermachen? *Können* wir weitermachen? Ich fühle mich betrogen, dabei ist Bailey nicht mal mein Freund.

»Es tut mir leid«, erkläre ich Jonah. »Es tut mir richtig, richtig leid, dass du dich damit herumschlagen musst.«

»Alles gut«, lügt er fröhlich und klappt seinen Laptop auf. »Egal! Noch drei Wochen bis zu den Nationals!«

Ich möchte noch mehr sagen – genau wie Adwoa, das ist ihr anzusehen –, aber Jonah macht einfach weiter. Was können wir anderes tun, als ihm zu folgen?

# KAPITEL 6

Der nächste Tag ist eine Seltenheit: Nach der Schule habe ich frei. Keine Treffen für den Debattierclub. Keine Prep-Sitzungen im Green Bean. Das Einzige, was ich zu tun habe, ist Roo mit dem Bus nach Hause zu bringen – und dafür zu sorgen, dass sie zumindest einen Versuch macht, mit ihren Hausaufgaben anzufangen, bevor sie ins Video-Koma abtaucht.

Ich finde sie in der Bibliothek – mit Kopfhörern, aufgeklapptem Laptop, der Bildschirm ein Sog von Krieg und Zerstörung. Sie dreht sich nicht um. Sie sagt nicht Hallo. In der Welt auf ihrem Bildschirm ist alles in bester Ordnung. Es finden Kämpfe statt, klar, aber es sind Kämpfe, die Roo gewinnen kann. Sie zieht sich in ein Universum zurück, das für sie kontrollierbar ist.

»Hey, Roo.« Ich ziehe mir einen Stuhl heran. »Du spielst Civilization, hab ich recht? Wie läuft es?«, frage ich sie sanft.

»Schlecht«, antwortet sie mit finsterer Miene.

»Oh nein. Was ist denn?« Ich rutsche näher heran und spähe auf den Bildschirm. Meine Eltern meckern bloß ständig wegen der Videospiele, ich versuche, wenigstens ab und zu ein bisschen Interesse zu zeigen. »Macht dir irgendein Despot Schwierigkeiten?«

»*Gandhi*« – sie spuckt seinen Namen wie ein Schimpfwort aus – »hat das Manhattan-Projekt vor mir zu Ende gebracht, und jetzt zahle ich für einen diplomatischen Sieg Geld an die Stadtstaaten. Aber er will nichts davon hören. Einer meiner Spione hat mir Geheiminformationen zugespielt, dass er meine Hauptstadt bombardieren will.« Sie redet nicht weiter und doppelklickt auf einen Flecken Tundra. »Ich werde deshalb neben dem Kreml ein Arsenal riesengroßer Todesroboter anlegen, die ich in Sparta gebaut habe, und das Beste hoffen.«

Ich blinzle. Es ist eine Menge Information. Der Kreml als Arsenal für riesengroße Todesroboter? Klar. Würde ich ihr sofort abkaufen. Aber im antiken Griechenland? Um einen Atomschlag von Gandhi abzuwehren?

»Ist Gandhi nicht eher ein ziemlich friedlicher Typ? Meinst du, er würde ernsthaft Atombomben einsetzen?«

Sie schnaubt. »Du weißt wirklich einen Scheiß über Gandhi.«

»Sieht so aus.« Ich nicke. »Willst du mich aufklären?«

»Er ist eine Bedrohung«, erwidert Roo mit finsterem Blick. »Er und seine kleine runde Brille und die – oh nein!« Ihre Stimme springt eine Oktave nach oben. »Nein, nein, nein!«

Ich schaue gerade rechtzeitig zum Bildschirm, um ihn zu sehen: ein Wolkenpilz, der sich über den smaragdgrünen Inseln von Roos Königinnenreich aufbläht.

»Verdammt!«, ruft Roo. »Ich dachte, ich hätte noch zwei ...« Die nächste Bombe fällt und taucht Athen in Rauch. »Fuck!«

»Das reicht, Ruby Kelly! Drei Ermahnungen, du bist raus!« Ich schnelle herum: Mrs Rubin, die Bibliothekarin, kommt auf uns zumarschiert. Roo reißt sich die Ohrstöpsel heraus.

»Es tut mir wirklich leid«, bettelt sie. »Gandhi hat gerade eine Atombombe auf meine Hauptstadt abgeworfen und ...«

»Ich gebe einen feuchten Kehricht drauf, was Gandhi vorhat«, sagt sie – und es ist erschreckend, wie bedrohlich Kehricht aus ihrem Munde klingt. »Eine solche Sprache wirst du in meiner Bibliothek nicht benutzen.«

Roo macht sich nicht mal die Mühe, ihr Spiel zu speichern. Sie knallt ihren Laptop zu, stopft ihn in ihre Tasche und wirft sie sich über die Schulter. Mrs Rubin steht dabei die ganze Zeit hinter uns und zetert über *eine solche* Sprache in *ihrer* Bibliothek. Wir schaffen es lebend ins Foyer, aber gerade mal so.

»Kommst du heute Abend nach Hause?«, will Roo wissen, als wir uns durch die Menge drängen, die nach Schulschluss zusammensteht. »Oder wohnst du jetzt bei Lucy?« Es klingt abfällig und traurig und verletzt – verletzt von mir, wird mir bewusst, und eile ihr hinterher.

»Warte. Bist du sauer auf mich, Roo? Weil ich gestern Abend zu Lucy gegangen bin?«

»Hätte nach Moms Schocker ein bisschen Zeit in der

Deckenfestung vertragen können.« Wir erreichen die Tür, die sie auftritt. »Mehr nicht.«

»Es tut mir leid, Roo. Ich wollte einfach mit meiner besten Freundin zusammen sein.« Wir treten auf die Schultreppe hinaus. Die kalte Luft riecht nach Regen; und ich bin wieder mal schirmlos. »Ich war echt überfordert von dem, was uns Mom erzählt hat und ...«

»Willkommen im Club.« Ihre Kuriertasche schwingt hin und her, als sie die Treppe hinuntergeht, und trifft irgendein armes Kid am Kopf. »Ich musste die ganze Nacht allein wach liegen und mit dieser Bombe klarkommen, die Mom abgeworfen hat.«

»Ich weiß nicht, welche Hilfe ich dir gewesen wäre«, sage ich ihr offen. »Ich muss auch gerade viel einstecken.«

»Stimmt, deine Unibewerbungen zum Beispiel.« Roo ist immer noch ein paar Schritte vor mir und stapft mit ausholenden Schritten den Gehweg hinunter. »Und dass du lieber Klowasser schlucken würdest, als in Olympia zu bleiben, weil ich dir scheißegal bin.«

»Roo, was?« Die Bitterkeit und die knallharten Sprüche – wo kommt das her? Ich hole sie schließlich ein und halte sie sanft an den Schultern fest, dann drehe ich sie, bis sie mir ins Gesicht schaut. »Was redest du da? Wie kommst du darauf, dass du mir nichts bedeuten würdest?«

Sie schüttelt die Schultern, um sich loszumachen. Andere Kinder weinen, wenn ihnen etwas zusetzt; Roo kocht vor Wut. Ich höre, wie sie mit geschlossenem Mund die Zähne knirschen lässt, eine Reihe schabt gegen die andere.

»Du musst immer *viel* einstecken«, speit sie mir entgegen. »Du denkst immer nur an dich selbst.«

Wir werden angestarrt. Es wäre mir lieber, wenn es nicht so wäre. »Hey, komm«, sage ich, so sanft ich kann. »Wir suchen uns einen ruhigeren Platz.«

Sie zögert, aber sie läuft mir hinterher – vom Gehweg durch eine schmale Reihe welker brauner Bäume und in einen asphaltierten Hof. Hier steht eine am Boden festgeschraubte Bank aus hartem Wellblech. Wir setzen uns. Roo zieht die Knie an den Oberkörper. Sie blickt starr geradeaus und zeigt mir ihr Profil, ihre schwarzen Haare flattern wirr im Wind.

»Ich hab dich lieb, Roo«, sage ich zu einer aknenarbigen Wange.

»Aber. Nächstes Jahr. Wenn du an der Uni und weg bist ...« Sie seufzt; ihre Hände verschwinden in den Ärmeln ihres Hoodies, bis nur noch die Fingerspitzen wie Schildkrötenköpfe herausschauen. »Ich werde dich vermissen. Und ich weiß nicht, ob du mich auf dieselbe Art vermissen wirst.«

Die Worte landen wie eine Faust in meinem Magen.

»Roo, nein«, bringe ich schließlich heraus. »Natürlich werde ich dich vermissen. Nächstes Jahr, wenn ich in meinem Wohnheim bin und nicht schlafen kann und du nicht da bist und mir helfen kannst, eine Deckenfestung zu bauen ... Na ja, was werde ich dann tun?«

Sie hält die Ärmel vors Gesicht. Eine ganze Weile sagt sie nichts. Als ihre Hände schließlich in den Schoß sinken, sehe ich kleine Flecken auf den Ärmeln, dunkler als der Rest des Stoffes – Stellen, wo sie die Tränen aufgefangen hat, bevor sie herunterfallen konnten. Wie hatte mir das entgehen können? Seit wann fühlt sie schon so? Als wäre ich schon mit einem Fuß aus der Tür, als könnte ich es nicht erwarten, sie loszuwerden.

»Aber du wirst eine ganze neue Stadt haben«, schnieft sie. »Und Freunde und die Uni, und ich werde bloß ...« Sie holt mit dem Arm aus und deutet über das feuchte Beton-Nichts, das uns umgibt. »Das hier haben. Minus dich.«

»Du wirst mich trotzdem noch haben«, erkläre ich ihr möglichst mitfühlend. »Du kannst jederzeit zum Telefon greifen, zu jeder Tages- oder Nachtzeit, und ich werde da sein.«

»Wirst du nicht«, sagt sie. »Du wirst dort sein.«

Sie sitzt schweigend mit an die Brust gezogenen Knien da, als wartete sie auf ein Zeichen von mir, dass sie sich irrt. Ich weiß nicht, was ich ihr sagen soll, weiß nicht, was ich tun soll, damit es ihr nicht so wehtut. Es gibt so viele Dinge, die mich aus dieser Stadt treiben und nach D. C. ziehen. Sie gehört nicht dazu. Sie weckt den Wunsch in mir, bleiben zu wollen.

»Aber ich bin *jetzt* hier«, erkläre ich ihr. »Und ich liebe dich. Und ich gehe nirgendwohin. Noch nicht.«

Sie ist nicht völlig zufriedengestellt mit dieser Antwort und öffnet den Mund, aber dann zögert sie. Sie spielt mit ihren feuchten Ärmeln, in ihrem Schoß kreist ein Daumen um den anderen.

»Können wir was zusammen machen?«, fragt sie nach kurzem Schweigen. »Also jetzt. Irgendwohin gehen?«

»Ja.« Ich kann es gar nicht schnell genug sagen. »Klar. Alles, was du willst. GameStop?«

»Keine schlechte Idee«, sagt sie und hebt den Kopf, um mir ein hart erkämpftes Lächeln zu zeigen. »Aber eigentlich dachte ich eher an so was wie … Eis essen gehen?«

Nun bin ich mit Lächeln dran. »Geht klar.«

Als wir nach unserem Ausflug zu Baskin-Robbins die Gummistiefel im Vorraum ausziehen, fällt mir etwas Merkwürdiges auf: Unser Haus riecht überhaupt nicht wie unser Haus. Es riecht … darf ich das sagen … *gut*? Dieser mysteriöse Mief nach nassem Hund ist weg. Stattdessen liegt ein Olive-Garden-Raumduft in der Luft, es riecht nach Rosmarin und Knoblauch und Olivenöl. Mir tropft ein bisschen Sabber aus dem Mund und landet, als feuchter Punkt, auf meinem Oberkörper – ein Zeichen, wie hungrig ich trotz Eis bin.

»Eklig!«, kichert Roo genau in dem Moment, als Mom in den Eingangsbereich kommt, auf ihrer Schürze sind rote Soßenflecken und noch rötere Weinflecken.

»Hallo, ihr zwei«, begrüßt sie uns – dann etwas strenger: »Roo, ist das Schokoladeneis auf deiner Wange?«

»Ist es«, bestätigt Roo, leckt sich über den Handrücken und verreibt damit die klebrigen Reste. Wie eine Katze, die sich mit der Pfote putzt. »Entschuldigung.«

Mom hebt die Hand und streicht mir regenfeuchte Haare

aus den Augen. »Habt ihr zwei eine Zuckertherapie gemacht oder was?«

»Ich hoffe, das ist in Ordnung?« Ich bin ein bisschen misstrauisch. Wann bin ich das letzte Mal nach Hause gekommen und auf dem Herd stand Essen? Verdammt, wann bin ich je nach Hause gekommen und es gab was anderes als Streit? »Es war bloß ... du weißt schon, eine harte Woche.«

»Das kannst du laut sagen«, seufzt meine Mutter müde. »Es gibt eine Menge Dinge, über die wir reden müssen. Kommt rein. Das Abendessen ist fast fertig.«

Sie legt mir die Hand auf den Rücken und schiebt mich in die Küche, wo Dad Fleischbällchen formt und eines nach dem andern in die brutzelnde Pfanne legt.

»Da ist ja mein Kumpel!« Dad legt mir den Arm um die Schulter, an seinen Händen klebt rohes Rindfleisch. »Wie geht's, Champ?«

Ich weiß nicht, was ich ihm erzählen soll. Ich bin überfordert von dem, was ich hier sehe. Wir waren noch nie eine Spaghetti-mit-Meatballs-Familie. Wir sind eine Tütenbrot-Familie. Eine Konservendosen-Familie. Oder von Zeit zu Zeit Cornflakes-als-Abendessen-Familie. Gab es für irgendjemanden heute gute Nachrichten? Hat mein Vater Arbeit gefunden? Hat meine Mutter durch irgendein Wunder ihre zurückbekommen?

Doch als wir uns an den Tisch setzen, uns an den Händen halten, das Tischgebet sprechen – lauter Sachen, die nur alle Jubeljahre vorkommen –, weiß ich, dass es keine guten Neuigkeiten geben wird. Mom bittet um Führung, wenn sie ein »neues Kapitel« in ihrem Leben »aufschlägt«. Dad bittet konkreter um ein Vorstellungsgespräch. Dann verteilt er die Pasta, und Mom verteilt die Soße, und ich werde in die Küche geschickt, um das Knoblauchbrot aus dem Ofen zu holen und auch das zu verteilen. Wir reichen uns Pfeffer, Salz, Paprika. Keiner sagt ein Wort, bis die Teller halb leer sind – oder eben halb voll. Aber ich war noch nie ein großer Optimist.

»Also.« Meine Mutter hebt den Kopf und räuspert sich. »Gestern war mein letzter Tag bei der *Mountain*. Und zugleich der letzte Tag der Zeitung.«

Mein Vater fällt ihr ins Wort. »Und wir als Familie haben eine Menge zu besprechen.«

Meine Mutter holt tief Luft. Sie fährt meinen Vater nicht an, weil er sie unterbrochen hat. Jedenfalls noch nicht. »Die gute Nachricht ist«, erklärt sie, »dass meine Krankenversicherung noch bis Ende des Monats weiterläuft.«

»Moment.« Mir fällt die Gabel aus der Hand, sie knallt auf den Teller. *Klong*. »Bis zum Ende des Monats? Aber ... Diesen Sommer ... Meine Operation ...«

»Ich weiß, Finch.« Meine Mutter greift nach meiner Hand und drückt sie. »Es wird hart werden für ein paar Monate, vielleicht auch länger. Wir werden alle Opfer bringen müssen.«

Alles, was ich gerade gegessen habe, droht wieder hochzukommen. »Aber ich *brauche* die OP. Das ist nichts, was ich einfach mal ... einfach mal ... *opfern* kann.«

»Hör zu.« Mein Vater legt seine Gabel ab. »Diese Operation, die du willst? Da reden wir von Tausenden von Dollars. Du weißt genau, dass wir es nicht so dicke haben.«

»Aber es ist ja nicht so ... Ich bitte doch nicht um etwas ...«, stottere ich und suche nach den richtigen Worten. »Ich brauche diese OP. Ansonsten werde ich diesen Herbst auf die Uni gehen und ... und ich ... und ich werde immer noch nicht rausgehen können, wenn es heiß ist ... oder joggen oder zum Schwimmen oder ...«

Moms Hand liegt schwer auf meiner und drückt fester. »Ich weiß, Schatz«, sagt sie. »Und es tut mir unendlich leid. Aber wir können es nicht ändern. Du musst einfach noch ein bisschen länger durchhalten.«

»Ja, und außerdem«, schmatzt Roo mit vollem Mund, »joggst oder schwimmst du sowieso so gut wie nie.«

»Weil ich es nicht kann!« Ich presse die Faust auf meinen Oberkörper, mein Herz und spüre das glatte, einschnürende Material unter meinem Shirt. »Wenn ich dieses Ding trage? Da würde ich mein Leben aufs Spiel setzen!«

»›Mein Leben aufs Spiel setzen.‹ Heiliger Himmel«, schnaubt mein Vater. Er wischt sich über den Mund und wirft die befleckte Serviette beiseite. Und dann dreht er sich zu mir und deutet mit dem Finger auf mich: »Hör zu. Du? Du bist nicht in Gefahr. Dieses Haus hier ist in Gefahr. Unsere Hypothek. Deine Studiengebühren. Das sind die wirklichen Gefahren.«

Mein Haus ist mein Körper, möchte ich ihm erklären. Der Ort, in dem ich lebe. Ich fühle mich schon lange, lange nicht mehr sicher darin. Und ich würde auf alles verzichten – sogar auf Georgetown –, um endlich, endlich ein Zuhause zu haben.

»Niemand sagt, dass du die OP nicht bekommst«, versichert meine Mutter und spielt den Good Cop. »Sondern nur, dass du warten musst.«

»Aber ...«

»Kein Scheiß-Aber.« Dad schlägt mit der flachen Hand auf den Tisch, dass der ganze Raum bebt. »Es wird nicht passieren. Wir können es nicht ändern. Du wirst damit leben müssen. Schaffst du das?«

Tja? Schaffe ich das? Ich habe es siebzehn Jahre in diesem Körper ausgehalten. Was machen da schon ein oder zwei Jahre mehr aus? Ich will nicht so weiterleben, aber ich werde so weiterleben müssen. Was bleibt mir anderes übrig? Teilzeit zu arbeiten zwischen meinen Seminaren nächstes Jahr? Das nächste Jahr einfach arbeiten und Schluss? Die Uni komplett abhaken?

Mein Atem geht stoßartig. Mein Puls rast. Mein Kopf schwimmt.

»Schaffst du das?«, wiederholt Dad.

Ich nicke. Bestimmte Streitgespräche kann auch ich nicht gewinnen.

# KAPITEL 7

Ich liege in Embryohaltung auf dem Bett, die Knie an den Oberkörper gezogen, den ich hasse, als Jonahs Klingelton durch den Raum hallt. Es sollte erwähnt werden, dass er ihn selbst ausgesucht hat: »Squidward Nose« von der Rapperin Cupcakke, ihr ganz spezieller Euphemismus für ein bestimmtes Teil Genitalien. Der Song ist total witzig, voll daneben und *extrem* schrill in meiner momentanen Katatonie. Ich zucke so heftig zusammen, dass mein Knie mit meiner Nase kollidiert. Als ich das Gespräch annehme, ist »Autsch« das Erste, was ich sage.

»Alles in Ordnung mit dir?« Jonah zögert. »Soll ich später noch mal anrufen?«

»Nein, nein, nein.« Ich blute womöglich, aber das braucht Jonah ja nicht zu wissen. »Hab mir gerade die Nase angehauen. Ich kann reden.«

»… Okay.« Jonah glaubt mir nicht, das merkt man, aber er will auch nicht neugierig sein. »Ich wollte bloß mal hören, wie es dir geht, weißt du? Nach unserem Gespräch gestern? Wegen deiner Mutter?« Er klingt zögerlich. »Wie kommst du klar?«

»Ehrlich?« Der neue Schmerz beim Luftholen lässt mich zusammenzucken. Blute ich tatsächlich? »Ich komme richtig, richtig schlecht klar.«

»Was ist passiert?« Er redet nicht weiter. »Also außer der Sache mit deiner Mutter und der Zeitung?«

»Mal schauen. Wo soll ich anfangen?« Meine Nase schmerzt immer noch, aber als ich vorsichtig mit den Fingern darüberfahre, ist sie nicht blutig. »Also, wir verlieren eventuell das Haus, und wir werden ganz sicher unsere Krankenversicherung verlieren, was bedeutet, dass ich diesen Sommer nicht operiert werde, es sei denn, du hast zehn- oder zwanzigtausend Riesen rumliegen, die du entbehren kannst.«

»Moment. OP?« Jonah klingt verwirrt – und ein bisschen ängstlich. »Ich wusste nicht, dass du operiert wirst.«

»Oh, keine Angst – es ist nichts Lebensbedrohliches.« Ich bin nicht sicher, ob das wirklich hundertprozentig stimmt. »Es ist ... wie heißt es doch gleich? Elektiv. Ein elektiver Eingriff.«

»Oh«, sagt Jonah verwirrt, dann fällt der Transgender-Groschen. »Oh!«

»Genau. Diese Art Operation.«

»Warum hast du mir das nicht erzählt? Ich könnte dir helfen, online einen Spendenaufruf einzurichten. Mein Vater könnte einen Link in den Kirchen-Newsletter setzen. Der geht jede Woche an ungefähr tausend Leute.«

Ich weiß, dass ich Jonah dankbar sein sollte für sein Hilfsangebot, aber ich schäme mich bloß. Er bietet tatsächlich an, bei der Gemeinde seines Vaters, in einer Kirche, der ich nicht mal angehöre, Geld für mich zu sammeln. Das sind Leute, die ihre Miete bezahlen müssen, die ihre Familien ernähren müssen, die selbst unerschwinglich teure Arztrechnungen haben, über die sie Tränen vergießen.

»Jonah. Bitte.« Meine Kehle ist wie zugeschnürt. »Das musst du nicht tun.«

»Sorry.« Er klingt getroffen. War meine Ablehnung eben zu energisch? Habe ich ihn verletzt? »Ich will bloß ... dass du diese OP bekommst. Wenn du sie brauchst. Und so klingt es für mich.«

Das Schweigen fühlt sich schwer an – von meiner Verlegenheit und seiner. Ich bin ihm dankbar, als er sich räuspert und es als Erster bricht.

»Also, Nasir hat mir eine Nachricht geschrieben. Er wollte wissen, ob du Lust hast, diesen Samstag für eine Übungsrunde nach Seattle hochzukommen.«

Meine erste Reaktion ist ein reflexartiges Nein. »Auf keinen Fall. Damit wir unseren Todfeinden direkt vor den Nationals einen Vorgeschmack geben, wie wir argumentieren werden? Nein. Niemals.«

Er lacht. »Sie werden uns nicht alle unsere Argumente klauen, Finch. Dafür sind sie zu gut im Debattieren. Abgesehen davon, wann haben wir noch mal eine Chance, mit einem Team ihres Kalibers zu diskutieren?«

Da hat Jonah nicht unrecht. Wir werden natürlich ein paar Durchläufe im Debattierclub machen. Doch selbst

Jasmyne, unsere offenkundige Erbin, kann meine Messer nicht schärfen wie Ari.

»Nur die eine Runde?«, sichere ich mich ab. »Diesen Samstag?«

»Nur die eine«, wiederholt er. »Bist du dabei?«

»Ich bin … *mit Vorbehalt* dabei.«

»Cool.« In seiner Stimme schwingt ein Lächeln, etwas Erleichterung mit. »Ich muss Bailey Samstagmorgen zum Sea-Tac bringen – für sein zweites Vorstellungsgespräch an der Juilliard. Ich dachte, wir könnten ihn absetzen und dann zur Annable weiterfahren.«

Ich setze mich aufrecht. Ich habe mich *nicht* einverstanden erklärt, eine Stunde lang mit Jonah und Bailey und ihrer ganzen köchelnden Anspannung in einem Pkw zu sitzen.

»Was ist mit seinen Eltern?« Ich bin verzweifelt. Ist es nun zu spät, um mich aus der Affäre zu ziehen? Oder wenigstens Bailey rauszuhalten? »Können nicht sie ihn zum Flughafen bringen?«

»Nee. Sie arbeiten am Wochenende bei Amazon. Brutale Arbeitszeiten, wie es aussieht.«

»Garantiert.« Sofort spüre ich eine Welle von Sympathie für Bailey – und natürlich für seine Eltern. Bilder von fensterlosen Lagerhäusern, tosenden Fließbändern und Jeff Bezos' kahler Birne tanzen mir durch den Kopf.

»Außerdem wollte Bailey unbedingt, dass ich ihn verabschiede. Und ihn küsse und ihm Glück wünsche, bevor er in den Flieger steigt.«

»Dann läuft es wieder besser bei euch?«, frage ich zweifelnd. »Habt ihr über das Musical gesprochen?«

»Nein. Es besteht aber auch nicht wirklich Anlass dafür.« Sein Lachen hat einen unaufrichtigen Unterton. Säße er hier neben mir, würde er bestimmt noch ein ebenso unaufrichtiges Achselzucken hinzufügen. »Ich bin über die ganze Sache hinweg. Ehrlich.«

Ich bin absolut nicht überzeugt. »... Okay, Jonah.«

»Ernsthaft, Finch, er und ich sind völlig im Reinen.« Er lacht noch einmal. »Schon erstaunlich, was eine gute Knutscherei bewirken kann.«

Ich winde mich innerlich. »Vielleicht suche ich mir dann lieber eine eigene Mitfahrgelegenheit zur Annable.« Ein letzter Versuch, um aus dieser Fünftes-Rad-am-Wagen-Nummer rauszukommen. »Möchte schließlich nicht die Rückbank blockieren, falls ihr sie für wichtigere Sachen braucht.«

»Was meinst du damit, Finch Kelly?«

»Nichts! Absolut nichts!«

Jonah schnaubt. »Ich hol dich um sieben ab?«

»Ich werde mir den Wecker stellen.«

Ich lege auf. Ich kaue auf einem Stück Nagelhaut herum. Wird schon okay sein, oder? Diese Fahrt nach Seattle? Jonah und Bailey haben sich in letzter Zeit nicht besonders gut verstanden, aber wenn Jonah sagt, dass sie sich geküsst und wieder ausgesöhnt haben, muss ich ihm das wohl abnehmen. Der Streit wegen des Musicals hat nicht stattgefunden. Oder der Streit über die Uni. Noch nicht. Und so

Gott will werden sie diese Streitgespräche auch nicht am Samstag führen. Nicht wenn ich mit ihnen im Auto sitze.
Denke ich mal.
Hoffe ich mal.

Als Jonah mir erzählte, dass er Bailey zum Flughafen fahren würde, ging ich von einem Koffer aus. Maximal einem Koffer und einer Reisetasche. Auf keinen Fall hatte ich erwartet, dass jeder Platz in Jonahs Wagen einschließlich der Mittelkonsole mit Gepäck beladen sein würde, jedes Teil davon penibel angeschnallt. Sicherheit geht vor, vermute ich mal.

Ich klopfe gegen Baileys Fenster auf der Beifahrerseite. Seine Hände sind mit seinem Handy beschäftigt, deshalb übernimmt der Ellbogen die Arbeit und drückt auf den Knopf, um die Scheibe herunterzulassen.

»Hey.« Er blickt nicht von seinem Display auf. »Was ist?«

»Soll ich einen der Koffer auf den Schoß nehmen?«, frage ich. »Oder, äh ...« Ich habe absolut keine Ahnung, wie das »Oder, äh« hier aussehen sollte: wie Mitt Romneys armer alter, durchfallgeplagter Irish Setter auf dem Dach mitfahren?

Jonah schaut offenbar zum ersten Mal über die Schulter. »Bailey! Wo soll Finch sitzen?«

Bailey sieht endlich von seinem Telefon auf und folgt Jonahs Blick auf die Rückbank. »Oh!« Auch er klingt, als würde er den Gepäckberg zum ersten Mal sehen – obwohl er derjenige ist, der ihn aufgetürmt hat. »Ups! Ich habe total vergessen, dass du mitfahren würdest.«

Jonah lacht, öffnet die Tür und steigt aus. »Ich werde dir einen Sitz freiräumen, Finch.«

»Tut mir echt leid«, sagt Bailey mehr zu Jonah als zu mir. »Mein Hirn ist Brei heute morgen.«

Als wir anfangen, sein Gepäck hin und her zu räumen, funktioniert sein Hirn allerdings gut genug, um sorgfältige Anweisungen zu erteilen. »Passt mit diesem Seesack auf! Zieht ihn nicht über den Boden. Wenn das Xylofon schmutzig wird, bedeutet das ungefähr vierzig Dollar für die Reinigung.«

Ich habe den Punkt erreicht, dass ich Bailey für eine Schlägerei aus dem Wagen zerren möchte, die definitiv nichts mit Bühnenkampf zu tun hat. Doch Jonah, diplomatisch wie immer, schafft es, einen fröhlichen Scherz zu machen. »Aber selbstverständlich, Babe. Du weißt doch, wie sehr ich auf deine Pailletten abfahre.«

Wir zerren den Seesack fleckenlos zum Kofferraum. Schocker: Der komplett leer ist. Bis auf ein paar Kiefernnadeln von Jonahs letztem Campingtrip. Oder Fichtennadeln. Das kann ich nicht genau sagen. Jonah ist der Naturbursche, nicht ich.

Wir sehen einander an, unsere Augen stellen dieselbe Frage: Warum hat Bailey seinen Krempel nicht einfach in den Kofferraum geladen? Brauchte wirklich jedes Gepäckstück seinen eigenen Sicherheitsgurt? Wir sind gefährlich nahe dran loszulachen, Jonah presst einen Finger auf die Lippen – psst – und gibt mir ein Zeichen, den Seesack in den leeren Kofferraum zu verfrachten.

Und dann sind wir so weit und fahren los. Vor uns liegen eine Stunde und fünfundfünfzig Meilen baumgesäumter Highway. Ich habe den neuen *Economist* dabei, um mich zu beschäftigen; Jonah hat das Radio. Auf der Beifahrerseite lehnt Bailey übernächtigt den Kopf an die Fensterscheibe und seufzt laut.

»Ist es zu fassen, der erste Termin ist morgen um acht? Das ist *fünf Uhr morgens* nach unserer Zeit. Ich werde so einen Scheiß-Jetlag haben.«

Ein weiterer Seufzer; ein weiterer weißer Atemmond auf der Scheibe. »Und die Luft im Flieger ist immer so trocken. Gott, meine armen Stimmbänder. Zum Glück habe ich daran gedacht, einen Dampfvernebler einzupacken.«

»Wozu das denn?«

»Er befeuchtet die Stimmbänder.« Bailey hebt eine Hand und klopft sich auf die Kehle. »Beruhigt die Muskeln, damit man die Stimme nicht verliert.«

»Wow, das klingt praktisch«, sagt Jonah. »Können wir uns den für unseren nächsten Wettkampf ausleihen?«

»Warum?« Bailey lacht. »Singt ihr bei den Wettkämpfen?«

»Nein, natürlich nicht. Aber wir reden viel und äh ...« Er dreht sich und klopft auf seinen Hals. »Sind dieselben Muskeln.«

»Oh, logisch.« Bailey schlägt sich mit dem Handballen gegen die Stirn. »Kümmere dich einfach nicht um mich! Wie ich sagte: Mein Hirn ist Brei. Ich bin ein Idiot.«

»Du bist kein Idiot«, sagt Jonah verliebt. »Du bist bloß unter-koffeiniert.«

Bisher ist die Fahrt nicht so megaverlegen, wie ich befürchtet habe. Jonah beginnt einen Satz; Bailey beendet ihn. Sie machen Witze, die nur sie verstehen, Musst-du-dabei-gewesen-sein-Witze, die an mir vorbeigehen. Als wir an einer Kreuzung halten, greift Baileys Hand über die Konsole und drückt Jonahs. Der zickige Freund, den ich die letzten Tage erlebt habe, ist verschwunden. Das hier ist Bailey, der hingebungsvolle Partner, der Typ, der Jonah bedingungslos anhimmelt. Ich komme mir auf der Rückbank ein bisschen wie das Kind vor, aber es stört mich nicht. Es fühlt sich sicher und gemütlich an.

So gemütlich, dass ich fast schlafe, mein Kopf lehnt am Kissen von Baileys Rucksack, als ich plötzlich Jonahs Stimme lauter werden höre. »Nein! Echt? So kurz vor der Premiere?«

»Oder? Eddie Wong hat sich einfach aus der Show verabschiedet! Ohne Vorwarnung! Und jetzt muss dieser Neuntklässler einspringen und in einer Woche Ching Hos komplette Nummer lernen.«

»In einer *Woche*?« Jonah stößt einen leisen Pfiff aus. »Wow. Ich hoffe, er kriegt das auf die Reihe. Verdammt.«

»Tja, siehst du, hättest du dich beworben, wäre so was nicht passiert. Ching Ho wäre deins gewesen. Du hättest die Rolle in der Tasche gehabt.«

»Ja, ist echt zu schade, dass das Musical dieses Jahr so nahe an den Nationals liegt.« Jonah legt sich bei einem Kreisverkehr in die Kurve. »Doch beides hätte ich nicht geschafft.«

»Aber du kommst und schaust es dir an, ja, Babe? Bei der Premiere?« Bailey wartet keine Antwort ab – sondern dreht sich um und schaut mich über die Schulter an, als hätte er gerade eine geniale Idee gehabt. »Du solltest auch kommen, Finch! Eine Runde entspannen vor eurer großen Debatte!«

»Oh, nein danke.« Ich lächle und versuche, höflich zu sein. »Nach dem, was Jonah mir über das Musical erzählt hat, klingt es ein wenig …«

Weiter komme ich nicht – ein wenig Pünktchen, Pünktchen, Pünktchen –, denn im Rückspiegel funkeln Jonahs Augen und bitten mich stumm, nicht weiterzureden. Aber es ist zu spät: Bailey hat den Kopf gedreht. Er hat Jonahs Gesichtsausdruck bemerkt.

»Ein wenig was?«, ruft er offensichtlich getroffen. »Ich dachte, dir gefällt *Millie*!«

»Doch, schon!«, beharrte Jonah. »Schließlich singe ich immer mit, wenn du den Soundtrack laufen lässt, oder?«

»Die Originalaufnahme«, verbessert ihn Bailey. »Wenn ich die Originalaufnahme abspiele.«

»Weißt du, ich stehe eher auf progressivere Musical-Inszenierungen.« Es ist eine lahme Ausrede, aber Jonah gibt sein Bestes, sie Bailey zu verkaufen. »Ich zähle die Tage, bis Lin den Highschools endlich erlaubt, *Hamilton* aufzuführen.«

»Gott, ja, kannst du dir das vorstellen? Ich wäre natürlich King George, und du … hmm, wer wärst du, Jojo?« Die Frage schwebt in der Luft, während Bailey die Hand nach dem Handschuhfach ausstreckt. »Ist das Aux-Kabel hier drin? Vielleicht brauchen wir ein Sing-off, um herauszufinden, welche Rolle am besten zu dir passt.«

Jonahs Ablenkungsmanöver hat funktioniert. Und zwar einwandfrei. Bailey kramt im Handschuhfach herum und jammert über diesen Gründervater und jenen. Das Problem mit *Millie* und dass die Show ein *wenig*..., ist komplett vergessen.

Zumindest von Bailey vergessen. Jonahs Kiefer ist ziemlich angespannt, die Antworten, die er Bailey gibt, zeichnen sich durch eine gewisse Inhaltslosigkeit aus. Er hört nicht wirklich zu. Ich weiß, dass er seinen Freund nicht zur Rede stellen will – aber ich habe da keinerlei Skrupel. Und allmählich werde ich sauer. Sauer auf Bailey, ja, aber auch sauer *für* Jonah. Wenn Bailey es nicht mitkriegt oder es ihm einfach egal ist, dass er Jonah verletzt ... sollte ich da nicht etwas sagen? Ich könnte die Kritik an Jonahs Stelle einstecken. Ich könnte helfen.

»Hey, Bailey?«, frage ich geradeheraus. »Stimmt es, dass es in *Millie* eine Figur gibt, die in Yellowface auftritt?«

»... Yellowface?« Bailey klingt ratlos, als hörte er das Wort zum ersten Mal. »Also wie Blackface?«

Jonah mischt sich schnell ein. »Wir müssen da jetzt nicht drüber reden.«

»Da du aber schon gefragt hast, Finch«, sagt Bailey und unterbricht Jonah, »es gibt tatsächlich eine Figur, die sich als Chinesin verkleidet, ja. Aber sie ist die Böse. Alles, was sie tut, ist böse. Das schließt auch die Verkleidung ein. Sich als Chinesin oder Chinese zu verkleiden, wird nicht etwa befürwortet.« Er wirft die Hände hoch und wirft Jonah einen hilflosen Blick zu. »Ich meine, Jonah, falls ich hier irgendwas Problematisches sage, weise mich bitte unbedingt darauf hin, aber ...«

»Ernsthaft, Bailey? Du brauchst Jonah, damit er dir erklärt, was ›problematisch‹ daran ist, wenn eine weiße Frau in Yellowface auftritt?«

»... Whoa. Was zum Teufel?« Baileys Gesicht rötet sich empört. »Was hast du eigentlich für ein Problem, Finch? Warum gehst du mich so an?« Ich verdrehe die Augen und öffne den Mund, aber er wartet meine Antwort nicht ab. Sondern dreht sich schon wieder zu Jonah. »Gott, was ist das hier, Jonah? Hast du dich hinter meinem Rücken bei Finch beschwert?«

»Na ja ... Ich finde ...«, stammelt Jonah. »Du musst zugeben, Bailey, es gibt einen Haufen Zeug in *Millie*, das ...«

»Ist das dein Ernst?« Bailey sieht geschockt aus, als wäre Jonah gerade über die Konsole gesprungen und hätte ihm eine runtergehauen. »Du weißt, wie viel mir dieses Musical bedeutet!«

»Und genau aus diesem Grund habe ich nichts gesagt.« Jonahs braune Augen glänzen frustriert. »Ich wollte nicht, dass du das Gefühl hast, ich würde dich für ...«

»Dann bin ich also ein Rassist«, unterbricht ihn Bailey. Er wendet sich von Jonah ab und holt zitternd Luft, was die Scheibe auf der Beifahrerseite weiß beschlagen lässt. »Wow. Ich bin rassistisch und ich hasse Asiaten.«

»Niemand hat dich als Rassisten bezeichnet, Bailey«, sage ich mit Nachdruck. »Wir sagen bloß ...«

»Finch.« Jonahs Stimme ist hart. Die zusammengekniffenen Augen noch härter. »Bitte?«

»Ich?«, quietsche ich. »Was hab ich denn getan?«

Jonah gibt keine Antwort, er ist vollauf mit Einparken beschäftigt. Ich bohre die Fingerspitzen in meine Oberschenkel und bin mit einem Mal verunsichert. Vorne schnieft Bailey weiter vor sich hin.

»Ich bin kein verdammter Rassist«, wimmert er, Rotz und Tränen lassen seine Stimme belegt klingen. »Und ich hasse Asiaten nicht. Ich bin seit zwei Jahren mit dir zusammen, Jonah. Hallo? Scheiße, du lässt mich echt an der Realität zweifeln.«

Vor dem Fenster zeichnet sich der Seattle-Tacoma International Airport ab, eine Wand harter grauer Betonsäulen führt zur Abflughalle. Gleich geht Bailey. Gott sei Dank.

Aber ich habe so ein Gefühl, dass der Kampf noch nicht ausgestanden ist. Dieser finstere Blick, dieses *Finch, bitte*; Jonah ist nicht einverstanden mit mir. Obwohl ich auf *seiner* Seite stehe.

»Hör zu, Bailey, es tut mir leid.« Jonahs Stimme ist leise. Er dreht den Schlüssel im Zündschloss. »Ich wollte dir vor deinem Vorstellungsgespräch an der Juilliard keine reinwürgen.«

»Zu spät!« Bailey wirft die Hände in die Luft. »Hast du aber!«

»Lass mich dir mit dem Gepäck helfen, okay?«

»Wenn du willst«, antwortet Bailey kurz angebunden. Er stößt die Tür auf, steigt aus und knallt sie zu, dass die Karosserie bebt.

Jonah öffnet die Tür zum Rücksitz. Er holt Baileys Taschen heraus. Er würdigt mich keines Wortes oder Blickes, bevor er die Tür wieder schließt. Ich bleibe allein in der frostigen Luft des leeren Wagens zurück. Verunsichert ziehe ich das Handy aus der Hosentasche.

FINCH KELLY: Gerade richtig fies Krach mit Bailey gehabt
LUCY NEWSOME: omg was mcaht er denn????
LUCY NEWSOME: *mchact
LUCY NEWSOME: *macht
FINCH KELLY: Verteidigt das Schulmusical. Google mal Thoroughly Modern Millie.
Es vergehen ein paar Sekunden.
LUCY NEWSOME: WHAT
LUCY NEWSOME: the FUCK
FINCH KELLY: Genau. Bailey hat voll den Anfall gekriegt und behauptet, es wäre nicht rassistisch und er sei nicht rassistisch, weil er mit Jonah zusammen ist
LUCY NEWSOME: heilige scheiße
LUCY NEWSOME: was hat jonah dazu gesagt???

Ich blicke auf, Bailey und Jonah haben es auf den Gehweg geschafft. Ich erwarte, dass sie sich streiten, tun sie aber nicht. Sie halten sich umschlungen und stehen reglos in einer Flut von Reisenden. Bailey sagt ein Wort, das hoffentlich *sorry* lautet. Jonah lächelt, als er es sagt, und noch einmal, als Bailey ihn auf die Stirn küsst. Er tritt einen Schritt zurück, aber nur weit genug, um eine hellblonde Locke hinter Baileys Ohr zu streichen.

Ich möchte angewidert sein, dieser Versöhnung zuzusehen. Ich weiß, dass Bailey sie nicht im Geringsten verdient hat. Aber auf meinem Platz auf der Rückbank fühle ich mich einmal mehr wie ein kleines Kind. Als würde ich auf eine Welt blicken, für die ich viel zu jung bin. In dieser Welt, ihrer Welt, kann man sich mit seinem Partner streiten, aber dann verträgt man sich wieder. Man verzeiht einander. Du hast deine Schwächen; der andere seine.

Andererseits könnte eine von Jonahs Schwächen möglicherweise sein: Er verzeiht viel zu schnell.

FINCH KELLY: Er ist in Bailey verliebt, und das verstehe ich voll, aber er sieht ihm echt alles nach
FINCH KELLY: Bailey war so was von unhöflich und rassistisch, du würdest es nicht glauben
LUCY NEWSOME: wow, das ist scheiße
FINCH KELLY: Und als ich mich eingemischt habe und Jonah verteidigen wollte, war er sauer auf MICH? Und ich hab keine AHNUNG warum
LUCY NEWSOME: wie jetzt
LUCY NEWSOME: vielleicht wollte jonah nicht, dass du seine kämpfe für ihn fichst?
LUCY NEWSOME: ich weiß dass dir bei jonah einer ab-

geht aber das heißt nicht, dass du dich da einfach reinhängen und den edlen retter spielen kannst der seine ganzen probleme löst. ykwim

Meine Kehle ist wie zugeschnürt. Hat Lucy recht? Habe ich gerade den edlen Retter für Jonah gespielt? Und seine Kämpfe für ihn gefochten?

Das sind berechtigte Fragen, aber sie werden schnell von einer drängenderen überschattet: warum fängt Lucy immer wieder damit an, dass ich in Jonah verliebt sei? Bin ich nicht! Ich bin nicht mal schwul! Ich treibe auf keinen Fall aus liebeskranker Eifersucht einen Keil zwischen ihn und seinen Freund.

Obwohl besagter Freund ein ziemlich rassistisches Arschloch ist.

FINCH KELLY: Okay, um das ein für alle Mal klarzustellen: Mir geht keiner ab wegen Jonah.
FINCH KELLY: Rein praktisch gesehen geht bei mir bis ich ein Penoid kriege überhaupt nichts ab. Oder wenigstens einen Klitpen.
LUCY NEWSOME: ich geh mal davon aus dass du genau weißt was ich meine
LUCY NEWSOME: ich wollte dich nicht in verlegenheit bringen aber es ist einfach
LUCY NEWSOME: es fällt mir schon eine ganze weile auf! du bist irgendwie! komisch eifersüchtig auf die beziehung von bailey und jonah!

LUCY NEWSOME: und jetzt mischt du dich in ihren zoff ein und bist megasauer auf bailey!
LUCY NEWSOME: also vielleicht aus zulässigen gründen aber trotzdem

Bei ihrer letzten Nachricht runzle ich die Stirn. Ich frage mich: Kann sie recht haben? Aber selbst wenn es so ist – selbst wenn ich meine Nase in einen Streit gesteckt habe, der mich nichts angeht –, verblasst das nicht neben dem, was Bailey sich geleistet hat? Was er gesagt hat?

FINCH KELLY: Hör zu. Jonah ist mein Freund. Und ich denke, er hat jemand Besseren als Bailey verdient
LUCY NEWSOME: total, seh ich genauso

Ich hebe den Kopf. Jonah kommt aufs Auto zu. Er hat die Hände in den Hosentaschen, sein Kopf ist gesenkt, die Augen sind aufs Pflaster gerichtet. Es ist unmöglich, sein Gesicht zu sehen. Es ist unmöglich zu sagen, ob er glücklich ist, traurig, wütend. Ob er mich zusammenscheißen oder mir einfach erklären wird, das ganze Elend zu vergessen.
Ich tippe weiter auf meinem Handy im Schoß.

FINCH KELLY: Muss aufhören. Jonah ist zurück. Für den Rest des Tages sind wir zum Glück Bailey-frei.
LUCY NEWSOME: gut. drück dir die daumen, dass er dtmfa
FINCH KELLY: dtmfa?

FINCH KELLY: war das ein Tippfehler oder ist das eine Abkürzung
LUCY NEWSOME: DUMP THE MOTHER FUCKER ALL READY. mach endlich schluss mit dem arschloch

Ich unterdrücke ein Lachen und schiebe gerade mein Handy in die Hosentasche, als Jonah die Fahrertür öffnet und sich setzt. »Hey. Alles gut?«

Er lässt den Motor nicht an. Seine Hände liegen auf dem Lenkrad: Klammergriff, weiße Knöchel. »Ich brauche einen Moment«, sagt er, seine Stimme klingt gepresst.

»… Klar.« Ein Aufflackern von Angst brennt durch mich. Er ist sauer. So viel ist klar. Aber ist er sauer auf Bailey … oder auf mich? »Ich werde warten. Lass dir Zeit.«

»Und komm nach vorne.« Er deutet mit dem Daumen auf den Beifahrersitz. »Ich bin schließlich nicht dein Uber-Fahrer.«

Als ich aussteige und meinen neuen Platz einnehme, geht mein Atem stoßweise, meine Haltung ist steifer als sonst. Ich kann mich nicht überwinden, den Kopf zu drehen und ihn anzusehen. Ich stecke den Gurt ein, verschwitzte Finger nesteln an der Schnalle herum.

»Ich habe dir gesagt, dass ich nicht über das Musical reden will.«

»Ich weiß, aber ich konnte nicht einfach dasitzen und ihn …«

Er hebt eine Hand: *Schluss, Finch.* »Ich wollte nicht wegen des Musicals streiten«, wiederholt er. »Zwei Gründe.

Erstens: Ich wollte nicht, dass er sich vor seinem großen Vorsprechtermin aufregt.« Er dreht den Schlüssel im Zündschloss und lenkt uns langsam in den Strom davonfahrender Fahrzeuge. »Und zweitens – wie du weißt – will er unbedingt, dass ich mit ihm an die NYU gehe und ich … also, ich habe schon der UW zugesagt.« Er seufzt. »Und da ich weiß, dass er sauer sein wird, wenn ich es ihm erzähle, will ich ihm gerade … nicht noch *mehr* Gründe liefern, auf mich sauer zu sein, verstehst du?«

»Ich wollte ihn nicht wütend machen!«, antworte ich trotzig. »Aber als er anfing, Yellowface zu verteidigen, wusste ich, dass er dich damit verletzt. Ich dachte, ich könnte dir helfen, wenn ich ihm vor Augen führe, wie rassistisch er ist.«

»Mir helfen? Mir helfen, was zu tun?«

»Keine Ahnung!« Ich wringe die Hände, ein bescheuerter Tick von mir. »Die Diskussion zu gewinnen!«

»Hier geht es nicht ums *Gewinnen*, Finch.« In seiner Stimme schwingt Frustration mit. »Bailey ist nicht Ari oder Nasir. Er ist nicht irgendein Feind, den wir auslöschen wollen. Er ist mein Freund. Ich muss an seine Gefühle denken.«

Ich schlage kräftig die Handflächen auf die Knie. »Aber er denkt überhaupt nicht über *deine* Gefühle nach!«

»Aber du, oder was?« Er sieht mich herausfordernd an. »Also, ich verstehe schon, dass du mir helfen willst, Finch, aber es ist nicht dein Leben. Es steht dir nicht zu zu entscheiden, was das Beste für mich ist.« Er dreht sich lachend weg. »Es geht dich einfach überhaupt nichts an.«

Zum ersten Mal, seit Jonah zu reden begonnen hat, höre ich ihn tatsächlich. Ich lehne mich ans Fenster – plötzlich ist mir übel – und denke intensiv darüber nach, wie ich gerade rüberkomme. Wie ich wohl während des Streits mit Bailey rübergekommen bin.

»Es tut mir leid«, sage ich mit zittriger Stimme und schlucke. Mir ist noch nie schlecht geworden im Auto. Und jetzt wäre ein ganz *furchtbarer* Zeitpunkt, um damit anzufangen. »Ich wollte nicht über dich hinwegreden.«

»Jaa … Hast du aber«, lacht er. »Und geholfen hast du auch nicht. Es ist so schwer … Es ist so schwer, Finch, mit weißen Menschen über dieses Thema zu reden.« Er hebt die Hand und schnipst zwischen uns mit den Fingern. »Dich eingeschlossen. Genau jetzt. Das hier fällt mir schwer. Und ich will nicht hart sein, aber …«

»Nein, nein.« Ich drehe den Kopf und sehe ihn an. »Bitte. Sei hart. Ich habe es verdient.«

»Irgendwie schon, Mann.« Er redet nicht weiter und holt tief Luft. »Von jetzt an, hilf mir … einfach nur, wenn ich dich darum bitte. Alles klar?«

»Voll und ganz.« Ich lehne den Kopf wieder an die Fensterscheibe, dankbar für das kühle Glas, meine Haut glüht vor Verlegenheit. »Es tut mir wirklich leid, Jonah«, nuschle ich seinem Spiegelbild zu. »Ehrenwort. Es wird nie wieder vorkommen.«

»Ich weiß, dass es dir leidtut«, sagt er. »Und ich weiß, dass es nicht wieder vorkommen wird.« Noch ein tiefer Atemzug; nach kurzem Luftanhalten lässt er alles heraus.

»Alles klar. Sind wir bereit, Ari und Nasir fertigzumachen?«

Er hält mir die Faust entgegen. Zutiefst dankbar drehe ich mich zu ihm und schlage meine dagegen.

»Na dann los«, sage ich. »Machen wir sie fertig.«

Gegen halb eins parken wir auf der Straße vor der Annable. Vielmehr auf einer der Straßen vor der Annable. Das Schulgelände ist gigantisch, zehn Hektar sattes Grün in einem scheißreichen Vorort von Seattle. Die Gebäude sind allesamt hundert Jahre oder älter, aber bei diesen alten Schulgebäuden ist ein architektonischer Zauber am Werk. Nach außen zeigt die Schechter Library verwitterten Backstein und anheimelnde Mansardenschindeln; doch im Inneren ist sie glatt und schnittig wie ein Apple Store. An einer Wand stehen Computer mit großen Bildschirmen. An einer anderen laden sich silberne E-Book-Reader in Docks auf. Die unzähligen echten Bücher in Glasvitrinen sehen aus, als seien sie noch nie von Menschenhänden berührt worden.

»Ihr seid zu spät«, stellt Ari fest und stößt einen Zug aus ihrer Juul aus. Der Glastisch, hinter dem sie mit Nasir sitzt, sieht wie schräge moderne Kunst aus. »Wir wollten um zwölf anfangen.«

»Tut mir leid, Ari.« Jonah stellt seinen Rucksack ans nördliche Bein des amorphen Glasklumpens. »Wir mussten Bailey am Flughafen absetzen.«

»Ooh, wer ist denn Bailey?«, fragt Nasir, er trägt einen

Hoodie von Supreme, einen Bucket Hat von Supreme, und – die Jogginghosen haben kein sichtbares Logo, aber ich wette: Supreme. »Ist sie heiß?«

»Sie ist mein Freund«, erwidert Jonah. »Und ja, megaheiß.«

»Also«, redet Ari weiter und blinzelt uns durch purpurfarbenen Rauch an. »Du *musstest* ihn absetzen? Er *musste* dafür sorgen, dass ihr zu spät kommt? Er konnte nicht einfach ein Uber nehmen?«

Ich mustere sie fragend. »Die ganze Strecke von Olympia zum Sea-Tac?«

»Oh. Sorry.« Ari steht auf und reibt sich die Schläfen. Obwohl es Samstag ist, trägt sie ihre Schuluniform – also das komplette Ensemble: den Blazer, die Krawatte. »Ich vergesse immer, dass ihr nicht in der Stadt wohnt.«

»Tja, selbst wenn wir hier wohnen würden, könnten wir es uns nicht leisten, bei jeder Gelegenheit einen Fahrer anzuheuern«, erwidere ich. Und weil ich wieder Jonahs Gunst zurückgewinnen will, füge ich hinzu: »Baileys Eltern packen am Wochenende Pakete bei Amazon, um zu ...«

»Wie?« Jonah ist überrascht. »Nein, das tun sie nicht.«

Ich sehe ihn fragend an. »Aber du hast mir gestern Abend erzählt, dass seine Eltern am Wochenende arbeiten ...«

»Ja, das stimmt schon, aber sein Vater ist Programmierer«, sagt Jonah. »Und seine Mutter ist Grafikdesignerin.«

»Und trotzdem müssen sie samstags arbeiten?«

»Scheinbar ja. Irgendeine Riesenrevision bei Prime Video?«

... *Wieso* hatte ich Bailey für einen von uns gehalten? Er träumt nicht vom Broadway – wie ich von einem Sitz im Kongress träume, wie Jonah davon träumt, die Meere zu säubern. Vielleicht braucht er gar nicht zu träumen. Er will einfach etwas und er bekommt es. Muss nett sein.

»Wie dem auch sei, ihr seid zu spät.« Ari steckt ihre E-Zigarette ein und wirft einen schnellen Blick auf ihre glänzende Armbanduhr. »Können wir loslegen? Bitte? Aus dem Knick kommen? Eine Münze werfen?«

Als der Dime auf Roosevelts glänzendem Kopf landete, war ich total erleichtert. Wir würden *für* mein Recht, zu pinkeln, argumentieren, nicht dagegen. Ich würde keines meiner Prinzipien opfern müssen, nicht mal übungshalber, zumindest nicht heute.

Wir hatten uns nämlich genau überlegt, wie wir unsere bejahende Argumentationslinie aufbauen. Und sehr darauf geachtet, keine transphobischen Tiraden loszutreten. Rate mal, wie oft Jonah das Wort Transgender in seiner Eröffnung benutzt?

Einmal. Ganz am Anfang, als er das Thema wiederholt.

Den Rest seiner Rede widmet er einfachen praktischen Fragen. »Wie soll ein solches Verbot überhaupt durchgesetzt werden?«, fragt er. »Würden vor den Highschooltoiletten Polizeibeamte postiert? Und Leibesvisitationen durchführen? Papiere verlangen? Oder würde womöglich die biometrische Methode angewendet, bei dem jedem Kind ein Chip in die Handfläche implantiert wird, und dann müssten sie ihre Handflächen an der Tür zur Umkleide einscannen?«

Als Jonahs acht Minuten vorbei sind, ist es nicht länger ein Streitgespräch über Geschlecht oder Religion oder irgendwas Schlüpfriges. Es geht um Geld. Um Durchsetzbarkeit. Es geht um die schlichte Tatsache, dass keine – kosteneffiziente oder verfassungsmäßige – Methode existiert, die Schülerschaft nach Phallus und Vulva zu trennen, um sie zu ausdrücklich getrennten Kloschüsseln zu leiten. So sieht es aus. Kugelsicher. Widersprecht uns mit irgendeinem Gelaber über die Unantastbarkeit des menschlichen Dimorphismus und die Niederlage ist euch gewiss.

Aber wir hätten uns denken können, dass Ari zu klug ist, um bei unserem langweiligen Köder anzubeißen.

Und ich hätte mir denken können, dass schon das Zuhören verletzend sein würde.

»Mein Gegner stand an diesem Podium, Mr Speaker, und präsentierte apokalyptische, geradezu dystopische Szenarien«, sagt Ari – auch wenn das Podium bloß aus *Unendlicher Spaß* besteht, das auf *Krieg und Frieden* liegt, und die Person, die einem Mr Speaker am nächsten kommt, der Hausmeister ist, der auf den Gang wischt. »Mr Cabrera möchte Sie glauben machen, dass dieses vernünftige Gesetz nicht durchsetzbar ist. Er schlug bewaffnete Polizisten vor, die an Highschools Leibesvisitationen durchführen würden. Biometrische Chips in Unterarmen!« Sie lacht affektiert, dann setzt sie wieder eine seriöse Miene auf. »In der Realität ist die Durchsetzung natürlich weder kostenintensiv noch drakonisch. Jedes menschliche Wesen wird mit seinem eigenen kostenlosen Werkzeug zur Durchsetzung der Geschlechtsidentifikation geboren.« Sie tippt sich an die Schläfen. »Zwei Augen, Mr Speaker.«

Sie redet gerade mal eine Minute. Ich sollte definitiv sitzen bleiben. Ich sollte definitiv *nicht* in einer Aufwallung heißer körperlicher Wut aufspringen, den Arm heben und »Zu diesem Punkt, Madam!« rufen.

Aber es ist schon passiert. Es ist passiert, und ich stehe vor Ari, und sie starrt mich an, als hätte ich drei Köpfe.

»Ich habe ungefähr zehn Sekunden gesprochen«, sagt sie mit ihrer normalen Stimme. »Was soll das, Finch? Setz dich hin.«

Ich will mich nicht hinsetzen. Ich will mit Körpergewalt gegen sie kämpfen. Ich brauche meine ganze Willenskraft – und noch ein bisschen von Jonahs, der an meinem Ärmel zupft –, um meinen Hintern wieder auf den Stuhl zu setzen.

»Danke. Meine Güte.« Sie dreht den Kopf; sie macht weiter: »Mein Kontrahent redet über Geschlecht, als wäre es ein vierdimensionales Schachspiel. Aber Geschlecht ist simpel. Es ist optisch leicht festzustellen. Und ...«

Ich springe auf die Füße – »Zu diesem Punkt, Madam?« –, und krass, sie winkt wieder ab.

»In nahezu allen Fällen«, fährt sie sichtlich genervt fort, weil sie gleich wieder unterbrochen worden ist, »sieht man das Geschlecht einer Person mit einem Blick und ...«

Als ich dieses Mal aufspringe, schere ich mich nicht

mehr um Formalitäten. »Dann beweisen Sie mal, dass Sie eine Frau sind.«

Sie gibt ein erschrockenes Hüsteln von sich. »Wie bitte?«

»Beweisen Sie uns«, wiederhole ich – im Höhenflug und mir dessen bewusst – »dass Sie eine Frau sind.«

»Erstens wurde ich mit einer Vagina geboren und demzufolge bei der Geburt dem weiblichen Geschlecht zugeordnet, also ...«

»Tja, wir haben leider keine Aufzeichnungen aus der Entbindungsstation«, sage ich. »Wir wissen nicht, ob Sie die Wahrheit sagen.«

»Setz dich hin, Finch«, presst sie durch zusammengebissene Zähne.

»Nein, nein. Hier geht es um die Beweislast, die Sie etabliert haben: Um eine Damentoilette zu betreten, braucht man eine Vagina, weil eine Vagina einen zur Frau macht.« Ich hebe lächelnd die Hände und hole zum Todesstoß aus: »Also beweisen Sie uns, dass Sie eine Frau sind.«

»Finch, wenn du diese Fragerei bei einer richtigen Debatte abziehen würdest, könntest du dir einer Anzeige wegen sexueller Belästigung sicher sein.«

Jonah klopft mit den Handknöcheln auf den Tisch. »Dann geben Sie also zu, dass Menschen über ihre Geschlechtsorgane auszufragen, sexuelle Belästigung ist?«

Nasir lacht; Ari wirft ihm einen strafenden Blick zu. »Du sollst auf meiner Seite stehen, Nas.«

»Ich warte auf meine Antwort«, bemerke ich selbstzufrieden; ich habe sie in die Ecke getrieben. »Bitte, Ms Schechter, nur zu: Beweisen Sie den Anwesenden, dass Sie eine Frau sind.«

»Vergiss es, Finch. Ich werde nicht den Rock heben und mich vor einem Raum voller Jungs entblößen«, sagt sie. »Auch wenn euch das bestimmt gefallen würde.«

»Und wie«, sagt Nasir.

Sie holt aus und will ihm eine runterhauen. Er duckt sich gerade noch vor ihrer Handfläche weg.

»Aber Sie sagten – und ich zitiere hier – ›Geschlecht ist simpel und optisch leicht festzustellen‹.« Ich sehe, wie sie sich windet. Ich habe sie. »Doch die Menschen, die am häufigsten Belästigungen auf Toiletten erleben, sind Frauen wie Sie. Frauen, die nicht dem normativen Weiblichkeitsklischee folgen. Frauen mit einem männlich konnotierten Kurzhaarschnitt« – ihre Haare sind tatsächlich kürzer als beim letzten Mal, als ich sie gesehen habe, eher Maddow als Rodham – »und männlich gelesener Kleidung, wie dem Blazer und der Krawatte und ...«

»Okay, okay, du hast deinen Scheiß-Punkt.« Sie hat Tränen in den Augenwinkeln. »Aber du hättest ihn machen können, ohne mir unter die Nase zu reiben, dass ich wie ein fucking Kerl aussehe.«

»Ari, das war nicht meine ...«

Doch sie schlägt sich die Hand auf den Mund, stößt ein Geräusch aus, das nach einem kleinen ertrinkenden Tier klingt, und dreht sich auf dem Absatz ihrer Gucci-Loafers um. Ehe ich reagieren kann, rennt sie auch schon auf den Gang hinaus, so schnell, dass ihr Körper verschwimmt.

… Und das macht schon zwei Menschen, die ich heute zum Weinen gebracht habe.

»… Tja«, sagt Jonah nach dreißig Sekunden gemeinsamen verblüfften Schweigens. »Das hätte besser laufen können.«

»Ach echt?«, sagt Nasir.

Ich möchte etwas wie »Sie hat mich mindestens ebenso sehr beleidigt« sagen, aber ich bringe es nicht heraus. Nasir ist im Raum. Warum sollte ich ihm sagen, dass ich trans bin? Er ist die wahrhaftige Inkarnation von *Family Guy*.

»Du solltest dich besser entschuldigen«, sagt Jonah.

»Ich denke auch«, antworte ich.

Ich finde Ari auf einer Bank im Gang, die E-Zigarette im Mund.

»Hey«, fange ich behutsam an, als ich ihre rot geränderten Augen sehe. »Wegen der ganzen Sache gerade eben …«

»Fick dich.«

»Auf dem Schulgelände? Leute sind schon für weniger im Knast gelandet.«

Sie schnaubt, aus ihrer Nase kommen purpurfarbene Dampfwolken.

»Oh, verdammt«, sagt sie. »Das war echt gut.«

»Danke.« Ich mache einen Schritt nach vorn; ich bleibe stehen. »Kann ich mich setzen? Oder hast du was dagegen?«

»Tu dir keinen Zwang an.« Sie deutet mit dem Daumen

auf den freien Platz auf der Bank. »Aber lass deine fucking Finger bei dir.«

»Okay.« Ich setze mich vorsichtig, möglichst weit von ihr entfernt. »Also. Ging ganz schön zur Sache eben.«

»Allerdings.«

»Ich hätte das alles nicht sagen sollen, Ari.« Ich strecke die Hand aus, doch dann fällt mir ihre Bemerkung von wegen fucking Antatschen ein. Ich tätschle also lieber die Bank. »Du siehst nicht wie ein Mann aus.«

»*Pffft*«, knurrt Ari. »Das ist so nicht der fucking Punkt.« Sie kneift die Augen zusammen und reibt sich mit beiden Händen die Schläfen. »Ah, auch egal. Ich sehe nicht wie ein Mädchen aus. Aber das *will* ich auch gar nicht. Diese ganzen Erwartungen, die an einen gestellt werden – die Haare auf eine bestimmte Art zu stylen, sämtliche Körperbehaarung zu entfernen und individuelle Züge mit Contouring zu glätten. Und das kommt noch obendrauf … na ja, auf die Tatsache, dass ich nicht gerade der Stichprobengröße entspreche.« Sie seufzt und deutet auf ihren Körper. »Egal. Ich schweife ab. Sorry. Mir geht das einfach am Arsch vorbei. Und zwar so was von. Ich kann meine Zeit damit verplempern, mich zu Tode zu hungern und meine Haare je nach Trend zu stylen, oder ich kann tatsächlich etwas mit meinem Leben anfangen.«

»Es tut mir *wirklich* leid, Ari«, wiederhole ich noch einmal. Ich meine es ehrlich. Ich stand mal genau an dem Punkt, an dem sie sich gerade befindet: der Perspektive, mein Leben lang zu waxen, und bin davor zurückgeschreckt. »Offenbar habe ich einen Nerv getroffen, und ...«

»Okay, okay. Es reicht jetzt. Ich brauche da bloß mehr Rückgrat.« Sie hebt den Kopf und öffnet die Augen. »Du übrigens auch. Ich habe keine Ahnung, warum du da drinnen gerade so ausgetickt bist, aber so ad hominem zu diskutieren, ist megadaneben.«

»Ich konnte irgendwie nicht anders.« Weiß der Geier warum, aber ich habe ein liebevolles Gefühl für Ari. In ihrer Angst erkenne ich einiges von meinem früheren Selbst, diese Furcht, nicht mädchenhaft genug zu sein. Vielleicht bin ich deshalb ein wenig ehrlicher als sonst. »Dieses Thema ist ad hominem für mich.«

Sie mustert mich mit einem Seitenblick. »Was willst du damit sagen?«

Ich sehe sie an, nehme ihre Verwirrung, ihre Neugier wahr. Sie hat gerade ihre Seele vor mir entblößt, oder? Bin ich ihr nicht dasselbe schuldig? Vielleicht haben wir mehr gemeinsam, als ich angenommen habe.

Also hole ich tief Luft und sage es: »Ich bin trans.«

Sie antwortet nicht. Nicht gleich. Ihre Augen werden groß, dann schmal, dann mustert sie mich von Kopf bis Fuß. Als wollte sie sicherstellen, dass wir tatsächlich dieselbe Sprache sprechen. Dass ich tatsächlich gesagt habe, was ich gerade gesagt habe.

Und plötzlich klickt es in ihrem Blick und sie begreift es.

»Oh Scheiße.« Ihre Stimme wird sanfter. »Und wer weiß es noch? Jonah? Nasir?«

Ich schüttle den Kopf. »Jonah weiß Bescheid«, erkläre ich ihr. »Nasir nicht. Natürlich nicht.«

Sie schnaubt. »Logisch. Ich würde Nasir auch nichts anvertrauen.« Sie stopft ihre Vape in die Blazertasche, dreht sich um und legt mir die Hände auf die Knie. »Ich hoffe, du weißt, dass alles, was ich gerade in der Runde gesagt habe ... Ich glaube diesen Scheiß nicht. Es ist bloß unsere Argumentationslinie.« Sie redet nicht weiter, sondern drückt meine Knie. »Ich habe jede Menge recherchiert und weiß, dass es nicht einfach ist für ... für Leute wie dich. Also danke, dass du es mir anvertraut hast.«

»... Danke?« Wo war dieses Mädchen hier während der Runde? Und wenn sie das, was sie vorgebracht hat, nicht glaubt, was glaubt sie dann tatsächlich? »Jetzt verstehst du vielleicht, warum diese Debatte alle möglichen schmerzhaften Erinnerungen in mir hochgeholt hat.«

»Klar. Natürlich. Es muss echt hart sein.« Sie nickt und hält die Hände hoch. »Welches Pronomen soll ich benutzen? Weiterhin ›er‹ und ›ihn‹ sagen? Also in der Öffentlichkeit? Bis du für ein Coming-out bereit bist?«

»Äh. Ja.« Sie mustert mich verwirrt. Oh Gott. Höchste Zeit, es auszuspucken, und zwar so klar wie möglich. »Ich bin ein *Mann*, Ari. Ein trans Mann.« Immer noch nichts. Ich seufze. »Frau zu Mann? Bei der Geburt dem weiblichen Geschlecht zugeordnet?«

»... warte.« Ari rückt ab und lässt die Hände wieder in ihren Schoß fallen. Sie mustert mich von Kopf bis Fuß. Und dann schnaubt sie. »Nie im Leben. Quatsch. Ich hab dich bei Wettkämpfen morgens mit fucking Bartstoppeln gesehen.«

»Ja, weil ich Testosteron nehme.« Ich zeichne demonstrativ eine kleine Schleife um mein Gesicht. »Davon bekomme ich Gesichtsbehaarung. Das Hormon macht meine Stimme tiefer. Verschiebt das Fett in meinem Gesicht.«

»Echt?« Sie mustert mich eingehend, ihre Augenbrauen treffen sich fast in der Mitte. Ich kann buchstäblich die mathematischen Gleichungen sehen, die in ihrem Lockenkopf herumtanzen. »Du bist echt als ... Ich weiß, dass ich nicht ›als Mädchen geboren‹ sagen soll, aber ...«

Ein Teil von mir will ihr diesen »Als Mädchen geboren«-Kommentar um die Ohren hauen. Ein anderer Teil – der todmüde Teil – will diese Diskussion keine Sekunde länger als nötig führen.

»Genau.« Ich sage es langsam, als würde ich zu einem Kind sprechen. »Als Mädchen geboren.«

»Und, äh, klebst du, äh ... deinen Oberkörper ab? Damit er flach aussieht?« Sie deutet mit der Hand eine flache Linie über die eigene runde Brust an. »Oder wurdest du schon operiert, um ...«

Es gibt nichts, worüber ich lieber ausgequetscht werde, als meine medizinische Vorgeschichte. »Ich gehe jetzt«, erkläre ich beim Aufstehen, es kann gar nicht schnell genug gehen, und laufe zügig den Gang zur Bibliothek hinunter.

»Warte. Warte! Es tut mir leid.« Sie eilt mir hinterher und zieht mich am Arm. »Es ist bloß, ich habe noch nie jemanden getroffen, der ... jemanden, der trans ist, und du siehst so … Wie soll ich sagen, du siehst wirklich wie ein Typ aus.«

Ich hebe den Arm und schüttle sie ab. »Ich *bin* ein Typ, Ari.«

»Ja, aber nicht wie …« Sie eilt mir mit leuchtenden Augen hinterher. »Nicht wie Hilary Swank in diesem Film. Du siehst *wirklich* wie ein Typ aus.«

*Hilary Swank?* Ich bleibe ruckartig stehen, drehe mich zur Wand und schlage fest mit der Stirn dagegen. »Scheiße. Ich hätte es dir nicht sagen sollen.«

»Ich werde es niemandem erzählen«, versichert sie mir.

»Oh Scheiße.« Todesangst durchläuft mich. Ich drehe mich mit weit aufgerissenen Augen zu ihr. »*Bitte* sag es niemandem.«

»Werde ich nicht!«, zwitschert sie und tut, als würde sie ihre Lippen mit einem Reißverschluss schließen. »Ehrenwort. Dein Geheimnis ist absolut sicher bei mir.«

Ich traue ihr nicht. Kein bisschen. Aber nun ist die Katze aus dem Sack und rudert mit ihren kleinen scharfen Krallen herum. Ari weiß Bescheid. Sie weiß es, weil ich es ihr gesagt habe.

Und es gibt nichts, womit ich meine Worte zurückholen könnte.

# KAPITEL 8

Der Rest meines Wochenendes schleppt sich im Schneckentempo dahin. Ich will nur, dass es Montag wird, dass ich im Debattierclub bin. Nach dem Doppeldebakel vom Samstag – als ich den Dritten Weltkrieg zwischen Bailey und Jonah ausgelöst und mich Ari gegenüber geoutet habe – freue ich mich auf ein bisschen Normalität. Wenn ich einfach neben Jonah stehen und das Strahlen seines lässigen Lächelns aufsaugen kann, werde ich wissen, dass wir es packen. Dass wir immer noch ein Team sind. Dass wir das Zeug für die Nationals haben.

Als ich hereinkomme, steht Jonah in einem kleinen Kreis und hört den Neunt-, Zehnt- und Elftklässlern zu, die sich gegenseitig übertönen, als sie von ihrem Wochenende erzählen. Falls er mich hereinkommen sieht, zeigt er es nicht. Ich überlege, ob ich ihm auf die Schulter tippen und Hi sagen soll, aber er wirkt vertieft: Ava hat gestern zum ersten Mal schwarzes Eis mit Aktivkohle gegessen, und es hat so was von komisch geschmeckt; Jasmyne hat alle Folgen von *Riverdale* nachgeholt, und die Handlung ergibt mit jeder Folge weniger Sinn; Tyler hat eine *Grease*-Produktion mit ausschließlich weiblichen Darstellerinnen an der Evergreen gesehen, und die junge Frau, die Danny Zuko spielte, war angeblich »hot as fuck«.

Jonah erzählt nichts von seinem Wochenende, unserem Wochenende. Mehr als einmal versuche ich, seinen Blick zu erhaschen, aber er sieht jedes Mal jemand anderen an. Ich weiß nicht, ob es Absicht ist, aber wenn er sich wegdreht, spüre ich jedes Mal diesen seltsamen Schmerz – diesen Hunger einer Blume nach Sonne.

»Okay! Zehn nach! Legen wir los!« Adwoa lässt ihre Hand wie einen Auktionshammer auf das Pult der Geschichtslehrerin niedersausen. »Erster Tagesordnungspunkt: Finch und Jonah waren dieses Wochenende für eine Nationals-Freundschaftsrunde an der Annable! Wollt ihr kurz nachbesprechen? Wie ist es gelaufen?«

»Super!«, sagt Jonah fröhlich. Man hört sozusagen das Ausrufezeichen dahinter: *super!*

Aber ich habe ihn an sonnigen Tagen und an grauen Tagen erlebt – zum Beispiel dieses eine Mal, als wir zu den Junior Nationals nach Tampa geflogen sind und Delta unser gesamtes Gepäck verloren und Jonah sein Handy ins Flughafenklo geschmissen hat. Ich kenne seine Stimmungen, will ich damit sagen. Und das hier? Ist keine besonders gute.

»Okay. Es war also super.« Adwoa spreizt die Finger. »Kannst du uns noch ein bisschen mehr verraten?«

Er wirft Adwoa einen Blick zu, der zwischen elend und entschuldigend schwankt. Deshalb wendet sie sich zu mir. »Okay, Finch. Wie lief die Runde?«

Aber ich bin ebenfalls überfordert. Wie soll ich von der Runde erzählen, ohne meinen Krach mit Ari zu erwähnen – oder mein darauffolgendes Coming-out, das ich so sehr bereue, dass ich nicht mal Jonah davon erzählt habe?

»Okay, sieht aus, als müsste ich mit Jonah und Finch auf dem Gang darüber reden.« Sie hebt die Hand, deutet auf die Tür und schnippt, um noch eins draufzusetzen, sogar mit den Fingern. »Jungs? Raus. Jas, geh du in der Zwischenzeit den *Slate*-Test dieser Woche durch.«

Wir folgen ihr auf den Gang. Sie schließt die Tür hinter uns und verschränkt die Arme. »Okay, jetzt ist Schluss mit diesem Quatsch«, sagt sie. »Erzähl mir haarklein, was dieses Wochenende gelaufen ist.«

»... Vielleicht nicht gerade, während uns alle angaffen?« Jonah deutet mit dem Daumen auf das Glasfenster in der Tür, wo sich ein Grüppchen versammelt hat. Ava schwankt auf neugierigen Zehenspitzen. Als Adwoa sie mit Blicken durchbohrt, versuchen sie – erfolglos –, sich zu zerstreuen.

»In Ordnung. Gehen wir ein Stück weiter.« Sie legt erst mir eine sanft schiebende Hand zwischen die Schulterblätter, dann Jonah, und schiebt uns den Gang hinunter in eine Ecke, wo nicht so viel los ist. Beim Laufen fragt sie noch einmal: »Dieses Wochenende: Was ist passiert?«

»Nichts«, sage ich genau in dem Moment, als Jonah »Nicht viel« sagt.

»Okay, was zum Teufel läuft hier?« Adwoa mustert uns misstrauisch. »Hat Nasir irgendeine fiese Bemerkung abgelassen? Ist es das?«

Ja, hat er. Aber sein Spruch über Jonahs megaheiße Freundin, Bailey, war wirklich nur die zehnte oder elfte verkorkste Sache, die an diesem Wochenende passiert ist.

»Bailey und ich hatten Samstagmorgen einen fetten Krach«, platzt Jonah plötzlich heraus. »Ich musste ihn für sein Vorsprechen an der Juilliard zum Flughafen fahren, und im Auto fingen wir an, uns zu streiten, und an der Annable war ich danach zu nichts zu gebrauchen, und dann ...« Er seufzt, sichtlich frustriert. »Es ging mit Bailey das ganze Wochenende hin und her – und heute auch –, und ich bin echt müde und kann einfach nicht mehr, und ... Ja. Das ist alles. Tut mir leid.«

»Das ganze Wochenende?«, frage ich ihn leise. »Aber ich dachte, ihr zwei ... Am Abflugterminal habt ihr euch geküsst ...«

»Geküsst vielleicht.« Jonah zuckt die Achseln. »Aber nicht ausgesöhnt.«

Als ich ihm so zuhöre, die Müdigkeit in seiner Stimme spüre, wird mir ganz übel vor schlechtem Gewissen. Der Krach war meine Schuld. Und Jonah muss immer noch die Konsequenzen tragen.

»Jonah, das tut mir leid für dich. Wirklich.« Adwoa presst die Handflächen zusammen, als würde sie beten, ihn anflehen. »Aber wenn du und dein Freund euch vor den Nationals nicht zusammenrauft und zu streiten aufhört ...«

»Ja, ist mir schon klar«, antwortet er schnell. »Ich werde das klären. Ich werde es in Ordnung bringen.«

»Wunderbar. Das höre ich gern.« Sie dreht sich zu mir. »Und du, Finch? Was liegt dir auf der Leber?«

Ich überlege, was ich ihr vorlügen soll, als mir plötzlich klar wird, dass das gar nicht nötig ist: »Ari hat während der Debatte einen Haufen transphobes Zeug abgelassen, und als ich dann anfing, ihr Fragen zu stellen, rannte sie heulend raus …«

Adwoa verdreht die Augen himmelwärts, brummt »Gib mir Kraft« und seufzt. »Okay. Ich habe genug gehört. Setzt euch hin, alle beide. Wir müssen reden, aber wir müssen uns kurzfassen. Ich will nicht, dass Jas das ganze Meeting übernehmen muss.«

Sie lässt sich an der Wand hinuntergleiten, bis ihre Jeans auf dem Linoleum landen. Sehr zögerlich folgen Jonah und ich ihrem Beispiel und setzen uns im Schneidersitz auf den Boden. Als sein Knie kurz meines berührt, zuckt er zurück.

Warum fühlt es sich für mich an, als hätte er einen blauen Fleck hinterlassen?

»Ich weiß, dass ihr zwei gerade viel um die Ohren habt«, sagt Adwoa. »Jonah, du hast deinen Freund und seinen Blödsinn. Finch, du hast Ari und ihren Blödsinn.« Sie seufzt. »Und ich bin selbst mal auf die Highschool gegangen. Vor langer, langer Zeit. Aber ich kann mich noch an das Arbeitspensum erinnern. Oh Mann, und wie ich mich daran erinnere.«

»Genau«, antworte ich einfach, bloß um nicht auch noch über die anderen Sachen reden zu müssen, die ich am Hals habe. Dass meine Mutter ihren Job verloren hat. Dass ich

meine Krankenversicherung verloren habe. Ob ich nach
D. C. aufs College gehen werde oder hier hängen bleibe.
»Ist gerade alles ziemlich viel.«

»Ebenso«, sagt Jonah, genauso schlicht.

Ich frage mich, wie viel Stress dieses eine Wort für ihn beinhaltet.

»Aber ihr zwei müsst euch auf die Nationals konzentrieren.« Sie streckt die Hände aus – eine Hand legt sie mir aufs Knie, die andere Jonah. »Heute Abend nach dem Übungsdurchlauf setzt ihr beiden euch in eine Ecke im Green Bean. Ihr werdet an eurer Argumentationslinie arbeiten, *und* ihr werdet über den anderen Stress sprechen, der euch gerade umtreibt. *Gemeinsam.* Capisce?«

»Ich habe heute Abend keine Zeit, um mich vorzubereiten«, sagt Jonah. »Ich muss zu Baileys Generalprobe. Am Freitag ist Premiere.«

»Dann schau dir die Aufführung am Premierenabend an, Jonah.« Adwoa fährt sich sichtlich erschöpft durch die Braids. »Du musst nicht bei jeder einzelnen Probe deines Freundes anwesend sein.«

Ich glaube, ich habe Jonah noch nie so ausgelaugt, so restlos erschöpft gehört. »Adwoa, wenn ich mich heute nicht blicken lasse, wird er so was von sauer sein ...«

Adwoa schlägt immer wieder mit dem Handrücken in die Handfläche. »Das darfst du dir nicht antun! Dich immer kleiner machen, damit dein Freund mehr Platz hat!« Als sie den verletzten Ausdruck auf Jonahs Gesicht bemerkt, hält sie die Hände hoch. »Es tut mir leid. Ich weiß, dass ich zu weit gehe. Aber ganz ehrlich, Jonah, du hast einen nationalen Wettkampf vor dir, über den du dir Gedanken machen musst. Das ist deine Priorität. Wenn das Bailey wütend macht, Pech für ihn, dumm gelaufen. Soll er halt wütend sein.«

»… Super«, brummt Jonah und steht auf. »Kann es echt kaum erwarten, Bailey diese Nachricht zu schicken.«

»Green Bean. Heute Abend.« Adwoa zieht mich hoch. »Kriegt eure Argumentation auf die Reihe.« Sie deutet auf Jonah. »Und du arbeite an deiner Einstellung.«

Nach dem Debattierclub schleift uns Adwoa zum Green Bean, schubst uns in eine Sitzecke und bestellt uns was zu trinken. Sie meint es ernst.

»Ich bin mit den Baristas hier befreundet.« Sie deutet auf ihre Augen, dann auf uns: *Ich beobachte euch.* »Falls einer von euch abzuhauen versucht, bevor sie schließen? Ich werde es erfahren.«

»Du bist eine Diktatorin«, erkläre ich ihr. »Eine totalitäre Diktatorin.«

»Deshalb kriege ich so ein fettes Teilzeitgehalt gezahlt.« Sie streift lachend die Telfar über die Schulter und tritt einen Schritt zurück. »Ich werde euch nicht weiter aufhalten! Macht euch an die Arbeit. Und gute Arbeit bitte.«

Ich warte, bis sie aus der Tür ist – bis wir wirklich allein sind –, bevor ich den Blick hebe und Jonah in die Augen schaue.

»Ehe wir anfangen«, setze ich vorsichtig an. »Möchte ich

bloß noch mal sagen, wie leid es mir tut, dass ich diesen Streit mit Bailey vom Zaun gebrochen habe. Vor allem, wenn er dir immer noch mit dem Musical in den Ohren liegt, ich ...«

»Ach was. Wegen des Musicals ist er gar nicht mehr sauer. Nein, er ... Also, es ist absolut lächerlich, aber er glaubt ...«

Ich warte darauf, zu hören, was genau Bailey denkt, aber Jonah redet nicht weiter. Er seufzt und rührt mit seinem wiederverwendbaren Strohhalm in seinem Getränk herum. Es grenzt zwar an ein Wunder, dass Adwoa sich noch an seine Bestellung erinnert hat, andererseits weiß ich sie auch noch: Iced Raspberry White Chocolate Mocca mit Sojamilch und Rosenblüten; erstaunlich unlöschbar.

»Was?«, frage ich schließlich; er schweigt schon zu lange. »Was denkt Bailey?«

»Ganz ehrlich? Er denkt, dass ich mich ... dass ich mich in dem *Millie*-Streit auf deine Seite gestellt habe, weil ich ...« – er hat echt Mühe, es über die Lippen zu bringen – »weil ich, äh ... Gefühle habe. Für dich.«

»... Für *mich*?« Die Worte kommen als verblüffte Quietscher heraus, die – hoffe ich jedenfalls – für menschliche Ohren nicht zu hören sind. Wenn Lucy im Bus ihre Verschwörungstheorien ablässt, ist das eine Sache. Sie aus Jonahs Mund zu hören, ist echt noch mal eine andere Nummer. »Aber das ist doch ... totaler Quatsch.«

Ich wähle das Wort *Quatsch* nicht wirklich bewusst, sondern kotze es einfach raus, weil ich nicht mehr klar denken kann. Doch Jonah – Erleichterung über Erleichterung –

findet es lustig und lacht. Die Anspannung, die ihn mehrere Anläufe für diesen Satz hat brauchen lassen, löst sich in Luft auf.

»Danke.« Er schlägt leicht auf den Tisch. »Es ist totaler Quatsch.« Plötzlich werden seine Augen groß und er scheint zurückrudern zu wollen. »Nicht dass ich ... Also ich wollte damit nicht sagen, dass du nicht ... jeder könnte sich glücklich schätzen ...«

»Oh nein«, unterbreche ich ihn, um uns beiden Verlegenheit zu ersparen. »Das musst du nicht sagen.« Eines von vielen Dingen, auf die ich gerade keine Lust habe: geheuchelte Schmeicheleien. »Und im Gespräch mit Bailey solltest du diese ›Jeder könnte sich glücklich schätzen‹-Nummer vielleicht besser sein lassen.«

»Glaub mir«, lacht Jonah. »Ich versuche ihn schon seit zwei Tagen davon zu überzeugen, dass ich nicht in dich verliebt bin.«

»Weißt du, was?« Als ich mich vorbeuge, tut er es ebenfalls. »Und ich habe versucht, *Lucy* zu überzeugen, dass ich nicht in *dich* verliebt bin.«

Er lacht laut los vor mir. »*Was?* Warum?«

»Weil ich Samstag so was von sauer auf Bailey war!« Ich lache, als Jonah lacht, und trinke einen Schluck, erleichtert, dass er es ebenso absurd findet wie ich. »Ich habe ihr wegen des Streits geschrieben, und sie antwortete was in die Richtung: ›Du kannst nicht Jonahs Retter in der Not sein, nur weil dir ...‹« Ich zögere – soll ich es aussprechen? »›... nur weil dir einer abgeht, wenn du Jonah siehst.‹«

»*Abgeht?*«, ruft Jonah unüberhörbar. Er schlägt auf den Tisch; Leute starren. »Klar. Was auch sonst. Ist doch die megasexy Affäre, die wir hier haben. In der Sitzecke. Im Green Bean.«

»Oh, und wie«, pflichte ich bei. »Und die ganzen heißen Nächte, in denen wir ... die *Financial Times* gelesen und ... Karteikarten ... farbig markiert haben ...«

»Ernsthaft!«, sagt Jonah. »Bailey ist dermaßen sauer, dass ich so viel Zeit mit dir verbringe, und ich sage bloß: ›Dude, wir sitzen an einem Samstagnachmittag in der Bibliothek der Annable. Was glaubst du, was wir da abziehen? Wir reden von einer *Bibliothek*.‹«

»Ich habe gestern auf *Law and Crime* einen Artikel über ein Porno-Sternchen gelesen, das ernsthaft einen – na ja, so was wie ›Film‹ in einer Bibliothek in Kalifornien gedreht hat.« Ich trinke einen Schluck Limonade. »Scheint jedenfalls nicht ganz abwegig zu sein.«

»Gut zu wissen«, sagt Jonah. Er hebt seinen Kaffee: *Cheers*. »Wenn du also das nächste Mal in einer schwach erleuchteten Bibliothek mit einer gewissen Ari Schechter allein bist ...«

Ich beuge mich über den Tisch und hole aus, doch er duckt sich kichernd weg. »Ich werde nicht ...«

»Dude, ihr zwei wart echt lange da draußen auf dem Gang«, sagt Jonah. »Und du willst mir immer noch nicht damit rausrücken, worüber ihr geredet habt.«

»Ich will nicht darüber reden«, erkläre ich ihm. Hier ist ein bisschen magisches Denken im Spiel: Wenn ich

Jonah nicht sage, was ich Ari erzählt habe, habe ich es ihr sozusagen überhaupt nicht erzählt. »Aber ich kann dir verraten, dass es nichts mit äh ... Geschlechtsverkehr zu tun hatte.«

»Dein Wort in Gottes Ohr«, Jonah winkt mit einer Handbewegung ab. »In zwanzig Jahren, wenn ich einen Auflauf zum Schechter-Kelly-Weihnukka-Fest vorbeibringe ...«

»Okay, okay. Es reicht. Wir sollten uns vermutlich lieber an die Arbeit machen.« Ich richte den Blick auf meinen Laptop und wische schnell eine dünne Staubschicht von den Tasten. »Damit wir wenigstens irgendwas haben, das wir Adwoa zeigen können.«

»In Ordnung.« Jonah klappt seinen eigenen Laptop auf. »Aber ich bin noch nicht fertig, dich wegen Ari aufzuziehen.«

»Wäre aber besser«, sage ich. »Sonst muss ich dich nämlich boxen.«

»Versuch es doch«, sagt er. »Da hast du keine große Erfolgsbilanz vorzuweisen.«

Er erwidert meinen finsteren Blick und dann prusten wir beide los und verfallen in ein angenehmes kameradschaftliches Schweigen. Wir tauschen Links zu längeren Artikeln aus. Wir markieren Tippfehler. Wir kommentieren die Rede des anderen mit Vorschlägen und Emoji-Ermunterungen. Es ist, als wäre ein Gewicht von uns genommen worden; es gibt keinen Beweis, absolut keinen, für Lucys und Baileys Verschwörungstheorien. Ich bin nicht in Jonah verliebt. Und er ist nicht in mich verliebt. Er sitzt mir gegenüber und kopiert eine Studie aus *Lancet* in unser gemeinsames Dokument. Wir haben einen maximal unsexy Abend.

Und dann zerreißt die Stille plötzlich. Jonahs Telefon, das mit dem Display nach unten auf dem Tisch liegt, beginnt zu piepen: sieben Nachrichten, beinahe zeitgleich. Der Dreifachton für neue Nachrichten ertönt so oft hintereinander, dass ich mich schon frage, ob das Telefon kaputt ist. Als ich zusammenzucke, stoße ich meine Limonade um. Die buttergelbe Welle steuert geradewegs auf das piepende Handy zu. Ich nehme es schnell hoch, während sich Jonah eine Serviette schnappt. Vermutlich sollte es genau andersherum sein, aber so ist es: Jonah wischt meine Schweinerei auf, ich halte sein Telefon.

»Was sagt es?«, fragt Jonah. »Also mein Telefon.«

»Keine Ahnung.« Ich halte das Telefon von mir weg. »Ich will deine Nachrichten nicht lesen.«

»Kannst du sie einfach vorlesen? Bitte?« Er deutet auf die sich ausbreitende Limonadenpfütze. »Ich versuche gerade, unsere Laptops zu retten.«

»Von mir aus.« Ich drehe das Handy. »Wenn du meinst.«

Ich drücke auf die Home-Taste und das Display leuchtet auf.

Sieben Nachrichten. Allesamt von Bailey. Ich lese sie mit derart schriller Stimme vor, dass Jonah loskichert.

BAILEY LUNDQUIST: echt nett von dir meine generalprobe zu schwänzen lmao

BAILEY LUNDQUIST: hatte ja nicht etwa die stressigste woche meines scheiß lebens oder so
BAILEY LUNDQUIST: keine ahnung warum ich dir überhaupt schreibe du hast ja ZU TUN
BAILEY LINDQUIST: aber ms elliott hat gerade gefragt ob ich jemanden zur premiere mitbringe
BAILEY LUNDQUIST: was soll ich ihr sagen
BAILEY LUNDQUIST: wirst du kommen
BAILEY LUNDQUIST: oder lässt du mich wieder hängen und treibst dich lieber mit dem kleinen rothaarigen mädchen im green bean rum

»Oh Mann.« Jonah starrt mich mit offenem Mund an, das Gesicht aschfahl. Die zusammengeknüllten Servietten in seiner linken Hand haben die Farbe von schwachem Sonnenlicht, tropf und tropf und tropf. »Das tut mir megaleid.«

Ich habe keine Erklärung dafür, aber ich kann bloß lachen.

Ich sollte wegen Baileys *Mädchen*-Seitenhieb total fertig sein. Und vielleicht bin ich das auch im tiefsten Inneren. Aber jetzt, in diesem Moment, in diesem Coffeeshop, kriege ich mich gar nicht mehr ein, wie *lustig* es ist.

Wie lange habe ich in Bailey die Art Junge gesehen, die ich gern wäre? Doch das ganze Selbstbewusstsein, den ganzen Charme – den hatte er nie wirklich. Aber ich. Und das weiß er. Es macht ihm Angst. Es macht ihm solche Angst, dass er Jonah sieben Nachrichten schickt und die

*Peanuts* als Waffe einsetzt, weil er sich Sorgen macht, dass ich, Finch Kelly, anderthalbfache Jungfrau, ihm seinen Typen ausspannen will.

»Finch, ich fass es echt nicht, dass er ...«

»*Peanuts!*« Statt nur herumzulachen, kann ich endlich wieder Worte bilden.

»Wie bitte?« Jonah sieht mich verwirrt an. »*Peanuts?*«

»Weißt du nicht mehr? Der Comic mit Charlie Brown?« Als ich sehe, dass er sich erinnert, rede ich weiter. »Das kleine rothaarige Mädchen ist ... eine der Figuren. Aus *Peanuts*.«

Die drei Pünktchen? Die stehen dafür, wie nahe ich dran war, ihm zu erzählen, dass Charlie Brown hoffnungslos in sie verliebt war.

»So eine Nummer hat er noch nie abgezogen«, sagt Jonah. »Also dich als Mädchen zu bezeichnen. Ich habe keine Ahnung, warum er ... ich meine, ich habe ihm nie erzählt, dass du trans bist.« Jonah nimmt sein Telefon – trocken, aber limonadeklebrig – und steckt es in die Tasche. »Er hat gerade viel Stress und ... Nein. Mir fällt nichts ein. Keine Entschuldigung. Es tut mir einfach ... Es tut mir leid.«

Er ist kaum fertig mit seiner sehr ernst gemeinten Entschuldigung, als die nächste Nachricht von Bailey piept. Diese bekomme ich allerdings nicht zu sehen – sondern bloß Jonahs Reaktion, ein tiefes Stirnrunzeln in Richtung Display.

Ich recke den Kopf. »Und was hat er jetzt gesagt?«

»Ach, nichts. Bloß eine Reihe Fragezeichen.« Jonah atmet aus und hebt den Kopf. »Ich überlege, wie ich reagieren soll. Irgendwelche Vorschläge?«

Ich bin versucht, Jonah dabei zu helfen, eine so vernichtende Abschiedsnachricht zu schreiben, dass Bailey nie wieder lieben wird. Sondern wie Miss Havisham aus Dickens' Roman *Große Erwartungen* mit einem Stapel vergilbter Playbill-Magazine in seinem Zimmer vermodert. Aber das wäre natürlich fies. Ich würde genau das tun, was Bailey – und Lucy – mir unterstellt haben: intrigieren, um Jonahs Beziehung zu zerstören.

Ich zucke deshalb mit den Schultern, statt Vorschläge anzubieten.

»Ich kann dir nicht diktieren, was du schreiben sollst, Jonah. Tut mir leid. Er ist dein Freund, nicht meiner.«

Jonah antwortet zunächst nicht darauf. Er starrt auf sein Handy, die Daumen bewegen sich langsam über das Display. Das geht eine ganze Weile so. Ich habe mich gerade wieder meinem Laptop zugewandt, als ich Jonah vor mir auf den Tisch trommeln höre.

»Was hältst du davon?«, beginnt er. »Hi, Bailey: Ich weiß, dass ...«

»Jonah, ich habe dir gerade erklärt, dass ich dir nicht sagen kann, was du schreiben sollst.«

»Ich weiß, dass das eine echt stressige Woche für dich war«, fährt er unbeirrt fort, »aber es ist nicht fair, wenn du deinen Stress an mir ablässt. Wir arbeiten gerade beide hart daran, mit unseren Verpflichtungen klarzukommen.

Ich war geduldig mit dir, und ich hoffe, dass du geduldig mit mir sein kannst.«

Er holt noch einmal Luft; ich bekomme gerade keine mehr. Mein Hirn rast und feuert Gedanken ab. Wird Jonah die Sache mit dem kleinen rothaarigen Mädchen wirklich unter den Tisch fallen lassen? Bedeute ich ihm so wenig? Oder ist er der Meinung, dass Bailey recht hat? Dass ich in meinem tiefsten Inneren ein kleines rothaariges …

»Und ich bin tief enttäuscht wegen deines Kommentars über Finn«, fährt er fort, als könne er meine Gedanken lesen, als wüsste er genau, was er sagen muss, um mich aus der Gedankenspirale herauszuholen. »Finch ist kein Mädchen. Und es ist nicht okay, ihn als eines zu bezeichnen. Er hat die Nachricht auf meinem Display gesehen und es hat ihn echt verletzt. Ich möchte, dass du dich so bald wie möglich bei ihm entschuldigst.« Hier hält Jonah inne, blickt auf und sucht meine Augen. »Was hältst du davon?«, fragt er mich nun ängstlich und ohne die selbstbewusste Entrüstung, die er beim Vorlesen hatte. »Ist das okay?«

… Ist das *okay*? Ja, es ist okay. Mehr als okay. Er bietet Bailey die Stirn. Nicht, weil er in mich verliebt ist, sondern weil er mich liebt.

Ich kann keine Wörter bilden; ich nicke. Das genügt ihm. Er drückt auf *Senden*; ich lausche dem leisen *Dschsch* des davonflatternden Papierfliegers.

Ich blicke wieder auf meinen Laptop und tue, als hätte die Erde gerade nicht gebebt.

»Bailey hat dich als Mädchen bezeichnet?«, fragte Lucy.

»Nein, nicht bloß als ›ein Mädchen‹.« Ich bin wirklich nicht sicher, ob Bailey weiß, dass ich trans bin – ob er mir also mutwillig das falsche Geschlecht zugewiesen oder einfach nur eine extrem unglückliche Beleidigung gewählt hat. »›*Das kleine rothaarige Mädchen*‹.«

Ich hatte Zeit mit Lucy eingeplant, weil ich wusste, dass ich nach dem Hurrikan dieses Wochenendes richtig Luft mit meiner besten Freundin ablassen musste. Dazu einen Teller Pad Thai von diesem super Imbiss bei ihr um die Ecke. Gut, dass ich es gemacht habe. Montag Morgen stellte sich als derselbe Shitstorm heraus.

»Unglaublich.« Lucy schaufelt mit einer knallorangen Gabel Essen in den Mund und kümmert sich nicht darum, dass dabei Nudeln auf die Bettdecke fallen. Wenn sie wütend ist, kann sie echt wie ein Schwein essen. »Dem werde ich morgen in der Schule den Arsch versohlen.«

»Nein, wirst du nicht«, erkläre ich ihr von meinem Platz an ihrem Schreibtisch. »Du versohlst überhaupt niemandem den Arsch.«

»Warum nicht? Meinst du, ich könnte es bei einer Schlägerei nicht mit Bailey aufnehmen?«

»Lucy, du hast dich in deinem ganzen Leben noch nie geprügelt.«

»Nur weil mir meine Mutter verbietet, bei der Puget Sound Antifa mitzumachen.«

»Ernsthaft?« Die meisten Eltern hätten wohl Vorbehalte, wenn ihre Kinder auf die Straße gehen und Nazis verdreschen wollen. Nicht Lucys Mutter. »Ich hätte gedacht, da wäre sie voll dabei. Sturmhauben für den schwarzen Block zu nähen, kleine Fläschchen mit Kochsalzlösung gegen Tränengas abzufüllen …«

»Schön wär's.« Lucy seufzt und lässt sich auf ihre Matratze zurückfallen, die Arme wie ein Seestern ausgebreitet. »Ich meine, wir beide gehen ständig zu Demos. Erst letzten Monat waren wir bei einer Blockade in Tacoma gegen das *Immigration and Customs Enforcement*. Aber das ist was anderes, verstehst du? Manchmal will man einfach was kaputt machen.«

»Verprügle Bailey nicht«, sage ich ihr noch einmal. »Ich will mein Verhältnis zu Jonah nicht noch weiter strapazieren.«

»Sorry – *strapazieren*? Ich dachte, bei euch sei alles bestens. Hast du mir nicht gerade erzählt, dass er dich verteidigt hat? Und vor deiner Nase eine Nachricht rausgeschickt und mit einem revolverschwingenden Emoji von Bailey verlangt hat, sich bei dir zu entschuldigen?«

Ich arbeite mich immer noch durch meine Portion Pad Thai, während Lucy schon zwei Frühlingsrollen und zweieinhalb Mal Nachschlag vom Hauptgericht genommen hat. Jetzt liegt sie ausgestreckt und im Fresskoma auf der Matratze, die Wange im Flaum eines riesengroßen Porgs vergraben.

»Ja, er hat eine Entschuldigung verlangt.« Baileys Entschuldigung lässt allerdings – nicht weiter überraschend – auf sich warten. »Das hat mich echt beeindruckt. Vor allem, nachdem ich mich dieses Wochenende so schrecklich aufgeführt habe.«

»Soll das ein Witz sein?« Lucy hebt den Kopf und schmiegt die Wange an den dicken Bauch des Porgs. »Jonahs Reaktion war das Mindeste, Finch. Stünde er wirklich auf deiner Seite, hätte er den Motherfucker sofort abserviert.«

»Ich glaube ehrlich gesagt nicht, dass sie sich je trennen werden.« Ich lasse meinen Teller stehen und lege mich gegen besseres Wissen und meine Hygieneansprüche an Wäsche auf ihr Bett, den Flügel des Porgs benutze ich als Kissen. »Schließlich sind sie Jonah und Bailey. Die Homecoming-Kings. Sie sind seit Ewigkeiten zusammen.«

»Teenager trennen sich ständig, Finch. Kein Mensch heiratet seinen Highschool-Schwarm.«

Ist da was dran? Jonah hat Bailey noch immer nicht von seinen College-Plänen erzählt. Bailey hat noch immer nicht das widerlich rassistische Musical verlassen. Ich habe Schwierigkeiten, die Jungen, die ich in den letzten Wochen gesehen habe, mit den thematisch zusammenpassenden Halloweenkostümen, den liebevollen Telefonaten und den Küssen im Bus in Einklang zu bringen.

»Ich meine damit bloß«, fahre ich fort, obwohl Lucy bestimmt den Zweifel in meiner Stimme hört, »dass sie … anders wirken. Findest du nicht? Als wären sie nicht für eine Trennung gemacht. Nicht wie … na ja, wie wir.«

»Was redest du da? Du und ich, wir waren das Traumszenario schlechthin.« Lucy hebt den anderen Flügel des Porgs an und wickelt sich darin ein, als zöge er sie in eine außerirdische Umarmung. »Wir waren eine Zeit lang zusammen. Wir haben uns getrennt. Aber wir sind immer noch Freunde, und in schlimmen Nächten kannst du immer noch zu mir ins Bett kriechen und kuscheln, und das Frühstück meiner Mutter schmeckt dir auch noch.« Sie streckt die Hand aus und tippt mir leicht auf die Nase. »Das ist so viel besser als der Scheiß, den Bailey Jonah zumutet, findest du nicht? Ich weiß, du hast eine ziemlich pessimistische Perspektive in Liebesdingen, aber ...«

»Pessimistisch?« Ich setze mich auf und sehe sie fragend an. »Nur weil ich meine Zeit nicht mit Dates vergeuden will?«

»Dates sind keine Zeitverschwendung, Schätzchen.«

Ich drehe mich von ihr weg, meine Augen verdrehen sich ebenfalls. »Wenn es mich davon abhält, zu lernen oder am College aufgenommen zu werden oder der erste trans Abgeordnete im Kongress zu werden ...«

»Du meinst, falls Alice Brady es nicht vorher schafft.«

»Du weißt, was ich meine.«

Lucy streckt die Hand aus und legt mir einen Finger auf die Lippen. *Hör auf, Finch.* »Ich glaube, du hast einfach Angst.«

»Angst wovor?«

»Angst, Mädchen zu erzählen, dass du trans bist«, sagt sie. »Weißt du noch das mit Ari? Bei dieser Party nach dem Bundesstaatenwettkampf?«

Von meiner jüngsten Unterhaltung mit Ari – und dass ich ihr tatsächlich erzählt habe, dass ich trans bin und dass es noch schlimmer gelaufen ist als befürchtet, habe ich Lucy noch nicht erzählt.

»Hm, kann schon sein, dass ich Angst habe«, räume ich ein. »Was, wenn ich mit einem Mädchen rummache, und plötzlich schiebt sie mir die Hand in die Hose oder – keine Ahnung – unters Shirt und findet heraus, dass ich nicht cis bin und sie ... und dann geht sie auf mich los ...«

»Klar doch«, sagt Lucy tonlos. »Ariadne Schechter von der Annable School verwandelt sich in eine gewalttätige Hate-Kriminelle, sobald sie Muschelsaft riecht. Voll glaubhaft.«

»Hatte ich dich nicht darum gebeten, nie wieder ›Muschel‹ zu sagen?«

»Dann gibst du also zu, dass du Schiss hast, Mädchen zu erzählen, dass du trans bist?«

»Hm, ich gebe zu, dass die meisten hetero Mädchen mit niemandem Sex haben wollen, der eine Vagina hat«, schieße ich zurück. »Genau wie die meisten schwulen Typen ...«

»Moment.« Lucy hebt eine Hand. »Schwule Typen? Du stehst auf Typen? Ist das jetzt offiziell?«

»Nein, Lucy.« Ich stöhne in den breiten Flügel des Porgs. »Warum fangen alle immer wieder damit an? Bailey glaubt, dass ich was von Jonah will, du fragst mich, ob ich ... ob mir einer abgeht bei ihm ...«

»Stimmt. Hatte ich voll vergessen, dass ich das gesagt habe.« Lucy rollt sich auf den Bauch des Porgs und lacht. »Du weißt, dass es als Scherz gemeint war, oder?«

»Nein! Ich dachte, es ist Teil deines permanenten Feldzuges, meine Sexualität infrage zu stellen!«

»Wenn ich es nicht besser wüsste«, Lucy sieht mir in die Augen, »würde ich behaupten, der Feldzug funktioniert.«

»Ich stelle überhaupt nichts infrage, Lucy. Habe ich hinter mir, die Formulare sind unterschrieben, die Pubertätsblocker eingeworfen, der Binder ist gekauft, die Spritze in den Oberschenkel gerammt ...«

»Ich sagte ›deine Sexualität infrage stellen‹«, sagt sie. »Nicht ›dein Geschlecht infrage stellen‹. Zwei völlig unterschiedliche Stiefel.«

»Hör zu, Lucy, wir müssen das ein für alle Mal klarstellen.« Ich lege ihr die Hände auf die Schultern. »Ich bin nicht schwul. Punkt. Gerade du solltest das wissen.«

»Sollte ich?« Sie schüttelt meine Hände ab. »Ich weiß, wir haben nie darüber geredet, aber damals, als wir noch zusammen waren? Vor deiner Transition? Du hattest nie wirklich Lust, rumzumachen.«

»Ja, weil Rummachen nicht schön für mich ist!« Ich senke schnell die Stimme. Lucys Mutter soll, wenn sie zuhört, nicht denken, Lucy und ich kämen wieder zusammen. »Und Sex klingt einfach nur *furchterregend*. Ich bin nicht gerne nackt. Ich mag es überhaupt nicht, nackt vor anderen zu sein. Ich fasse mich nicht mal *selbst* gern an.«

»Okay. Verstehe.« Lucy nickt. »Aber trotzdem: Würde es dir beim Sex mit einem Mann auch so gehen?«

Ich überlege – und schaudere. »Nein. Nein. Das wäre noch furchtbarer.« Mir tanzen Bilder durch den Kopf:

Männer, Männer, große, haarige, muskulöse Männer. Wenn ich einen Freund hätte, würde ich dann neben ihm überhaupt wie ein Mann aussehen? »Wenn ich mit einem Jungen zusammen wäre, käme ich mir wie ein Mädchen vor.«

»Finch. Schätzchen.« Lucy sieht am Boden zerstört aus. Sie kriecht auf der Matratze zu mir und nimmt mich in die Arme. »Du weißt ganz genau, dass das nicht stimmt. Mit einem Jungen zusammen zu sein, würde dich nicht weniger ein Junge sein lassen.«

Sie hat leicht sagen. Für mich ist es schwieriger, weil ich es leben muss. Diese Angst, die bei mir hochkommt, wenn es um Dating geht? Die Angst, mit einem Jungen zusammen zu sein, mit einem Mädchen zusammen zu sein, mit irgendjemandem zusammen zu sein? Für mich sind diese Ängste sehr real.

Selbst wenn ich mich verlieben wollte – was nicht passiert, weil ich mich auf die Schule und anschließend aufs College konzentrieren muss, und dann auf das Jurastudium und dann auf meinen Wahlkampf für den Kongress – mein Körper wäre immer eine Barriere. Jedes Mal, wenn ich jemand Neuen kennenlernen würde, müsste ich mich für meinen Körper entschuldigen.

Aber das begreift Lucy nicht. Wie könnte sie auch? Wenn ich ihr zu erklären versuche, wie furchterregend Liebe, wie freudlos und einsam mir meine Zukunft erscheint – dann würde sie mir nie die Wahrheit sagen, oder? Sondern bloß Bilder einer Märchenwelt entwerfen, wo Liebe auch für

Menschen wie mich möglich ist. Die echt ist. Unkompliziert.

»Oh, Finch«, sagt sie und legt mir den Arm um die Schultern. Und hier kommt es, das Märchengeschwafel: »Die Liebe wird sich anschleichen, wenn du es am wenigsten erwartest. Da gibt es kein Entrinnen.«

»Das klingt unheilvoll«, nuschle ich so deutlich wie möglich mit meiner an ihren Oberkörper gepressten Wange.

»Kein Entrinnen«, wiederholt sie und drückt mich noch fester. »Keine Chance.«

# KAPITEL 9

Als ich am Freitagmorgen den Gang der Zwölften betrete, sehe ich als Erstes Jonah, der am letzten Spind auf der linken Seite lehnt. Er hält einen riesengroßen Rosenstrauß mit pinken, üppig aufgeblühten Köpfen in der Hand. Wenn er sich bewegt, fällt das ein oder andere Blütenblatt auf den Boden.

»Sind die für Bailey?«, frage ich.

»Premiere«, antwortet er – sehr strahlend, sehr gestresst. »Muss ihm ein bisschen Liebe zeigen.«

»Natürlich.« Hätte ich mir denken können – in letzter Zeit wird mein Leben fast ebenso sehr von diesem blöden Musical dominiert wie vom Debattieren. »Die werden ihm bestimmt gefallen.«

»Hoffentlich.« Jonah lacht gequält. »Er und ich haben nicht wirklich geredet seit ...«

»Neulich Abend?«, frage ich mehr als gequält. »Als Bailey mich als Mädchen bezeichnet hat? Und sich seitdem nicht dafür entschuldigt hat?«

»Wie.« Jonahs Hand schließt sich fester um die Blumen. »Hat er nicht ...?«

Ich schüttle den Kopf.

»Nicht mal eine Nachricht?«, fragt er. »Nichts?«

»Nichts«, wiederhole ich.

Das Cellophan in Jonahs Hand spielt eine Symphonie. Warum ist er so zappelig? Was denkt er?

Da kommt plötzlich Bailey um die Ecke, flankiert von einer Wolke Freunde aus dem Theaterclub. Als sie Jonah mit Rosen in den Händen sehen, legen sie los und jubeln, johlen, klatschen.

»*Baaaaaaaaby*«, singt Bailey – singt allen Ernstes. Er presst die Hände aufs Herz. »Rosen? Für mich?«

Jonah lächelt nur mit einem Mundwinkel. »Alle für dich.«

Er kann gerade noch das Bouquet in Sicherheit bringen, als Bailey sich auf ihn stürzt. Es folgt ein Kuss – ein langer, inniger Kuss auf die Lippen –, auf den Jonah nicht vorbereitet ist. Seine Augen sind noch immer geöffnet.

Baileys Kumpels quieken *Ooh* und *Aah* – die Handys werden herausgeholt, rote Lichter flackern. Innerhalb von Minuten wird alles auf Instagram sein. Wieder eine perfekte Vignette. Leute werden diesen kinoreifen Kuss sehen und eifersüchtig auf Jonah und Bailey sein. So wie ich früher.

»Die sind umwerfend, Jojo.« Bailey nimmt das Bouquet aus Jonahs Händen und dreht es hin und her, ein florales Kaleidoskop. Er hat Jonah seit Samstag die kalte Schulter gezeigt, aber so wie er gerade gurrt, würde man nie darauf kommen. »Wie supersüß von dir, dass du nicht bis nach der Show warten konntest.«

Jonahs Grinsen wird noch schiefer. »Genau darüber

wollte ich mit dir reden«, sagt er. »Über die Aufführung heute Abend, meine ich.«

»Aha?« Bailey zieht sein Handy aus der Tasche. »Warte. Ich muss das kurz für Instagram fotografieren.«

Jonahs Augen suchen meine. Ist das ein Wink? Sollte ich mich verdrücken? Was immer passieren wird, wenn es eintritt, darf ich für Bailey nicht in Sichtweite sein.

Als Bailey sein Handy wieder einsteckt, lasse ich mich hinter einem Betonpfeiler auf den Boden sinken.

Jonah dreht sich zu ihm. »Bailey, Babe«, sagt er. »Ich schaffe es heute Abend nicht zu deiner Show.«

»Was?« Bailey starrt Jonah an, als habe er ihm gerade ein Messer zwischen die bleichen Rippen gerammt. »Warum nicht?«

Jonah sieht ihn ruhig an, seine Stimme ist sanft. »Du weißt, warum, Bailey.«

»Ernsthaft?« Bailey lacht ungläubig. »Ist das dein Scheiß-Ernst?«

Jonah antwortet mit einem Nicken. *Ja, Bailey – ist mein Scheiß-Ernst.*

»Das kann ich nicht glauben.« Baileys Augen werden feucht. Es lässt mich kalt. Als Valjean hat er ebenfalls auf Kommando losgeheult. »Was soll der Scheiß? Ich dachte, du liebst mich.«

Jonah sieht an Bailey vorbei, an mir vorbei, zum Theaterclub. Sie halten nach wie vor die Handys hoch, die roten Lichter leuchten noch. Vermutlich haben sie nicht nur mit einer Sorte Theater Erfahrung.

»Lass uns irgendwohin gehen, wo es ruhiger ist«, sagt Jonah leise. »Und das unter vier Augen besprechen.«

»Wenn du etwas zu sagen hast«, erwidert Bailey und deutet mit ausholender Handbewegung auf die Theatergruppe, »sag es ruhig vor allen.«

Jonah schluckt. Er schiebt den Kiefer vor, spannt die Schultern an. Dieser Gesichtsausdruck ist mir bekannt, und ich weiß, was diese Haltung bei ihm bedeutet.

Sie bedeutet, dass er die Person am Podium vernichten wird.

Sie bedeutet, dass wir kurz vor dem Sieg sind.

»Dieses Musical, Bailey? Es ist rassistisch. Du weißt es, ich weiß es, und genau deshalb habe ich dafür nie vorgesprochen.« Andere Leute werden vielleicht laut bei einem Streit. Nicht Jonah. Er ist ruhig, gelassen, hat sich völlig im Griff. »Ich wollte nicht Bun Foo oder Ching Chong oder was weiß ich spielen. Ich wollte nicht auf Pidgin-Englisch singen.« Er schüttelt den Kopf. »Und ich habe den Mund gehalten, oder? Weil ich wusste, wie glücklich du warst, diese Rolle zu übernehmen. Du hingegen hast keine einzige Sekunde darüber nachgedacht, wie ich mich fühlen könnte.«

»Mein Gott, Jonah, es spielt neunzehnhundertzwanzig, Scheiße noch mal.« Bailey ist nun völlig in Tränen aufgelöst, ihm laufen ganze Bäche über die Wangen. Was immer er seinem Schauspiellehrer bezahlt, es ist nicht genug. »Es wird nicht superwoke sein!«

»Aber das Drehbuch konntest du dahingehend ändern, aus Millie einen Jungen zu machen, oder?« Jonah weicht zurück und sagt es aus kühler Distanz. »Du konntest eine komplett fiktive Version von 1920 entwerfen, in der es voll in Ordnung war, schwul zu sein.«

»Ich kann mir nicht mal …« Bailey hält die Rosen, wie ein von einem Albtraum geplagtes Kleinkind seinen Teddy umklammern würde. »Die Repräsentation von Schwulen in Musicals ist absolut null und …«

»Echt jetzt, Bailey? Schwule Männer sind unterrepräsentiert? Am Broadway?«

»Oh, jetzt bist du also bloß noch …« Bailey hebt den Ärmel und wischt die nächste Tränenflut weg. »Jetzt bist du einfach offen homophob. Alles klar.«

»*Offen homophob?*« Jonah lacht. »Bailey, ich bin schwul!«

»Wirklich?« Bailey lacht freudlos. »In letzter Zeit sah es nämlich so aus, als hättest du wesentlich mehr Interesse an …«

»Nein.« Jonah hebt eine Hand und wirft Bailey einen finsteren, warnenden Blick zu. »Fang gar nicht erst damit an.«

Bailey tritt einen Schritt vor, sein Blick wandert über sein Publikum. Er mustert jeden Kopf auf dem Gang – und sucht zweifelsohne einen Rotschimmer. Er findet ihn nicht.

»Hat Finch dir das eingeredet?«, will Bailey wissen und dreht sich abrupt zu Jonah zurück. »Hat er dir gesagt, dass du mich vor allen demütigen sollst?«

»Nein, hat er nicht«, sagt Jonah. »Ich bin *dein* Freund, Bailey.«

»Jetzt nicht mehr.«

Ein leises, empörtes Raunen geht durch das Gedränge auf dem Gang. Bailey öffnet die Hände, das Bouquet fällt zu Boden. Die Kameras in der Menge schweben höher, höher, um festzuhalten, wie Baileys Absatz den üppigen rosa Kopf einer Rose zertritt.

»Bailey«, sagt Jonah leise. »Hör zu …«

»Fick dich«, kreischt Bailey. »Und deine Rosen gleich mit.«

Sein Fuß nähert sich einer weiteren Rose, zögert, dann zermalmt er zarte rosa Blütenblätter auf den Bodenfliesen. Eine Sekunde lang bin ich sicher, dass Jonah sich umdrehen und Bailey den Blumen überlassen wird. Aber er tritt einen Schritt vor. Er fasst Bailey am Arm.

»Nimm deine Scheiß-Finger von mir!«, keift Bailey und reißt sich los. »Wir sind fertig miteinander, Jonah! Es ist vorbei!«

»Vorbei ist es erst, wenn du dich bei Finch entschuldigt hast.«

Bailey dreht den Kopf, dann folgt er Jonahs Blick. Ich ziehe meinen Kopf nicht schnell genug hinter den Betonpfeiler zurück, seine blauen Augen begegnen meinen, nur eine Sekunde lang.

»Mich entschuldigen«, sagt er, ohne den Blick von mir abzuwenden, »*wofür* überhaupt?«

»Du weißt genau, wofür«, sagt Jonah. »Sag ihm, dass es dir leidtut. Jetzt.«

Bailey entschuldigt sich nicht. Sondern macht auf dem Absatz kehrt, stürmt an mir vorbei, an dem Pfeiler vorbei, geschützt von der dicken Hülle aus Freunden. Sie marschieren mit ihm den Gang hinunter und um die Ecke. Kurz darauf herrscht wieder der übliche Betrieb. Mitschüler:innen steigen ohne eine Sekunde des Nachdenkens über den zertretenen Strauß. Jonah schaut mich an. Leute gehen zwischen uns hindurch. Genau in dem Augenblick, in dem dieselben Worte meinen verlassen, formt sein Mund die Worte *Es tut mir leid.*

BAILEY LUNDQUIST –@BaileyOnBroadway
    einfach nur toll am morgen der größten premiere meines lebens brutal abserviert zu werden lolololololoolol vielleicht sollte ich mir die Kugel geben
BAILEY LUNDQUIST –@BaileyOnBroadway
    offenbar ist es rassistisch in einem musical über rassismus rassismus darzustellen wow krass wer hätte das gedacht
BAILEY LUNDQUIST –@BaileyOnBroadway
    wer weiß vielleicht ist es das beste! denn! ich gehe an die juilliard! bitch! i'm like a witch and you can't kill me! bitch! there is nothing holding me back! bitch!
BAILEY LUNDQUIST – @BaileyOnBroadway
    YouTube: Shawn Mendes – There's Nothing Holding Me Back (Official Video)
BAILEY LUNDQUIST – @BaileyOnBroadway
    echt jetzt wenn ich bei den tonys meinen mann shawn mendes zu meiner auszeichnung als bester musicaldarsteller mitbringe ist es GELAAAAAAUFEN für euch hoes

BAILEY LUNDQUIST – @BaileyOnBroadway
und mit euch hoes meine ich j*n*h c*br*r*
BAILEY LUNDQUIST –@BaileyOnBroadway
egal kommt und schaut euch heute abend billie an lmao und vergesst den typen der noch FRUST schieben wird

Nach dem vermutlich übelsten Tag in der Schule, den ein menschliches Wesen je aushalten musste – stundenlange Spekulationen zwischen Pulten und Spinden über meine geheimnisumwitterte Rolle in der katastrophalen öffentlichen Trennung von Bailey und Jonah –, bin ich zutiefst erleichtert, als ich mich endlich nach Hause und auf mein Zimmer zurückschleppe. Freitagabend ist die einzige Zeit in der Woche, an dem ich mir Nichtstun zugestehe. Um mich quasi von der Woche zu erholen. Ich habe eine Tüte Peanutbutter-M&Ms, einen Becher Rocky Road und keinerlei Verpflichtungen außer einer brandneuen abendfüllenden Folge von *ContraPoints*.

Warum habe ich dann meine innere Ruhe damit zerstört, mich durch die Bailey-Lundquist-Massenkarambolage von Twitter-Account zu scrollen? Ich folge ihm nicht – warum habe ich ihn eigentlich nicht geblockt? –, aber einer seiner Tweets ist auf meiner Timeline erschienen, gestützt von einem dieser Banner: *4 Nutzer denen du folgst, haben diesen Tweet retweetet*. Und nun erforsche ich einen Feed, der sich zum Schrein der Verunglimpfung von Jonah Cabrera erklärt hat. Ich will gerade Jonah *Tut mir leid mit Twitter* oder *Schau dir Twitter nicht an* schreiben, ich bin nicht sicher – als es in meinen Fingern vibriert.

> JONAH CABRERA: hey ich weiß dass wir uns morgen früh im green bean treffen wollten aber es tut mir leid ich muss absagen
> JONAH CABRERA: ich weiß die nationals rücken näher und jede minute zählt aber ich brauche mal einen mental health day
> JONAH CABRERA: tut mir echt leid

Ich beginne zu tippen:

> FINCH KELLY: Du brauchst dich nicht zu entschuldigen. Alles gut bei dir?

Ich zucke zusammen und lasse die Daumen auf der Tastatur; natürlich ist nichts gut bei ihm. Ich saß bei der Katastrophe heute Morgen in der ersten Reihe – beziehungsweise an der ersten Säule. Und ich hatte den ganzen Tag keine Gelegenheit mehr, um nach ihm zu sehen. Jonah hat etwas Besseres von mir verdient als *Alles gut bei dir?*.

> FINCH KELLY: Es gibt nichts, wofür du dich entschuldigen müsstest. Ich weiß, dass du einen Scheißtag hattest. Ich hab es heute Morgen miterlebt.
> FINCH KELLY: Und ich sehe, was gerade auf Baileys Twitter-Account abgeht

JONAH CABRERA: yeah maria hat mich gewarnt die finger von twitter zu lassen
FINCH KELLY: dem himmel sei dank für technikaffine kleine schwestern
JONAH CABRERA: yeah, ohne scheiß lol. sie hält unten im spielzimmer ren & ben auf trab damit ich hier oben meine ruhe habe.
JONAH CABRERA: die meisten meiner freunde spielen entweder beim musical mit oder schauen es sich gerade an deshalb sitze ich einfach allein in meinem zimmer und höre mir immer wieder denselben jay-som-song an

Ich starre auf mein Handy. Dann hebe ich den Kopf und starre auf meinen Laptop. Die Tüte M&Ms, die am Bildschirm lehnt. Ich habe heute Abend keine Pläne. Und nicht wirklich was zu tun.

Bisher war ich immer nur bei Jonah, um die Debatten vorzubereiten. Ich bin nicht mal sicher, ob ich je im Obergeschoss war – wenn es hochkommt vielleicht zweimal, um aufs Klo zu gehen. Die Einrichtung des Zimmers, in dem Jonah gerade auf der Seite liegt und sich die traurigste traurige Musik anhört, habe ich jedenfalls noch nie gesehen.

Aber ich könnte ihn heute Abend besuchen, mit dem Fahrrad zu ihm fahren und bei ihm sein.

Ich könnte helfen.

Für ihn da sein.

FINCH KELLY: Also ich verstehe, wenn du einfach bloß im Dunkeln sitzen und weinen willst
FINCH KELLY: Aber falls du ein bisschen Ablenkung brauchst, könnte ich mit dem Rad zu dir kommen. Jetzt gleich.

Ich überlege, ob ich zu direkt bin. Oder womöglich taktlos. Ganz ehrlich, wie komme ich dazu, ihm zu unterstellen, er habe sich in seinem Zimmer verkrochen und weine? Das war grob, oder? Oh Gott. Ich tippe auf die Zeitangabe meiner Nachricht. Angst schlingert durch meinen Magen: *Zwei volle Minuten* sind vergangen und Jonah hat nicht geantwortet. Oh nein. Nein, nein, nein. Ist er sauer? Habe ich ihn verletzt? Ich werde mein Handy in den Puget Sound schmeißen. Ich werde ...

JONAH CABRERA: danke finch aber ich denke ich bin gerade ziemlich nutzlos für die debattenvorbereitung lol

Nein! So hatte ich das nicht gemeint! Überhaupt nicht! Denkt er ernsthaft, ich lasse in einem solchen Moment die Peitsche schnalzen? Und zwinge ihn, noch mehr Stress auf Stress zu packen? Ich wollte ihn zum Lächeln bringen, nicht stressen. Meine Daumen fliegen über das Display.

FINCH KELLY: Nein, nein, nein, sorry, so war das überhaupt nicht gemeint

FINCH KELLY: Ich sitze bloß gerade in meinem Zimmer und esse Peanutbutter-M&Ms und schaue Youtube und dachte, falls du einen Freund brauchst, stehe ich als Freund zur Verfügung

Ein Moment vergeht. Ich hoffe, ich habe seine Gefühle nicht verletzt.
Und dann, glücklicherweise ...

JONAH CABRERA: peanut butter m&ms hast du gesagt?

Der geballte Knoten Angst in meiner Brust löst sich auf.

FINCH KELLY: Bin in einer Viertelstunde da
JONAH CABRERA: Kann es kaum erwarten :)

Ich habe es getan. Ich habe Jonah zum Lächeln gebracht.

Mit dem Fahrrad ist es eine kurze Fahrt zu Jonah. Ich werde mit einem warmen Lächeln begrüßt und einem fantastischen Duft aus der Küche. Um meine Jacke in einen bis obenhin vollgestopften Garderobenschrank zu hängen, spielt Jonah eine Art Tetris. Als er eine Lösung gefunden hat, habe ich schon die Hälfte meiner Beute aus dem Rucksack geholt: die sehnsüchtig erwartete Tüte mit Peanutbutter-M&Ms; den zuvor erwähnten Becher Rocky Road und eine Flasche Limo, damit wir bei dem ganzen Süßzeug auch keinen Skorbut kriegen. Jonah späht in meinen Rucksack – vermutlich sucht er nach noch mehr Junkfood – und sieht mich leicht verdutzt an.

»Ist das ein Buch?«, fragt er. »Hast du etwa ein *Buch* in mein Haus gebracht? Obwohl ich dir ausdrücklich gesagt habe, dass heute Abend nicht gearbeitet wird?«

»Oh nein, nein, nein. Das ist keine Vorbereitung. Oder Arbeit.« Ich fische das Buch heraus und lege es in seine Hände. »Das ist ein ›Tut mir leid, dass Bailey dir das Herz gebrochen hat‹-Geschenk.«

Er lacht, aber es klingt leiser und trauriger als sein übliches Gelächter.

»*Das Kapital im 21. Jahrhundert*«, liest er vor und fährt mit der Hand über den Titel. »Finch, dieses Ding ist ja ein Klopper. Es ist allen Ernstes …« Er schlägt es auf, blättert durch die Seiten und kommt zur letzten Seitenzahl. »… 816 Seiten lang.«

»Ich weiß. Aber mit nicht mal drei Seiten am Tag bist du in einem Jahr durch. Es ist perfekt.«

Er sieht mich verdutzt an. »Inwieweit perfekt?«

»Na ja, ich hab ein bisschen recherchiert«, fange ich an, »und wie es aussieht, braucht man ungefähr die Hälfte der Zeit, die man zusammen war, um über eine Trennung hinwegzukommen.«

»Hab ich auch schon mal gehört, ja.« Sein einer Mundwinkel zuckt nach oben. »Aber rede weiter. Ich will hören, worauf du hinauswillst.«

»Na ja, Bailey und du wart zwei Jahre zusammen«, fahre

ich fort.«Und wie gesagt: Lies jeden Tag zwei oder drei Seiten von diesem Buch. In einem Jahr bist du über Bailey hinweg und außerdem ein Experte zum Thema Ungleichheit.«

Er ist sehr still, während ich rede, und als ich fertig bin, ist er noch stiller und sieht mich mit einem Gesichtsausdruck an, den ich nicht recht deuten kann. Einen Moment lang mache ich mir Sorgen, dass ich ins Fettnäpfchen getappt bin – und dieses Geschenk gaga ist, das Übelste, was ich ihm anbieten konnte. Mal im Ernst, Finch: Man tröstet Leute mit Schokolade, Eiscreme, Schnulzen. Mit Thomas Piketty lassen sich keine Herzen heilen.

Aber dann, ehe ich weiß, wie mir geschieht, schlingt Jonah die Arme um mich und zieht mich an sich. Ich erwidere seine Umarmung kaum, ich bin zu geschockt. Ich stehe einfach da und lasse mich mit herabhängenden Armen halten, die dicke Ausgabe von *Das Kapital* in seinen Händen drückt gegen meinen Rücken.

»Voll schön«, flüstert er mir ins Ohr. »Danke. Vielen, vielen Dank.«

Als er mich loslässt, bin ich immer noch total durcheinander. »Geh dir die Hände waschen«, sagt er. »Wir essen gleich.«

Mir war nicht bewusst gewesen, dass unser Abend beinhalten würde, mit seiner Familie zu essen. Ich war davon ausgegangen, dass wir uns auf seinem Zimmer die Bäuche mit Junkfood vollschlagen und vielleicht eine Nachbildung von Bailey verbrennen würden. Mein Verhältnis zu Jonahs Familie – und den Kochkünsten seiner Mutter – ist gut, aber ich habe noch nie an ihrem Tisch gesessen. Trotzdem strahlt mich seine Mutter beim Betreten der Küche an, als würde ich zur Familie gehören.

»Finch! Wie schön, dass du wieder da bist!« Sie flattert mit den Armen und winkt mich zu sich, während sie einen großen Topf pfeffrigen Eintopf umrührt. »Möchtest du umarmt werden?«

Das will ich in der Tat. Ich versinke in der weichen Wärme ihrer gewürfelten Schürze und seufze. Mitten in der Umarmung hebt sie die Hand und gibt Jonahs Vater auf der anderen Seite der Küche ein Zeichen.

»Finch ist hier«, sagt sie. »Komm her und sag Hallo.«

Er hebt den Kopf und winkt mir mit einem Dosenöffner zu. »Hallo, hallo, hallo«, sagt er. »Jonah meinte, du kommst vorbei, um ihn ein bisschen aufzumuntern.«

Jonahs Mutter wendet sich wieder der Suppe zu, und ich starre, mit einem Mal verlegen, auf meine Schlappen. »Das ist zumindest der Plan«, sage ich. »Ihn mit reichlichen Mengen Junkfood aufzumuntern.«

»Dann lasst uns erst mal was Richtiges essen«, schlägt seine Mutter vor und zieht Topfhandschuhe an, die ebenso rosa kariert sind wie ihre Schürze.

Renata, die kleinere der kleinen Schwestern, legt ungleiche Sets auf, und Maria – die ältere – rollt einen zerkratzten Drehstuhl aus Mr Cabreras Arbeitszimmer in die Küche. Es ist mir ein Rätsel, wie wir zu siebt an diesen Tisch passen sollen. Schon für sechs sieht es eng aus, von sieben ganz zu schweigen.

Die Antwort, stelle ich überrascht fest, besteht darin, dass wir mehr oder weniger Schulter an Schulter sitzen. »Sprecht ihr zu Hause ein Tischgebet, Finch?«, fragt mich Jonahs Mutter, als die Kinder in die Küche gerannt kommen und sich hinsetzen. »Heute Abend könntest du es sprechen.«

»Oh nein, vielen Dank.« Ich schüttle den Kopf; ich wüsste überhaupt nicht, wie. »Wir beten nicht sehr häufig zusammen.«

»Das ist okay«, sagt sie mit strahlendem Lächeln. »Dann ist Jonah dran.«

»Ich bin gerade echt nicht in der Stimmung für Gebete«, murmelt Jonah niedergeschlagen, die Ellbogen auf dem Tisch, das Kinn in der Hand. »Vielleicht kann Benjie.«

»Hay nako«, sagt Mr Cabrera – ich weiß nicht, was das bedeutet, aber ich vermute, dass er Jonah rügt. »Hattest du eben einen schlechten Tag. Ein Grund mehr für ein Dankgebet.«

Und damit bekreuzigen sich die Cabreras rings um den Tisch, schließen die Augen und senken die Köpfe. Ich will gerade dasselbe tun, als ich eine kleine Hand auf meiner spüre. Links von mir hat Renata meinen kleinen Finger in Beschlag genommen.

Ich schaue nach rechts: Da ist sie, Jonahs Hand, wie eine Einladung liegt sie geöffnet auf dem Tisch. Ich schiebe meine Finger zwischen seine. Als er zu beten beginnt, höre ich das Lächeln in seiner Stimme.

»Jesucristo«, beginnt er. »Danke für das Geschenk dieses

Tages und für das wundervolle Essen, das Nanay für uns zubereitet hat.«

Ich denke gerade darüber nach, wie ruhig er aussieht, wie ernst ins Gebet vertieft, als mir bewusst wird, dass ich mich nicht umschauen sollte. Schließlich beten wir; meine Augen sollten wirklich geschlossen sein. Ich kneife sie schnellstmöglich zusammen. Und dann spreche ich während Jonahs Gebet stumm mein eigenes: dass hoffentlich niemand mitbekommen hat, wie ich ihn gerade angestarrt habe.

»Danke, dass du mir eine Familie geschenkt hast und dass du mir Freunde geschenkt hast ...« Hier legt er eine Pause ein. Ich spüre einen leichten Druck von seinen Fingern zwischen meinen. Ich bin sein Freund; ich bin ein Geschenk. »Sa pangalan ni Jesucristo na aming tagapagligtas at manunubos na kasama mong naghahari sa iyong kaharian at ang Espiritu Santo, Diyos na walang hanggan. Amen.«

Der Eintopf, den Maria austeilt, riecht himmlisch, berauschend. Beim ersten Bissen schmecke ich etwas, das Erdnussbutter sein könnte, dann ein Stück würziges Fleisch mit glitschigem Knorpel. Neben mir macht sich Renata einen Spaß daraus, Blasen in ihre Brühe zu pusten. Jonah hingegen genießt jeden Löffel.

»Ich habe ihm sein Lieblingsessen gekocht«, erklärt seine Mutter und gibt mir einen Nachschlag. »Er hatte wegen dieses gemeinen Jungen einen schrecklichen Tag.«

»*'Nay*«, stöhnt Jonah. »Können wir nicht über Bailey reden? Bitte?«

»In Ordnung.« Sie hebt kapitulierend die Hände. »Wir hören auf, über gemeine Jungen zu reden, und unterhalten uns über jemanden, der meinen anak verdient.«

»Den Jungen aus Riverdale«, sagt Mr Cabrera ziemlich ernst. »Wie heißt er doch gleich? Den du so gern hast?«

»'*Tay!*«, ruft Jonah – sichtlich verlegen –, aber Maria gegenüber kichert bloß. »Cole Sprouse«, sagt sie. »Jonah ist in Jughead verliebt.«

»*Jughead Jones?*« Jonahs Vater wirft den Kopf zurück und kräht. »Diese Bohnenstange?«

»Er ist ein guter Schauspieler!«, beharrt Jonah.

»Das habe ich schon mal gehört«, unkt Maria – ein fetter Seitenhieb auf Bailey; aber Jonah zuliebe lache ich nicht wie seine Eltern los.

»Genug gute Schauspieler«, sagt Jonahs Vater und winkt ab. »Du musst einen guten *Mann* finden.«

Ich hatte gewusst, dass Jonahs Eltern kein Problem damit haben, dass er schwul ist. Aber erst jetzt begreife ich, dass ihre Unterstützung für Jonah nicht so widerwillig ist wie in vielen anderen religiösen Familien. Sie ersparen Jonah den Eifer von Frömmlern, die verhindern wollen, dass ihr Sohn einen Lover nach Hause bringt. Sondern necken ihn mit dem mitfühlenden Sarkasmus von Eltern, die glauben, dass ihr Sohn einen *besseren* Freund verdient hat.

»Okay, aber gib zu«, sagt Maria lachend, »ein bisschen bist du doch bestimmt auch erleichtert, dass es endlich vorbei ist.«

»*Erleichtert* würde ich es nicht nennen.« Jonah dreht langsam seinen Löffel in der halb leeren Schale. »Ich habe vor allem das Gefühl, dass er mir das Herz aus der Brust gerissen und darauf herumgetrampelt hat.«

»Wir sollten heute Abend zu Baileys Aufführung gehen«, sagt Mrs Cabrera verschwörerisch. »Und faule Tomaten werfen.«

»'Nay!«, ruft Jonah. »Nein!«

Ohne sich um seine Ablehnung zu kümmern, knüllt sie eine Stoffserviette zusammen und schleudert sie über den Tisch. Sie trifft Mr Cabrera frontal an der Stirn. Einen Moment lang tut er, als wäre er schockiert, dann knüllt er seine Serviette zusammen und wirft sie umgehend zurück. Renata und Benjie sind bei dem Spaß natürlich sofort dabei und brüllen »Faule Tomate!«, während sie in ungenauen hohen Bögen aufeinander zielen. Maria duckt sich, aber dem kleinen Lächeln nach zu schließen, das sie Jonah zuwirft, gefällt es ihr auch.

»Sorry«, sagt Jonah zu mir und duckt sich vor einer Stofftomate weg. »Meine Familie hat sie nicht mehr alle.«

»Nein, nein.« Würde ich den Kopf noch fester schütteln, fiele er ab. »Ich liebe deine Familie. Ich wäre gern ein Wahl-Cabrera.«

Ich kann mich nicht mal erinnern, wann ich das letzte Mal mit Roo und Mom und Dad gemeinsam gegessen habe. Oh nein, Moment: Ich kann mich sehr wohl erinnern. Es war an dem Tag, nachdem meine Mutter ihre Arbeit verloren hatte, als sie mir erzählte, dass ich meine OP diesen

Sommer nicht haben konnte. Das war die Gelegenheit gewesen, die uns vier an den Tisch gebracht hatte. Oh Mann.

»Leonardo DiCaprio!«, ruft Mr Cabrera und deutet mit dem Finger über den Tisch. »Wie wäre es mit ihm?«

Jonah windet sich. »Boah, 'Tay, der ist voll alt mittlerweile.«

Maria meldet sich. »Aber der Leo aus der *Titanic*-Ära? Unbedingt. Der mittelalte Leo, der ausschließlich skandinavische Supermodels datet? Vergiss ihn.«

»Und was ist mit Eddie Gutierrez?« Jonahs Mutter schlägt nachdrücklich mit der Hand auf die Tischplatte. »Das ist ein wirklich gut aussehender Mann.«

Jonah lacht. »Ist der nicht ungefähr achtzig, 'Nay?«

»Er hat Söhne«, kontert sie und trinkt einen Schluck Limonade. »*Gut aussehende* Söhne.«

Ich bemerke zu spät, dass der Platz zu meiner Linken leer ist. Als ich mich umdrehe, sehe ich Renata, die auf allen vieren ein Fotoalbum aus dem vollgestopften Sideboard zerrt. Jonahs Blick folgt meinem, und als er sieht, was sie tut, bekommt er große Augen.

»Renata, nein«, fleht er. »das kannst du nicht machen.«

»Oh doch, kann sie.« Maria springt grinsend auf und eilt zu Renata, um ihr zu helfen. »Wer will alle Baby-Bilder von Jonah sehen?«

Ich würde gern *Ja, bitte, unbedingt* sagen, aber aus jeder Pore von Jonah ist blanke Verlegenheit zu spüren.

»Ich weiß nicht so recht, ihr zwei«, sage ich sehr zögerlich. »Ich glaube, das wäre Jonah extrem peinlich.«

Rings um den Tisch Gelächter. Selbst von Jonah. Seine Mutter hebt ihren Löffel und deutet auf mich.

»Du«, sagt sie, »bist ein *guter* Freund.«

»Bist du wirklich«, bestätigt Maria und legt das aufgeschlagene Fotoalbum auf den Tisch. »Aber wir werden Jonah trotzdem verlegen machen.«

Jonah, stelle ich erfreut fest, war ein ausgesprochen pummeliges Baby. Die kleinen Ringe an seinen Armen und Beinen auf jedem Foto erinnern an Aufbackcroissants. Die weichen, runden Bäckchen, die sein breites zahnloses Lachen rahmen, haben was von Marshmallows – keine Spur der hohen Wangenknochen, die der schlaksige Junge neben mir nun hat. Als ich Seite um Seite von Jonahs Babyzeit durchblättere, mache ich nicht mal den Versuch, mir ein Grinsen zu verkneifen. Es gibt mehrere feierliche Porträts mit Santa Claus, eine Taufe in einem duftigen weißen Kleidchen und ein paar verblasste Porträt-Schnappschüsse aus dem Supermarkt, seine Eltern in Klamotten, die schreien: *Die Neunziger mögen vorbei sein, aber wir stecken noch mittendrin.*

Ein paar Seiten weiter, als Jonah schon ein Kleinkind ist, taucht dann Maria auf. Auf einem großartigen Tryptichon, das Jonahs Initiation ins Große Brudertum zeigt, steht er auf dem ersten Foto mit finsterstem Blick im Krankenhaus an Marias Bettchen. Auf einem zweiten ist sein Mund geöffnet, die Augen sind geschlossen, offenbar schreit er wie am Spieß. Auf dem letzten Foto wird Jonah von den Armen eines gesichtslosen Pflegers weggetragen – gegen seinen Willen, den verschwommenen, um sich schlagenden Gliedmaßen nach zu urteilen.

»Danke, dass du mich so herzlich auf der Welt begrüßt hast«, lacht Maria.

»Das war echt daneben von mir.« Jonah schlingt den Arm um seine Schwester. »Aber ich wusste schließlich nicht, dass du so cool sein würdest.«

Er lächelt sie an und sie lächelt zurück. Und dann rammt sie ihm mit einem sanften Stoß einen Ellbogen in die Rippen.

Ich blättere weiter. Jonah bindet seine Schuhe. Jonah fährt Fahrrad. Jonah verkleidet sich mit einem rosa Rüschenkleid, das ganze Gesicht mit Glitzer beschmiert. Ich sehe ihn an, weil ich wissen will, wie er darauf reagiert; er stöhnt in seine Hände.

»Und«, frage ich. »Wann wusstest du, dass du schwul warst?«

»Offenbar nicht früh genug.«

»Also gut«, mischt sich Mrs Cabrera ein und zieht das Album weg. »Ich glaube, wir haben Jonah für heute genug in Verlegenheit gebracht.«

»Nächstes Mal musst du dein Fotoalbum mitbringen, Finch«, schlägt Mr Cabrera vor. »Ist nur fair, oder?«

»Ich weiß nicht.« Ich schüttle den Kopf. »Meine Babyfotos sind um vieles peinlicher als Jonahs.«

»Ja?«, fragt Mrs Cabrera. »Warum denn?«

»Einfach … massenhaft Bilder von mir in Kleidchen.«

Sie verstehen den Scherz nicht. Aber als ich mich zu Jonah beuge, unterdrückt er den nächsten Kicheranfall hinter vorgehaltener Hand. Es gefällt mir, dass er so viel lacht. Auch wenn ich nicht weiß, ob das Lachen bloß seine Traurigkeit überdecken soll – ich glaube aber nicht, es klingt echt –, ist es schön, es zu hören.

Als Zugeständnis an sein gebrochenes Herz wird Jonah das Geschirrspülen erlassen. Und so gehen wir nach dem Eintopf und dem Obstsalat die Treppe zu seinem Zimmer hoch.

Obwohl die Cabreras eine große Familie sind, ist es kein übermäßig großes Haus. Hier teilen sich die Geschwister Zimmer. Maria und Renata wohnen in einem, Jonah und Benjie in einem anderen. Die Trennlinie in der Mitte ist faszinierend: In einer Zimmerhälfte liegen Actionfiguren und Happy-Meal-Spielzeug herum, die andere gehört eindeutig einem Teenager – und zwar einem mit vielen Trophäen und viel freiem Platz an der Wand, wo bisher garantiert Porträts von Bailey hingen. Ich spähe zu dem Mülleimer auf Jonahs Seite: jep, randvoll.

Weil meine Augen anderweitig beschäftigt sind, trete ich auf einen kleinen Plastikstein und stoße einen Schrei aus, der die Raumzeit erschüttern würde.

»Oh Scheiße.« Jonah sieht mich mit aufgerissenen Augen an. »Alles gut?«

»LEGO«, brumme ich an Jonahs Bett gelehnt, »ist wirklich eine Gefahrenquelle.« Ich rolle die Socke an meinem linken Knöchel herunter, um mir den Schaden anzusehen.

Was ist das denn? Ich *blute*. Nur leicht, aber trotzdem.

»Und schlecht für die Umwelt ist es auch. Kannst du es echt verantworten, mit dermaßen viel Plastik zu wohnen?«

»Dieses LEGO ist aus Mais.« Jonah geht in das kleine Badezimmer nebenan und kommt mit einem schuhschachtelgroßen Erste-Hilfe-Kasten zurück. »Sie sind leider nicht kompostierbar, aber wenn man die Wahl zwischen Maisethanol und Petro hat, braucht man nicht lange zu überlegen.«

Er kniet sich vor mich und will nach meinem Fuß greifen, doch bevor er mich anfassen kann, zucke ich schnell zurück.

»Was wird das?«

»Ich habe drei kleine Geschwister.« Er klappt den Kasten auf, holt Wattebäusche und eine Flasche Desinfektionsmittel heraus, außerdem ein dünnes Pflaster-Akkordeon. »Ich bin es gewohnt, Wunden zu verarzten.«

Ich werde nicht gern betütelt. Absolut nicht. Ich will ihm schon das Pflaster aus der Hand reißen und ihm erklären *Ich kann mir sehr wohl selbst ein Pflaster aufkleben, vielen Dank*, aber da drückt er bereits einen Wattebausch auf meine Ferse, direkt auf die Stelle, wo sich der Stein am tiefsten hineingebohrt hat. Ich spüre ein Brennen – das Desinfektionsmittel vermutlich – und dann noch etwas anderes, eine Art Ganzkörperkribbeln, das schwerer einzuordnen ist.

Oh nein, das ist doch kein Sex-Ding, oder? Haben Leute

deshalb Fußfetische? Ich war schon rot im Gesicht, aber jetzt bin ich garantiert knallrot. Als Rothaariger kann man einfach *nichts* verbergen.

Das Beste, was ich tun kann – genau genommen das Einzige – ist, mich wegzudrehen und den Kopf im Kissen zu vergraben. So kann er mich nicht sehen und ich ihn nicht. Und falls ich beim Auftauchen immer noch einen roten Kopf habe, kann ich es als vorübergehende Atemnot abtun. Genial!

Jonah lacht leise. »Was machst du da, Dude?«

»Es *brennt*«, wimmere ich ins Kissen.

»Du bist ja ein noch größeres Baby als Benjie.« Er drückt das Pflaster auf meine Haut und nimmt die Hände weg. »Bitte sehr«, sagt er. »So gut wie neu.«

Als er mit einem Satz auf sein Einzelbett springt, hebe ich den Kopf und ziehe die Socke über den Knöchel. Er nimmt seinen Laptop. Der Bildschirm taucht sein Gesicht in Licht. Ich bin vermutlich immer noch rot.

»Was hältst du davon, wenn wir uns zu dem Seelentröster-Futter, das du mir mitgebracht hast, noch einen Seelentröster-Film reinziehen?« Er redet nicht weiter und lächelt. »Willst du hochkommen? Und einen aussuchen?«

Er möchte, dass ich zu ihm aufs Bett komme. Im Sinne von: mich auf seine Matratze setze. Neben ihn. Das ist natürlich etwas, das wir – hey, keine Ahnung – schon tausendfach getan haben? In Tausenden von Hotelzimmern, in denen wir nach Tausenden langen Tagen mit Debatten relaxt und uns durch Tausende von mittelmäßigen Late-

Night-Kanälen gezappt haben. Warum macht es mich dann gerade so nervös?

»Da brauchst du keine Hilfe von mir«, nuschle ich als Vorwand. »Was Filme angeht, hast du einen besseren Geschmack als ich.«

»Ja, das ist unbestreitbar.« Er klopft auf die Matratze. »Trotzdem – komm hier hoch.«

Ich krabble auf den Platz neben ihm und mache es mir gemütlich. Aber ich vermeide jede Berührung. Weder mit den Händen noch den Ellbogen oder irgendeinem anderen Körperteil von mir. Stattdessen schnappe ich mir das Kissen, in das ich mich vergraben hatte, und halte es fest – mache geradezu eine Barriere daraus: Hier hört er auf; hier fange ich an. Als ich den ersten Anflug von Panik verspüre, kämpfe ich mit aller Kraft dagegen an. Nur am Rande bekomme ich mit, wie Jonah sich durch Netflix zappt und die unzähligen kleinen Poster hinunterscrollt.

»Ist der Winkel okay?«, fragt er. »Siehst du den Bildschirm?«

»Ja.« Aus mir kommen nur noch einzelne Silben. »Alles gut.«

Etwas Besseres fällt mir in meinem verängstigten Zustand nicht ein: Wir sind allein. In seinem Zimmer. Auf seinem Bett. Seine Familie ist zu Hause – ich höre sie unten herumwuseln und die Küche aufräumen –, aber trotzdem. Er ist ein Junge. Ein Junge, der Jungs mag. Und ich – jedenfalls laut inklusiverer Definitionen – bin ein Junge. Ein Junge, den man theoretisch mögen kann. Diese Tatsache hat sich noch nie so relevant angefühlt wie jetzt gerade, in dieser schönen neuen Nach-Bailey-Welt.

Aber ich stehe ja nicht auf Jungs – egal, was Lucy behauptet oder Bailey an Gift spuckt. Aber warum bin ich dann kurz vor etwas, das sich wie eine Panikattacke anfühlt? Warum bohren meine Fingernägel Krater in Jonahs armes Kissen?

»Finch?«, fragt er. »Alles gut mit dir?«

»Ja. Voll. Ja.« Ich finde, es klingt sehr überzeugend, wie ich nach jedem *Ja* nach Luft schnappe. »Es ist bloß ... Ich muss bloß ...«

»Tief Luft holen.« Er legt mir eine Hand auf die Schulter. »Eins, zwei, drei ...«

Ich wiederhole die Zahlen und atme in seinem Rhythmus. Ich verrate ihm nicht, dass die Hand auf meiner Schulter alles bloß noch schlimmer macht. Ich musste schon mit der Tatsache klarkommen, dass ich neben ihm auf dem Bett liege, und jetzt fasst er mich auch noch an. Was läuft hier? Will er ... etwas? Von mir? Oder ist es genau das Gegenteil – käme ihm die bloße Vorstellung, etwas mit mir zu tun, wie ein Scherz vor? Vielleicht ist es weder noch. Vielleicht bin ich unfassbar homophob, weil ich seinen gut gemeinten Versuch, mich zu beruhigen, als Annäherungsversuch interpretiere.

»Komm schon, Finch«, sagt er, bevor ich mich noch weiter hineinsteigern kann. »Was ist los? Sag mir, was gerade abgeht.«

»Ich habe bloß ... Ich ...« Was soll ich sagen? Auf der

Suche nach etwas, irgendetwas, das wie eine plausible Erklärung für meinen plötzlichen Anfall klingt, lande ich schließlich bei: »Ich bin echt sauer auf Bailey.«

»Da sind wir schon zwei.«

»Wie er dich heute Morgen behandelt hat … wie er dich schon zuvor behandelt hat …«

»Hey, hey. Du brauchst meinen Ex nicht schlechtzumachen. Das übernimmt schon meine Familie.«

Der Spruch bringt mich zum Lachen. Und ich bin dankbar dafür. Ich spüre, wie mein psychogenes Fieber ein paar Grad sinkt. Er hat mir meine Ausrede tatsächlich abgekauft. Er rückt von mir ab. Ich habe mich endlich beruhigt. Glaube ich zumindest. Hoffe ich.

»Ich verstehe nicht, warum sie so aufgebracht sind«, sagt Jonah, während er weiter durch Netflix scrollt. »Sie mochten Bailey immer gern. Jedenfalls dachte ich das.«

»Meine Vermutung lautet«, setze ich langsam an – Sätze zu bilden nach einer Panikattacke, selbst einer abgebrochenen, fällt mir immer schwerer. »Dass sie dich sehr viel mehr mögen als Bailey. Und das Beste für dich wollen. Und das war er nicht.«

»Bailey war ständig hier«, sagt Jonah, als habe er mich nicht gehört. »Er hat mir geholfen, auf meine Geschwister aufzupassen. Er konnte so gut mit Renata und Benjie. Er hat ihnen vorgelesen und alle möglichen Stimmen für die Figuren erfunden. Sie haben es geliebt.« Er lacht niedergeschlagen. »Sie waren gerade beim vierten Kapitel von *Der König von Narnia*. Damit ist jetzt wohl Schluss.«

»Vielleicht könntest du mit unterschiedlichen Stimmen vorlesen«, schlage ich vor.

»Vielleicht.« Jonah zuckt mit den Schultern. »Aber die Stimme der weißen Hexe kriege ich nicht wie Bailey hin.«

»Deine Eltern«, setze ich an, »sind wirklich ... wie soll ich sagen, tolerant. Vor allem dein Vater, obwohl er Pastor ist und so.«

»Das muss sich nicht ausschließen«, sagt Jonah stirnrunzelnd. »In unserer Gemeinde sind viele Homosexuelle. Einige Paare haben geheiratet, in ein paar Familien gab es Taufen ...«

Oh nein. Ich habe ihn verletzt. »Tut mir leid«, beeile ich mich zu sagen. »Ich dachte einfach ... Du weißt schon, weil viele Christen so ...« Ich rede nicht weiter und suche nach dem richtigen Wort. Ich finde es nicht. Also zucke ich hilflos mit den Schultern. »Du weißt, was ich meine.«

»Ja«, sagt er. »Aber so war mein Vater nie.« Er lächelt in sich hinein. »Dahinter steht eine Geschichte. Eine ziemlich traurige.«

»Eine Geschichte?« Ich drücke das Kissen noch fester an meinen Oberkörper. »Ich lausche.«

»Mein Vater hatte einen Bruder, Ferdinand«, beginnt Jonah. »Kurz Ferdy genannt. Mein Onkel. Er und mein Dad standen sich sehr nahe und wuchsen zusammen in einer großen Familie in Lucena auf. Ich habe Millionen von Tanten, doch Ferdy und er waren die einzigen Jungen.«

»Wie du und Benjie«, sage ich.

Er grinst. »Exakt.« Aber dann verschwindet das Grinsen.

»Jedenfalls, ähm ... als mein Vater auf dem College war und Fredy sein letztes Jahr an der Junior Highschool absolvierte – also bei uns die Zehnte –, rief Ferdy ihn eines Tages an. Weinend. Er fragte meinen Vater, ob er ihn abholen und zu einem Arzt in einer anderen Stadt bringen könne, um ... sich testen zu lassen.«

»Oh nein«, flüstere ich. »Es war nicht ...?«

»Doch, war es.« Jonah nickt. »Ja. Ferdy hatte offenbar in diesen Bars in Malate verkehrt, im alten Manila – meinen Großeltern hat er erzählt, er sei im Basketballteam der Schule und würde zu Wettkämpfen in andere Städte fahren. In Wirklichkeit fuhr er jedoch mit Freunden drei Stunden nach Manila und ... Egal. Dann fielen ihm diese Flecken auf. Ich vergesse immer, wie sie heißen. Mir liegt ... Ich will ... Sarkozys ... Glaukom sagen?«

»Klingt plausibel«, erkläre ich ihm. Vor einer ganzen Weile, als wir bei diesem großen Wettkampf in Vancouver über HIV diskutierten, habe ich viel Zeit damit verbracht, ... *und das Leben geht weiter* zu lesen. »Irgendwas in die Richtung.«

»Aber es waren die Neunziger, und die Behandlung war noch ziemlich, hm ... tja, damals bedeutete die Krankheit noch ein Todesurteil. Selbst in den Vereinigten Staaten. Und die medizinische Versorgung auf den Philippinen war – und daran hat sich vielerorts auch nichts geändert – ziemlich unterfinanziert. Und so ... starb er. Ferdy starb.«

»Oh, Jonah.« Ich weiß, ich riskiere damit die nächste Runde Panik, aber ich muss – nein ich brauche es – ihm näher sein. Meine Hand auf seiner Schulter ist zunächst zögerlich, aber als er sich der Berührung überlässt, drücke ich fester. »Das tut mir superleid.«

Seine Augen werden feucht. Ich schäme mich dafür, dass meine so trocken sind.

»Und als meine Großeltern herausfanden«, sagt er, »dass Ferdy krank war – will heißen, als sie herausfanden, *woran* er erkrankt war –, setzten sie ihn auf die Straße. Erklärten ihm, dass er Abschaum war. Es verdient hatte. Dass es die Strafe Gottes war. Aber mein Vater wusste, dass das nicht stimmte. Er wollte nicht, dass sein Bruder starb.«

»Oh Mann, Jonah, ich hatte ja keine Ahnung.«

Jonahs Stimme zittert. »In den Monaten vor Ferdys Tod kümmerte sich mein Vater um ihn und sorgte dafür, dass er alles hatte, was er brauchte. Meine Großeltern besuchten ihn nicht. Kein einziges Mal. Nicht mal, um Abschied von ihm zu nehmen.« Er redet nicht weiter. Er dreht sich zu mir und sieht mich an. »Aber weißt du, wer kam?«

»Wer?«

»Alle seine Freunde.« Und obwohl er nun weint, verzieht sich Jonahs Gesicht zu einem breiten ausgelassenen Lächeln. »Sie kamen an den Wochenenden. Brachten Essen mit. Lasen ihm vor. Wendeten die Kissen. Und mein Vater, wenn er diese Geschichte erzählt, sagt immer, dass Ferdy Teil von etwas sehr Besonderem war. Er wurde wirklich und innig geliebt.«

»Du wirst auch geliebt«, erkläre ich ihm. »Das weißt du, oder? Deine Eltern – sie haben dich wirklich superlieb. Ich wünschte, meine würden ...« Wie soll ich das ausdrücken? Wie, ohne undankbar zu klingen? »Ich meine, sie akzeptieren es. Dass ich trans bin. Aber ich bin nicht sicher, ob sie wirklich Liebe dafür empfinden. Aber bei deinen Eltern – ist es so offensichtlich, Jonah – sie lieben diesen Teil von dir wirklich. Seit du dieser kleine Junge warst, der sich als Prinzessin verkleidet hat, haben sie es geliebt.«

Ich meine es tröstend, bestärkend. Aber warum fällt Jonah das Gesicht zusammen. Warum weint er noch heftiger?

»Das tun sie«, sagt er. »Sie *lieben* mich. Weißt du, wie selten das ist?«

Ich erinnere mich an die ersten Gespräche mit meinen Eltern. Die Angst auf dem Gesicht meines Vaters, als ich am Waschbecken meine roten Haare bis auf die Kopfhaut abgeschnitten habe. Die Enttäuschung auf dem meiner Mutter, als ich ihr erklärte, dass ich wahrscheinlich kein Kind haben möchte.

»Ich weiß«, sage ich zu ihm. »Ich weiß sehr genau, wie selten das ist.«

»Meine Eltern gingen mit Bailey und mir zur Pride. Marschierten beim Umzug neben uns. Sie waren so stolz darauf, dass ich verliebt war. Und so offen damit umging. Dass ich all diese Dinge tat, die Ferdy nicht hatte tun können. Und nun ... nun ist es vorbei. Ich habe einfach alles weggeworfen.«

Es dauert einen Moment, bis ich begreife, was er da gerade sagt. »Warte«, fange ich langsam an. »Du glaubst, dass sie ... wie soll ich sagen, enttäuscht von dir sind? Weil du mit deinem Freund Schluss gemacht hast?«

Er sieht mich an. Seine Augen sind voller Tränen, und als er nickt, sprudeln sie heraus und perlen über seine Wangen. Ich ziehe den Pulloverärmel über meinen Handballen und hebe ihn zu seinem Gesicht.

»Sie sind nicht enttäuscht«, erkläre ich ihm und wische mit meinem Ärmel seine Tränen fort. »Sie sind so stolz auf dich, Jonah. Das sieht selbst ein Blinder.«

»Ja, aber jetzt sitze ich hier ...« Er deutet auf seine Wangen, meinen Ärmel. »Und habe einen Nervenzusammenbruch, obwohl sie sich so viel Mühe gegeben haben, dass ich mit Bailey zusammen sein und ihn sogar in die Kirche mitbringen konnte, ohne dass irgendein Kommentar fiel und ... Weißt du, wie viele Jugendliche alles dafür geben würden? Für eine solche Familie? Und ich hocke hier und bin nicht mal glücklich ...«

»Weißt du, Jonah, man outet sich nicht ... Also, niemand outet sich, um glücklich zu sein. Sondern, um ehrlich zu sein.«

Jonah legt den Kopf auf meine Schulter. Er nickt gegen mein Schlüsselbein. Ich muss das Kinn anheben und es auf seinen Scheitel legen. Es fühlt sich merkwürdig an; ich bin es nicht gewohnt, größer zu sein als er.

»Ich war nicht immer ehrlich«, gesteht er leicht schniefend. »Weißt du, wenn ich Probleme mit Bailey hatte, habe ich das zum Beispiel immer für mich behalten. Meine Eltern sollten denken, ich sei glücklich. Und dass es die ganze Unterstützung, die sie mir gegeben haben, wert war.«

»Aber, Jonah, du musst nicht ständig glücklich sein. Musst du nicht. Musst du absolut nicht.« Meine Stimme wird schriller und nachdrücklicher. »Du hast das Recht, dich mit deinem Freund zu streiten und Schluss zu machen und ... nicht alles auf die Reihe zu kriegen. Genau wie alle anderen.«

Jonah löst sich von mir und lacht durch Tränen. »Seit wann bist du derjenige, der *mich* beruhigt?«

»Seit du derjenige bist, der vor zwölf Stunden brutal abserviert wurde, Kumpel.«

»*Kumpel?*«

»Oder, keine Ahnung.« Ich sehe nach unten, fort von ihm und zupfe an einem losen Faden seiner gelben Überdecke. »Partner.«

»*Pardner*«, knatscht er mit Texas-Akzent.

Und dafür, gebrochenes Herz hin oder her, kriegt er ein weiches Kissen an den Kopf.

Am Ende des Abends zieht Jonah meine Regenjacke aus dem Garderobenschrank. Ich schaue aus dem Fenster und frage mich: Wird es erneut regnen? Soll ich mein Rad hier stehen lassen und morgen abholen? Und lieber den Bus nehmen?

»Hey«, sagt Jonah. »Danke fürs Kommen und dass du mich aufgemuntert hast.«

»Kein Ding. Geht doch nichts über eine Kissenschlacht, um jemanden von trübseligen Gedanken abzubringen.«

Er schlägt mir auf den Rücken. Zumindest hat er das vor. Doch als ich mich zu ihm drehe, lässt er die Hand sinken und streicht ganz leicht über meine Seite. Ich bin nicht sicher, ob es beabsichtigt war; ich weiß nur, dass ich es nicht erwartet habe. Und ganz sicher habe ich nicht erwartet, dass meine Haut an der Stelle brennen würde, die er berührt hat – als habe er sie durch meine Jacke, meinen Pulli und das zerknitterte Hemd darunter versengt.

Er zieht die Hand bereits zurück, mit einer Miene, als habe er einen Fehler begangen. Ich möchte ihm so gern sagen, dass es nicht so ist. Aber aus seinem Mund kommt bereits eine Entschuldigung, und ich stolpere über meine Antwort – »Alles gut, alles gut« –, während ich meinen Fahrradhelm unter dem Kinn schließe. Ich stelle mich dämlich dabei an und klemme Haut ein. »Autsch«, sage ich, bevor einer von uns noch etwas anderes sagen kann, und gehe in den kalten, nassen Abend hinaus. Da steht mein Fahrrad, immer noch an die Veranda gelehnt, unabgeschlossen. Ein letztes Winken und weg bin ich.

Erst an der ersten Ampel, als ich absolut sicher bin, dass er mich nicht mehr sehen kann, lasse ich den Lenker los und presse die Finger auf meine Seite. Auf die weiche Stelle unter der Klammer meiner Rippen, auf die Stelle, wo er mich berührt hat – sie ist immer noch warm.

Die Ampel schaltet auf Grün. Aber trotz freier Kreuzung fahre ich nicht los. Ich lasse meine Hand liegen, wo sie ist. Ich spüre den Puls unter meiner Haut leuchten.

# KAPITEL 10

Ich höre den Streit schon in der Auffahrt, mit jedem Schritt wird er lauter. Es klingt noch schlimmer als sonst und dringt durch die dünnen Hauswände. Es ist nicht nur der übliche Schlagabtausch zwischen meinen Eltern; Roo ist auch beteiligt und schreit wie ein wildes Tier. Auf den Stufen zur Haustür bin ich versucht, die Hacken zusammenzuschlagen und mich in Jonahs Haus zurückzuwünschen. In dem Esszimmer dort gab es alle Liebe der Welt. Hier ist keine. Warum? Was stimmt mit uns nicht?

Ich laufe auf Zehenspitzen den Gang hinunter, dem Geschrei in Roos Zimmer nach. Es dauert einen Moment, bis ich ihre Stimmen und die Worte jedes Ausrufs unterscheiden kann und mitkriege: Sie scheinen sich über ... Videospiele zu streiten?

»Tickt ihr noch ganz richtig?« Das ist Roo, aus voller – wenn auch kleiner – Lunge. »Bei GameStop würdet ihr dafür nicht mal fünf Dollar kriegen!«

»Fünf Dollar? Wirklich?« Mom, die Arme vor der Brust verschränkt, ist auf hundertfünfundneunzig. »Für eine Xbox, die Hunderte von Dollars gekostet hat?«

»Ja, als ihr sie vor ungefähr zehn Jahren gebraucht gekauft habt«, schießt Roo zurück. »Du musst schon total bekloppt sein, wenn du dir einbildest, irgendwer würde ...«

Dad geht polternd dazwischen: »Hast du deine Mutter gerade ...«

Ich weiß, dass Dad nie handgreiflich werden würde, aber er ist so riesig, und Roo ist so klein, und sie drückt sich in eine Ecke, ihr Körper die einzige Barrikade – ich muss irgendetwas tun.

Ich weiß, dass ich es lassen sollte. Wäre ich klug, würde ich mich in mein Zimmer zurückziehen, die Tür schließen und sie weiterbrüllen lassen. Aber wenn eine Chance besteht, und sei sie noch so winzig, dass ich für Frieden sorgen kann? Dass ich die Schreierei beenden – oder zumindest die Wut von Roo ablenken könnte? Dann werde ich diese Chance ergreifen.

Ich trete einen Schritt vor. »Was ist denn los?«

Sie drehen sich ruckartig zu mir, alle mit geschwollenen Venen, hochroten Gesichtern und sich hebenden Oberkörpern.

»Finch«, sagt meine Mutter; ihre Stimme ist heiser und ihre Ruhe dermaßen unglaubwürdig, dass ich mich frage, warum sie sich überhaupt die Mühe macht. »Wir veranstalten einen Flohmarkt und entscheiden gerade ...«

Roo fällt ihr ins Wort. »Sie wollen mir meine ganzen Sachen wegnehmen!«

Erst in diesem Moment kann ich richtig erkennen, was

Roo mit weit ausgebreiteten Armen bewacht: ihren alten Kathodenstrahlfernseher und die Konsole, die genauso alt ist wie sie, außerdem die Kisten mit ihrer Spielesammlung, die von dicken geologischen Schichten Malerkreppband zusammengehalten werden.

»Dabei ist das Zeug uralt«, fährt sie fort, »und quasi wertlos!«

»Ruby, mein Arbeitslosengeld ist nur noch ein *Bruchteil* dessen, was ich verdient habe«, sagt meine Mutter – nein, brüllt sie. »Und dein Vater hat *immer noch* keine Arbeit gefunden ...«

»Genau, weil das hier ja auch alles meine Schuld ist«, donnert mein Vater. »Zählt nicht, dass ich Scheiß-Pflastersteine verlegt habe, zählt nicht, dass ich keinen Drink in acht beschissenen Monaten hatte ...«

»Ich könnte mit diesem Zeug Geld verdienen«, beharrt Roo. »Es gibt Leute, die verdienen Millionen mit dem Streamen von Videospielen. Wenn ihr mir eine halbwegs vernünftige Webcam besorgen würdet ...«

»Jetzt verlangt sie sogar noch mehr Kram«, meine Mutter wirft die Hände gen Himmel. »Unglaublich.«

»Ich habe tatsächlich ein paar Artikel zu dem Thema gelesen« – ich versuche ruhig und rational zu klingen – »und Roo hat nicht unrecht. Ein Haufen Gamer verdienen online Geld, und Roo ist mit so viel Leidenschaft dabei, dass sie leicht Follower finden könnte.«

»Wie, sie wird Videospiele spielen, um die Hypothek zu bezahlen?«, fragt mein Vater. »Da kommen dann deine

Studiengebühren her? Indem deine kleine Schwester Videospiele im Scheiß-Internet spielt?«

»Oh nein, überhaupt nicht.« Ich halte die Hände hoch und trete in der Türöffnung sehr bewusst einen Schritt zurück. »Du weißt ganz genau, dass ich das College mit Stipendien und Beihilfen bezahlen will und ... wenn Jonah und ich gut bei den Nationals abschneiden, kann ich bestimmt was zusammenschnorren ...«

»Oh Finch. Das erinnert mich an etwas.« Meine Mutter dreht sich mit gequälter Miene zu mir. »Es tut mir so leid, Schätzchen – ich weiß, wie sehr du dich auf den Debattierwettbewerb gefreut hast – aber wir mussten uns dein Flugticket nach D. C. zurückerstatten lassen.«

Was? »Was?«

»Dreihundertfünfzig Dollar.« Mein Vater betont jede Silbe. »Wir brauchen dieses Geld gerade, Finch. Und zwar dringend.«

»Aber ... ich muss zu den Nationals.« Diese Panik, die ich vorhin bei Jonah auf dem Bett gespürt habe: Da ist sie wieder. Vor meinen Augen verschwimmt alles, mein Puls rast. »Es ist meine letzte Chance, Georgetown zu beeindrucken und ...«

»Du musst dich vielleicht einfach darauf einstellen, hier im Bundesstaat zu studieren, Schätzchen«, sagt meine Mutter – und seltsamerweise ist es das Wort *Schätzchen*, das das Messer dreht und jeden Funken Hoffnung tötet, den ich noch hatte. Ich weiß nicht, wie ich die drei Schritte zu Roos Bett schaffe. Ich weiß nur, wenn ich mich jetzt nicht hinlege, werde ich ohnmächtig, und dann trifft die Schwerkraft die Entscheidung.

»Warum habt ihr mich nicht gefragt?« Ich weiß, dass meine Eltern nicht bösartig sind, wir sind einfach arm. Aber trotzdem: *Warum?* »Ihr wisst genau, wie viel mir das bedeutet hat.«

»Es ist doch bloß ein Wettkampf«, sagt Dad, als ich auf Roos Bett zuschwanke. »Hast du noch nicht genug Goldmedaillen?«

Meine Schultern sinken schwer auf die Matratze, mein Kopf fällt benommen aufs Kissen. Roo ein paar Schritte weiter erklärt ruhig: »Finch, es tut mir leid.«

Ihre Spiele, mein Debattierclub: unsere Mittel, unserer düsteren Gegenwart zu entfliehen und uns etwas Besseres auszumalen.

Und jetzt stehen sie zum Verkauf.

»Ich fliege nächstes Wochenende nach D.C.«, flüstere ich halb erstickt vom Kissen, als würde es durch Aussprechen real. Es ist alles, was mir noch bleibt: Selbsttäuschung. »Und ich werde in D.C. aufs College gehen.«

»Von welchem Geld, Finch?« Meine Mutter klingt erschöpft, eher ausgelaugt als wütend. »Wir haben keine fünfzigtausend Dollar für Studiengebühren in D.C. Verdammt, wir können nicht mal dein Flugticket bezahlen.«

In der komischen, übelkeitserregenden Stille, die sich im Raum ausbreitet, kann ich sie nicht ansehen, keinen von ihnen. Ich kann bloß mit leerem Blick auf den nierenförmigen Fleck auf Roos Teppich starren. Er stammt von

Mountain-Dew-Limo. Sollte wirklich mal jemand entfernen, denke ich, und dann denke ich, wie albern das ist, wie dumm, auf einen Fleck auf einem Teppich am Arsch der Welt zu glotzen.

Irgendwann gehe ich in mein Zimmer, schlage die Tür hinter mir zu und schließe ab. Niemand kümmert sich darum, als ich mein Gesicht ins Kissen drücke und schreie, schreie, schreie, bis ich heiser bin.

Als ich schließlich den Kopf hebe, ist der Himmel draußen schwarz geworden und verschluckt die Umrisse von Bäumen und Dächern. Offenbar bin ich eingeschlafen. Ich ziehe meinen Laptop näher, um nachzuschauen, wie spät es ist. Mich einzuloggen, dauert eine Ewigkeit, der blaue Kreis dreht sich endlos. Als endlich die Uhr auftaucht und mir mitteilt, dass es halb zwei Uhr morgens ist, komme ich mir irgendwie verarscht vor.

Ob ich aufstehe und zu Lucy rüberlaufe? Sie weist mich nie ab, nicht mal um diese Uhrzeit. Die Sache ist bloß, ich bin müde. Zu müde, um durchs Dunkel zu tappen. Aber wenn ich irgendwas über Lucys Schlafgewohnheiten weiß, dann Folgendes: Sie ist selbst jetzt so spät noch wach und liest Fanfiction.

Ich entscheide mich für iMessage. Auf die grellweiße Lichtexplosion bin ich allerdings nicht gefasst. Als ich Lucys Namen anklicke, springt sie vom Bildschirm in die Dunkelheit und blendet meine Augen. Beim Tippen kann ich kaum die Tasten erkennen.

FINCH KELLY: Hey. Ich sag nur beschissen.
FINCH KELLY: Bin gerade richtig richtig fertig und zwar so was von
FINCH KELLY: Bitte bitte bitte schreib mir zurück wenn du das hier siehst

Ich warte. Ich beobachte die leere weiße Fläche, auf der ich die grauen Punkte ihrer Antwort auftauchen sehen möchte. Aber sie kommen nicht, diese Punkte. Nicht mal eine Lesebestätigung. Warum? Wo steckt sie? Ich habe darauf gebaut, dass sie um diese Zeit noch wach ist. Soll ich bis zum Morgen warten, wenn wir in die Schule fahren? Kann ich überhaupt warten? Meinen Computer zuzuklappen und wegzudösen, ist gerade überhaupt keine Option. Mein Puls pocht unverändert, meine Brust ist nach wie vor wie zugeschnürt. Wenn ich nicht über die ganzen Gefühle in mir spreche – oder wenigstens alles runtertippe –, wird der Schmerz in mir größer und Ranken treiben, die sich um meine Lungen winden und mich ersticken werden.

FINCH KELLY: Okay du scheinst zu schlafen, damit geht es dir jedenfalls besser als mir
FINCH KELLY: Ich schreib das jetzt einfach mal alles und du kannst es lesen wenn du aufwachst und wir können Montag in der Schule darüber reden
FINCH KELLY: Okay. Also. Als ich heute nach Hause kam, war gerade Riesenstunk, weil Mom & Dad Roos komplette Videospiel-Ausrüstung verkaufen wollten,

um Kohle zu machen, und als ich helfen wollte, haben meine Eltern die BOMBE hochgehen lassen, dass sie sich das Geld für meinen Flug zu den Nationals wiedergeholt haben

FINCH KELLY: Und als ich ihnen gesagt habe, dass die Nationals meine letzte Chance sind, um Georgetown und die anderen Schulen in D.C. zu beeindrucken, kam mir meine Mutter mit »vielleicht solltest du dich darauf einstellen hier zu studieren« lolololol

FINCH KELLY: Ich werde also vermutlich weder aufs College in DC gehen noch zum Debattieren oder irgendwas, wenn mir nicht jemand 350 $ schenkt. Oder alternativ ein paar Millionen, damit ich die Studiengebühren in D.C. blechen kann

Überraschenderweise fühlt sich meine Brust, auch nachdem ich alles rausgelassen habe, unverändert schwer an. Was liegt mir noch auf der Seele? Vor diesem Streit, vor der Sache mit dem zurückerstatteten Ticket, was …
  Ach. Richtig.
  Jonah.

FINCH KELLY: Oh und davor hat mich Jonah zu sich nach Hause eingeladen damit ich ihn von seiner Trennung ablenke deshalb bin ich mit dem Rad zu ihm gefahren und habe mit ihm und seiner Familie zu Abend gegessen, wir haben uns seine Babyfotos angeschaut, der Teil war nett

FINCH KELLY: Aber dann sind wir in sein Zimmer hochgegangen und lagen zusammen auf seinem Bett und haben uns einen Film angeschaut und das ist so albern, tut mir leid, aber ich hatte das Gefühl, er will mich anbaggern? Also er hat nichts Konkretes gemacht, wir lagen bloß da, und ich weiß, es ist mies von mir und vermutlich homophob, aber ich bin ausgetickt, weil ich Schiss hatte, dass er was versucht
FINCH KELLY: Und dann haben wir geredet

Hier höre ich auf – die Geschichte von Ferdy, von Jonahs langer komplexer Familiengeschichte, von seinen Schamgefühlen und Ängsten zu erzählen, kommt mir selbst bei Lucy zu intim vor.

Und so springe ich zum Ende. Also zum Ende des Abends. Zu dieser Berührung, bevor ich gegangen bin.

FINCH KELLY: Und dann haben wir über echt persönliche Dinge geredet und er hat fast nein nicht fast sondern er hat auf seinem Bett in meinen Armen geweint und dann am Ende des Abends hat er, keine Ahnung, mich berührt? Meine Seite
FINCH KELLY: BEVOR DU IRGENDWAS SAGST ich fühle mich nicht zu Jungs hingezogen und ich glaube auch nicht, dass er mich auf diese Art mag, er hat einfach nur Liebeskummer wegen Bailey und vielleicht brauchte er heute Abend eine Umarmung, oder irgendwas, was weiß ich

FINCH KELLY: Ich meine wir reden hier von JONAH und so was lief NIE zwischen uns und bald sind die Nationals
FINCH KELLY: Vergiss es! Nein, kann ich ja vergessen! Ich fliege ja nicht mal zu den Nationals, weil sich meine Eltern die Kohle für mein Ticket zurückgeholt haben.
FINCH KELLY: Tja, dann werde ich nicht an den Nationals teilnehmen, nicht an die Georgetown gehen oder irgendeine Uni in D.C., ich werde keine OP kriegen, mit JONAH ist es auch gerade KOMISCH und weil das noch nicht genug ist seh ich nicht mal den Bildschirm, weil er so scheißgrell ist
FINCH KELLY: Bitte schreib mir wenn du das kriegst oder komm einfach bei mir vorbei und hau mir deinen Softball-Schläger auf den Schädel
FINCH KELLY: Hab dich lieb

Ich kann keine Sekunde länger auf die gleißend weiße Sonne des Bildschirms schauen. Ich schalte den Laptop aus, lasse mich auf die Matratze zurückfallen; als mein Kopf im Schaumgummi versinkt, stoße ich einen langen lauten Seufzer aus.

Es ist komisch, aber nachdem ich Lucy vollgetextet habe, geht es mir echt besser. Meine Panik lässt langsam nach. An ihrer Stelle fühle ich eine warme Vorfreude, dass ich Lucy morgen früh im Bus treffen werde. Sie wird mich umarmen. Sie wird mir sagen, dass alles gut wird. Sie wird lügen, aber es wird sich wenigstens nett anhören.

Am nächsten Morgen springt Lucy in den Bus und auf den Platz neben mir, strahlend und getupft in der kompletten Pantone-Farbpalette. Sie sieht so erfüllt aus, wie ich mich leer fühle.

»Hey du«, sagt sie und küsst mich auf die Stirn. »Wie geht's?«

»Ich habe das ganze Wochenende nichts von dir gehört«, ich sehe sie verdutzt an. »Hast du meine Nachrichten nicht bekommen?«

»Nachrichten?« Sie schüttelt den Kopf: Rosa Zwillingszöpfe flattern wie Windsäcke. »Nicht dass ich wüsste. Wann hast du sie geschickt?«

»Samstagmorgen, ganz früh, kurz nach eins?«

»Würde es dich überraschen, zu hören, dass ich geschlafen habe?«

»Es waren ungefähr fünfzig.« Ich remple sie immer wieder an. »Check dein Handy.«

»Also, ich könnte mein Handy checken«, sagt sie, ohne die Hand Richtung Hosentasche zu bewegen. »Du könntest mir aber auch einfach erzählen, was dir auf der Seele liegt.«

Könnte ich, oder? Aber wo soll ich hier im Schulbus diese manische Mitternachtsenergie hernehmen? Wie soll ich die hässlichen Dinge aussprechen, die ich letzte Nacht über meine Eltern geschrieben habe? Geschweige denn, was ich über Jonah geschrieben habe, also, dass er mich berührt hat – Wörter, die zwar nicht hässlich waren, dafür aber unaussprechbar.

»Ich glaube, ich will lieber nicht darüber reden.«

»Hey, hab dich nicht so, Finch.« Sie legt den Kopf auf meine Schulter. »Sonst willst du *immer* reden. Du bist doch im wahrsten Sinne des Wortes ein Kampfredner.«

»Heute nicht.« Mein Kopf sackt gegen das kalte Glas des Fensters.

»Ich habe nämlich gute Nachrichten«, sagt sie vorsichtig. »Wirst du dich besser oder schlechter fühlen, wenn ich sie dir erzähle?«

Als ich sie ansehe – wie sie zögert und auf der Lippe herumkaut, damit die Worte, die sie unbedingt sagen will, nicht herausflutschen –, werde ich weich.

»Besser«, sage ich.

Ihr Gesicht leuchtet auf. »Du erinnerst dich doch bestimmt noch, dass ich Interviews für meinen Kanal ausgemacht habe, oder?«

Ich bin nicht sicher, ob ich davon weiß. Sie hatte mal diese Frau erwähnt, Linsay Ellfis, die ihr zurückgeschrieben hatte. Aber Interviews? Im Plural? Ich hatte keine Ahnung, dass sie schon so weit ist. Bin ich ein schlechter Freund?

»Nun ja, gestern Abend habe ich endlich eine E-Mail von der Person bekommen, die ich am allerliebsten interviewen möchte.« Sie spricht schnell, jedes Wort stolpert über das nächste. »Und diese Person ist ...«

Sie spreizt die Finger und dreht wie Bob Fosse die geöffneten Handflächen hin und her. *Jazz Hands.* Moment. Woher weiß ich überhaupt, dass man diese Handbewegung

Jazz Hands nennt? Woher kenne ich überhaupt Bob Fosses Namen? Ich bedaure jeden Augenblick, den ich je in Bailey Lundquists Nähe verbracht habe.

»Alice Brady«, sagt sie. »Zukünftige Kongressabgeordnete.«

»Lucy!« Einen Moment lang vergesse ich alles Miese, alles, was falschläuft in meinem Leben. »Das ist der Hammer!« Ich umarme sie. »*Du bist* der Hammer!«

Sie versucht, mit der Schulter zu zucken, aber ich halte sie zu fest. Diese Schultern werden sich nirgendwohin bewegen. »Na ja«, sagt sie, ganz falsche Bescheidenheit. »Es ist ein Anfang.«

»Es ist ein sensationeller Anfang! Du führst vor laufender Kamera ein Interview mit einer Kongresskandidatin!«

»Ehrlich gesagt, hoffe ich auf noch mehr«, sagt sie. »Wenn es gut läuft, gibt sie mir vielleicht ein paar freiberufliche Aufträge für Wahlkampfvideos.« Ihre Augen leuchten. »Du weißt schon, hier eine Fernsehwerbung, dort ein Online-Forum ...«

Ich kann nichts dagegen tun – ich ziehe ein langes Gesicht. Ich freue mich für sie – wirklich, ehrlich –, aber es versetzt mir auch einen Stich. In derselben Nacht, in der ich herausfinde, dass ich nicht zu den Nationals fliegen werde, kriegt Lucy die Zusage für ein Interview mit einer Kongresskandidatin. Vielleicht wird sie sogar in der Wahlkampagne dieser Frau mitarbeiten, verdammt, während ich ... während ich ... was werde ich nach dem Schulabschluss überhaupt tun? Im Einzelhandel arbeiten? Kohle zusammenkratzen für die OP? Mir wünschen, meine Eltern hätten es sich leisten können, mich nach D. C. zu schicken?

»Oh! Hätte ich fast vergessen.« Sie kramt in ihrem getupften Rucksack herum und zieht eine braune Papiertüte heraus. »Ich hab was für dich. Ein Geschenk für deinen Trip nach D. C. am Wochenende.«

Oh, wow. Sie hat mich nicht verarscht. Sie hat kein einziges Wort von diesen Nachrichten gesehen, die ich ihr Samstagmorgen geschickt habe. Ich nehme die Tüte, ihr Geschenk. Als ich sie umdrehe, fällt mir ein Stift in die Hand. Ein schlichter weißer Plastikzylinder. Ich hebe den Kopf und sehe sie fragend an: Was ist das?

»Er schreibt in sieben Farben.« Sie ist ganz aufgeregt, als sie ihn in die Hand nimmt. »Siehst du? Du musst nur diesen Klickmechanismus runterschieben: Rot, Grün, Blau, Pink ...«

»Nationals ohne Pink geht gar nicht.«

»Der hält das ganze Wochenende durch!« Sie grinst triumphierend und gibt ihn mir zurück. »Siehst du? Eine Sorge weniger wegen der Nationals.«

Ich ertrage ihn nicht, diesen Ausdruck auf ihrem Gesicht. Sie glaubt, ich werde diesen Stift in meine Hemdtasche stecken und ihn nach Washington, D. C. mitnehmen und damit zaubern. Der Rest der Welt scheint ziemlich agnostisch zu sein, wenn es um Finch Kelly geht. Sie nicht. Sie niemals.

»Lucy, ich ...« Meine Finger schließen sich um den Stift.

Die Berührung ist beinahe schmerzhaft. »Ich werde dieses Wochenende nicht zu den Nationals fliegen.«

»Was redest du da?« Sie lehnt sich verblüfft zurück. »Warum das denn zum Teufel?«

»Wir können es uns nicht leisten.« Es auszusprechen, ist nicht so schrecklich, wie ich angenommen habe. Sondern noch schrecklicher. »Meine Eltern mussten das Ticket zurückgeben.«

»Oh, Finch.« Ihr Kopf fällt auf meine Schulter. Ihre Finger streicheln meine Haare. »Na, dann musst du diesen Stift eben aufbewahren, bis du im Herbst in D.C. aufs College gehst. Für die Vorlesungen in Georgetown, weißt du?«

»Ich werde auch nicht auf die Georgetown gehen.« Der Stift fällt in die Tüte zurück; das braune Papier glättet sich.

»Komm, das weißt du doch noch gar nicht.« Ihr Streicheln wird zu einer Art Tätscheln. »Vielleicht erhältst du ein Stipendium.«

Ich ziehe den Reißverschluss meines Rucksacks auf und stopfe die Papiertüte in eine Ritze. »Ja, das ist ungefähr so wahrscheinlich, wie dass ein Einhorn bei mir im Vorgarten grast.«

»Boah, du bist echt mies drauf heute.« Sie fängt an, in ihrem Rucksack nach unserem Frühstück zu kramen. »Lass mich dir was Gutes tun. Und ein bisschen Futter in dich stopfen.«

*Lass mich dir was Gutes tun.* Über meinem Kopf leuchtet eine Glühbirne auf. Vielleicht gibt es etwas sehr real Gutes, das Lucy für mich tun kann.

»Lucy.« Ich strecke die Hand aus und drücke ihre Schulter. »Lucy. Lucy. Lucy.«

»Ja?«, fragt sie, ohne mich anzusehen, weil sie noch immer auf der Suche nach unserem Essen ist. »Was ist denn?«

»Du solltest mit Alice Brady über mich reden.« Jetzt bin ich derjenige, der wie ein Wasserfall redet und über seine Wörter stolpert. »Sag ihr, dass ich einen Job suche und dass ich ein echter Gewinn für ihren Wahlkampf sein könnte, egal was sie braucht, ob es ums Redenschreiben geht oder um Hilfe bei der Vorbereitung von Debatten oder ...«

Lucy hebt den Kopf, eine Augenbraue ist hochgezogen. »Du bittest mich darum, dir einen Job beim Wahlkampf zu organisieren?«

»Ich meine bloß, wenn du einfach mit ihr reden und ihr erzählen könntest, dass ich Interesse habe, und ihr meinen Lebenslauf geben würdest ...«

»... Ich weiß nicht.« Sie kaut auf ihrer Lippe herum. Sie schaut weg. »Weißt du, ich lade dich immer wieder ein, mit mir von Tür zu Tür zu gehen und Wahlkampf für sie zu machen, und du lehnst immer wieder ab.«

»Ich rede nicht davon, *von Tür zu Tür zu gehen*. Ich rede davon, ihr beim Redenschreiben zu helfen und ... und Pressemitteilungen rauszuschicken und ...«

»Dafür hat sie schon Leute«, sagt Lucy. »Sie braucht Stiefel auf dem Boden. Stimmen am Telefon. Und dafür benötigst du keine Empfehlung von mir.«

Das Schwindelgefühl kommt zurück, diese Schnelligkeit

in meinem Blut. »Dann willst du … willst du also nicht mit ihr reden? Über mich?«

»Ich möchte bloß nichts gefährden …« Sie redet nicht weiter und kratzt sich an der Nase. »Vielleicht kann ich ein paar Videos für den Wahlkampf drehen, okay? Aber ich bin nicht in der Position, rumzulaufen, so nach dem Motto ›Hey, Sie sollten meinen Freund einstellen …‹.«

»Aber ich wäre gut für den Wahlkampf!«, wiederhole ich bockig. »Ich weiß, wie man eine Rede schreibt. Ich weiß, wie ich sie auf eine Debatte vorbereiten müsste, ich könnte …«

»Finch, ich werde nicht fragen, ob sie dir einen Job gibt«, unterbricht mich Lucy mit erhobener Stimme. »Tut mir leid. Es wird nicht passieren.«

Ich weiß nicht, was ich darauf erwidern soll. Ich weiß nicht mal, ob ich in der Lage bin, überhaupt etwas darauf zu erwidern. Ich weiß bloß, dass ich Lucy gerade nicht anschauen kann, dass ich nicht eine Sekunde länger neben ihr sitzen kann. Deshalb stehe ich unbeholfen auf und schiebe meinen Körper an ihrem sitzenden vorbei.

»Finch! Krieg dich ein. Du brauchst nicht angepisst zu sein. Setz dich hin, rede wenigstens mit mir? Iss dein Frühstück?«

Ich drehe mich nicht um, sondern dränge mich auf den Gang des schwankenden Busses, wo ich mich zitternd an einer Stange festhalte.

»Weißt du, was«, sagt sie, »manchmal kannst du ein richtiges Scheiß-Baby sein.«

»Ich benehme mich nicht wie ein Baby!« Als ich mich zu ihr drehe und sie ansehe, falle ich beim Anfahren des Busses fast um. »Du bist Teil dieses Wahlkampfes und lässt mich nicht teilhaben!«

»Richtig! Weil du nämlich bis vor fünf Minuten einen Scheiß auf diesen Wahlkampf gegeben hast!«

Da hat sie durchaus recht. Es hat mich nicht interessiert – und ich hatte definitiv keine Zeit, um von Tür zu Tür zu gehen –, weil ich mich voll auf Nationals, auf D. C., auf Georgetown konzentriert habe. Aber das hat sich ja nun alles erledigt, und diese Kampagne – sieht sie das nicht? – ist meine letzte Chance, es in die Politik zu schaffen, etwas zu tun, jemand zu *sein*.

Da ist wieder dieses Gefühl, diese angespannte Hitze hinter meinen Augen. Ich schließe die Augen; tief atmen, Finch. Es gibt bestimmt noch eine andere Möglichkeit. Es muss eine geben. Doch wie sieht sie aus? Und wie finde ich sie?

»Finch! Genau der Mann, nach dem ich gesucht habe!«

Adwoa ist ausgesprochen fröhlich, als ich nach dem Unterricht in den Debattierclub komme. Genau das Gegenteil der düsteren Stimmung, die seit der Busfahrt heute morgen über mir schwebt. Als sie mich sieht, springt sie aufgekratzt und mit wippenden Braids von ihrem Pult. Ich, ich bleibe stocksteif stehen. Aber selbst nach meinen außerordentlich schrägen Maßstäben ist es ein schlechter Zeitpunkt zum Stehenbleiben. Ich stehe in der einzigen

Tür des Klassenzimmers. Hinter mir bildet sich eine kleine Schlange. Ich rühre mich erst, als Adwoa mir eine Hand auf die Schulter legt, eine Berührung, die mich heftig zusammenzucken lässt.

»Lass uns ein Stück laufen.« Ihre Stimme wird sanft, als würde sie einem scheuenden Pferd gut zureden. Keine Ausrufezeichen mehr. »Okay?«

Ich schaffe es gerade mal zu nicken. »Okay.« Adwoa winkt, um Jonah auf sich aufmerksam zu machen.

»Wir werden vielleicht ein Weilchen weg sein«, sagt sie. »Ist es okay, wenn du das Meeting mit Jasmyne leitest?«

»Klar. Natürlich.« Jonah mustert mich mit einem Blick. Einem Blick, der fragt *Alles in Ordnung?*.

Ich schüttle den Kopf. Ich habe keine Ahnung, was Adwoa gerade von mir will, aber wenn es wie die vielen anderen schwierigen Gespräche letzte Woche läuft, wird es hundertprozentig ein Albtraum.

»Okay!« Jasmyne klatscht hinter einem besorgten Jonah in die Hände. »Heute werden wir üben, wie man einen *Point of Interest* setzt, der richtig knallt. Fangen wir an mit ... okay, Ava? Und Jesse? Wollt ihr zwei ...«

Als Adwoa mich aus dem Klassenraum und den Gang hinunterzieht, wird Jasmynes Stimme immer leiser. Eine Weile höre ich nur unsere Schritte, als sie uns vorwärtslenkt.

»Ich dachte, wir holen uns heiße Schokolade aus der Cafeteria.« Sie redet immer noch mit mir, als wäre ich ein scheuendes Pferd. »Und dann setzen wir uns hin und reden, einverstanden?«

Ich nicke. Normalerweise würde ich mich fragen, was das alles soll, aber ich bin gerade dermaßen abgegessen. Mich kann nichts mehr überraschen. Sie könnte mich an einen Tisch setzen und sagen: »Finch, ich habe Beweise, dass du in den Tod von Prinzessin Diana verwickelt bist.« Was bliebe mir anderes, als es zu akzeptieren? Ich kann unmöglich beweisen, wo ich mich in der Nacht des 31. August 1997 aufgehalten habe.

Außer, dass ich noch nicht geboren war.

Adwoa kauft zwei Becher heiße Schokolade: für mich mit Schlagsahne, für sich ohne. Wir trinken sie in der Mitte des Raums, der nach Schulschluss fast leer ist. Ein paar Nachzügler sitzen herum, lernen, warten auf ihre Eltern oder das Volleyballtraining, aber um uns herum ist ziemlich viel Platz.

»Also.« Sie trinkt einen Schluck. »Ich habe deine Nachrichten bekommen.«

»Du ... Du hast meine ...« O nein. O nein, nein, nein.

»Ja.« Sie erlöst mich aus meinem stotternden Elend. »Ich muss davon ausgehen, dass ich nicht die beabsichtigte Empfängerin war, aber ...«

Aber sie hat sie bekommen. Alle zwei Dutzend oder Was-auch-immer-Pfützen digitaler Wort-Kotze. Den Krach mit meinen Eltern und, Hilfe, das Überpeinlichste schlechthin, sämtliche Einzelheiten meines Abends bei Jonah.

»Es tut mir megaleid«, springe ich in die Bresche, bevor sie ein weiteres Wort sagen kann. »Es war mitten in der Nacht, und der Bildschirm war so grell, dass ich nichts sehen konnte, und ich wollte jemand anderem schreiben, und falls ich deinen Namen angeklickt habe, war das definitiv ein Versehen und bloß, *bitte* erzähl Jonah nicht, dass ich ...«

»Hey. Nein.« Sie hält eine Hand hoch. »Ich bin froh, dass ich diese Nachrichten erhalten habe. Das bleibt alles unter uns.« Ich interpretiere es als Zusage, dass sie Jonah nichts von meiner Schwärmerei erzählen wird? Ist es eine Schwärmerei? »Ich wünschte, du hättest schon früher mit mir geredet«, fährt sie fort. »Es sollte dir nie peinlich sein, um Hilfe zu bitten.«

Die meisten Morgen ist es mir peinlich, überhaupt aufzuwachen. Es ist mir definitiv peinlich, dass Adwoa die unbeabsichtigte Empfängerin der Mitten-in-der-Nacht-Tirade war, die damit endete, dass ich »Hab dich lieb« tippte. Das ist noch hundertmal schlimmer, als seine Lehrerin mit »Mom« anzusprechen, weil man bis unter die Haarwurzeln mit anabolen Steroiden vollgepumpt ist.

»Ich fühle mich einfach beschissen«, sage ich, »weil meine Eltern kein Wort zu mir gesagt haben, dass sie sich das Ticket zurückerstatten lassen, und nun sind die Nationals im Eimer und ...«

»Hör auf. Bitte. Du *musst* aufhören.«

Bis zu diesem Punkt hat Adwoa im sanften Modus einer Schulpsychologin gesprochen. Doch nun hat ihre Stimme einen harten Unterton, den ich sonst nur höre, wenn sie über Steuervermeidung von Konzernen oder das *Immigration and Customs Enforcement* schwadroniert oder das

Absetzen ihrer Lieblingsserie auf Netflix nach nur einer Staffel.

»Du bist ein brillanter Schüler«, erklärt sie mit dieser Stimme, dieser Kein-Mensch-ist-illegal-Stimme, dieser #NeueStaffelTheGetDown-Stimme. »Aber seit ich dich kenne, bist du immer gegen den Strom geschwommen, und jedes Mal, wenn die Strömung stärker wird, gibst du dir die Schuld daran. Aber du kommst in diesem Leben nicht ausschließlich mit Willenskraft durch, Finch. Du hast Leute, die dich lieb haben, die dir Gutes tun wollen. Versuch doch wenigstens ab und zu, einen von ihnen um Hilfe zu bitten.« Sie lehnt sich zurück und hält mir die Handflächen entgegen. »Los. Bitte mich um Hilfe.«

Verwirrt frage ich. »Um Hilfe wofür?«

»Um die Art Hilfe, die du brauchst«, sagt sie. »Und im Moment ist das ein neues Flugticket. Ist das nicht so?«

Bevor ich antworten kann, greift sie in ihre Jackentasche: ein weißer Umschlag. Sie legt ihn wortlos auf den Tisch und fordert mich heraus, ihn zu öffnen.

Also öffne ich ihn.

AMERICAN AIRLINES, lese ich. *Vielen Dank für Ihre Reservierung, Ms Douna.* Und dann: *Name des Passagiers*, und dann in selbstbewusster fetter Schrift: *Mr Finch Kelly.*

Es vergeht fast eine Minute in verblüfftem Schweigen, dann sagt Adwoa: »Gern geschehen.«

»Adwoa, das kann ich nicht annehmen.« Ich stecke das Blatt in den Umschlag zurück. »Das ist so viel Geld. Und du ...« Du hast Schulden vom College, denke ich, spreche es aber nicht aus. Und noch mehr Schulden vom Jurastudium. Und du bewirbst dich gerade um den Job deiner Träume, oder? Der dich nach jwd bringen wird, wo du nichts verdienen wirst.

»Ich weiß, was du denkst«, sagt sie. »Aber ich habe den Job in Alabama nicht angenommen.« Sie seufzt; ich höre aus jeder Silbe Bedauern heraus. »Ich werde hierbleiben. Zumindest hier in der Nähe. Redmond. Und als Anwältin bei Microsoft arbeiten. Ich habe letzte Woche unterschrieben.«

Ich starre sie entgeistert und mit großen Augen an. »Aber Adwoa«, beginne ich, »du ... du hast gesagt, Alabama wäre dein Traumjob.«

»Ja, aber es geht nicht nur um mich.« Sie stützt das Kinn in die Hand. »Ich habe eine Mama, die älter wird. Die früher oder später Pflege braucht. Ich muss Kredite zurückbezahlen.« Ihre langen, glitzernden Fingernägel tanzen über den Tisch und tippen auf den Umschlag. »Und ich habe Schüler, die Flugtickets brauchen.«

»Aber alles, was du gesagt hast ... darüber ... dass du Gutes in der Welt tun willst und ...«

»Und das ist nichts Gutes?« Sie deutet mit einem Kopfnicken auf den Umschlag. »Das Flugticket gibt dir kein gutes Gefühl?«

Ich habe keine Ahnung, was ich darauf antworten soll. Das hier ist vermutlich das Netteste, was je irgendjemand für mich getan hat. Aber es ist nicht ohne Blut, dieses Geschenk. Nicht ohne Opfer.

Ich sehe Adwoa an. »Ich weiß ehrlich nicht ... Ich meine, wo soll ich überhaupt mit meinem Dank anfangen?«

»Dank mir, indem du die Nationals gewinnst«, erwidert sie.

Kurz darauf stehen wir auf. Ich schiebe den Umschlag in die Jackentasche und sie wirft unsere leeren Kakaobecher in die Recyclingtonne. Es ist ein kurzer Weg zum Debattierclub, doch gerade, als ich denke, dass wir ihn in angenehmem, stressfreiem Schweigen zurücklegen werden, dreht sich Adwoa zu mir.

»Und nun die andere Sache«, sagt sie, als wir durch eine Flügeltür gehen. »Die Jungs-Sache.«

»Nein!« Ich ziehe sie am Ärmel, um sie zu mir zurückzuholen. Jonah ist nirgendwo in der Nähe – jedenfalls noch nicht –, trotzdem, lieber leise als hinterher etwas bereuen. »Du sagtest, das bliebe unter uns!«

»Bleibt es auch!«, versichert sie lachend. »Aber ihr Jungs habt ein großes Wochenende vor euch. Und ich weiß, dass ihr beide gerade eine Menge zu verdauen habt. Deshalb: zusätzliche Ablenkung?« Hier bleibt sie stehen und legt mir die Hände auf die Schultern und sieht mir streng und nachdrücklich in die Augen: »Brauchst du nicht.«

Ich würde am liebsten im Boden versinken, aber ihr Griff lässt es nicht zu. »Es besteht keinerlei Anlass zur Sorge«, erkläre ich ihr. »Er war garantiert nur einfach traurig an diesem Abend und ich war bloß ...« Ich schlucke und suche nach Worten. »Verwirrt vermutlich. Ich war verwirrt.«

»Wie dem auch sei, verwirrt können wir gerade nicht

brauchen«, erwidert sie. »Wir brauchen Konzentration. Konzentration darauf, zu gewinnen. Hast du mich gehört?«

»Ja. Ich höre dich.«

Sie lässt mich los. Ich bin bereit, das Thema sterben zu lassen, und ich bin ebenso bereit, vor Verlegenheit zu sterben. Aber unser nächster Halt ist natürlich der Debattierclub. Jonah blickt auf, als ich den Raum betrete. Er sieht meine Haut, gerötet vor Demütigung, und zieht in stummer Sorge die Augenbrauen hoch. Ich setze mich auf den Platz neben ihm und versuche, mich auf die Neuntklässler:innen zu konzentrieren, die gegeneinander argumentieren. Irgendwas mit dem Britischen Museum, wegen Buddha-Zeichnungen, burmesischen Diamanten. Ich beobachte die Diskussion, höre aber nur mit halbem Ohr zu.

Stattdessen mache ich mir Sorgen. Ich mache mir Sorgen über die Zukunft, die kommen wird, ob es einem von uns gefällt oder nicht. Wo werden Jasmyne und Tyler in zwanzig Jahren stehen? Wo werde ich sein? Und wo vor allem werde ich am Ende dieses Wochenendes sein? Wenn alle Runden durchlaufen, alle Stimmen gezählt sind?

Dorthin wandern meine Gedanken gerade, als Jonah die Hand hebt. Er legt den Daumen auf meine Stirn und glättet die angespannten Furchen. Sie verschwinden unter seiner Berührung.

»Geht doch«, sagt er, als er mit dem Daumen über die letzten Sorgenfalten auf meiner Stirn fährt. »Alles gut?«

»Ja.« Ich habe mit einem Mal Atemnot – nicht aus Angst, sondern aus Mangel an selbiger. Wie er meine ganzen Sorgen mit einer einzigen Berührung weggerieben hat. »Alles gut.«

»Gut«, wiederholt er.

Er legt den Arm um mich und dann schickt er zwei weitere Neuntklässler:innen an die Tafel. Er stellt ein Thema. Irgendwas über Narendra Modi und Hindu-Nationalismus. Ich höre nicht alles. Mein linkes Ohr ist mehr oder weniger in seiner Seite vergraben, die alle Geräusche dämpft. Mir fällt auf, dass ich genau die richtige Größe für ihn habe – als wäre diese Stelle hier unter seinem Arm eigens für mich geformt worden.

Ich sollte nicht zu intensiv darüber nachdenken, was das bedeutet, oder?

# KAPITEL 11

Am Freitagmorgen wache ich völlig erledigt und orientierungslos auf, noch vor unserem Flug nach D. C. zu nachtschlafender Zeit. Dass ich bis in die frühen Morgenstunden wach war und gepackt und mich vorbereitet habe, macht es nicht besser. Meine Mutter lief irgendwann um halb zwei an meiner Tür vorbei und lachte mich aus, weil ich mitten in der Nacht noch den marineblauen Blazer gebügelt habe, den ich für diese illustre Gelegenheit bei Gap Kids gekauft habe.

»Wetten«, sagte sie, »dass du der einzige Siebzehnjährige auf der Welt bist, der bügeln kann?«

Die meisten Teilnehmenden bei den Nationals kommen von Privatschulen der ersten Liga. Bei den Wettkämpfen tragen sie ihre Schuluniformen. Das bedeutet adrette Blazer in Marineblau, Bordeauxrot und Waldgrün. Dazu gestärkte schneeweiße Anzugshemden. Man sieht Schottenröcke in Hunderten verschiedenen Farbtönen und Wollhosen in exakt einer. Doch egal, wie die Uniform aussieht, und egal, wie sie getragen wird – formell oder etwas lässiger nach dem Motto »Wahlkampfbesuch in Iowa« – die reichen Kids sehen in diesen Klamotten aus, als gehörten sie in jeden Raum, den sie betreten.

Insoweit kann ich zu diesem Wettkampf nicht einfach in schlampigen, fusseligen Einzelstücken aufkreuzen. Sonst werden die Juroren einen Blick auf mich werfen und davon ausgehen, dass ich dumm bin. Oder arm. In ihren Köpfen ist das normalerweise ein und dasselbe.

Also bügle ich meine Kleider. Ich verpacke sie in Schutzhüllen aus der Reinigung. Um eventuelle Missgeschicke zu entfernen, habe ich immer eine Fusselbürste dabei. Als ich sie in meinen Koffer packe, frage ich mich, ob ich vielleicht tatsächlich schwul bin.

Allerdings verdränge ich den Gedanken auch ebenso schnell wieder aus meinem Kopf. Am Morgen der Nationals habe ich keine Zeit für eine Identitätskrise. Ich habe nicht mal Zeit, um ...

»Frühstück!«, ruft meine Mutter von nebenan.

Frühstück? Ernsthaft? Wenn es hochkommt, essen wir ein- oder zweimal im Jahr zusammen. Nach dem Spaghettiessen sind wir bereits auf dem besten Wege, diese Quote zu erfüllen. Dass wir uns tatsächlich als Familie hingesetzt und gefrühstückt haben, kam meines Wissen noch nie vor. Schließlich gibt es einen Grund, warum Lucy und ich im Bus frühstücken.

Doch als ich in die Küche komme, sitzen sie tatsächlich da: Mom, Dad und Roo, ein lückenhafter Kreis um ein süßlich duftendes Gelage aus Rührei und Speck und gebuttertem Toast. Es gibt sogar eine Karaffe Orangensaft.

Und ich weiß – ich weiß –, es ist bestimmt das Zeug, das man gefroren in einer Dose kauft und mit einem großen Holzlöffel in Wasser rührt, aber trotzdem! Ich bin schwer beeindruckt.

Dad rückt mir einen Stuhl zurecht. »Hör zu, Finch, es tut uns leid«, sagt er. »Wir wissen, wie viel dir dieser Wettkampf bedeutet. Wir hätten zumindest mit dir über das Ticket reden sollen.«

Träume ich? Ich setze mich und Mom nickt zustimmend. »Ich bin so froh, dass deine Coachin dir in dieser schwierigen Situation helfen konnte.«

Roo streckt die Hand aus und reicht mir einen Umschlag. Ich schiebe den Daumen unter den Steckverschluss, reiße ihn auf und finde ... eine Karte. Eine Karte? Ein Gruppenfrühstück, eine ehrlich gemeinte Entschuldigung und jetzt, um noch eins draufzusetzen: eine Karte.

Ich stelle gerade Vermutungen an, ob hier Body-Snatcher am Werk waren, als mein Blick auf die Vorderseite der Karte fällt: ein Feld weißer und gelber Sterne auf blauschwarzem Tonpapier. Sie bilden die Worte VIEL GLÜCK, diese Sterne, in einer verwirrenden Glitzerkonstellation. **ALLES GUTE**, steht auf der Innenseite. **FÜR EINEN JUNGEN, DER WIE DIE STERNE AM HIMMEL LEUCHTET.**

Als ich die Unterschriften meiner Eltern erkenne, bekomme ich einen Kloß im Hals. Roo hat auch unterschrieben, mit einem PS: *Tritt ihnen ordentlich ...* dazu eine angedeutete Zeichnung von einem haarigen Hinterteil in ihrer perfekten vierzehnjährigen Sauklaue.

Bin ich bereit, ihnen zu verzeihen? Ich hebe den Kopf. Und sehe die Weichheit – sogar Liebe – in den Gesichtern meines Vaters, meiner Mutter, meiner kleinen Schwester. Seit Dad seinen Job verloren hat, bestand mein Leben meist nur aus einer Reihe von Schreiduellen, die ich durchschlafen musste.

Aber heute Morgen kommt Roo und schlingt die Arme um mich und drückt mich fest. Und eine kurze Sekunde lang fühle ich mich wie bei Jonah zu Hause. Als wären wir eine Familie. Eine richtige. Ich halte eine Karte in den Händen und auf dem Tisch steht eine Karaffe Orangensaft. Wir haben uns lieb. Wir geben unser Bestes.

»Dieser Morgen war schön, oder?« Meine Mutter wirft mir einen Blick zu; ich nicke. Nun fahren wir auf dem vertrauten baumgesäumten Highway zügig zum Sea-Tac, damit ich meinen Flieger bekomme. »Ich kann mich nicht erinnern, wann ich das letzte Mal ein richtiges Frühstück zubereitet habe. Der zweifelhafte Segen der Arbeitslosigkeit, weißt du? Wir können vielleicht unsere Rechnungen nicht bezahlen, dafür habe ich jede Menge Zeit.«

»In Yale haben Forscher:innen den Begriff ›Zeitwohlstand‹ geprägt.« Ich kratze mich an der Nase und versuche mich zu erinnern, wo genau ich darüber gelesen habe. »Bei einer Studie haben sie herausgefunden, dass die glücklichsten Menschen nicht unbedingt die mit dem meisten Geld waren. Sondern die mit der meisten freien Zeit. Das ist der Weg.«

»Habe ich auch schon gehört«, schnaubt Mom.

»Nein! Ernsthaft!« Ich beuge mich über die Mittelkonsole. Als Journalistin ist Mom normalerweise die Einzige, die mich so mit Halbwissen um sich werfen lässt. Die es sogar interessant findet. »Wenn du fett Kohle scheffelst, aber am Ende deiner 100-Stunden-Arbeitswoche nach Hause kommst und plärrende Kinder und eine verdreckte Küche und einen unkrautüberwucherten Garten vorfindest ...«

Mom nickt, etwas weniger skeptisch als zuvor. »... dann würde dich auch alles Geld der Welt nicht glücklicher machen.«

»Genau! Es sei denn, du verwendest dein Geld dazu, dir Zeit zu *kaufen* – indem du zum Beispiel Essen liefern lässt, statt selbst zu kochen, oder indem du eine Putzfrau anstellst, statt selbst zu schrubben.«

»Stimmt, das ergibt Sinn. Reiche Leute haben mehr Zeit, arme weniger.« Meine Mutter wirft mir einen Seitenblick zu und lächelt. »Du bist wirklich klug, weißt du das? Du wirst große Dinge vollbringen. Wenigstens einer in unserer Familie sollte das tun.«

»Mom. Sag nicht sowas.« Warum muss sie mir ein Kompliment machen, das wehtut? »Was mit der Zeitung passiert ist, ist doch nicht deine Schuld.«

»Oh, ich weiß. Aber ich komme mir trotzdem ein bisschen blöd vor. In den letzten paar Jahren ging alle fünf Sekunden irgendwo eine Zeitung pleite. Es ist ein Dauerzustand. Wieder eine Redaktion, die aufgelöst wird. Wieder eine Freundin oder ein Freund, die mit der verdammten

Pappschachtel an mir vorbeigehen. Und die ganze Zeit habe ich mir eingeredet, dass es mir nicht passieren wird, aber ...«

Sie seufzt, dann blickt sie schweigend durch die breite Windschutzscheibe auf die hohe Baumreihe.

»Weißt du, Lucy zieht einen YouTube-Kanal auf.« Als ich zu reden anfange, denke ich nicht daran, dass wir uns gestritten haben, Lucy und ich. Ich zucke zusammen. »Sie will auf diese Weise den Journalismus neu erfinden.«

Mom lacht auf – es klingt überhaupt nicht nett. »Hat ihr schon mal jemand erklärt, dass der Journalismus ein aussterbendes Gewerbe ist?«

»Ja, aber sie hat einen kompletten Plan, wie sie ihren Kanal mit Crowdfunding finanzieren will«, sage ich. Wie krass, jemanden flammend zu verteidigen, der nicht mal mit mir spricht. »Sie hat einen Patreon-Account dafür eingerichtet. Und in der ersten Stunde ungefähr zweihundert Dollar mit monatlichen Zusagen reingeholt.«

»Ich weiß nicht, Finch. Ich habe jahrzehntelang zugesehen, wie die Venture-Capital-Geier die Branche bis auf die Knochen abgenagt haben.« Sie schüttelt den Kopf. »Mir kommt es vor, als würde deine Freundin mit einem Messer bei einer Schießerei antreten.«

»Sie glaubt wirklich, dass sie es schaffen kann. Und sie tut es sogar schon. Vereinbart Interviews. Dreht Videos.«

»Vielleicht ist es auch mein Problem«, sagt meine Mutter. »Vielleicht sind wir einfach an diesen Punkt gelangt, an dem keine und keiner von uns mehr daran glaubte, dass das Ding tatsächlich noch zu retten ist.«

Sie starrt wieder gedankenverloren durch die regenbespritzte Windschutzscheibe. Wir stehen nun an der Bordsteinkante der hektischen Abflughalle. Ich sollte aussteigen, meinen Koffer nehmen und mich verabschieden. Aber etwas hält mich auf meinem Sitz.

»Mom? Darf ich dich was fragen?«

Sie deutet mit der Hand auf den markierten Bordstein. »Wir stehen hier in der 5-Minuten-Parkzone. Einem Kiss-'n'-Fly.«

»Eine schnelle Frage. Sie wird keine fünf Minuten dauern. Versprochen.«

»Okay«, sagt sie. »Schieß los.«

»Glaubst du, dass du je wieder als Journalistin arbeiten wirst?«

»Nein«, erwidert sie, viel schneller, als ich erwartet hatte. »Nein, das glaube ich nicht. Ich meine, ich hoffe es. Aber hoffen und glauben – das sind zwei sehr verschiedene Dinge.« Sie legt mir eine Hand auf die Schulter und drückt sie. »Ich bin froh, dass du mir erzählt hast, was Lucy vorhat. Froh, dass jemand den Traum am Leben hält, will ich damit sagen. Es lässt mich überlegen, ob ich immer noch gewinnen kann. Ob wir es vielleicht alle können.«

Dann lässt sie mich gehen, mit einem seltenen Lächeln.

»Vor allem du, Schätzchen«, sagt sie. »Geh, kämpfe, gewinne.«

Ich steige aus. »Das werde ich«, verspreche ich ihr. »Ich werde mit einem Pokal nach Hause kommen.«

Ich habe gerade das Flugzeug betreten und ramme meinen einfachen schwarzen Koffer in die überfüllten Gepäckfächer; neben den von Adwoa (Leopardenmuster, maximal vollgestopft) und den von Jonah (schnittig, ökonomisch, funktioniert auch als Rucksack, falls die Wanderlust zuschlägt). Plötzlich wird mir bewusst: Mir bleibt noch eine kurze, kostbare Zeit, bevor ich den Flugzeugmodus einschalten muss. Ich öffne Twitter und scrolle durch die Timeline, wie ein Läufer Wasser herunterkippen würde, bevor er das letzte Stück des Marathons läuft: beiläufig, schnell und bereits erschöpft.

Ist das der Grund für meine Angstzustände? Ständig den schlimmsten Menschen der Welt ausgesetzt zu sein, die die schlimmsten Ansichten raushauen, die man sich vorstellen kann? Eine Sekunde lang überlege ich, wie es wäre, die App zu löschen. Nein, meinen Account zu löschen. Nein, nur noch diesem einen Account zu folgen, der pünktlich jede Stunde Bilder von Opossums postet.

Während ich mir diese wundervolle Möglichkeit durch den Kopf gehen lasse, knalle ich gegen einen Tweet von Bailey Lundquist, als wäre er eine Bodenschwelle auf einem Superhighway.

BAILEY LUNDQUIST – @BaileyOnBroadway
 ich möchte dass @tchalamet nach aprikose schmeckendes lacroix wasser von meinem körper leckt

Ich folge Bailey natürlich nicht, aber drei Leute aus der Schule haben es eines Likes wert erachtet, deshalb würgt

Twitter es mir rein. Wann wird diese Website lernen, dass ich keine Posts von ihm sehen will? Und zwar nie? Vor allem nicht, wenn er sexuell aufgeladene Inhalte auf seinem offiziellen Account veröffentlicht?

Aus morbider Neugier tippe ich Baileys Namen an. Und da sehe ich es:

BAILEY LUNDQUIST –@BaileyOnBroadway
jetzt ist es offiziell ich habe gerade die mail bekommen ratet wer nächstes jahr nicht an die juilliard gehen wird lolololololololololol

Das. Kann. Einfach. Nicht. Sein.

Bailey Lundquist hat es nicht an die Juilliard geschafft? Bailey Lundquist, der seine komplette Persönlichkeit um den Traum von der Juilliard aufgebaut hat, *wurde nicht an der Juilliard angenommen?*

Die ganze Enttäuschung, die ich im Dezember beim Lesen des Ablehnungsschreibens von der Georgetown durchgemacht habe – sie verwandelt sich auf der Stelle in die allerköstlichste Art von Schadenfreude.

Adwoa bemerkt den sichtlichen Schock auf meinem Gesicht. »Was gibt's denn auf Twitter?«, erkundigt sie sich. »Jemand gestorben? Vom Weißen Haus zurückgetreten? Irgendein superrassistischer Kommentar? Alles drei?«

Ich bringe keinen Ton heraus. Ich kann nicht mal den Kopf schütteln. Da sie in der Mitte sitzt und ich am Gang, drehe ich einfach mein Handydisplay zu ihr und deute auf die Schlüsselworte: *ratet wer nicht an die Juilliard gehen wird*. Sie hält die Luft an.

Jonah, der auf dem Fensterplatz mit SkyMall beschäftigt ist, reckt den Hals. »Hey, was gibt's auf Twitter?«

Ich wechsle einen besorgten Blick mit Adwoa. Ist Jonah bereit für diese Nachricht? Sollen wir es ihm sagen? Sie nickt mir ernst zu: Besser, wenn er es weiß.

Ich reiche mein Handy zum Fensterplatz durch und beobachte Jonahs Gesicht – beobachte, wie seine Augen groß werden, sein Mund aufklappt, wie er die Hände in stummem Schreck vor den Mund schlägt.

Und eine Sekunde später explodiert er vor Lachen. Explodieren ist wörtlich gemeint; ich habe ihn noch nie – oder irgendjemand anderen – so laut lachen hören, so körperlich. Seine Hand zittert dermaßen heftig, dass ich schon Angst bekomme, er könnte mein Telefon fallen lassen. Ich nehme es ihm aus den Fingern – ich habe keine Lust, dass es herunterfällt und auf dem Flugzeugboden zerbricht –, als ich mich wieder in meinem Sitz zurücklehne, lacht er noch immer.

»Er hat nicht ... hat nicht mal ...« Jonah bekommt die Wörter nicht heraus, jedes wird von der nächsten Runde Gelächter verschluckt, wie eine Sandburg, die von einer Welle weggespült wird. »Nach dem ganzen ... er ... sie ... sie wollten nicht ...«

Es dauert nicht lange, dann lache auch ich. Selbst Adwoa kann nicht mehr an sich halten und kichert heftig hinter vorgehaltener Hand.

Die Leute ringsum glotzen uns an. Ich weiß sehr genau warum. Aber ich weiß auch, dass wir nicht aufhören können. Nicht jetzt.

»Warte. Warte.« Ich kichere wie ein Verrückter. »Warum ist Bailey über die Straße gegangen?«

Diese »Warum ist XY über die Straße gegangen«-Witze sind voll abgedroschen, aber ich kann gerade nicht anders.

»Warum?«, kichert Jonah.

Ich lache so hysterisch, dass ich die Worte kaum herausbringe: »Um von der Juilliard abgelehnt zu werden.«

Jonah beugt sich weit vor und fiept. »Oh Mann.«

»Okay, Jungs.« Adwoa tupft sich die Augen und versucht, wieder Luft zu bekommen. »Und jetzt benehmen wir uns wieder.«

Ich bin aber gerade nicht in der Stimmung, mich zu benehmen. Seiner aufgekratzten Miene nach zu urteilen, ist Jonah es auch nicht. Er greift über Adwoa hinweg und zupft mich am Arm.

»Hey, Finch«, sagt er. »Wie viele Baileys sind nötig, um an der Juilliard abgelehnt zu werden?«

Ich weiß, dass wir fies sind. Ich weiß. Aber es ist der Balsam, den meine Seele nach den langen harten Wochen braucht. Ich unterdrücke ein Lachen. »Wie viele?«, frage ich ihn, und er prustet »Einer!«. Dann lassen wir uns beide auf Adwoa fallen und kreischen vor Lachen.

»Okay. Gut jetzt.« Adwoa erhebt eine imaginäre Champagnerflöte. »Auf das ausgezeichnete Urteilsvermögen der Juilliard-Zulassungskommission.«

Jonah stößt mit seiner Trinkflasche an ihr imaginäres Glas. Während das Flugzeug den freien Himmel zu unserem Ziel durchquert, fühlt sich einen Moment lang alles richtig an auf der Welt.

# KAPITEL 12

Auf den Flug folgt ein Shuttlebus und auf den Bus ein anstrengender Marsch durch den Terminal zur Metro, die uns auf eine feuchtkalte und ratternde Fahrt ins Herz von Washington, D. C. mitnimmt. Ich sollte erschöpft sein nach so wenig Essen und Schlaf, aber ich bin es nicht. Jeder Teil von mir vibriert und presst sich gegen die Scheiben des Zugs. Es werden keine spektakulären Ausblicke über den Potomac auf die Baudenkmäler geboten, aber selbst unter der Erde ist es total aufregend, die Namen der Stationen zu sehen: Smithsonian! Dupont Circle! Pentagon!

Na ja. Letztere Station weniger. Das Pentagon ist vermutlich der einzige Ort, bei dem ich ein Hausverbot bevorzugen würde.

Gastgeber dieses Jahres ist die Gray School, eine verdrießliche Burg in einer Schickimicki-Ecke von Palisades – nicht dass es etwa Ecken in Palisades gäbe, die nicht Schickimicki wären. Bevor wir irgendetwas anderes tun, bevor wir irgendwo anders hingehen, müssen wir uns im Sekretariat der Schule anmelden. Alle Teilnehmer werden in Schlafsälen einquartiert. So läuft das, wenn Internate

Wettkämpfe ausrichten. Keine Hotels. Wenn wir Glück haben, schlafen wir in einem Gemeinschaftsraum auf Sofas. Falls nicht, kriegen wir einen Schlafsack auf dem Boden. Es ist vermutlich der am wenigsten luxuriöse Aspekt dieses Wochenendes. Alles andere an diesem Ort schreit nach ererbtem Wohlstand.

Während wir in der höhlenartigen gotischen Lobby der Gray School auf unseren Koffern sitzend warten, registriert uns Adwoa im Sekretariat. Ich kaue auf einem Stück Nagelhaut herum und bin gerade am Einnicken, als Nasir vorbeikommt.

»Alles fit im Schritt, ihr Olympier?«, ruft er – und haut sich dann unerklärlicherweise auf den Hintern. »Wie gefällt euch *Foggy Bottom*? Ein Stadtviertel Nebelarsch zu nennen ist krass, oder?«

Dass *bottom* in diesem Fall nicht Hinterteil bedeutet, sondern Senke, scheint er nicht mitgekriegt zu haben. Gerüchteweise geht Nasir nächstes Jahr nach Oxford. Ich hoffe, es stimmt. Ich kann es kaum erwarten, dass mich ein Ozean von diesem Typen trennt.

»So weit, so gut«, antwortet Jonah freundlich. »Wie war dein Flug?«

»Oh Mann, richtig übel, selbst in der *biz class*.« Nasir stöhnt. »Selbst das Essen war scheiße. Bröselige Cracker. Der Camembert eisig wie 'ne Hexentitte.« Als ich ihn verdutzt anschaue, erklärt er: »Camembert ist ein Käse. Er wird warm serviert.«

Ich nicke nervös. Wenn Nasir hier ist, kann Ari auch

nicht weit sein. Seit jenem Tag an der Annable vor der Bibliothek habe ich nicht mehr mit ihr gesprochen, aber immer noch Horror, was sie womöglich ausplaudert, was ich ihr anvertraut habe.

»Ist ja gut, Nas.« Wenn man vom Teufel spricht: Ari kommt, ein dickes Paket aus Karten und Fahrplänen und Wettkampfregeln jonglierend, aus dem Sekretariat der Gray School. Wir sind alle noch in Reiseklamotten; sie trägt ihre Annable-Uniform. Zieht sie das Ding jemals aus? »Wir treten gegen West Virginia Red an, und dann …«

»*Nett*«, unterbricht Nasir sie und hebt die geballte Faust in Siegerpose. »Landeier! Wird 'n Sonntagsspaziergang. Haben wir ein Scheiß-Glück, dass wir nicht als Erstes gegen Massachusetts antreten, oder?«

»Nasir, nein. Unterschätze die Konkurrenz nicht. Nie.«

Sie redet nicht weiter, sondern nickt Jonah und mir knapp zu, bevor sie wieder ihren Partner ansieht. »Und wenn wir schon dabei sind, lass uns irgendwo hingehen, wo es ruhiger ist, damit wir uns eine Strategie zurechtlegen können.«

»Warte mal kurz, Rodham. Ich betreibe hier gerade Kontaktpflege.« Er zieht sein Telefon heraus und sieht uns an. »Kommt ihr zwei zu dieser Party heute Abend? Oben in Georgetown?«

»Nasir, wir haben morgen *vier* Wettkampfrunden.« Ari findet es überhaupt nicht lustig. »Welchen Teil von ›North American Debate Association National Championship‹ kapierst du nicht?«

»Hey, ich weiß nur, dass ich heute Abend auf die Suche nach *chicas* gehen muss.« Sein Blick wandert wieder zu uns. »Und diese Jungs werden mit mir auf Abschlepptour gehen. Hab ich recht, Kumpels?«

Ich sollte ablehnen, oder? Ich sollte sein Angebot, *chicas* aufzureißen, ablehnen und mir eine ordentliche Mütze Schlaf gönnen für die morgigen Runden.

Aber etwas hält mich ab, hält das *Nein* in meinem Mund zurück. Eine Party in Georgetown, hat er gesagt. Wenn Nasirs Party mir dort Eintritt verschafft, dann …

»Klar«, stimme ich zu. »Klingt nach Spaß.«

»Warte.« Jonah dreht sich ungläubig zu mir. »Du willst ernsthaft zu dieser Party?«

Ich nicke. *Georgetown*, forme ich mit den Lippen, und glücklicherweise kapiert er es.

Er wendet sich zu Nasir. Er nickt. »Wir sind dabei«, sagt er. »Wir gehen mit dir Weiber aufreißen.«

»Hey – hast du nicht einen Freund, Jonah?« Ari blickt von dem Zeitplan auf, den sie eifrig markiert. »Ich dachte, ich hätte ihn auf deinem Insta-Account gesehen. Blonder Typ? Sieht wie ein Elf aus?«

»Oh nein.« Jonah ist sichtlich überrascht von Aris Aufklärungseinsatz. »Also, ja, er sieht wie ein Elf aus. Aber wir sind nicht mehr zusammen. Wir haben uns gerade getrennt.«

»Oh Jonah, du armes Schwein.« Nasir boxt Jonah mitleidig gegen die Schulter. »Hey, wir organisieren was zum Vögeln für dich.«

Jonah zuckt zusammen. »Ich bin nicht sicher, ob …«

»Nein, nein, nein – wir machen dir was klar.« Nasir spricht, als handle es sich um einen barmherzigen Dienst an der Öffentlichkeit. »Lass mich mal meine Freundin in Georgetown fragen, ob sie irgendwelche Typen kennt, die für dich infrage kommen könnten.«

»Ehrlich, Nasir, ich will nicht …«

»Und du bist, also, ausschließlich schwul, oder?«, erkundigt sich Nasir, während er auf seinem Handy herumtippt. »Nicht mal ein kleines bisschen bi? Du stehst hundert Prozent auf Schwanz?«

»Korrekt«, bestätigt Jonah, ohne zu lächeln. »Nur Typen.«

Ich gehe auf Distanz zu ihnen und mache dicht. *Hundert Prozent Schwanz; nur Typen* – damit bin ich raus, oder? Nicht dass ich es wollen würde. Nicht dass es irgendeine Rolle spielen würde. Zwischen Jonah und mir läuft nichts. Er hat mich bloß angefasst. Einmal. Mehr nicht. Ich steigere mich in was hinein. Der Teil mit »Schwanz« kam nicht mal von Jonah.

Aber er hat Nasir deswegen auch nicht zur Rede gestellt.

»Und was ist mit dir, Rotfuchs?« Nasir boxt mich in die Rippen. »Auf was stehst du? Mädchen? Jungs? Genderflüssig?«

Ich starre ihn verdattert an. »Gender … *flüssig*?«

»Lass meine Jungs in Frieden, Nasir«, sagt Adwoa, die mit den Begrüßungspaketen aus dem Sekretariat kommt.

»Alles gut!« Nasir hält abwehrend die Hände hoch. »Muss sowieso los.«

Er flitzt los, um einer anderen Gruppe Debater auf die Nerven zu gehen. Ari folgt ihm allerdings nicht. Sie schlendert davon und lehnt sich an eine Steinwand. Sie hält einen Papierstapel und überfliegt geschäftig den Zeitplan des Wettkampfes. Doch alle paar Sekunden scheint sie zu mir zu spähen. Selbst nachdem wir unser Gepäck von der Lobby in die Schlafsäle geschleppt haben, in denen wir übernachten werden, spüre ich ihren Blick noch.

Doch was immer sie aussheckt, mir bleibt nicht viel Zeit, Theorien darüber aufzustellen. Durch die grauen Gänge der Gray School schrillt eine Klingel. Über die Sprechanlage verkündet eine Stimme: *Erste Runde in dreißig Minuten*. Eine halbe Stunde, um uns das Gesicht zu waschen, uns umzuziehen und ein letztes Mal unsere Reden durchzugehen.

Wir stehen auf der Startlinie. Nun gibt es kein Zurück mehr.

Als ich *Texas Red* auf dem Ablaufplan sah, habe ich mich gefragt, was uns erwartet: reiche weiße Liberale aus Austin oder verwöhnte Söhne und Töchter des SXSW-Festivals? Oder reiche weiße Konservative aus Dallas, Nachkommen von seit Jahrzehnten eingesessenen Ölbaronen? Beim Betreten des Klassenraums bekomme ich meine Antwort: Zwei Jungen über eins achtzig in senfgelben Blazern, die ihre fleckige rosa Haut voll nach Rosacea aussehen lassen. Einer trägt einen Siegelring, der andere eine Krawattennadel. Sie sehen aus, als könnten sie unseren momentanen

Aufenthaltsort – Chemieraum 3 – kaufen und in ihren privatpersönlichen Country Club umwandeln. Reguläre Runden finden in normalen Klassenzimmern statt, in denen Tische als Podien dienen.

Wir nehmen unsere Plätze vor einem wahrhaft gigantischen Plasmafernseher ein. Weiß der Geier, was er im Chemielabor zu suchen hat. Ich sitze auf der einen Seite eines Mikroskops und Jonah auf der anderen. Da es an den Tisch geschweißt ist, kann sich keiner von uns damit davonmachen. Bei uns an der Johnson Tec teilt sich eine Klasse von dreißig Leuten ein einziges Mikroskop.

Mit einem Mal ist mir klarer, warum meine Chemienoten so unterirdisch sind.

Die Moderatorin unserer ersten Runde ist eine winzige Neuntklässlerin aus der Gray School mit einer schwarzen Lockenwolke Haare. Sie trägt Kniestrümpfe und einen Pullunder und macht nicht den Eindruck, als wäre sie in der Lage, dazwischenzugehen, wenn Texas Red und wir aneinandergeraten. »Guten Abend«, liest sie von einem jungfräulich weißen Blatt ab, »Debattierende, Juroren und geehrte Gäste.«

Die einzigen »geehrten Gäste« im Raum sind Adwoa und noch eine andere Frau, die vermutlich die Coachin der Texaner ist. Sie trägt ein pinkes Kostüm mit schwarzen Paspeln am Saum. Nur der Pillbox-Hut fehlt noch. Warum entscheidet sich eine Frau aus Dallas ausgerechnet für den Look, den Jackie trug, als ihr Mann bei einer Wagenkolonne erschossen wurde?

»Als Befürworter der heutigen Resolution debattiert«, fährt die Moderatorin fort, »das Team Washington State Blue, Jonah Cabrera und Finch Kelly.«

Wir nicken und wir lächeln; die Frau im Hintergrund kann ihre Geringschätzung nicht verbergen. Liegt es an unseren fehlenden Uniformen? Unseren Strubbelfrisuren? Der Tatsache, dass Jonah Asiate ist und ich trans? Also, nicht dass sie in der Lage wäre, mich einzuschätzen. Wenn sie je einen trans Menschen getroffen hat, falle ich auf der Stelle tot um.

»Die Gegenposition vertritt das Team Texas Red: Grantley Fairview und Remington Beveridge.«

Ich schlucke bloß ein lautes unhöfliches Lachen herunter. Meine Hände kramen nach einem Stift; sie schließen sich um den mehrfarbigen, den Lucy mir geschenkt hat. Ich habe ein schlechtes Gewissen und vermisse sie, als ich eine Notiz für Jonah kritzle: *Das können nicht ihre richtigen Namen sein.* Er wirft einen Blick auf den Notizblock, saugt die Wangen ein und holt tief Luft. Er hat große Mühe, nicht loszulachen, und setzt sein ganzes Wissen über Atemkontrolle aus dem Theaterclub ein.

Die texanische Coachin hingegen – sie durchschaut uns und durchbohrt uns mit Blicken, als wäre das hier ein Bath-&-Body-Works-Laden und Jonah und ich Verkäufer in Polyesterwesten und ihre Debater zwei dreidochtige Kerzen, die sie unbedingt mit einem abgelaufenen Rabattcoupon kaufen will. Als Jonah zum Lehrerpult geht, versucht er, sie mit einem freundlichen Lächeln für sich einzunehmen.

»Schönen guten Abend miteinander«, beginnt Jonah. »Heute werden wir die Rechte von transidenten und nichtbinären Schüler:innen diskutieren, die ...«

»Zu diesem Punkt, Sir«, unterbricht ihn Grantley – oder Remington, ich kann mich nicht erinnern –, springt auf und fuchtelt mit dem Arm.

Tja, jeder halbwegs fitte Debater weiß, dass man seine Fragen zurückhält. Auf der Lauer liegt bis zur Mitte der Rede und dann zuschlägt. Man will seine Fragen zum richtigen Zeitpunkt stellen und den Redefluss der anderen Person unterbrechen. Unter keinen Umständen springt man in den ersten fünf Sekunden auf, um ein »Zu diesem Punkt, Sir!« auszuspucken. Jedenfalls nicht, wenn man gewinnen will.

»Ja, Sir?«, fragt Jonah, noch immer lächelnd. Von seiner Seite ist das ein kluger Schachzug: Eine derart frühe Frage kann keine gute sein. »Sie hatten eine Frage?«

»Sir, sind Sie nicht der Meinung, dass wir, wenn wir heute ein produktives Gespräch führen wollen, uns einig sein sollten, dass« – herrje, Brantington, komm auf den Punkt – »dieses ganze Konzept von ›nicht-binär‹ allem Anschein nach nicht haltbar ist? Also vom biologischen Standpunkt aus?«

Jonah atmet aus. »Madam Speaker, mein Kollege befindet sich im Irrtum«, erwidert er mit seiner allerhöflichsten Stimme, seiner makellosesten, reinsten Grandma-hört-zu-Ausdrucksweise. »Zahlreiche Biolog:innen haben unwiderlegbar bewiesen, dass die Menschheit keine eindeutig sexuell dimorphe Spezies ist. Jedes Jahr werden Hunderttausende von intersexuellen Babys geboren, die sowohl ›männliche‹ als auch ›weibliche‹ Sexualmerkmale aufweisen und …«

»Zu diesem Punkt, Sir!«

Der andere – Rentleyton oder was weiß ich – springt auf. Jonah hört zu reden auf und nickt. So nach dem Motto *Ja, nur zu, schaufel dir gern ein noch tieferes Grab.*

»Wir räumen ein, dass eine sehr geringe Anzahl Babys tatsächlich so auf die Welt kommt«, sagt der Texaner. »Aber was ist mit Menschen, die als Jungen geboren werden, oder als Mädchen, aber das aus einer Laune heraus einfach abstreiten?« Er legt eine Pause ein und lacht affektiert. »Ich meine, sind Ihnen irgendwelche *ernst zu nehmenden* Biologen bekannt, die diese sogenannten ›speziellen Schneeflöckchen‹ unterstützen?«

Bei ›Schneeflöckchen‹ dreht sich Jonah kaum wahrnehmbar zu mir und grinst wie ein Hai.

Oh ja. Diese Runde haben wir gewonnen.

Nachdem wir den Raum verlassen haben, warten wir eine Anstandsminute, bis Ridgeview und Fremley außer Hörweite sind. Aber dann schauen wir uns an und unsere Gesichter verziehen sich zu einem breiten fröhlichen Grinsen. Ich hebe die Hand für ein High Five, doch Jonah hat andere Pläne. Er schlingt mir die Arme um die Schultern und klemmt meinen Arm zwischen seinem Oberkörper und meinem ein. Als ich mich von ihm löse, spüre ich, wie mein Gesicht rot und warm wird.

»Also«, sage ich und hoffe, dass ich nicht allzu rot bin, »das war ...«

»Die einfachste Runde, die wir dieses Wochenende haben werden«, beendet er den Satz für mich.

»Werdet bloß nicht selbstgefällig!«, mahnt Adwoa und schiebt uns sanft den Gang hinunter. »Ihr müsst liefern! Jedes! Einzelne! Mal! Selbst gegen solche Dodos!«

»Total richtig«, sagt Jonah. »Es ist nicht wichtig, wie viele Runden wir gewinnen. Wenn unsere Punktzahl nicht hoch genug ist, sind wir nicht die Höchstplatzierten.«

»Klar.« Ich will ihm gerade ein kurzes Feedback zu seiner Rede geben – fast perfekt, außer dass er Foster-Sterling statt Fausto-Sterling gesagt hat –, als mein Handy in der Hosentasche vibriert.

Mein erster Gedanke? Bestimmt Lucy, die einen digitalen Olivenzweig schickt. Ich warte darauf – weil ich ein schlechtes Gewissen habe und mich entschuldigen, aber nicht den ersten Schritt machen möchte. Falls sie sich weigern sollte, mit mir zu reden. Ich greife in meine Hosentasche und suche ihren Namen auf dem Display.

Stattdessen sehe ich ein weißes Banner. Zwei Zeilen:

*Georgetown University – Edmund A. Walsh School of Foreign Service*

*Betreff: Ihr Zulassungsstatus*

Oh. Mein. Gott.

Das ist er. Der Moment, auf den ich seit Monaten gewartet habe. Jahre. Eigentlich mein ganzes Leben. Ich will diese E-Mail öffnen und das Ende des langen, freudlosen

Fegefeuers meiner aufgeschobenen Bewerbung sehen. Ich werde wissen, wo ich stehe. *Endlich.*

»Alles in Ordnung?« Jonah späht zu mir herüber und runzelt besorgt die Stirn. »Du zitterst ja richtig.«

»Ja, ja, ja. Alles super.« Ich falle hinter ihn und Adwoa zurück und aus dem Strom auf dem Gang. »Wartet mal. Ich habe gerade ... Ich muss mir das kurz anschauen ...«

Jonah hatte recht: Ich zittere tatsächlich, als ich den Passcode eintippe, wackelt das Handy in meinen Händen. Ein, zwei, drei Nanosekunden vergehen.

Und dann lädt sich der Bescheid hoch.

*Georgetown University*
*Edmund A. Walsh School of Foreign Service*
*Zulassungsstelle*

*Finch Kelly*
*9230 Dibble Ave NW*
*Olympia, WA, USA*
*98508*

*Sehr geehrte Ms Kelly,*
*das Zulassungskomitee hat die Prüfung der Bewerber für das nächste Semester abgeschlossen. Nach einer äußerst sorgfältigen Prüfung Ihrer Bewerbung muss ich Ihnen bedauerlicherweise mitteilen, dass es uns nicht möglich ist, Ihnen einen Platz an der Edmund A. Walsh School of*

Das kann nicht sein. Das hier ist ein Irrtum. Ganz sicher. Der Brief ist an Ms Kelly adressiert – und habe ich nicht extra gleich in der allerersten Zeile meines Bewerbungsessays geschrieben, dass ich, ganz gleich, was meine Geschlechtsangabe sagt, ein Junge bin? Da haben wir es: ein Irrtum. Ich werde jede Minute die Zusage bekommen, adressiert an *Mr* Kelly.

Aber selbst wenn dieser Brief kein Irrtum ist – selbst wenn ich abgelehnt wurde –, ist das eigentlich auch nicht so tragisch, oder? Ich trete gerade bei den Nationals an! Wenn alles gut läuft, werde ich Sonntag ein nationaler Debattier-Champion sein! Wie könnte mich Georgetown da ablehnen? Ich werde gegen ihre Entscheidung Widerspruch einlegen; sie werden ihre Absage zurücknehmen. Es wird ihnen gar nichts anderes übrig bleiben. Ich mag hier am seidenen Faden hängen; sei's drum. Ich werde mich so lange daran festhalten, bis die letzte Faser zerschlissen ist.

»Finch?« Jonahs Hand. Meine Schulter. Seine Hände scheinen den Weg zu meinen Schultern zurzeit häufig zu finden. »Ganz sicher, dass alles okay ist?«

Ich schiebe mein Telefon in die Hosentasche zurück und antworte mit einer Mischung aus Nicken und Schulterzucken. »Alles gut«, erkläre ich ihm, obwohl ich kaum genug Luft bekomme, um die Worte auszusprechen.

»Wir haben einen super Job in dieser ersten Runde gemacht, okay?« Seine Stimme ist leise, sanft, beruhigend; er hat mir mein wimmerndes *Alles gut* eindeutig nicht abgekauft. »Und jetzt gehen wir in die zweite Runde und ziehen die genauso mega durch.«

Ich bringe ein weiteres Nicken zustande, ein bewussteres. Und dann folge ich ihm in den Speisesaal der Gray School, um zu erfahren, gegen wen wir in der zweiten Runde antreten. Ich weiß, dass er sein Bestes tut, um mich zu beruhigen. Jetzt ist absolut nicht der Zeitpunkt für Panik. In einer Viertelstunde werden wir *kontra* Transrechte argumentieren, nicht pro.

So läuft es immer. Hat man in der ersten Runde *pro* argumentiert, ist es in der zweiten *kontra*. Morgen absolvieren wir vier Runden: zweimal pro, zweimal kontra. Samstagmorgen werden die beiden Teams mit der höchsten Punktzahl aus diesen sechs Runden zum Finale gegeneinander antreten. Wer wird triumphieren? Wird es Minnesota Red sein? Nevada Blue? Irgendwelche anderen, nach dem Zufallsprinzip Red oder Blue benannten Teams, die sich in ihrem Bundesstaat qualifiziert haben? Ab jetzt sind es bis zum Finale weniger als achtundvierzig Stunden. Es erscheint mir wie eine Ewigkeit.

Während unserer zweiten Runde habe ich die ganze Zeit das Gefühl, durch dicken dunklen Schlamm zu schwimmen. Wir debattieren mit Florida Blue, zwei kubanisch-amerikanischen Kids von einer katholischen Schule in Miami. Sie sind besser – um Lichtjahre besser – als das texanische Team. Und sie sind im Vorteil: Sie brauchen nicht hinter einem Podium zu stehen und gegen ihr Recht zu argumentieren, eine Toilette zu benutzen.

Für maximale Gewinnfähigkeit haben wir unsere Oppositionsargumentation auf ein sanftes Zugeständnis aufgebaut: Trans Schüler:innen sollen nicht die Toilette benutzen, die ihrem sozialen Geschlecht entspricht, sondern eine separate Unisex-Kabine. Um transidente Jugendliche vor Übergriffen zu schützen, alles klar? Damit sie sicher sind.

Der einzige Ort, an dem ich mich je sicher gefühlt habe, ist allerdings hinter dem Podium. Hier habe ich zum ersten Mal gelernt, mich zu verteidigen, den Kopf hoch zu tragen und zu erklären, dass es sich lohnt, mir zuzuhören.

Warum setze ich dann diese Kompetenzen ein, um mich niederzumachen?

Am Ende vernichten wir Florida Blue, aber es ist ein freudloser Sieg. Auf dem Weg zum Schlafsaal überrollt mich eine Welle von Scham. Vielleicht ist er eine kosmische Strafe, dieser Ablehnungsbrief. Weil ich die Trans-Community verraten habe.

Weil ich *mich selbst* verraten habe.

»Okay, Finch, was ist los?« Jonah streckt die Hand nach mir aus und reibt meine Schulter. »Seit wir diese erste Runde gewonnen haben, schleppst du dich nur noch durch die Gegend.«

»Ich bin bloß müde«, nuschle ich. »Habe nicht viel Schlaf bekommen letzte Nacht. Und es war ein langer, langer Tag.«

»Bist du sicher, dass es nicht noch etwas anderes ist?«, fragt er. »Keine miesen Gefühle, wie die Runde gelaufen ist?«

»Sie lief super«, erkläre ich ihm rundheraus. »Du warst

super. Und jetzt lass uns in den Schlafsaal zurückgehen und schlafen.«

Ich gehe mit großen Schritten über den Hof. Jonah muss einen Zahn zulegen, um hinterherzukommen.

»Aber du wolltest zu dieser Party!« Er geht noch schneller und stellt sich vor mich – diese langen, langen Beine. »Du warst doch so aufgeregt, Georgetown zu sehen!«

Das Wort ist ein Messer in den Magen.

Ich dränge mich an Jonah vorbei. »Jetzt will ich aber nicht mehr. Ich bin zu müde.«

»Weißt du was, Finch? Ich kenne dich. Und das hier?« Er deutet mit einer Handbewegung von meinem gähnenden Kopf zu meinen schlurfenden Füßen. »Das ist nicht ›Ich bin müde‹. Sondern ›Ich bin gestresst‹. Ein bisschen frische Luft und ein Blick auf deine Traum-Uni werden dir helfen runterzukommen. Auf jeden Fall mehr, als in deinem Schlafsack zu liegen und dich mit *InfoWars* hochzupeitschen.«

Er hat recht. Genau das hatte ich vorgehabt: mir das Gesicht zu waschen, die Zähne zu putzen und »abzuschalten«, indem ich den Blödsinn lese, den die Waffenverrückte, die sich eingeschissen hat, heute auf Twitter abgelassen hat.

Doch irgendwo tief in meinem Inneren schreit eine Stimme: *Pfeif drauf! Ich wurde gerade von Georgetown abgelehnt! Ich verbringe das ganze Wochenende damit, irgendwelche radikalfeministischen Thesen nachzuplappern, die behaupten, trans Frauen seien keine richtigen Frauen! Es ist alles völlig bedeutungslos! Lass uns auf eine Party gehen! Lass uns einmal im Leben böse sein! Lass uns endlich rausfinden, wie Alkohol schmeckt!*

Ich merke schon, wie die rationale Sheriff-Seite meines Hirns losprintet, um diesen Outlaw einzuholen. Sie wiederholt Alateen-Slogans. Sie schwafelt über Schlaf, Ernährung, persönliche Verantwortung. Sie erklärt mir, dass ich immer noch eine Chance habe, Georgetown davon zu überzeugen, dass ich würdig bin. Allerdings nur, wenn ich die Nationals gewinne. Und dass ich besser etwas Schlaf abkriegen sollte heute Nacht, wenn ich das schaffen will.

Doch der Outlaw duckt sich vor dem Sheriff weg und gegen besseres Wissen öffne ich während dieses inneren Schusswechsels den Mund. Ich sage: »Ja, warum nicht?«

Nasir ist ein Lügner. Die Party findet nicht »an der Georgetown« statt. Weder orts- noch stilmäßig. Sondern in einem Haus, das Georgetown-Student:innen angemietet haben. Google Maps informiert mich, dass es zum Campus ein strammer halbstündiger Fußweg ist. Es wird keinen tröstlichen Spaziergang mit angehaltener Luft durch den Innenhof geben. Nicht heute Abend.

Stattdessen werde ich den Abend in einem Reihenhaus verbringen, dessen Bewohner es wie eine öffentliche Toilette benutzen – bierklebrige Böden, penetranter Qualm, schief sitzende Schottenkaro-Uniformen. Auf einer niedrigen Bank im Eingangsbereich sitzt die Hälfte von Louisiana Red auf dem Schoß von Michigan Blue. Ich sehe Jonah an.

»Was?«, frage ich ihn. »Wollen wir hier?«

Ohne mir eine Antwort zu geben, zieht er mich sanft am Handgelenk in die Küche. Wir kommen an Dutzenden verschwitzten Körpern vorbei, doch mir ist nur seiner wichtig. Er schiebt mich zu einem Küchentresen mit Bier und Wein und einem mickrigen Sixpack Cola. Vielleicht ist nachher die Zeit für harten Alkohol. Im Moment ist mir eher nach etwas Sanftem zumute. Ich nehme mir eine Dose aus der Sechs-Ring-Verpackung und hoffe, dass Jonah es mir verzeihen wird.

Noch ein paar Schritte, und wir sind im Wohnzimmer, wo Leute, die ich nicht kenne, zu einem Popsong tanzen, den ich nicht kenne. Ich trinke einen Schluck lauwarmes Coke. Übles Gebräu.

»Das schmeckt ekelhaft«, erkläre ich Jonah. Als Antwort reicht er mir sein Bier, und – ach, was soll's? – ich trinke einen Schluck. Ich verziehe das Gesicht. »Das schmeckt ekelhaft.«

Es liegt eine gewisse Erleichterung in dieser überraschenden Entdeckung. Ich kann mir beim besten Willen nicht vorstellen, dass ich je von diesem Zeug abhängig werde. Es schmeckt wie Abwasser. Vielleicht habe ich gerade mit nur einem Schluck einen generationenübergreifenden Fluch gebrochen. Los, Finch!

»Wir lassen dich erst mal mit Alkopops üben«, schlägt Jonah vor, als ich ihm die halb leere Flasche zurückgebe. »Mit Alkohol, der überhaupt nicht wie Alkohol schmeckt.«

»Vergiss es«, erwidere ich mit neu gewonnenem Enthusiasmus für die Abstinenzbewegung. »Alkohol ist ein erstklassiges Karzinogen.«

»Sagt wer?«

»Sagt die Weltgesundheitsorganisation.«

»Echt?«

»Ja. Genauso krebserregend wie Zigaretten.« Ich hebe die Hände: In diesem überfüllten Raum kippen sich alle flüssigen Krebs rein. »Und weil die Getränkeindustrie mit allen Mitteln dafür kämpft, dass die Öffentlichkeit darüber im Dunkeln gelassen wird, schert sich keiner darum. Es ist ein Skandal. Ein nationaler Skandal.«

Jonah reagiert nicht auf meine exzellenten Argumente. Er mustert mich mit hochgezogenen Augenbrauen, als wäre ich ein fieberndes Kind. »Alles gut mit dir?«, fragt er. »Du wirkst extrem nervös heute Abend. Noch mehr als sonst.«

»Ich bin immer nervös.« Noch ein Schluck lauwarmes Coke. »Ich brauche keinen Grund, um nervös zu sein.«

»Ist es der Wettkampf?«, erkundigt er sich. »Ist das der Grund?«

»Nein, es ist bloß, ich habe einen Brief bekommen von …« Ich fange mich gerade noch, bevor ich »*Georgetown*« sage. »… Nein. Entschuldigung. Ich bin nervös, weil das hier eine blöde Idee war. Wir haben morgen vier Runden vor uns und feiern gerade Gelage.«

»Gelage«, wiederholt er lachend. »Oh, Finch.« Er legt mir eine Hand um die Schulter und zieht mich unter seine warmen verschwitzten Fittiche. »Mach dir nicht so viele

Sorgen. Wir packen das schon. Schließlich haben wir uns den Arsch aufgerissen. Und bisher haben wir erst eine Runde in unserem ganzen Leben verloren.«

»Bloß die eine«, murmle ich, meine Worte verlieren sich im weichen Stoff seines Sweatshirts. »Bloß das Finale des Bundesstaates.«

»Aber wir haben es *trotzdem* zu den Nationals geschafft«, bekräftigt er. »Wir sind in Washington, D. C., Baby!« Er hebt die Hände und deutet auf den verdreckten Raum. Bierpfützen. Grasgeruch. Leute, die auf abgeranzten Möbeln rumficken. So hatte ich D. C. nicht sehen wollen. Oh mein Gott, warum bin ich zu dieser Party gegangen? Was habe ich mir davon erwartet? Warum, warum, warum habe ich nicht auf den Outlaw in meinem Kopf gehört?

»Ich muss hier weg.« Ich springe auf die Füße. »Sofort.«

Jonah trinkt ganz ruhig einen Schluck Bier. »Und wie kommst du nach Hause?«

»Mit der Metro«, antworte ich.

»Mitten in der Nacht?«

»Wann sonst?«

»Ganz allein?«

»Ich kann einfach nicht hier sein, okay?« Ich lasse meine Coke stehen und sehe mich nach einer Tür um. »Wenn ich nicht zurückgehe und ein bisschen Schlaf kriege, werde ich die Runden morgen genauso verkacken, wie ich in letzter Zeit alles verkackt habe.«

»Hey. Nein.« Jonahs Hand drückt meine Seite, nur einen kurzen Moment lang – dieselbe Stelle, die er schon einmal gefunden hat, an dem Abend bei ihm zu Hause. Ich bleibe stehen. »Geh nicht. Wir werden uns diesen Abend schön machen.«

Und dann geht er davon und ich stehe allein im Raum. Die Party fließt um mich herum. Ich bin kein Teil davon – eher ein Hindernis, ein Fels in einem Fluss, der die Strömung teilt.

Jonah geht auf den DJ zu – also den Typen mit dem Laptop und den Kopfhörern. Sie stecken die Köpfe zusammen und reden kurz.

Dann bummert ein Beat aus den Boxen. Tief, aber laut, ein pulsierendes Trommeln. Jonah tanzt zu mir zurück und singt mit der seidigen Stimme mit, die aus den Lautsprechern kommt. »Was ist das für ein Song?«, frage ich ihn, und er singt: »*Don't worry 'bout it.*«

Er nimmt meine Hand. Nimmt sie, hält sie, schiebt seine Finger zwischen meine. Und da ist wieder seine andere Hand, auf dieser Stelle an meiner Hüfte, und … was macht er da? Führt er … mich etwa? Als wären wir in einem Ballsaal statt einer Bruchbude, die nicht mal als Verbindungshaus durchgeht? Als wäre das Beethoven und nicht die Stimme von irgendjemand, der mantramäßig *don't worry 'bout it* wiederholt?

Ich bin nicht darauf gefasst, dass der Beat explodiert, dass der Raum plötzlich voller Licht und Farbe ist, dass Jonah mich von sich wegdreht, dann wieder zu sich zurück, seine Hand die ganze Zeit fest in meiner.

Dann lässt er los.

Und ich lasse los.
Ich will nicht, dass der Song aufhört, aber das tun Songs nun mal.

Nach einem Boxenstopp in der Küche, um kaltes Wasser zu trinken, gehen wir auf den leeren Balkon hinaus und atmen zum ersten Mal seit einer Ewigkeit frische Luft. Es ist heiß auf dem Balkon – zu heiß für März nach den Maßstäben des Pazifischen Nordwestens, aber das hier ist eine ganz neue Art Washington.

Ungefähr fünf Sekunden zu spät fällt mir ein, dass es eine ausgesprochen blöde Idee ist, mich auf die Liege fallen zu lassen. Beim Griff nach der erstbesten zusammengeknüllten Decke stelle ich fest – doppelt blöd. Wie viele Körperflüssigkeiten haben diese Gegenstände in ihrer langen Karriere als Einrichtung schon aufgesaugt? Wie viele übertragbare Krankheiten fange ich mir durch bloßes Hier-Sitzen ein? Ich würde am liebsten aufspringen und mich mit Handdesinfektionsmittel übergießen, aber ich kann mich nicht rühren, ohne Jonah zu stören. Er sitzt auf dem Betonboden, sein Kopf liegt auf meinem Oberschenkel. Die Decke dient ihm als eine Art Kissen.

*Sein Kopf liegt in meinem Schoß*, denke ich und schaudere.

Zum ersten Mal in meinem Leben bin ich dankbar, dass ich keinen Penis habe.

»Fühlst du dich ein bisschen besser?«, fragt er mich.

Ohne den Kopf zu heben, sich umzudrehen oder mich

anzusehen. Braucht er auch nicht wirklich. Wir sind allein hier draußen in der stillen Dunkelheit. Er ist so nah, dass er vermutlich meinen Puls unter meiner Haut rasen hört.

»Ich fühle mich, als hätte ich einen Koffer geschleppt.« Ich spüre meine Schultern nach unten sacken. Ein Knoten in mir löst sich. »Einen richtig schweren Koffer. Und ich konnte ihn eine Minute lang abstellen.«

»Das ist gut«, sagt er. Er streckt den Arm nach oben, findet meine Hand in dem Deckenwirrwarr und drückt sie. »Das freut mich.«

»Aber ich muss ihn bald wieder nehmen«, erkläre ich ihm und drücke meine Finger in seine Handfläche. »Und ihn weiterschleppen.«

»Ich weiß, was du meinst«, seufzt er. »Ich warte drauf, dass sich Bailey endlich aus meinem Kopf verpisst. Aber ich glaube, er ist schon unterwegs, ich denke immer weniger an ihn.«

»Das ist gut«, sage ich. »Das freut mich.«

Er hat mitgekriegt, dass ich ihn nachgeäfft habe: *Das ist gut, das freut mich.* Er legt den Kopf schief und lächelt mich breit an. »Dass ich mit dir hier bin, hilft dabei«, sagt er. »Du bist eine gute Ablenkung.«

Ich greife nach unten, um die Decke höherzuziehen, aber meine Hand streift seinen Kopf. Sie ist zufällig, diese Bewegung. Vor einer Woche hätte ich mich noch dafür entschuldigt. Doch jetzt hält mich etwas zurück. Vielleicht ist es dieser eine Schluck Bier in meinem System. Vielleicht ist es der neu entdeckte Outlaw in meinem Kopf. Etwas treibt mich, meine Hand zu lassen, wo sie ist. Seine weichen blauschwarzen Haare zu streicheln. Falls er mich fragt, warum ich das tue, werde ich ihm erklären, dass ich betrunken sei, und er wird mir glauben.

»Vielleicht wird es lange dauern.« Meine Finger streicheln über ein Ohrläppchen. »Du hast ihn sehr geliebt.«

»Da bin ich ehrlich gesagt nicht mehr so sicher. Ich weiß nicht, ob ich ihn tatsächlich geliebt habe.«

Meine Hand bleibt reglos in seinen Haaren liegen. Mit meiner allerleisesten Stimme presse ich genau ein Wort heraus. »Wie?«

»Ich dachte, ich würde ihn lieben. Irgendwann. Aber in diesen letzten Wochen, mit dem ganzen Streit wegen des Musicals und dass ich zu viel Angst hatte, ihm von der UW zu erzählen, weil ich wusste, dass er mich bei sich in New York haben wollte ...« Als er ausatmet, klingt es, als löste sich ein Gewicht von seiner Brust. »Vielleicht habe ich es bloß Liebe genannt. Vielleicht war es aber etwas anderes.«

Ich versuche, meine Stimme ruhig und neutral zu halten. »Macht Sinn.«

»Es ist weniger das Gefühl, jemanden verloren zu haben, den ich geliebt habe, sondern eher, dass ich einen Teil von mir selbst verloren habe.« Er sieht zu mir hoch. »Weißt du, ich hatte nicht besonders viele Freunde, bevor ich mit Bailey zusammenkam. Ich war dieser verklemmte, verschlossene asiatische Junge, der ununterbrochen über die Rettung der Wale schwafelte.« Er macht eine Pause; ein

trauriges Lachen. »Wenn mich in der Schule Leute mögen, dann vermutlich, weil sie mich mit Bailey mochten.«
»Ich mochte dich vor Bailey«, erkläre ich ihm. Sofort. Ehrlich. »In der Neunten, als du noch wegen deiner Zahnspange gelispelt hast. Du hast mich bei unserer ersten Einladung nach Walla Walla mit einem Drehbleistift schreiben sehen und mir einen Vortrag über Plastik in den Ozeanen gehalten. Dann hast du mir einen Stift aus recyceltem Zeitungspapier gegeben und gesagt ›*Nimm bezzer den*‹.«
»*So* schlimm war mein Lispeln nie.«
»Oh doch. Aber es war süß, dein Lispeln. Ich mochte es.«
»Danke«, sagt er, »dass du ein Tag-eins-Freund bist.«
Mit einem Mal bin ich wach. Absolut hellwach. Ich beuge mich vor, um meine Wange auf seinen Scheitel zu legen. Ich muss ihm näher sein. Eigentlich sollte es mich nicht schockieren, dass Jonah Bailey nie wirklich geliebt hat. Aber es setzt etwas in mir in Bewegung, katapultiert mich an einen Punkt, von dem es kein Zurück mehr gibt, irgendeinen Felsvorsprung. Ich will nicht hinunterstürzen, mich fallen lassen wie ein Falke. Aber ich kann nicht anhalten.
»Ich weiß, was du meinst«, erkläre ich ihm. »Dass du das Gefühl hast, einen wichtigen Teil von dir zu verlieren. Und denkst, dass alle dich mit anderen Augen betrachten werden.«
»Was willst du damit sagen?«
»Ich meine, äh …« Es ist so schwer auszusprechen. Selbst hier. Selbst ihm gegenüber. Ich lache ein völlig freud-

loses Lachen. »Wie viele Finches braucht man, um von der Georgetown abgelehnt zu werden?«

»Oh, Finch.« Er dreht den Kopf und meine Hände rutschen ab. »*Nein*.«

Ich kann nicht weinen; habe seit Ewigkeiten nicht mehr geweint. Aber ich spüre mein Gesicht heiß werden, spüre den Druck, der sich hinter meinen Augen aufbaut. Jonah scheint es auch zu spüren, denn er streckt die Hände nach meinen Schläfen aus, als wollte er eventuell herunterrollende Tränen abwischen.

Erst als seine Finger über die Rundung meiner Wange fahren, erst als sein Gesicht sehr nah ist, zu nah, wird mir bewusst, dass das hier womöglich nicht als Trost gemeint ist.

Es könnte ein Kuss sein.

»Finch?«

Die Schiebetür knallt gegen den Plastikrahmen. Jonah schnellt weg von mir und rollt sich über den Balkon. Derart geschmeidig, dass es wie choreografiert aussieht. Ich zucke zurück und ziehe die Decke bis zum Kinn. Da ist ein Fleck: das Erbrochene von irgendjemand, leuchtend grün. Ich schleudere sie weg.

Ari steht schwankend in der Türöffnung, nach wie vor in der gottverdammten Uniform, einen roten Plastikbecher in der Hand. Einen langen schrecklichen Moment lang habe ich Angst, dass sie sich über uns lustig machen wird. Doch dann gähnt sie – laut, breit, derb. Erleichtert stelle ich fest, dass sie viel zu betrunken ist, um unseren Fast-Kuss bemerkt zu haben.

»Finch, hey«, lallt sie. »Muss mit dir reden.«

Meine Stimme ist ein raues ängstliches Zwitschern. »Reden worüber?«

Sie stöhnt angestrengt. »Die Sache, über die wir geredet haben. Als ihr bei mir an der Schule wart.«

*Diese Sache.* Dass ich trans bin. Ich will nicht, dass mein Geheimnis aus ihrem betrunkenen Mund herauspurzelt. Nicht jetzt. Nicht mitten in dieser wuseligen Party, wo es sich wie ein Lauffeuer verbreiten würde.

»Ari« – meine Stimme ist ernst, eine Warnung an sie – »wir bringen dich nach Hause, okay? Bevor du irgendetwas tust, das du später …«

Sie torkelt auf mich zu und lässt sich in meinen Schoß fallen – genau auf die Stelle, wo vor einer Sekunde noch Jonahs Kopf lag. Auf der anderen Seite des Balkons, halb verdeckt von einer Topfpflanze, zwinkert mir Jonah zu, ebenso verunsichert wie ich.

»Wann hast du …« Sie hat Schluckauf. »Wann wusstest du, das du …«

»Komm, Ari.« Ich versuche, ihr auf- und aus meinem Schoß zu helfen, aber es gelingt mir nicht. Habe ich schon erwähnt, dass sie doppelt so groß ist wie ich? »Du bist gerade viel zu betrunken. Lass uns in die Schule zurückfahren, okay? Wir können zusammen gehen.«

»Ich habe mir nämlich Gedanken gemacht«, sagt sie, ohne sich von meinen Schenkeln zu rühren. »Ich habe seit unserem Gespräch darüber nachgedacht, und ich glaube, dass ich vielleicht … weißt du, dass ich vielleicht ein … ein *du* bin.«

Habe ich sie richtig gehört? Wie betrunken ist sie? Sie schwankt und droht herunterzufallen; ich halte sie fest. »Was meinst du damit?« Ich beuge mich vor und wiederhole es langsam. »Du bist vielleicht wie ich?«

Im schwachen Licht sehe ich ihre Augen leuchten: Vielleicht ist es Aufregung; wohl eher Angst. »Ja«, sagt sie und steht schwankend auf. »Vielleicht ... Vielleicht bin ich wie ...«

Und dann dreht sie sich um, reißt den Mund auf und zielt auf die Topfpflanze.

Sie verfehlt sie. Und ertränkt Jonah in einer toxischen Brühe aus Grey Goose und Red Bull – so viele Farben, so viele Tiere.

Er reagiert wie der geborene Gentleman und erklärt ihr, dass wir sie nach Hause bringen werden; über ihre Schulter hinweg bittet er mich, uns ein Taxi zu rufen. Wir fahren schweigend zur Gray School zurück: ich links, mit der schnarchenden Ari auf der Schulter, Jonah, noch immer kotzegetränkt, rechts. Die Frau auf dem Fahrersitz stößt Verwünschungen in seine Richtung aus.

Der letzte Gedanke, an den ich mich erinnere, bevor mein Kopf gegen die staubige Scheibe des Taxis kippt – war nicht *Wollte Jonah mich tatsächlich küssen?*. Auch nicht *Was meinte Ari mit ›Vielleicht bin ich ein du?‹*. Nein, mein allerletzter Gedanke war: *Krass, eine Frau, die Taxi fährt.*

# KAPITEL 13

Als Ari beim Frühstück am nächsten Morgen nirgends zu sehen ist – bin ich erleichtert. Noch nie war ich so dankbar dafür, am äußersten Ende eines langen Tisches im Speisesaal festzuhängen. Ich nicke und nuschle mich mit *hm mmh* durch das Gespräch und bin froh, dass die anderen denken, ich würde mich daran beteiligen.

Außerdem bin ich dankbar für das fade Essen, das uns vorgesetzt wird. Mein Magen ist von dem Fingerhut Bier gestern Abend noch immer in Aufruhr. Ich schmiere lauwarmen Cream Cheese auf einen ungetoasteten Bagel ohne irgendwas. Auf der anderen Seite des Tisches arbeitet sich Jonah durch einen Teller mit French Toast und Speck und Eiern. Er isst seine Gefühle; ich hungere meine aus.

'Die Jugendlichen an unserem Tisch schwenken auf Klatsch über die diesjährigen Spitzenkandidat:innen um. Die Mädchen von Connecticut Blue scheinen eine ernst zu nehmende Größe zu sein. Genau wie die Jungen von Massachusetts Red – die seltsamerweise von einer Tennis-Akademie kommen. Ich verdrehe mir gerade den Hals, um mehr zu hören, als Jonah mich am Handgelenk berührt.

»Hey«, sagt er mit leiser Stimme, nur für uns. »Sollen wir darüber reden? Was letzte Nacht passiert ist?«

Ich lasse meinen Bagel auf dem Teller liegen. Ich hatte schon vorher keinen Hunger; jetzt bin ich kurz davor loszureihern. Was tut Jonah da? Nicht nur, dass er »letzte Nacht« erwähnt, er spricht es sogar am Frühstückstisch an, wo ringsum Leute sitzen. Das Team aus Alaska kann uns hören, verdammt. Die Alaskaner!

Ich schlucke Luft und schüttle den Kopf. »Alles gut«, erkläre ich ihm. »Es gibt nichts, worüber wir reden müssten.«

»In Ordnung.« Er atmet aus; enttäuscht oder erleichtert? Keine Ahnung. »Und du fühlst dich nicht zu verkatert heute morgen?«

Erleichterung also; er ist erleichtert. Was gestern Abend passiert ist, war ein Zufall: Jonah hat aus Liebeskummer nach dem erstbesten warmen Körper gegriffen; und ich habe nach der Absage von Georgetown verzweifelt nach Akzeptanz gesucht.

»Ich habe ungefähr einen Schluck Bier getrunken.« Ich schwenke den Orangensaft in meinem Becher und bete, dass er meinen Blutzucker hochtreibt. »Trotzdem, als ich heute morgen aufgewacht bin, konnte ich nur denken ›Jetzt weiß ich, wie Trotzki sich gefühlt hat, als Mercader mit dem Eispickel aufkreuzte‹.«

Nasir, der ein paar Plätze weiter sitzt, brüllt vor Lachen. »Oh Mann, ihr habt es echt mit dieser Sowjet-Scheiße!«

»Keine Angst«, sagt Jonah. »Die Tage unseres Kalten Krieges sind vorbei.«

»Bist du sicher?«, fragt Nasir. »Ich habe nämlich noch einen Rest Stolichnaya-Wodka, falls du einen Morgentrunk für den Kater brauchst.« Er zieht aus den Tiefen seines mit kleinen Gs gemusterten Designerrucksacks eine umweltfreundliche Aluminium-Wasserflasche heraus, die genau wie Jonahs aussieht. Das Silber ist mit grünen Blättern und blauen Wellen verziert. »Liebe diese Dinger«, sagt er und tippt auf das Metall. »Genial. Kann man nicht hindurchsehen. Und die Lehrer wissen nicht, ob du Wasser oder Weißwein trinkst.«

»Nein danke«, lehnt Jonah ab und wirft seine Serviette auf den nun leeren Teller. »Ich versuche, diesen Kater auf die gute, altmodische Methode auszukurieren.«

Ich würde Nasir und Jonah ja wieder einen Vortrag darüber halten, dass Alkohol krebserregend ist, aber an diesem Morgen bringe ich nicht die Energie auf. Nein, ich habe die Karzinogene in mir drin. Einen ganzen Schluck davon. Und ich schwöre, ich spüre, wie sich diese Mikrodosis tief in meinem Magen entfaltet, sich durch meine Blutbahn ausbreitet und mir Übelkeit verursacht.

Vielleicht sind es auch bloß die Nerven.

Während ich das alles gegeneinander abwäge – Nervosität oder durch Bier verursachter Krebs –, ist vorne im Speisesaal ein kleiner Tumult zu hören. Ari Schechter kommt mit großen Schritten durch die Flügeltür und sieht aus, als sei sie erst vor fünf Minuten aufgewacht. Ihre kurzen Locken kleben ihr am Kopf. Beim Zuknöpfen ihrer Bluse hat sie ein oder zwei Knöpfe vergessen.

Sie trägt kein Make-up, nicht mal ein bisschen Concealer, der die Blässe ihrer trübsinnigen, verkaterten Miene verdecken würde.

»Gut siehst du aus, Rodham.« Nasir klatscht ihr auf den Rücken. »Bist du bereit für den Marktplatz von Ideen?«

»Klar«, brummt Ari und lässt sich schwerfällig neben Nasir nieder. »Ich kann gar nicht genug kriegen von lauter fucking Verstand dieses Wochenende.«

»Nicht meine Schuld, wenn du nicht mit einem Kater klarkommst«, blafft Nasir.

Ari wirft ihm einen vernichtenden Blick zu und schnappt sich seine Flasche. Sie nimmt einen langen, langsamen Schluck, *glug, glug, glug,* wischt sich den Mund mit dem Ärmelblazer ab und sieht Jonah an.

»Das mit gestern Abend tut mir sehr leid«, erklärt sie ihm. »Ich werde sämtliche Reinigungsrechnungen bezahlen.« Danach wechselt sie sofort zu mir. »Ich war nicht im Vollbesitz meiner geistigen Kräfte. Was ich gesagt habe, war absolut nicht ernst gemeint.«

Die aufflackernde Angst in ihren Augen verrät mir mehr als ihre Worte: dass sie es nämlich sehr wohl ernst gemeint hat gestern Abend. Aber sie hat beschlossen – zumindest fürs Erste –, es zu ignorieren. Und so lange wie möglich in ihrer zerbrechlichen Eierschale auszuharren, trotz erster Risse.

Ich erinnere mich noch, wie das war. Und ich weiß genau, wie weh es tut. Als ich sie den Wodka herunterkippen sehe, bekomme ich selbst einen Kloß im Hals.

»Du hast einen Knopf vergessen«, sagt Nasir. »Ich sehe deinen BH.«

»Eines Tages, Nasir, werde ich diesen BH sowieso anzünden. Und dann werde ich ihn in eine Mülltonne werfen und dann werde ich dich in exakt dieselbe Tonne schmeißen.«

»Geht's noch?«, jault Nasir. »Hast du gerade ernsthaft gedroht, mich umzubringen?«

»Oh ja«, sagt sie und leert die Flasche.

Unsere ersten Gegner sind die Massachusetts Red – die Jungen von der Tennis-Akademie aus den Vororten Bostons. Mir ist nicht klar, warum sie zum Debattieren hier sind, statt Tennis zu spielen. Aber was weiß ich schon über Sport? Vielleicht hilft ihnen das Debattieren, eine Strategie auf dem Platz zu entwickeln. Oder sonst was.

Der erste Redner heißt James und er ist ungefähr so bedrohlich wie eine von Renatas My-Little-Pony-Figuren. Er ist schmächtig und nur mäßig groß, und er fuchtelt wild und eindeutig nervös herum. Der andere Typ, Matthew, entspricht mehr meinem Bild von einem Tennisprofi: stämmig und stoisch. Unter seinem zerknitterten Blazer wölben sich Muskeln und über dem einzigen Knopf ist ein riesengroßer senfgelber Fleck. Die Augen auf den Fleck gerichtet, remple ich Jonah an.

»Schau mal«, flüstere ich ihm zu. »Die Jungs von der Prep School trauen sich, voll abgeranzt hier aufs Podium zu steigen?«

»Das sind Killer«, antwortet Jonah. »Immer. Da kenn ich mich aus.«

Wir sind die Opposition – und argumentieren, dass trans Kids um ihrer eigenen Sicherheit willen von Toiletten ferngehalten werden sollten. Jonah liefert eine solide Einführung, gewürzt mit genügend Statistiken und Studien, damit wir nicht als Ideologen rüberkommen. Doch James, der zittrige Dünne, schlägt *hart* zurück. Er kennt jede Studie, die Jonah zitiert hat, und er kennt sie sogar *besser*: Die eine hatte eine zu kleine Fallzahl; die andere wurde von einem Professor geschrieben, der wegen Manipulation gefeuert wurde. Er ist gnadenlos. Kein Stein bleibt auf dem anderen, keine Statistik unhinterfragt. »Fotografisches Gedächtnis« wird ihm nicht gerecht. Dieser Typ ist das wandelnde sprechende JSTOR-Archiv. Seine Rede ist ein *Blutbad*.

Als der Moderator meinen Namen aufruft, kann ich mich nicht rühren. Was soll ich danach bieten? Es bedarf eines kräftigen Schubses von Jonah – und eines fieberhaften kaum hörbar geflüsterten »Los, Finch« –, um mich zum Podium zu bewegen.

»Diese Resolution will … will den Eindruck vermitteln …«, setze ich unsicher an, dann rede ich nicht weiter.

Ich will das hier nicht. Ich habe keine Lust, eine Rede mit transphoben Thesen zu halten. Schon gar nicht, wenn wir die Runde sowieso schon verloren haben. Ich drehe mich zu Jonah und schaue ihn kläglich an. Er begegnet meinem Blick, sein Mund ist ein grimmiger Strich. »Los«, wiederholt er und formt mit dem Mund: *Wann hab ich dich je in die falsche Richtung gelotst?*

Ich lache leise, drehe mich von ihm weg und richte den Blick auf die Jury. Sie warten gespannt. Ich öffne den Mund. Dieses Mal keine Statistik. Ich werde aus dem Herzen sprechen. Dem zutiefst zwiespältigen Herzen.

Ich kann das. Natürlich kann ich das.

»Die Behauptung, transidente Schüler:innen seien in den Toiletten für cis Schüler:innen sicher, ist falsch.« Ich glaube, nun klinge ich ruhiger. Mehr nach mir selbst. Was ich sagen werde, ist schließlich fachlich richtig: »Trans Schüler:innen zu gestatten, ihre intimen Bedürfnisse neben gleichaltrigen cis Schüler:innen zu verrichten, Mr Speaker – liefert sie nur noch *weiterem* Missbrauch aus.«

In diesem Tenor fahre ich eine Weile fort, bis der Junge mit der verbrannten Nase aufsteht. »Zu diesem Punkt?«, fragt er mit einem Boston-Akzent, der bestimmt nur Show ist, denn so redet doch kein Mensch. Jedenfalls nicht außerhalb des Damon-Affleck-Film-Universums.

Ich rede nicht weiter und nicke ihm zu. »Wie lautet Ihre Frage, Sir?«

»Sie sagen, wir sollten die transidenten Schüler:innen von den anderen trennen, um ihnen Mobbing zu ersparen«, näselt er, wow, der Akzent ist echt fett. »Aber tauschen Sie da nicht eine Art Gewalt gegen eine andere ein? Nämlich wegen Einsamkeit gemobbt zu werden? Einer Einsamkeit, die zu Selbstmord führen könnte?«

Ich möchte bejahen. Natürlich. Er hat recht. Trans Kids in

eigene Toiletten zu treiben, gäbe uns vielleicht mehr Sicherheit. Aber es wird nicht das Mobbing-Problem lösen, sondern uns das Gefühl vermitteln, anders und minderwertig zu sein, und außerdem schlecht, verkehrt und schmutzig.

Aber ich kann nicht bejahen. Und ich tue es nicht. Ich lege die Hände um die Kehle meines Gewissens und drücke zu.

»Nein, Sir; Toiletten mit Einzelkabinen führen nicht in den Selbstmord«, sage ich arrogant und anmaßend; es trägt mir einen Lacher des letzten Jurors auf der Linken ein. »Die wahre Gefahr besteht für die trans Kinder, die Sie in einen Raum mit intoleranten Ignoranten zwingen würden.«

Matthew steht wieder auf. »Zu…«, setzt er an, doch ich winke ab.

»Meine Gegner sprechen von ›Inklusivität‹«, fahre ich fort und deute mit den Fingern Anführungszeichen an. »Doch ihre Definition stellt Assimilation über das Wohlbefinden verletzlicher Kinder.«

Matthew erhebt sich; ich gebe ihm ein nachdrückliches Handzeichen. Ich kann jetzt nicht aufhören. Die Juror:innen beugen sich vor, hören mir zu, hängen an jedem Wort von mir.

»Unsere Freunde aus Massachusetts würden von einem trans Jungen von vierzehn, von einem Neuntklässler, verlangen, eine Umkleide mit Jungen aus höheren Klassen zu teilen. Fast ausgewachsenen Männern, Mr Speaker, die womöglich Hass im Herzen tragen. Ist dies die ›Inklusivität‹, nach der wir streben sollen? Einen Minderjährigen in einen Raum zu zwingen, wo er verletzt werden wird? Um uns hinterher auf die Schulter zu klopfen, dass wir ihn schützen? Ihn annehmen? Ihn vor dem Selbstmord bewahren?«

Erst als ich zu sprechen aufhöre, fällt mir auf, dass sich die Juror:innen nicht einmal mehr Notizen machen. Sie starren mich an. Im Fall des Typen zur Linken, der sich mit Daumen und Zeigefinger Tränen wegtupft – mit tränenfeuchten Augen. Links von mir schlägt James die Hände vors Gesicht. Matthew funkelt mich unter dunklen Augenbrauen böse an, als würde er mich am liebsten erstechen.

Und rechts von mir steht Jonahs Mund offen, sein Gesicht ist eine Maske schlichter und kompletter Ehrfurcht.

Ich argumentiere vielleicht gegen alles, woran ich glaube, aber verdammt, ich mache es richtig super.

»Danke«, beende ich meine Rede. »Die Opposition hat nichts mehr hinzuzufügen.«

Als wir uns die Hände schütteln, sehen uns die Tennisspieler nicht an. So übel war diese Runde: ein Gemetzel. Als wir zu den Tischen der Juror:innen gehen, um ihnen für ihre Zeit zu danken, wird der Mann links wieder ganz gerührt; als er meine Hand in seine beiden nimmt, hat er Tränen in den Augen.

»Das war exzellent«, sagt er leise. »Wirklich sensationell.«

»Ich bin ziemlich sicher, dass Juroren so was nicht sagen dürfen«, murmle ich Jonah beim Zusammenpacken zu.

Er lacht. »Die Regeln gelten mit ziemlicher Sicherheit nicht, wenn man Finch Kelly dem Großen zuhört.«

Hinter uns taucht Adwoa auf und schiebt uns auf den

Gang. »Finch!«, sagt sie leise, aber nachdrücklich, weil James und Matthew noch immer in Hörweite sind. »Du hast die Jury zum *Heulen* gebracht! Wegen Toiletten! Dermaßen in Hochform habe ich dich wohl noch nie erlebt. Nein – das war sogar vermutlich die beste Runde, die ich je gesehen habe, Punkt. Du bist nicht gekommen, um mit diesen kleinen Tennisbubis zu spielen, Jonah. Dein *Point of Interest* in Matthews Rede? *Saubere Arbeit.*«

»Ja, ja«, sagt Jonah lächelnd und ganz Bescheidenheit, »aber das hier ist Finchs Moment.«

Bevor ich ihn davon abhalten kann, legt er die Arme um mich und dann um Adwoa und zieht uns in eine feste Gruppenumarmung. Sein Kinn liegt leicht auf meinem Scheitel. Ich bin verstört, aber gleichzeitig fühle ich mich geborgen. Ich möchte mich aus dieser Umarmung befreien; ich möchte für immer darin bleiben.

Die feierliche Stimmung hält an, als wir den Speisesaal erreichen. Adwoa findet die anderen Coaches und unterhält sie mit einer Erzählung über unseren monumentalen Sieg gerade eben. Über den sprichwörtlichen vierzehnjährigen trans Jungen aus meiner Rede, bedroht von Neandertalern aus höheren Klassen in einem rein männlichen Umkleideraum. Ich nicke, obwohl mich die ganze Aufmerksamkeit nervös macht. Dann fällt mir etwas am anderen Ende des Raums auf.

Massachusetts Red.

Sie lassen sich in einer entfernten dunklen Ecke in zwei Holzsessel fallen. James, der mit dem fotografischen

Gedächtnis, reibt sich die feuchten Augen. Vielleicht weint er sogar. Schwer zu sagen. Sein Partner streicht ihm über die feinen dunklen Haare und nickt. Sein Gesicht drückt Mitleid aus. Er beugt sich zu ihm und flüstert James etwas ins Ohr. James lacht. Er lässt die Hände sinken. Nun glänzen seine Augen.

Als er sich umdreht und Matthew auf die Stirn küsst, bin ich sicher, dass ich mich getäuscht habe. Ich blinzle: und noch einmal! Ein weiterer Kuss, schnell, auf den Mund. Und dann lösen sie sich voneinander und beugen die Köpfe über die Notizblöcke, die sie auf dem Schoß haben, als sei nichts passiert, absolut nichts.

Es ist winzig – leicht zu übersehen –, aber es geht mir durch und durch. Ich drehe ruckartig den Kopf weg, aber selbst mit geschlossenen Augen kann ich sie noch sehen. Diese Jungen, dieser Kuss, haben sich in die rosa Dunkelheit auf der Innenseite meiner Lider eingebrannt.

Sie haben alles. Oder? Alles, was ich will, und alles, was ich niemals haben werde. Sie haben mehr Geld, als sie je im Leben ausgeben werden können. Sie sind nicht nur sportlich talentiert, sondern auch intellektuell, in einem Maß, um die Türen jeder wählerischen Uni im Land aufzutreten.

Und sie haben einander. In diesem traurigen, stillen Moment haben sie jemanden, den sie halten können. Küssen können. Noch nie zuvor habe ich mich danach gesehnt. Aber jetzt, wenn ich sie so beobachte, ihre Nähe sehe, wird mir klar: Ich will es. Ich will jemanden haben.

Und ich habe Angst vor dem, was ich will.

# KAPITEL 14

»Los, Finch, erzähl uns, wie es gelaufen ist.«

Ich sitze mit dem Laptop auf den Knien im Treppenhaus neben dem Schlafsaal der Gray School. Nach meiner Zeit ist es elf, nach ihrer acht. Meine Eltern beugen sich in die Kamera und möchten unbedingt alles über meinen anstrengenden Tag erfahren. Roo ist im Hintergrund mit einem Videospiel beschäftigt und wirkt entschieden weniger interessiert.

»Ich glaube, es lief gut.« Nach den schrecklichen letzten vierundzwanzig Stunden, die ich hinter mir habe – den schlechten Neuigkeiten von der Georgetown, dem äußerst verwirrenden Fast-Kuss mit Jonah, den langen Reden, die sich gegen alles wenden, wofür ich stehe –, fällt es mir schwer, Enthusiasmus aufzubringen. »Eigentlich richtig gut.«

»Richtig gut?«, wiederholt Dad. Als er näher kommt, verschwimmen die Pixel seines Gesichts. »Heute waren ... wie viele Runden doch gleich?«

»Vier«, antworte ich um ein Gähnen herum.

»Also hast du insgesamt schon sechs Runden«, sagt

meine Mutter. »Zwei gestern Abend, vier heute. Ist das richtig?«

»Genau. Und morgen ist die ...«, ich gähne noch einmal, dieses Mal ein gigantisches, Welt verschlingendes Gähnen, »Schlussrunde.«

Puh, aber es war ein langer Tag. Der Jetlag macht es nicht besser, ich schlafwandle mehr oder weniger durch diesen Videoanruf und nicke alle paar Minuten. Gleich kann ich die Augen nicht mehr aufhalten.

»Und was hast du für ein Gefühl, habt ihr alle eure Runden gewonnen?« Meine Mutter klingt optimistischer, als ich mich fühle.

»Na ja, wegen der letzten Runde heute gegen diese zwei Mädchen aus Connecticut machen wir uns ein bisschen Sorgen. Aber ich denke, wir haben trotzdem gewonnen. Und selbst wenn nicht, ist unsere Gesamtpunktzahl vermutlich so hoch, dass wir es trotzdem in die Endrunde schaffen.«

»Super«, sagt mein Vater. »Und eins kannst du wissen, die Endrunde schauen wir uns morgen an. Mach uns stolz, Junge.«

»Moment.« Ich bin verwirrt: Wir konnten uns nicht mal *ein* Flugticket leisten. »Wie meinst du das? Wie wollt ihr euch die Endrunden anschauen?«

»Das Finale wird gefilmt«, erklärt Roo und blickt von ihrem Spiel auf. »Wusstest du das nicht?«

»Echt?« Ich gähne und kratze die Bartstoppeln an meinem Kinn. »Als Livestream oder was?«

»Nein, nein«, sagt meine Mutter. »Es wird angeblich auf CSPAN übertragen.«

»... Oh.« Mit einem Mal bin ich hellwach und überdreht vor Angst. »Bist du sicher? Wo hast du das gehört?«

»Habe ich auf der Website gelesen«, sagt meine Mutter. »In fetten Großbuchstaben, ganz oben.«

»CSPAN. Puh.« Ich fahre mir mit der Hand durch die Haare – fettig, eklig. Bevor ich heute schlafen gehe, werde ich duschen müssen. Wenn wir es ins Finale schaffen und ich im nationalen Fernsehen mit einem Ölteppich auf dem Kopf zu sehen bin ... »CSPAN ist eine ... Hausnummer.«

»Verdammt richtig, und was für eine!« Mein Vater schlägt mit der Hand auf den Tisch. »Du wirst im Fernsehen sein.«

Ich will ihm gerade erklären, dass im Fernsehen zu erscheinen zu den fünf furchterregendsten Dingen gehört, die ich mir vorstellen kann, als in der oberen rechten Ecke meines Bildschirms eine Mitteilung erscheint: eine Rufanforderung von Lucy Newsome.

Wir haben seit diesem schrecklichen Tag im Bus nicht mehr miteinander geredet. Warum jetzt? Ist irgendetwas passiert? Irgendetwas Schreckliches? Ich verabschiede mich hastig von meiner Familie und klicke, so schnell ich kann, auf *Akzeptieren*. Da sitzt sie, meine beste Freundin, auf dem Bett, in ihrem rosa-weiß gewürfelten Lieblingspyjama. Ein Tütenclip hält nach dem Zufallsprinzip die Haare aus ihren Augen.

Irgendwie erwarte ich, dass es mir unangenehm ist, sie

zu sehen. Dass ich ein schlechtes Gewissen habe. Stattdessen spüre ich Erleichterung. Absolute totale Erleichterung.

»Hey«, sage ich. »Es tut mir leid.« Mir ist klar, dass wir uns nichts zu sagen haben, bevor ich das nicht aus dem Weg geräumt habe. »An dem Tag im Bus habe ich mich dir gegenüber wie ein Arschloch verhalten. Ich hätte dich nie so unter Druck setzen dürfen. Die letzten Tage waren die ...«

»... Hölle«, beendet sie den Satz kichernd für mich. »Ich weiß. Ich war *echt* sauer auf dich.«

»Vertragen wir uns wieder?«, frage ich sie. »Können wir uns vertragen?«

»Ich weiß nicht, ob wir uns auf ganzer Linie vertragen können«, seufzt sie über lautes Rauschen hinweg. »Aber ich denke, irgendwann kriegen wir es hin.«

»Weißt du, was? Damit komm ich klar. Ich will es in Ordnung bringen, Lulu. Was immer ich dafür tun muss. Ich gehe dafür sogar irgendwann mit dir von Haus zu Haus und mache Wahlkampf. Vorausgesetzt natürlich, du weist mich ein.«

»Das würde ich super finden«, sagt sie. »Hey, es tut voll gut, mit dir zu reden. Ich möchte alles über dein – oh!« Sie atmet aus, beugt sich vor und übernimmt energisch das Lenkrad unseres Gesprächs. »Dude! Wie geht es Jonah? Ich muss *unbedingt* mit dir über Jonah reden! Hast du gehört, dass Bailey nicht an der Juilliard angenommen wurde? Hat Jonah das schon gehört? Karma ist so ein Arschloch!«

Normalerweise würde ich in ihre Schadenfreude einstimmen, aber ich knabbere noch an meiner eigenen Absage.

»Jonah geht es gut«, antworte ich und umgehe das Juilliard-Thema. »Wir waren letzte Nacht auf einer Party.«

»Echt jetzt?«, staunt Lucy. »Auf einer richtigen Party? Mit Saufen und Arschgrapschen und so?«

»Oh, überhaupt nicht«, antworte ich – rudere dann aber zurück. »Na ja, ich habe einen Schluck von Jonahs Bier getrunken …«

»Finch!«, jubelt Lucy. »Jetzt bist du ein böser Junge! Finde ich super!«

»Und Jonah und ich sind auf diesen Balkon rausgegangen, und wir haben über Bailey geredet und …« Ich rede nicht weiter; ich will ihr nicht von Georgetown erzählen, noch nicht. Außerdem schaffe ich es ja vielleicht noch. Falls ich morgen die Endrunde gewinne. »Und ich habe ihm, äh, na ja, über den Kopf gestreichelt, denke ich mal. Ich hatte meine Hand in seinen Haaren. Und dann …«

»Ich wusste es!« Lucy schlägt mit der Faust aufs Kissen. »Ich wusste, dass du auf ihn stehst!«

»Ich …« Ich mache eine Pause und vergewissere mich, dass niemand im Treppenhaus ist. »Ich stehe nicht auf ihn.«

»Aber du hast ihn angemacht«, sagt sie. »Seine Haare gestreichelt und so.«

»Das war keine Anmache.« Meine Antwort ist eine Mischung aus Flüstern und Zischen. »Es war eine freundliche, unterstützende …«

»Was auch immer.« Sie winkt ab. »Ihr saßt also da und

du hast ihm platonisch und freundschaftlich die Haare gestreichelt. Und dann?«

»Du bist unerträglich«, erkläre ich ihr. »Das weißt du, oder?«

»Aber genau dafür magst du mich doch.«

»Stimmt«, sage ich. »Sehr sogar.«

»Und wenn wir gerade bei dem Thema sind, welche Leute du magst ...« Sie zieht verschmitzt die Augenbrauen hoch. »Lass uns über Jo und dich reden ...«

Die Treppenhaustür geht auf. Ich blicke hoch: Jonah.

»Bis dann, Lucy!« Es kommt als Winseln heraus. »Adios! Arrivederci! War schön, mit dir zu reden!«

Sie beschwert sich und ist sauer, weil ich ohne Erklärung auflege. Ich werde mich später bei ihr entschuldigen müssen. Ich drücke gerade noch rechtzeitig mit dem Daumen auf *Anruf beenden*. Jonah steht schon auf der Stufe unter mir und sieht ausgesprochen amüsiert aus.

»Wollte dich nicht erschrecken«, sagt er.

»Du kennst mich doch, ich bin leicht zu erschrecken.«

Er lehnt sich an die Betonwand und grinst mich mit seinem typischen lässigen Grinsen an. Seine Haare sind immer noch glatt vom Duschen, und was er trägt, könnte ein Pyjama sein: weiche graue Jogginghosen, ein Hoodie irgendwo zwischen Purpur und Pink. Seine Finger spielen an der herunterhängenden Kordel herum. Ich beobachte sie versunken.

»Bist du allein hier?«, fragt er.

»Ganz allein«, antworte ich.

»Ich dachte, du wolltest früh ins Bett, nachdem wir die letzte Nacht durchgezecht haben«, zieht er mich auf.

Ich öffne den Mund, um zu protestieren, aber Jonah hat sich schon vorgebeugt und zieht mir vorsichtig den Laptop von dem Schoß, der ihn gerade beherbergt hat.

»Hey!« Ich springe auf und versuche, mir meinen ramponierten Computer zurückzuholen. »Gib ihn mir zurück! Und zwar sofort!«

»Nein«, sagt er und klappt das Gerät zu. »Kein Internet mehr heute Nacht. Wir machen einen Spaziergang.«

»Sollten wir nicht schlafen?«

»Nope.« Jonah schüttelt den Kopf. »Du musst runterkommen, Dude. Wir essen noch einen kleinen Mitternachtssnack.«

»Einen Mitternachtssnack?« Ich ziehe eine Augenbraue hoch.

»Ich weiß da genau das Richtige.«

Eine Viertelstunde später sitzen wir auf einer Parkbank mit Blick über den Potomac. Das dunkle, vorbeiströmende Wasser schimmert vom entfernten Licht der National Mall. Wir können fast alles erkennen: die glitzernde Kuppel des Capitols, den abweisenden Obelisken des Washington Monuments und sogar die Säulen des Lincoln Memorial – den Mann selbst allerdings nicht.

Inmitten all dieser Erhabenheit klappt Jonah den Deckel von der Schachtel auf seinem Schoß hoch und holt eine Boston Cream Pie für mich heraus.

»Ein Dutzend Donuts.« Ich nehme den ersten köstlichen Bissen. »Meinst du nicht, das ist zu viel des Guten?«

»Aber überhaupt nicht.« Jonah schüttelt den Kopf und schluckt ein Stück von der dicken Schokoglasur. »Wir können uns ja immer noch ein paar für morgen früh aufheben.«

Mir tropft etwas Füllung aufs Kinn, aber ich habe nicht die geringste Lust, mich darum zu kümmern. »Als Teil eines gesunden, ausgewogenen Frühstücks«, sage ich, was mir ein leises Lachen von Jonah einträgt.

»Also«, sagt er scheu, »wir hatten keine Gelegenheit mehr, unser Gespräch von gestern Abend fortzusetzen.«

»Ah. Richtig. Gestern Abend.«

Mit einem Mal ist mir sehr bewusst, wie dunkel es ist. Und wie spät es ist. Und wie allein wir hier sind mit unserem Ausblick auf die beeindruckendsten Baudenkmäler des Landes. Will er ... dass wir uns küssen? Ich rutsche weg von ihm, mein Körper wird starr.

»Ich meinte bloß Georgetown.« Jonah errötet leicht vor Verlegenheit. »Ich weiß ja, wie viel es dir bedeutet hat.«

Oh. Oh. Was soll's. Fehlanzeige von wegen Romantik. Absolute Fehlanzeige.

»Na ja, morgen findet die Endrunde statt«, sage ich zu ihm, »und wir sind heute Abend gegen diese Top-Mädchen aus Connecticut angetreten, wir könnten also noch im Rennen sein.«

Er sieht mich fragend an. »Was hat das mit Georgetown zu tun?«

»Wenn wir es in die Endrunde schaffen und gewinnen,

kann ich mich noch mal an das Zulassungskomitee wenden, oder? Ich kann sagen: ›Hey, schaut mal, ich bin der nationale Debattierchampion – habe ich es da nicht verdient, aufgenommen zu werden?‹«

»Finch.« Jonahs Stimme ist leise und ernst. »Ich glaube nicht, dass es so läuft.«

»Sie werden keinen nationalen Champion abweisen, Jonah.«

Er wirft mir einen derart gequälten Blick zu, dass ich mich ebenfalls winde.

»Bevor mich Bailey abserviert hat, haben wir beide viel über ihn geredet.« Jonah spricht langsam und vorsichtig. »Adwoa und du habt mir immer gesagt, dass ich jemand Besseren verdiene. Aber es ist nie zu mir durchgedrungen, weil ich einfach ... Ich konnte mir nicht mal jemand Besseren als Bailey *vorstellen*.«

»... Richtig.« Worauf will er hinaus?

»Ich glaube, deshalb traf mich die Trennung so hart«, sagt er. Ich bemerke das Präteritum; *traf* mich, nicht etwa *trifft mich gerade so hart*. »Ich dachte wirklich, Bailey wäre *Der Richtige* – mit großem D und großem R. Und wenn er mich verlassen würde, hätte ich nie wieder eine Chance. Bei irgendjemandem.«

»Du vergleichst Bailey also mit Georgetown.« Ich verstehe, worauf er hinauswill. »Und ich sollte es einfach ... abhaken? Also Georgetown?«

»Ich sage bloß: Was man sich wünscht, ist nicht immer das Beste.«

»Aber Georgetown ist das Beste!« Ich beiße frustriert in eine Boston Cream. »Es ist die beste Uni in D. C.« Mir fallen beim Sprechen Krümel aus dem Mund, ich schlucke. »Macht es mich zu einem schlechten Menschen, weil ich das Beste will?«

»Nicht Georgetown ist das Beste. Sondern du. Du trittst hier gegen diese ganzen Bonzenkinder von den Prep Schools an, wo sie für teures Geld aufs College vorbereitet werden, und steckst sie alle in die Tasche. Und verpasst ihnen einen Arschtritt.«

»Aber es zählt nicht, wie gut ich bin oder wie viel ich lerne. Diese Kids werden immer etwas haben, das ich nicht habe. Und ich habe nur eine Chance, wenn ich …«

»Oh mein Gott, Finch, hör auf damit.« Er schreit fast. Es lässt mich zusammenzucken. Ich gehe auf Abstand, aber er redet weiter. »Du hast es verdient, hier zu sein, Dude! Egal, wo du zur Schule gehst! Egal, wie viel Geld du hast!«

»Ich lebe in der realen Welt, Jonah.« Ich erhebe mich von der Bank und wische mir meine zuckerklebrigen Finger hinten an der Hose ab. »Aber eine Sache habe ich drauf: Das hier kann ich. Debattieren.«

Er schaut mich an und seufzt. »Du brichst mir das Herz, Mann.«

»Ich breche dir das Herz?«

»Du hast so viel drauf.« Jonah erhebt sich von der Bank, seine Hände sind leicht zu Fäusten geballt. Es ist ihm anzusehen, dass er mich gern an den Schultern packen und schütteln würde, bis ich es kapiere. »Und es gibt so viele Leute, die zu dir aufsehen. Die wie du sein wollen.«

»Wer denn?«

»Ich zum Beispiel.«

Ich verdrehe die Augen. »Nein, willst du nicht.«

»Oh doch. Das hab dir auch schon gesagt!« Er schüttelt nachdrücklich die beiden Fäuste zwischen uns. »Du bist klug, ja. Aber wir treffen bei diesen Wettkämpfen eine Menge kluger Leute und du bist nicht wie sie. Du bist nicht überheblich. Du möchtest dein Wissen *teilen*. Ich habe dich nie glücklicher erlebt, als wenn du jemandem das Ding mit der Reichensteuer oder was auch immer erklärst und dafür sorgst, dass dein Gegenüber es wirklich begreift. Du möchtest, dass sich Leute Gedanken machen, wie du dir Gedanken machst.« Er holt Luft, die Fäuste lockern sich. »Und du machst dir so viele Gedanken, Dude. Über alles. Ich schwöre, bevor du irgendwas tust – ob es die Abschlusswettkämpfe im Bundesstaat sind oder ob du dir Mittagessen bestellst –, wägst du all deine Optionen ab. Du denkst wirklich darüber nach. Nach dem Motto ›Was ist das Bestmögliche, was ich gerade tun kann, und was steht mir zur Verfügung?‹.«

Ich lache ungläubig. »Man nennt das Angststörung, Jonah.«

»Man nennt es einen Scheiß drauf geben.«

Wir schweigen eine ganze Weile und ich starre auf meinen Schoß. Diese Schachtel Donuts, die wir hier niedermachen. Jonah hat sie für mich gekauft. Er wollte, dass ich runterkomme. Mit ihm auf einer Parkbank sitze, etwas Süßes esse und auf etwas Schönes blicke. Vor uns liegt diese Stadt – dieser Ort, an dem gute Leute hart daran arbeiten, die Welt besser zu machen, und wo böse Menschen noch härter daran arbeiten, sie noch schlechter zu machen. Ich möchte bei diesem Kampf dabei sein. Er weiß das. Und er glaubt daran, dass ich gut genug dafür bin.

Glaube ich es auch? Könnte ich es?

»Eines Tages wirst du es hierher schaffen.« Jonah breitet die Arme aus: *hierher*, auf die National Mall, ins Herz der freien Welt. »Aber dazu brauchst du Georgetown nicht. Es gibt tausend Wege hierher. Alexandria Ocasio-Cortez war Barkeeperin. Lucy McBath war Flugbegleiterin. Bernie Sanders war Folksinger.«

»War er? Echt?« Ich gluckse in mich hinein und senke meine Stimme um zwei Oktaven: »*We shall ovah-come, we shall ovah-come* ...«

Er lacht, hebt eine Hand und streichelt mir über die Haare. »Du wirst deinen Weg finden«, sagt er zärtlich. »Irgendwann.«

Ich nehme mir noch einen Donut. »Vielleicht, aber als winziger trans Typ bin ich im Nachteil ...«

»Ich finde nicht, dass du winzig bist«, sagt er. »Für mich bist du zehn Meter groß.« Er macht eine Pause und legt mir die Hand auf die Wange. »Ich bin ... Ich bin ... Ich bin voller Ehrfurcht. Für dich.«

Ich sehe Jonah an, die gleichmäßige Bewegung seiner Brust – auf, ab, schneller als gewöhnlich, würde ich denken.

An der Stelle, wo sich sein Handgelenk und meine Haut berühren, rast sein Puls. Etwas an diesen schnellen Atemzügen, diesen Sprechpausen, die Nervosität in dem Blick, den er mir zuwirft – wenn ich es nicht besser wüsste, würde ich schwören, dass er sagen wollte: *Ich bin in dich verliebt.*

»Jonah.« Seine Name kommt so sanft, so leise über meine Lippen, dass ich nicht sicher bin, ob er mich hört. »Jonah, ich ...«

»Hey!« Eine Stimme – von einem Erwachsenen, aggressiv, laut. »Das hier ist Privatgelände!«

Ich springe auf und halte die Hände hoch. Die Donuts fallen auf die Erde. Mir bleibt kaum Zeit, dem Apple Cruller hinterherzutrauern, der unberührt in den Dreck fällt, bevor Jonah mich am Handgelenk packt und nach links reißt, aus dem Taschenlampenstrahl heraus. Er rennt, und ich renne neben ihm her, meine Lungen keuchen unter dem Binder. Wir halten erst an, als wir anderthalb Blocks weiter in Sicherheit sind, weit genug, dass die ganze Sache lustig und nicht mehr furchterregend ist. Ich spüre ein heißes, brennendes Stechen in der Seite, Jonahs Brust hebt sich wieder auf und ab – mit schweren Atemzügen, aber auch Gelächter.

Ich hole keuchend Luft. »Wie spät ist es?« Er zieht sein Handy aus der Hosentasche und schaut mit zusammengekniffenen Augen auf das sonnige Gleißen. »Es ist ...«, setzt er an, redet dann aber nicht weiter. »Heilige Scheiße. Halb drei.«

»Und die Endrunde fängt um ...«

»Neun an.«

»Okay.« Ich bekomme kaum Luft. »Wir kriegen also maximal sechs Stunden Schlaf, richtig?«
Er kreuzt die Finger. »Hoffen wir mal.«
»Das ist kein Desaster.«
»Nein«, sagt er. »Absolut kein Desaster.«

Ja, nein, es ist kein Desaster. Als wir in unserem Saal in unsere Schlafsäcke kriechen und die Augen schließen, ist Schlaf unmöglich. Alles, was Jonah gesagt hat – vor allem *Ich bin ... Ich bin ... Ich bin voller Ehrfurcht* –, hallt laut zwischen meinen Ohren wider. Er liegt auf der anderen Seite des Raums, fest in seinen eigenen Nylon-Kokon eingewickelt, aber ich höre ihn die ganze Nacht leise atmen.

Der Wecker meines Handys plärrt um acht Uhr los. Ich liege bloß einen langen Moment auf dem Boden und höre ihm zu, mir ist elend und akut bewusst, dass ich keine Sekunde geschlafen habe. Sechs Stunden, in denen ich mich angsterfüllt hin und her geworfen habe: Das ist meine Ausgangsbasis für heute.

Ich bin immer noch satt von unserem Ausflug in den Park letzte Nacht – die ganzen Donuts, der viele Zucker, nichts davon fühlt sich besonders gut in meinem Magen an. Das plus die Erschöpfung bedeutet, dass mein Frühstück lediglich aus dem Kaffee besteht, den ich mir aus dem Thermobehälter im Speisesaal in den größten Pappbecher fülle, den ich finden konnte. Wenigstens bin ich nicht der Einzige, der total schlapp ist. Sämtliche Debattierenden in diesem Speisesaal sehen wie grauäugige Zombies aus.

»Verdammt, Dude«, brummt Nasir – auch keine Ausnahme – und gähnt lange, als ich mich an den Frühstückstisch setze. »Das ist echt 'ne Riesenladung Kaffee.«

»Lass ihn in Frieden, Nas«, rügt Ari und stochert in einem Teller mit Eiern herum. »Wir haben alle beschissen geschlafen. Koffein ist in Ordnung.«

»Du schaffst das, Finch.« Jonah legt mir eine Hand aufs Handgelenk. »Was immer heute passiert, du schaffst das.«

Er möchte mich beruhigen. Mir helfen. Warum nervt es mich? Vielleicht liegt es an meinem Schlafmangel. Oder an dem, was er letzte Nacht zu mir gesagt hat und was mir immer noch durch den Kopf geistert. Ich schiebe seine Hand weg. Als ich den Ausdruck auf seinem Gesicht sehe – kein Stirnrunzeln, sondern Kränkung –, bereue ich es.

»Ladies und Gentlemen!« Vom Podium vorne im Saal hallt durchdringend die Stimme der Direktorin. »Es war ein wundervolles Wochenende, doch ich fürchte, unsere gemeinsame Zeit neigt sich dem Ende zu.«

Wir setzen uns alle ein wenig aufrechter. Jetzt kommt es. Gleich erfahren wir, ob wir es ins Finale geschafft haben – und wenn ja, gegen wen wir antreten.

»Es erfüllt mich mit großem Stolz, die Finalisten des diesjährigen N. A. D. A. National Championships zu verkünden«, sagt sie. »Die beiden Teams, die ich nennen werde, haben eine Viertelstunde Vorbereitungszeit, bevor wir uns im Gray Auditorium zur letzten Debatte dieses Wochenendes versammeln.«

Ihre manikürten Fingernägel gleiten in einen Umschlag

und ziehen eine rosa Pappkarte heraus. Sie hält sie behutsam zwischen Daumen und Zeigefinger und späht mit zusammengekniffenen Augen durch ihre Brille.

»Das erste Team, das in dieser letzten Runde antreten wird«, sagt sie, »ist Washington ...«

Ich halte die Luft an.

»... Red«, beendet sie den Satz. »Ariadne Schechter und Nasir Shah!«

Im Raum explodiert Applaus. Ich gehöre nicht zu den Cheerleadern. Ich sehe zu Ari und Nasir und frage mich: Können überhaupt zwei Teams aus demselben Bundesstaat in die Endrunde aufrücken?

»Und das zweite Team, das in dieser Runde kämpfen wird«, sagt die Direktorin, »ist Washington Blue! Jonah Cabrera und Finch Kelly!«

Ich warte, dass es kommt: das perfekte, makellose Glück. Es kommt nicht. Stattdessen kriegt dieses Glück wie jeder Stress, jede noch so kleinliche Angst Flügel und wuselt herum. Werde ich gegen Transrechte argumentieren müssen? Vor Tausenden von Menschen? Im nationalen Fernsehen? Jonah zieht mich von meinem Platz, hebt mich in die Luft und wirbelt mich herum, und ich möchte ihm sagen *Nein, hör auf* – ich habe Angst, dass ich mich übergeben muss. Aber ich will kein Spielverderber sein. Er sieht aus, als würde er alles fühlen, was ich gern fühlen würde.

»Hier kommt die Westküste!«, jubelt Nasir, als ich auf wackeligen Beinen auf die Bühne steige. Er schlägt Jonah ausgelassen auf den Rücken. »Wir haben den ganzen Ostküsten-Internats-Mother ...«

Ein finsterer Blick der Direktorin bringt ihn zum Schweigen. Er verstummt verärgert und legt die Hände auf den Rücken. Als sich die Direktorin wieder zum Podium dreht, spüre ich einen Klaps auf der Schulter: Ari.

»Hey«, flüstert sie. »Falls du dagegen argumentieren musst, wirst du ... wirst du damit klarkommen?«

Ich senke den Blick und frage mit weicherer Stimme: »Und du?«

Die Direktorin dreht sich um, in ihrem Blick liegt unerbittliche Wut. Wir verstummen. Ari rückt ab und reibt unablässig einen Daumen am anderen.

»Wie gewohnt werden wir eine Münze werfen, um zu entscheiden, welches Team für den Antrag argumentiert«, erklärt die Direktorin.

Es ist simpel: Kopf, wir argumentieren gegen Transrechte; Zahl, wir argumentieren dafür.

Ich folge dem gleichmäßigen hohen Bogen, als die Münze vom Daumen der Direktorin fliegt. *Zahl*, denke ich. *Bitte. Ich kann nicht gegen Transrechte argumentieren. Nicht schon wieder. Nicht im Fernsehen.*

*Zahl. Zahl. Zahl.*

Sie sieht hoch und zieht das Mikrofon an die Lippen.

»Kopf.«

# KAPITEL 15

Gleich muss ich mich übergeben. Ich weiß es. Ich weiß es, als ich Nasir und Ari und der Direktorin die Hand schüttle. Ich weiß es, als ich für eine weitere Minute höflicher Einführung zitternd auf der kleinen Bühne des Speisesaals stehe. Vielleicht ist es tatsächlich gerade das Einzige, was ich weiß. Mein Hirn ist ein Ödland. Ein Chaos. Wir haben eine Viertelstunde, um uns auf die Endrunde vorzubereiten, und mein einziger Gedanke ist, den Boden mit meinem Frühstück anzumalen.

Jonahs Hand findet mein Kreuzbein. Er schiebt mich sanft zum Bühnenrand, die Treppe hinunter. Als er spricht, ist seine Stimme ruhig, nüchtern. »Soweit ich weiß, sollen wir uns in dem östlichen Klassenzimmer vorbereiten ...«

»Toilette«, unterbreche ich ihn.

Jonah kapiert es zum Glück sofort. Da ist wieder seine Hand auf meinem Rücken und schiebt mich vorwärts – zehn, zwanzig, dreißig qualvolle Stufen. Eine Tür öffnet sich. Er führt mich hindurch. Ich sehe ein weiß glänzendes Urinal. Es ist das Signal, das mein Magen gebraucht hat. Etwas Animalisches übernimmt. Ich reiße mich los, schwanke durch die Tür der ersten freien Kabine und falle auf die Knie.

Mir ist intensiv, grauenvoll, gegen alle Vernunft schlecht. Es ist ein seltsames, beängstigendes Gefühl, sich zu übergeben. Als würde mir mein Körper nicht mehr richtig gehören. Ich schwebe aus meiner Haut heraus und lehne mich lässig gegen die sauberen weißen Wandfliesen. Auf dem Boden kniet ein rothaariger Junge kläglich vor der Kloschüssel und würgt mit geöffnetem Mund. Die ganze weiche Galle der Donuts gestern Nacht, der Kaffee von heute Morgen – sie fließt in kranken, halb verdauten Schattierungen von Gelb und Grün heraus.

Ich falle auf den Boden, zurück in meinen Körper. »Scheiße.«

Jonah kniet sofort mit einer Wasserflasche neben mir. »Hier.« Ich nehme einen Schluck. »Nein, nein«, sagt er sanft. »Nicht trinken. Wenn man sich übergeben hat, soll man ein paar Stunden weder essen noch trinken. Beweg es einfach hin und her. Spüle. Spuck aus.«

Er ist der Sohn einer Krankenschwester. Ich vertraue seinem medizinischen Rat. Der nächste Schluck wird pflichtbewusst gegurgelt und ausgespuckt. Noch einer; noch einer. Schließlich streckt Jonah die Hand nach oben, um die Schweinerei wegzuspülen.

»Alles in Ordnung mit dir?«, fragt er.

»Es tut mir leid.« Mein Kopf pocht, in der Kehle spüre ich ein übelkeitserregendes, rohes Gefühl. »Es ist meine

Schuld. Hab letzte Nacht zu viele Donuts gegessen. Und heute morgen zu viel Kaffee getrunken.« Hätte ich mir denken können; zu viel Kaffee ist giftig, ein Beschleuniger. Er war quasi eine Einladung für eine Panikattacke. »Gib mir eine Minute.«

»Ich werde ihnen sagen, dass dir nicht gut ist«, sagt Jonah. »Sie können die Runde vertagen.«

»*Nein.*« Meine Antwort kommt scharf und heftig heraus. »Ich werde nicht die nationale Endausscheidung aufhalten, bloß weil ich zu viel gegessen habe.«

Aber ich kenne den *wahren* Grund für meine Übelkeit. Es ist Panik, schlicht und ergreifend, die mich hierhergebracht, auf die Knie gestoßen und gezwungen hat, mich zu übergeben – auf einem *Männerklo*, wird mir bewusst, und ich lache.

»Punkt eins.« Ich halte einen Finger hoch. »Trans Schüler:innen sollte nicht gestattet sein, die Toilette zu benutzen, womöglich übergeben sie sich und sorgen dafür, dass alles nach vergorenen Boston Creams riecht.«

Jonah lacht nicht. »Finch, wir müssen das nicht durchziehen.«

»Wie meinst du das?« Ich blinzle ihn verdattert an. »Es kommt nicht darauf an, was wir wollen. Das ist der Beschluss. Punkt. Man wechselt bei den Nationals nicht das Thema, bloß weil es einen persönlich angreift.«

»Aber Finch ...«

»Wir haben eine Viertelstunde.« Ich greife nach dem Rucksack, den ich habe fallen lassen, bevor ich mich übergeben habe. Der Notizblock darin hat zum Glück kaum Spritzer abbekommen. »Auf geht's. Hilf mir, neue Argumente zu finden. Ari und Nasir kennen alle alten. Warum sollte es mir nicht erlaubt sein, eine Toilette zu benutzen?«

»Finch«, wiederholt Jonah. »*Hör auf.*«

»Wenn wir die überzeugendste Argumentation haben wollen«, murmle ich vor mich hin und kritzle auf meinem Notizblock, »haben diese Leute in England mit diesem ganzen ›Trans Menschen zerstören Frauenrechte‹ viel dazu beigetragen. Und zwar wesentlich mehr als die amerikanischen Evangelikalen mit ihrem ›Trans Menschen sind eine Lästerung Gottes‹. Wenn wir also dem britischen Ansatz folgen ...«

»Hör auf«, sagt Jonah. »Hör auf. Bitte. Du musst aufhören.«

»Es ist bloß eine Debatte!«, sage ich – und merke, mit heißem plötzlichen Entsetzen, dass wirklich Wasser aus meinen Augen kommt und mir über die Wangen läuft. Zum ersten Mal seit Jahren weine ich. Wirklich und richtig. »Ich muss bloß da raus und eine Stunde lang so tun, als würde ich ein paar schwachsinnige Argumente glauben. Wenn ich das gut durchziehe, gewinne ich die Nationals, und Georgetown wird mir eine zweite Chance geben. Um nichts in der Welt – um absolut nichts – werde ich jetzt aufgeben.«

»Ich werde diese Runde nicht debattieren«, erklärt Jonah.

Ich sehe ihn verblüfft an. »Aber es ist das Finale. Das nationale Finale.«

Jonah sieht mich an, als tue ich ihm leid, und da passiert es; ich lasse es laufen und schluchze laut. Alles Wasser, das ich zurückgehalten habe, diese vielen Monate auf Testosteron: Der Damm ist gebrochen. Es regnet aus meinen Augen auf meinen Hemdkragen und vermischt sich mit den grün-gelben Kotzflecken dort.

Jonah rückt von mir ab und beobachtet mich. Hat mich die ganze Zeit beobachtet. Mich beobachtet, wie ich mich übergeben habe, mich beobachtet, wie ich zusammengebrochen bin. Er sieht mich jetzt. Sieht mich wirklich, sieht geradewegs in die hässlichsten, erbärmlichsten Seiten von mir. Ich schlage die Hände vors Gesicht und ich schließe die Augen. Auf diese Weise kann wenigstens ich ihn nicht sehen.

Aber seine Hände schieben meine beiseite. Und rosa Licht dringt durch meine Lider. Etwas Weiches und leicht Kratziges – oh, Toilettenpapier – reibt unter meinen Augen und um meinen Mund und wischt sowohl Tränen als auch Erbrochenes weg. Als ich aufblicke, kniet Jonah genau vor mir und tupft sanft und vorsichtig mit Papier über meine Haut.

»Ich werde da nicht rausgehen«, erklärt er, »und argumentieren, dass du weniger menschlich bist.«

»Jonah ...«

»Ich werde mich nicht im nationalen Fernsehen auf diese Bühne stellen und sagen, dass es dir nicht erlaubt sein soll, in der Öffentlichkeit zu existieren.« Sein Kiefer ist angespannt. »Das werde ich dir nicht antun, Finch.«

»Aber das hast du das ganze Wochenende getan!« Ich spüre Wut – zusätzlich zu den anderen Gefühlen, die gerade durch mich hindurchwogen und womöglich dafür sorgen, dass ich noch mehr Galle hochwürge. »Warum jetzt? Warum willst du die Endrunde hinschmeißen, wenn wir so verdammt nahe dran sind?«

Es passiert so schnell: Hände auf meinen Hüften, die mich auf seinen Schoß ziehen. Seine Stirn an meiner. Seine Nase, die meine reibt. Sein Mund, der meinen berührt.

Er küsst mich.

Er küsst mich auf meinen kotzeverschmierten Mund, auf dem Boden des Männerklos, der Toilettenrand drückt hart gegen meine Schultern.

Und ich erwidere seinen Kuss.

Mein einziger Gedanke ist: »Warum?«

Er löst sich von mir und sieht aus, als hätte er gerade die Finger in eine Steckdose gehalten. »Weil ich dich liebe. Und ich will nicht, dass wir gewinnen. Nicht um den Preis, dass wir da hoch ... und dich erniedrigen müssen und ...«

»Du liebst mich?«, frage ich. »Wirklich?«

»Es tut mir leid«, sagt er und rückt von mir ab, nur einen Fingerbreit. »Ich weiß, dass du gerade eine Menge durchmachst, und ich hätte nicht ...«

Nein, nein; das will ich nicht hören. Ich ziehe ihn wieder in meine Arme. Ich möchte ihn noch einmal küssen.

Also küsse ich ihn. Und das zweite Mal ist besser – nicht überraschend, sondern vertraut. Das ist ein Mund, den ich schon geküsst habe. Ein Mund, den ich wieder küssen werde.

»Ich liebe dich auch«, erkläre ich ihm. Denn so ist es, oder? Ich habe mir was vorgelogen. Weil das, was ich fühle, wenn ich ihn berühre und mit ihm rede und sein lässiges perfektes Lächeln sehe – Liebe ist. »Ich kann echt nicht glauben, dass du diese Runde meinetwegen boykottierst.«

»Ich kann nicht glauben, dass du dachtest, ich würde es nicht tun«, sagt er.

Und dann hilft er mir hoch, um auf wackligen Beinen zu stehen. Als wir über den Fliesenboden laufen, halte ich mich an ihm fest. Er öffnet einen Wasserhahn und ich beuge mich vor und spritze mir kaltes Wasser ins verquollene Gesicht.

»Was ist mit dir?«, fragt er. »Was wirst du tun?«

Er klingt nicht mehr hoffnungslos. Er sagt es, als sei es meine Entscheidung. Als könnte mich nie wieder irgendjemand ernsthaft verletzen kann, ganz gleich, was ich tue.

»Ich werde mir das Gesicht waschen. Und dann die Hände. Und dann ziehe ich diese Runde durch.«

Er seufzt. »Wenn du das wirklich willst, kann ich dich nicht daran hindern. Ich wünschte bloß, du würdest ...«

Ich schneide ihm das Wort ab: »Komm mit mir auf die Bühne. Aber lass mich deinen Platz einnehmen. Die erste Rede.«

Er mustert verwirrt mein Gesicht. Und dann – da ist es wieder, dieses Lächeln. Das ich liebe. *Liebe*.

»Oh, Finch«, sagt er. »Fuck, ja.«

Wie sich herausstellt, ist CSPAN nicht das einzige Fernsehteam beim Finale. Auf den Gängen stehen dicht an dicht Kameras und Leute mit Blöcken, Stiften und gezückten Handys. *Reporter:innen*, stelle ich fest, als ich von der Seitenbühne in die Halle spähe. Mein Magen rumort, immer noch gereizt; ich bin froh, dass er leer ist.

Wir treten auf die Bühne und nehmen unter donnerndem Applaus unsere Plätze ein. Die Direktorin hält eine Rede, die ich nicht höre, nicht hören darf. Jonahs Hand hält unter dem Tisch meine und erinnert mich daran, dass er hier ist, erinnert mich daran, was ich tun muss.

»Und nun, von der Annable School in Seattle, Washington« – das ist die Direktorin, die ihre beringte Hand hochhält – »Ariadne Schechter!«

Ari geht mit großen Schritten und hocherhobenem Kopf zum Podium, ihre adrette Uniform gebügelt und geschniegelt. Die fast schlafende Ari, die gestern im Speisesaal herumhing, die randvolle Ari, die am Abend zuvor Jonah vollgereihert hat – sie ist verschwunden. Das hier ist Ari im Kampfmodus, die beste Sparringpartnerin, die ich je hatte.

»Heute steht nicht weniger auf dem Spiel«, sagt sie, »als das Recht amerikanischer trans Menschen, in der Öffentlichkeit zu existieren.« Jedes ihrer Worte ist scharf und präzise. Als würde sie für die Präsidentschaft antreten und alles hinge von dieser Rede ab. »Nimmt man trans Menschen das Recht, eine Toilette zu benutzen, nimmt man ihnen zugleich das Recht, zur Schule zu gehen. Eine Arbeit zu haben. Sozialleistungen in Anspruch zu nehmen. Diese Strategie ist nichts anderes, als die langsame und kalkulierte Entfernung einer unterdrückten Minderheit aus dem öffentlichen Raum. Man könnte sie auch als genozidal bezeichnen.«

Während ich ihr zuhöre, wird mir bewusst, wie einfach es wäre, ihren Standpunkt anzufechten. So leicht. Ich bräuchte bloß – Augen zu und durch – die Worte der Leute wiederholen, die mich hassen. Ich habe schon so viele schlechte Argumente für so viele schlechte Ideen wiederholt. Und wozu? Was hat es mir je gebracht? Schon klar, ich habe auf diese Weise meine Feinde erkannt – aber wann haben meine Feinde je versucht, *mich* kennenzulernen?

Lauter, anschwellender Applaus reißt mich aus meiner Benommenheit, zurück in den Moment, in den Saal. Die Direktorin sagt meinen Namen. Die Reporter:innen in der ersten Reihe zücken die Kameras.

Jonahs Hand legt sich um meine. Er drückt die Fingerspitzen fest in meine Handfläche. Doch selbst als ich seine Hand loslasse, reduziert sich die Welt auf uns beide. Nur uns. Uns allein. Jonah liebt mich. Auf diese Runde lässt er sich nur ein, weil er mich liebt.

Ich muss bloß den Mut finden, dasselbe zu tun.

Und da ist es: das Podium, das Mikrofon. Ich nehme den ersten tiefen Atemzug. Ich öffne den Mund.

»Es wäre ein Leichtes, gegen das Recht von trans Menschen zu argumentieren, die Toilette ihrer Wahl aufzusuchen.« Ich hebe den Kopf. Nicht weniger als ein Dutzend Kameras sind auf mich gerichtet – strahlen mich live im ganzen Land aus. Ich zwinge mich, in den schwarzen Zylinder der nächstgelegenen zu blicken. »Viele gesetzgebende Institutionen in diesem Land haben diese Argumentation mitgetragen. Und zwar erfolgreich. Genauer gesagt, so erfolgreich, dass vielen trans Menschen tatsächlich die Toiletten verboten wurden. Nichts, was wir heute auf dieser Bühne diskutieren, ist hypothetisch. Es ist real. Es passiert.«

Mit Schrecken stelle ich fest, dass ich schon nach ein paar Sätzen meiner Rede außer Atem bin. Also: zweiter tiefer Atemzug.

»In vielen Ländern werden trans Menschen für ihre bloße Existenz ermordet.« Ich mache ein Pause; beide Hände auf dem Podium, um das Gleichgewicht zu bewahren. »Die Vereinigten Staaten sind eines dieser Länder.«

Quer durch die Zuschauerreihen wird leise und langsam nach Luft geschnappt.

»Wir wissen, dass die Toiletten-Verbote – die Argumente gegen trans Menschen im öffentlichen Raum – ihren Zweck erfüllen«, sage ich. »Sie zwingen transidente Menschen dazu, sich zu verstecken. Sie stellen trans Menschen als Monster dar. Sie funktionieren, und zwar effektiv. Würde ich diese Argumente nur gut genug wiederholen, würde ich ohne jeden Zweifel viele von Ihnen überzeugen.«

Nun entsteht Verwirrung in der Menge: Er sollte doch für das Toiletten-Verbot argumentieren, oder? Was zum Teufel macht dieser Typ da?

Ich drehe den Kopf und finde Jonah. Er sieht mir in die Augen; er nickt. Und mehr brauche ich nicht, um mich zu der verdutzten Menge zurückzudrehen, ich muss nur noch meinen dritten, meinen letzten tiefen Atemzug nehmen.

»Deshalb werde ich diese Argumente nicht wiederholen«, sage ich. »Ich werde nicht an dieser Debatte teilnehmen, ebenso wenig mein Partner.«

Nun breitet sich wilde Unruhe in der Menge aus. Oh Gott. Okay. Ich hatte das nicht vorgehabt, aber jetzt?

Jetzt habe ich wohl keine Wahl mehr.

»Ich bin trans.«

Die Direktorin, die auf hohen Absätzen auf die Bühne zugestapft war, bleibt wie angewurzelt stehen. Ich sehe ihren Mund. *Was?*

»Ich bin ein trans Mann«, wiederhole ich. Mein Kopf pocht wie ein Herz. »Ich werde nicht gegen mein eigenes Menschsein argumentieren. Das tun viele, viele Leute. Und sie haben damit großen Erfolg. Ich werde nicht – ich kann nicht – einer von ihnen sein.«

Ich frage mich, ob ich wieder in Tränen ausbrechen werde. Ich hoffe inständig, dass es nicht passieren wird.

»Wer will, kann mich einen Feigling nennen. Ihr könnt mir vorhalten, die Redefreiheit zu unterdrücken.«

Eine Frau mit einer Kamera hat sich an den Rand der Bühne gedrängt, sie richtet ihr langes Objektiv auf mein Gesicht und zoomt. Es gibt Leute, die das beobachten, die *mich* beobachten, im ganzen Land, genau in diesem Moment. Ich will nichts lieber als aufhören. Verstummen. Von der Bühne rennen und mich wieder übergeben, reine Galle. Aber ich kann es nicht. Und ich werde es nicht tun.

»Es ist nicht das erste Mal, dass ich diese Debatte führe«, fahre ich fort. »Ich habe sie das ganze Wochenende geführt. Ich führe diese Debatte jeden Morgen, wenn ich mich anziehe. Jedes Mal, wenn ich mein Zuhause verlasse. Jedes Mal, wenn ich Durst bekomme und überlege, ob ich einen Schluck Wasser trinken soll. Weil ich nämlich nicht weiß, wann ich unbehelligt eine Toilette benutzen kann und wann ich das Risiko lieber nicht eingehen möchte.«

Erst als ich das alles erwähne, wird mir bewusst, wie wahr es ist. Wie müde ich bin. Jetzt merke ich, dass ich gleich anfangen werde zu weinen. Und ich wünsche mir so sehr, der Damm wäre nicht gebrochen.

»Ich habe dieses Thema lange genug diskutiert«, sage ich schniefend; es ist schwirig, schwieriger, als ich es in Erinnerung hatte, die Tränen zurückzuhalten. »Und ich habe nichts hinzuzufügen. Wir haben nichts hinzuzufügen. Mein Partner und ich geben uns in dieser Runde geschlagen.« Ich drehe mich um, nicke Nasir und einer sichtlich erschrockenen Ari zu. »Glückwunsch, Annable. Ihr seid nun die nationalen Champions.«

Ich trete vom Podium ab und durch den überwältigenden

Lärm rings um mich herum dringt ein Geräusch sehr klar zu mir durch: Aris Stimme, die mir zuruft, als sie aufspringt.

»Finch!«, ruft sie. »Stopp! Tu es nicht! Du solltest nicht … Du brauchst nicht …«

Aber ich kann nicht bleiben, kann mir nicht anhören, was immer sie zu sagen hat. Ich muss von dieser Bühne runter. Auf der Stelle. Ich gehe mit großen Schritten auf die Seitenbühne zu, so schnell, dass Jonah joggen muss, um mit mir Schritt zu halten. Ich schlucke Schluchzer herunter, voll demütigend. Das Mikrofon hinter mir übersteuert, als die Direktorin es ergreift und alle auffordert, die Ruhe zu bewahren. Schritte hinter uns kommen schnell näher.

Ich drehe mich zu Jonah. Ich nehme seine Hand. Er nickt mir zu. Er weiß, was zu tun ist.

Rennen.

Und so machen wir unseren Abgang: rennend. Wir rennen und rennen, bis wir durch die Türen der Gray School stürzen, in die warme Frühlingsluft hinaus. Und wir rennen weiter, über den Innenhof, während uns die Sonne auf den Rücken brennt.

In der Mitte des Rasengevierts, im Schatten des Brunnens, bleibe ich stehen. Jonah ebenfalls. Er hebt mich hoch. Er küsst mich.

Ich habe nicht das Gefühl, irgendetwas verloren zu haben.

»Und ihr beiden wollt wirklich nicht zur Preisverleihung gehen?«

»Nein, Adwoa«, erkläre ich. »Ganz sicher nicht.«

Es war Adwoas brillante Idee, uns nach dem Finale aufzuspüren und uns in ihrem winzigen Hotelzimmer verschwinden zu lassen, weit weg von den überfüllten Schlafsälen der Gray School und vor allem von den neugierigen Blicken der Reporter:innen.

»Wir wollen einfach abtauchen«, sagt Jonah. »Vielleicht ein Nickerchen machen. Uns was zu essen bestellen. Nach, du weißt schon ...«

»Nach alldem hier«, sagt Adwoa und atmet aus. »Yeah. Kann ich euch nicht verdenken. Diese Debatte ist gerade die zweitwichtigste Schlagzeile im Land.«

»Nur Nummer zwei?« Jonah sieht enttäuscht aus. »Wer hat uns geschlagen?«

»Ein neues Kardashian-Baby.« Adwoa lehnt in der geöffneten Tür des Hotelzimmers und scrollt energisch durch ihr Handy. »Aber Caitlyn Jenner hat getweetet, wie tapfer sie dich findet, Finch, also behaupte nicht, die Kardashians hätten nie etwas für dich getan.«

»Hat sie echt?« Ich ziehe mich zum Matratzenrand. »Ich musste mein Handy ausschalten, weil ich ungefähr sechzig Nachrichten pro Minute gekriegt habe.«

»Gut, dann bleibt ihr zwei hier und lest die ganzen Nachrichten. Ich werde allein zum Bankett gehen. Und in eurem Namen die Preise entgegennehmen.«

»Glaubst du ernsthaft, sie werden uns Preise geben?«, frage ich sie. »Nach der Nummer, die wir uns geleistet haben?«

»Dir ist schon klar, dass ihr immer noch – nein, sorry, dass ihr trotzdem Preise als Individuen gewinnen werdet, oder? Auch wenn ihr den Team-Titel verwirkt habt?«

»Lass es uns nicht beschreien«, sagt Jonah.

»Finch, ernsthaft«, sagt Adwoa, ohne sich um ihn zu kümmern. »Wenn du als Einzelperson nicht den ersten Preis bekommst, können sie was erleben.«

Ich halte die Hände hoch und zucke mit den Achseln: Wer weiß? »Wir werden sehen.«

Adwoa verdreht die Augen, aber ich erkenne ihr Lächeln. »Okay, ich verdrücke mich jetzt mal. Und ihr zwei seid brav.« Sie zwinkert uns vielsagend zu.

Jonah und ich gleichzeitig: »*Adwoa!*«

Mit einem lebhaften Grinsen und einem über die Schulter gehauchten Kuss ist sie aus der Tür. Super. Jetzt bin ich zu verlegen, um Jonah auch nur in die Augen zu schauen.

»Also«, höre ich ihn hinter mir sagen, als er sich auf Adwoas Matratze ausstreckt. »Möchtest du …«

Er lässt die Worte in der Luft hängen, zögernd.

Und? Will ich? Was? Ich könnte tun, was ich immer getan habe. Ihn zurückweisen. Mich zurückweisen. Bewusst so wenig wie möglich wollen.

Aber nach dem heutigen Tag, nach dieser Rede, ist es vielleicht einfacher, zu sagen, was ich meine. Zu sagen, was ich will.

Also drehe ich mich zu ihm. »Ich möchte rumknutschen«, erkläre ich ihm mit sehr viel mehr Selbstbewusstsein, als ich erwartet habe. Ich hebe den Kopf und sehe ihm – na ja, vielleicht nicht ganz – in die Augen. In die plötzlich sehr enthusiastischen Augen. »Aber erst muss ich duschen. Oder baden. Und mir die Zähne putzen. Ich bin mir ziemlich sicher, dass ich immer noch nach Kotze rieche.«

»Du duftest nach Rosen«, sagt er, was ich mit Augenverdrehen beantworte.

»Okay, Loverboy«, erkläre ich ihm, als ich ins Bad verschwinde. »Was immer du sagst.«

Während ich mir Badewasser einlasse, ziehe ich meinen Blazer aus, dann mein Hemd, das, wow, eine Runde Reinigung nötig haben wird, wenn wir wieder in Olympia sind. Bin ich ernsthaft in diesem Hemd auf die Bühne gegangen? Bleibt bloß zu hoffen, dass die Kameras die Kotzespritzer nicht festgehalten haben.

Als Nächstes ist mein Gürtel dran, dann meine Hosen, die einen Ring um meine Knöchel bilden. Dann stehe ich nur noch in Binder und Boxershorts vor dem beschlagenen Spiegel. Ich starre mich an und lausche dem Wasser, das in die Wanne läuft, und dem Rauschen des Blutes in meinen Ohren.

Ich sehe wie ein Junge aus. Das weiß ich. Nach der langen Zeit mit Testosteron und Lupron werde ich so gut wie nie mehr für ein Mädchen gehalten. Und trotzdem, wenn ich mich so wie jetzt im Spiegel sehe, nachdem alle Schichten abgelegt sind, kommen die unwiderlegbaren Tatsachen meines Körpers zum Vorschein. Manchmal ist es mehr, als ich ertragen kann.

Heute nicht. Heute, als ich den letzten Stoff abnehme, blicke ich in den Spiegel und sehe einen Jungen zurückstarren. Einen Jungen, der mutig genug war, auf den nationalen Titel zu verzichten, auf einen zweiten Anlauf bei seiner Traum-Uni. Um für sich selbst einzustehen. Um den Glauben – nein, die Tatsache – zu verteidigen, dass er ein Junge ist. Dass er es verdient hat, ein Junge zu sein. Dass er sich nicht dafür zu entschuldigen braucht.

Ich lege die Hand auf den Spiegel und betrachte den Körper darin. Es ist der Körper eines Jungen. Er gehört dem Jungen, der heute einen anderen Jungen geküsst hat. Einen Jungen, der von diesem Jungen festgehalten, geschätzt und geliebt wird.

Es ist der Körper eines Jungen und er gehört mir.

Ich komme warm und schläfrig und schrumpelig vom heißen Wasser aus dem Bad. Na ja, ich komme nicht ganz heraus, ich stehe einen Moment lang in der Türöffnung, in dem unfassbar flauschigen Bademantel, den ich aus dem Hotelkleiderschrank genommen habe. Gerade eben in der Dusche hatte ich Fantasien, quer durchs Zimmer zu rennen und mich auf Jonah zu stürzen. Mich einfach auf ihn zu werfen, den Bademantel herunterzureißen: *Nimm mich, ich gehöre dir.*

Doch jetzt zögere ich. Im Moment ist meine Brust nicht abgebunden. Und ich muss mich fragen: Wird es komisch sein für Jonah? Ein Hinderungsgrund? Ist es albern von mir, mir darüber den Kopf zu machen, obwohl er mir bereits gesagt hat, was er für mich empfindet? Er hat mich schon geküsst, ja, aber nicht so. Nicht ohne meinen Binder. Was, wenn das alles ändert? Was wenn …

»Hey«, sagt eine Stimme, die ich absolut nicht zu hören erwartet habe. »Wir müssen reden.«

Ich hebe den Kopf, und da ist sie: In der Mitte des Raums steht keine andere als Ari in ihrer Uniform und tritt nervös von einem Mary Jane auf den anderen.

»Wa … warum …« Ich trage einen Bademantel. Und keinen Binder. Ich will nicht, dass Ariadne Schechter mich so sieht. »Was tust du hier? Solltest du nicht beim Bankett sein?«

»Sie meinte, sie müsse mit dir reden«, sagt Jonah mit der Stimme einer Geisel aus dem Sessel am Fenster. »Und es sei sehr wichtig. Und es könne nicht warten.«

»Und du konntest nicht warten, bis ich angezogen bin? Echt jetzt?«

»Es tut mir leid«, entschuldigt sich Ari. »Es geht sozusagen um Leben und Tod. Sonst wäre ich nicht vorbeigekommen.«

»Okay.« Aber das sage ich nur, weil ich noch an die Party gestern denke. Ihr abgebrochenes Geständnis. »Fünf Minuten.«

Wir gehen auf den leeren Gang, in dem mit Ausnahme der Plastikpflanzen alles beige ist. Ari schiebt die Finger ineinander.

»Gestern, auf dem Balkon«, setzt sie an, »habe ich dich Jonah erzählen hören, dass du nicht an der Georgetown angenommen wurdest.«

»Ach, darum geht es hier?« Und ich hatte mich darauf vorbereitet, Ari zu trösten, sie mit offenen Armen in der Trans-Community zu begrüßen. »Dafür bist du angenommen und nun hast du auch noch den nationalen Titel. Bist du bloß hergekommen, um mir das unter die Nase zu reiben?«

»Nein! Ich frage dich, ob du immer noch an die Georgetown willst!«

Ich blinzle sie verdutzt an. »Wie ... Was willst du ...«

»Ich wurde bloß angenommen, weil mein Vater ein Gebäude gekauft hat«, erklärt sie. »Und jeder weiß es. Kannst du dir vorstellen, wie blöd sich das für mich anfühlt? Wie beschissen? Als hätte er allen Ernstes geglaubt, ich würde es nicht aus eigener Kraft schaffen. Er musste unbedingt ein paar Mille auf einen großen, fetten ...«

»Ari, ich werde ehrlich sein. Meine Sympathie für dich hält sich gerade sehr in Grenzen.«

»Tut mir leid. Fuck. Hör zu.« Sie tritt einen Schritt zurück und nimmt noch mal Anlauf. »Was ich sagen will, ist, mein Vater hat eine Menge Einfluss an der Georgetown. Und wenn du willst, kann ich dafür sorgen, dass er dort anruft und ein gutes Wort für dich einlegt.«

»Heilige Scheiße.« Jetzt muss ich mich hinsetzen. Ich taumle rückwärts, plumpse aber bloß unter eine der Plastikpflanzen. Sich in diesem Bademantel zu bewegen, ist nicht einfach. Um den Anstand zu bewahren, muss ich die langen Enden des Kleidungsstückes zusammenziehen. »Hast du gerade gesagt ...«

»Dass du angenommen wirst, kann ich dir nicht versprechen«, sagt sie. »Aber einen Anruf kann ich dir versprechen.«

Ich sehe misstrauisch zu ihr hoch. »Warum tust du das?«

»Weil du diese Runde hingeschmissen und mir den nationalen Titel überlassen hast. Und weil du mir geholfen hast, mir über ein paar Sachen klar zu werden, die ich ... ähm ...« Sie weicht meinem Blick aus und kaut auf ihrer Lippe herum. »Ignoriert habe, würde ich mal sagen? Weil ich Angst vor der Meinung der Leute hatte?«

»Oh, Ari.« Ich schlucke. Da ist er: der Sprung in der Eierschale. »Ich weiß genau, was du meinst. Ich habe es hinter mir.«

»Also, ich bin noch nicht bereit, mich für ein Label zu entscheiden oder so.« Sie hebt eine Hand und reibt eine entwischte Träne unter dem Auge weg. »Aber du hast mir klargemacht, dass es Dinge gibt, die ich tun kann. Dass ich mich zum Beispiel nicht bis zum Ende meines Lebens so fühlen muss. Ich habe Wahlmöglichkeiten. Ich kann mich entscheiden.«

»Genau. Du kannst dich entscheiden.« Ich schlucke. »Und falls ich je irgendwas für dich tun kann ...«

»Du kannst mich *diesen Anruf* für dich tun lassen«, unterbricht sie mich. »Warum diskutierst du mit mir herum? Ist es nicht genau das, was du immer gewollt hast?«

Sie hat recht. Ich wollte Georgetown seit Jahren. Mehr, als ich je irgendetwas gewollt habe. Aber jetzt fällt mir ein, was Jonah gestern Abend gesagt hat: Was man sich wünscht, ist nicht immer das Beste. Ist die Georgetown University tatsächlich das Beste für mich?

Ich habe mich lange gefragt, wie es sich wohl in Aris Steuerklasse lebt. In einer Welt, in der man sich einen Wunsch einfach kaufen kann. Sie lädt mich in diese Welt ein. Hier und jetzt.

Aber ich habe die Leute in ihrer Welt immer gehasst, oder? Nicht für ihren Besitz, sondern wie sie dazu kommen: indem sie betrügen und stehlen und sich vordrängen. Wenn ich mich auf das hier einlasse – Ja sage und an allen anderen verzweifelten Bewerber:innen auf der Warteliste vorbeisegle –, wie soll ich da nachts ein Auge zukriegen?

Würde Thomas Piketty mir jemals verzeihen?

Ich trete einen Schritt zurück. Ich schüttle den Kopf.

»Tut mir leid, Ari«, erkläre ich ihr. »Aber die Antwort lautet Nein.«

Es ist ein komisches Gefühl – ein trauriges –, seine kühnsten Träume auf dem Silbertablett serviert zu bekommen und dann abzulehnen. Mir dreht sich der Kopf, als ich in unser Hotelzimmer zurückgehe und die Tür hinter mir schließe. Jonah liegt ausgestreckt auf dem Bett und hebt neugierig den Kopf.

»Was wollte sie denn?«

»Sie wollte, dass ihr Dad die Georgetown anruft.« Ich schwebe über dem Rand der Matratze. »Meinetwegen. Damit ich zugelassen werde.«

»Und du hast Ja gesagt?« Jonah hebt eine Hand. »Bitte sag mir, dass du zugestimmt hast.«

Ich schüttle den Kopf. »Nein.«

»Oh nein.« Jonah wirft lachend den Kopf in den Nacken. »Das bist so was von du.«

»Lach mich nicht aus!«, protestiere ich. »Wie würdest du dich fühlen, wenn du auf der Warteliste stündest, und irgendjemandes Dad ruft wegen irgendjemandem an, und derjenige wird angenommen und du nicht?«

»Du bist so ein guter Mensch.« Er wirft sein Handy auf den Nachttisch. »Komm her.«

Ich verschränke die Arme vor der Brust – so binderlos zu sein, verunsichert mich immer noch – und setze mich aufs Bett.

»Weißt du«, er wackelt vielsagend mit der Augenbraue. »Ich hatte die Hoffnung, du würdest dich hin*legen*, nicht hinsetzen.«

»Hinlegen?« Mein Herz gerät ins Schlingern. »Um …«

»Damit ich dich küssen kann«, sagt er – und dann werden seine Augen groß und entschuldigen sich. »Aber nur, wenn du es willst.«

»Oh, das will ich unbedingt.« Ich lasse mich in die Horizontale zurückfallen. »Ich weiß bloß nicht, ob ich … zu mehr bereit bin?«

»Natürlich«, sagt er. »Wir haben so viel Zeit, Finch. So viel Zeit.«

Und dann finden wir unsere Haltung: seine Arme um mich, seine Stirn an meiner. Seine Lippen auf meinen. Ich zögere, nur eine Sekunde lang, bevor ich die weichen Gipfel meines Oberkörpers an die flache Ebene von seinem presse.

Er zuckt nicht zurück. Er zieht mich bloß noch enger an sich, küsst mich länger. Ich entspanne mich, erlaube mir, alles zu fühlen. Ich kann immer noch nicht fassen, dass er hier neben mir im Bett liegt und meinen Körper berührt. Ich erhole mich jede Sekunde von einem neuen Schock.

»Woran denkst du?«, fragt er, ohne dass sein Mund meinen verlässt. »Wie fühlst du dich?«

»Ich weiß es nicht«, murmle ich zwischen Küssen. »Ich konnte mir einfach nie vorstellen, dass das hier passieren wird.«

»Wie meinst du das?« Er rückt von mir ab und stützt sich auf die Ellbogen. »Warum?«

»Ich dachte einfach nicht, dass du ... dass du ... mich so mögen könntest«, erkläre ich ihm. »Denn zum einen hattest du Bailey.«

Er hebt die Hand und fährt mit dem Daumen über die Wölbung meiner Wange. »Aber das war nicht alles, oder?«

Irgendwie will ich dieses Gespräch nicht mit ihm führen. Es wäre so einfach weiterzumachen, ohne es anzusprechen, einfach zu tun, als wäre es nicht wichtig. Aber ich weiß, dass wir es nicht ignorieren können, die Tatsache, dass ich bin, wer ich bin. Und ich habe Glück: In diesem Moment fühle ich mich sicher genug in diesem Bett mit ihm, darüber zu reden.

»Ich meine, du bist ... schwul«, fange ich an. »Und mir

war nicht klar, ob du dich jemals zu mir hingezogen fühlen würdest oder überhaupt dazu in der Lage sein würdest.«

»Ich stehe auf Typen«, sagt er langsam. »Und du bist ein Typ.«

»So einfach ist das nicht.«

»Doch, ist es.«

»Nein, aber ... hör zu.« Ich rücke von ihm ab. Er macht alles richtig, aber ich weiß nicht, ob er sich wirklich in mich hineinversetzen kann. Er muss in seinem Innersten wissen, wie verängstigt ich gewesen bin. »Die meisten Leute denken, schwul zu sein, bedeutet ... auf einen bestimmten Typ Körper zu stehen, richtig? Einen Körper, den ich nicht habe.«

Seine Hand findet meine und drückt sie. »Habe ich dir je Anlass zu diesem Gefühl gegeben?«

Es gefällt mir, dass er es so angeht: keine Verteidigungshaltung annimmt, nicht sagt *Ich würde niemals ...* sondern mich stattdessen einfach fragt, ob er je etwas getan hat, das mich verletzt.

»Als Nasir dich gefragt hat, ob du hundert Prozent auf Schwanz stehst«, sage ich, »hast du bejaht.«

»Oh, Finch.« Er setzt sich auf und schüttelt traurig den Kopf. »Es tut mir unendlich leid. Das ist mir so rausgerutscht.«

»Danke. Es ist bloß ... für mich ist es echt total wichtig, dass du das begreifst. Als ich in die Pubertät kam und diese ganzen Arzttermine hatte, da haben sie immer wieder nachgehakt, um sich zu vergewissern, dass ich wirklich ein Junge bin. Weil die Ärzt:innen Hormone nicht einfach wie Skittles verteilen. Schon gar nicht an Minderjährige. Man muss sich wirklich, wirklich sicher sein.«

»Richtig«, sagt Jonah. »Das verstehe ich.«

»Die wichtigste Frage war: Und, fühlst du dich zu Mädchen hingezogen? Mir kam es vor, als müsse man Ja sagen, wenn man sein Geschlecht angleichen will.«

Jonah stößt einen leisen Pfiff aus. »Mann, ich hatte keine Ahnung.« Er streckt die Hand nach mir aus und streicht mir über den Arm.

»Kann ich absolut ehrlich zu dir sein?«, fragt er.

»Ich weiß nicht.« Nun bin ich wieder nervös. »Ich bin nicht sicher, ob ich gerade mit absoluter Ehrlichkeit umgehen kann.«

Er lacht. »Okay, ich habe dir erzählt, dass es mit Bailey schon eine Weile nicht mehr lief, oder?«

»Das musstest du mir nicht erzählen. Das war nicht zu übersehen.«

»Und je schlimmer er wurde ... umso besser wurdest du.« Er läuft rot an und presst sein Gesicht gegen die Schulter, um ein nervöses Lachen zu unterdrücken. Das Geräusch lässt etwas in meiner Brust ganz aufgeregt werden. »Und ich fing an, mich zu fragen, ob ich die richtige Entscheidung getroffen habe. Ob du der Richtige warst. Nicht Bailey.«

Mein Magen flattert. Aber nicht wie heute Morgen. Sondern voller Freude.

»Du und ich, das passt einfach«, fährt Jonah fort. »Wir arbeiten so gut zusammen. Wir sind das Rollkommando bei Debatten. Wir helfen einander, unsere Probleme zu lösen. Und ganz tief in meinem Inneren dachte ich immer wieder: Finch ist es. Er ist der Richtige. Nicht Bailey.«

Hätte er mir vor einem Monat gesagt, dass ich ebenso begehrenswert war wie Bailey, dass ich genauso Liebe verdiente, hätte ich ihm ins Gesicht gelacht. Aber hier ist er und sagt es. Und hier bin ich und glaube es.

»Vermutlich hatte ich ähnliche Ängste wie du?«, sagt er. »So nach dem Motto, wenn ich dich mochte, würde mich das weniger schwul machen?«

Ich zucke zurück, aber er streckt die Hand nach mir aus und drückt sanft meinen Arm. »Ich weiß. Ich weiß. Ich weiß. Es ging nicht um dich. Ehrenwort. Es war bloß diese dämliche Unsicherheit.« Er lacht. »Ich habe mir buchstäblich zugeredet: ›Klar bist du noch schwul, wenn du Finch magst. Er ist ein Typ. Du bist ein Typ. Das ist die sachliche Definition von schwul.‹« Er macht eine Pause und unwillkürlich muss ich auch lachen. »Und dann hing ich mit Bailey und seinen Freunden im Theaterclub ab, und er hat irgendeinen bescheuerten Spruch abgelassen, dass er allergisch auf Pussy ist, und alle lachten, und ich war bloß ...«

Ich rede leise. »Und du hast ihn nicht darauf angesprochen?«

»Nein. Weil zwischen uns sowieso schon alles auf der Kippe stand. Ich hatte bereits so ein schlechtes Gewissen wegen der UW.« Er seufzt und reibt mit dem Daumen über meine Schläfe. »Aber es ist mir so peinlich, Finch. Ich schäme mich so.« Er lässt sich mit einem Seufzer auf den Rücken fallen. »Ich hatte solche Angst davor, was die Leute sagen würden. Und es war so was von dumm! Denn wenn ich einen Arsch in der Hose gehabt und mit ihm Schluss gemacht hätte? Dann hätten du und ich das hier schon seit einer Ewigkeit tun können?«

Ich sehe ihn lange an und lasse alles, was er gerade gesagt hat, auf mich wirken, all die Schuldgefühle und die Scham und die Angst. Und dann lache ich und lasse mich auf seine Brust fallen.

»Das hier ist das vermurksteste Bettgeflüster aller Zeiten«, sage ich.

Er lacht und sieht erleichtert aus, dann zieht er mich eng an sich.

»Weißt du, was«, sagt er, unsere Nasen reiben aneinander. »Ich liebe dich. Das meine ich ehrlich.«

»Obwohl ich ...«

»*Weil* du.«

»Und du glaubst nicht, dass es dich weniger schwul macht?«

»Finch«, sagt er. »Ich bin so was von schwul für dich.«

Und dann küsst er mich mit aller Zärtlichkeit der Welt.

Das tun wir für eine lange Zeit, und es ist himmlisch: Küsse ohne Ziel, nichts tun, keine Verpflichtung, irgendwo zu sein. Erst als es auf dem Nachttisch surrt – Jonahs Handy –, hören wir auf. Jonah greift danach und wischt mit der Hand, die gerade nicht meine Haare streichelt, über das Display.

»Hey, schau mal«, sagt er. »Eine Nachricht von Adwoa.« Er hält mir das Handydisplay entgegen: zwei Silbermedaillen. Eine für ihn, eine für mich.

»Ja!«, rufe ich. »Wir haben verloren!«

»Gut gemacht, Loser«, sagt er.

Ich strecke mich, um ihn zwischen die Augenbrauen zu küssen, so wie ich es den Jungen von der Tennisschule habe tun sehen.

»Noch nie hat sich der zweite Platz so gut angefühlt«, erkläre ich ihm.

Das Handy vibriert noch einmal: Adwoa, dieses Mal lässt sie eine Goldmedaille baumeln. Und Sekunden später kommt noch eine Nachricht. Es ist ein Foto, eine Nahaufnahme von einer Urkunde auf dickem teurem Pergament.

BESTER SPRECHER, steht darauf. FINCH KELLY, JOHNSON TECHNICAL SCHOOL.

»Heilige Scheiße«, hauche ich.

»Der Beste im verdammten Land«, sagt Jonah und küsst mich auf die Schläfe. »Nicht übel, Baby.«

Ich mustere ihn mit hochgezogener Augenbraue. »Baby?«

»Wie? Magst du nicht?« Er sieht ehrlich betroffen aus.

»Es muss nicht Baby sein. Ich könnte dich auch, lass mal überlegen ... Schätzchen oder Süßer oder Mäuschen nennen ... oh, oder *mahal*, das ist ein Pinoy-Wort ...«

Ein Telefon vibriert – dieses Mal meines. Ich stöhne, als ich danach greife. »Warte.« Ich bin diese Unterbrechungen allmählich echt leid. »Ich sag Adwoa kurz, dass wir Zeit für uns brauchen.«

Aber der Name auf dem Display ist nicht Adwoa. Sondern Lucy. Sie ruft mich an.

Ich tippe auf das grüne Icon. »Hey, Lucy, ist gerade keine gute ...«

»Ach, scheiß drauf«, sagt sie lachend. »Ich habe hier jemanden. Jemanden, der unbedingt mit dir reden möchte.«

»Lucy?« Ich richte mich auf und höre, wie das Telefon Hände wechselt. »Lucy, was hast du ...«

»Hey«, sagt eine Stimme – eine tiefe Frauenstimme, die ich noch nie gehört habe. »Hier spricht Alice Brady.«

Ich zerbreche mir den Kopf. »Sorry – wer?«

Sie lacht. »Ich kandidiere hier in Olympia für den Kongress«, sagt sie. »Ihre Freundin Lucy ist von Haustür zu Haustür gezogen und hat für mich Wahlkampf gemacht.«

»Oh!« Mein Herz rast, zum dutzendsten Mal heute. »Wie schön ... von Ihnen zu hören!«

»Es ist schön, von Ihnen zu hören«, sagt sie. »Ihre Rede war echt der Hammer, Finch. Ich hatte Tränen in den Augen.«

»Danke.« Ich schlucke. »Ich auch.«

»Hey, Sie sind witzig.« Ich höre ein Lächeln aus ihren Worten. »Jemanden wie Sie könnten wir für die Wahlkampagne brauchen.«

»Moment.« Mein Herz rast nicht länger, es ist stehen geblieben. »Wollen Sie damit sagen, als … Ehrenamtlicher, oder …«

»Wir haben eine freie Stelle«, sagt sie. »Ich brauche einen Mitarbeiter in der Kommunikation. Relativ nachgeordnet, aber wenn Sie sich ins Zeug legen … Nach oben ist alles offen.«

»Oh mein Gott.« Ich versuche, Luft zu holen, aber es gelingt mir nicht ganz. »Sie … Sie möchten, dass ich für Sie arbeite?«

»Lucy sagt, dass Sie sich irgendein College in D. C. in den Kopf gesetzt haben«, erklärt sie. »Aber falls Sie lieber hier in Olympia bleiben möchten – vielleicht ein Jahr überbrücken wollen –, würden wir Sie wahnsinnig gern haben.«

Ich stehe auf und beginne, hin und her zu laufen. »Sie wollen mich ernsthaft haben?«, quieke ich. »Sie möchten meine Hilfe?«

»Finch, ich würde Ihre Hilfe fantastisch finden«, sagt sie. »Und natürlich besteht auch immer die Möglichkeit, dass Sie mit uns nach D. C. kommen, falls wir das Rennen gewinnen.«

Ich bleibe auf der Stelle stehen. Hier ist es. Alles, alles, was ich je haben wollte. Keine Abkürzungen; kein Vordrängen. Einfach ehrliche, harte Arbeit. Blut, Schweiß und Tränen am Podium, die auf ein kotzbeflecktes Hemd fallen.

»Representative Brady«, sage ich, »es wäre mir eine Ehre.«

»Noch bin ich keine Representative«, lacht sie. »Aber ich

liebe diesen Enthusiasmus. Ich weise meinen Wahlkampfleiter an, Ihnen ein paar Unterlagen zu schicken.«

»Gern.« Ich muss mich wieder hinsetzen; ich bin fertig, aber nicht nervös. Zufrieden. Bereit für ein nettes langes Schläfchen in Jonahs Armen. »Ich werde ... Ich werde darauf warten.«

»Perfekt. Und feiern Sie heute Nacht. Sie haben es verdient.«

»Das werde ich«, sage ich. »Unbedingt. Vielen Dank, Ms Brady.«

Sie lacht wieder. »Nenn mich einfach Alice, Finch.«

»Okay«, sage ich. »Mach ich, Alice.«

Sie legt als Erste auf. Ich drehe mich zu Jonah. Er schlingt die Arme um mich.

»Habe ich das richtig gehört?«, fragt er. »Hast du dir gerade den allerersten Job deines Lebens in einer Wahlkampagne für den Kongress klargemacht?«

»Ja«, bringe ich gerade noch heraus, meine Augen füllen sich mit Tränen.

Er kommt näher und küsst sie weg. »Glückwunsch, Baby.«

Ich lache ungläubig. »Wir sind bei Baby gelandet? Nicht Schätzchen oder Süßer oder Mäuschen oder ...«

»Tja, wenn du keine besseren Vorschläge hast«, sagt er.

»... *Botschafter?*«

Seine Augen werden groß. Und dann, einen Augenblick später, kriegen wir uns beide vor Lachen nicht mehr ein, kugeln übereinander und rollen fast vom Bett. Und als wir uns schließlich ausgetobt haben, streckt Jonah die Hand nach der Nachttischlampe aus. Seine Hand liegt auf dem Schalter. Ich kuschle mich an ihn; er drückt mich fest.

»Ich liebe dich. Lass uns 'ne Runde schlafen. God bless America.«

# DANKSAGUNGEN

Vielen Dank an Dial Books: Ellen Cormier, dass sie das Narrativ auf den Punkt gebracht, auf das Wichtige reduziert und Finchs und Jonahs Liebesgeschichte so hell zum Leuchten gebracht hat wie die von Paris und Rory; Felicity Vallence, Carolyn Foley, Lauri Hornik, Jennifer Dee, Regina Castillo, Jennifer Kelly, Kristie Radwilowicz und das ganze Team.

An Penguin Canada: Lynne Missen, Peter Philipps und das ganze Team.

An Janklow & Nesbit: meinem ehemaligen Agenten Brooks Sherman, dass er etwas Besonderes in mir gesehen und mich gefördert hat und mich mit Expertise durch den Verkauf dieses Buchs gelotst hat; Roma Panganiban, Claire Conrad, Emma Winter, Erin Mathis, Aaron Rich, Murad Mirzoyev, PJ Mark, Kira Watson und Emma Parry.

An Hill Nadell: meine jetzige Agentin, Bonnie Nadell, dass sie während einer schwierigen und heiklen Zeit an Bord gekommen ist, mich beruhigt und meinen Glauben an mich und dieses Buch gestärkt hat.

An UTA: Mary Pender-Coplan.

An Lambda Literary: Benjamin Alire Sáenz, William

Johnson, Tony Valenzuela, Sue Landers und die ganze Young-Adult-Gruppe von 2016.

An die University of Toronto: André Alexis, Anne Michaels, Bex McKnight, Dennis Bock, Brenda Cossman, Michael Cobb und Rinaldo Walcott, außerdem die Fachbereiche Politikwissenschaft und Sexual Diversity Studies.

An CHS: Ms Willis, Mr McKenzie, Ms Breeze, Ms Gloster, Ms Kennedy-Carter und Ms Namini, dass sie meine frühe Liebe zum Schreiben gefördert haben; Ms Clement, dass sie auf mich aufgepasst hat, als ich mit siebzehn mein Elternhaus verlassen musste; Wyll M., Emily C. und Danielle P., dass sie mich für die Nationals gecoacht und mir geholfen haben, beide Seiten zu sehen; Ms McCrae, dass sie das Debattierteam gesponsert und mich ertragen hat, obwohl ich damals eine TOTALE NERVENSÄGE war, wenn ich an dieses eine Mal zurückdenke, als ich sie zugetextet habe, SCHÄME ich mich noch immer, das hier ist meine schriftliche Entschuldigung; Alisha A., dass sie eine erstklassige Teampartnerin war und die Szene inspiriert hat, mit der das Buch beginnt; Noreen W., dass sie meine allererste Partnerin war und dieses Jahr in mein Leben zurückgekehrt ist und mir unschätzbare Einblicke in Jonahs Leben gewährt hat, salamat; Alice C., dass sie eine wundervolle Co-Captain war; Samantha L., Verity A., Catherine W. und Beth C. für ihre außergewöhnliche Freund- und Mentorschaft; jeder und jedem, mit oder gegen den ich je debattiert habe, vor allem Juliette L., Frank H., Sophie B., Ashley B., Jonny und Iqbal (Legenden) und die Peters.

Bei Pitchfork: JeremyLarson, Anna Gaca, Jayson Greene, Philip Sherbourne, Cat Zhang, Mankaprr Conteh, Sasha Geffen und Jill Mapes, dass sie mir geholfen haben, als Autor und Kritiker exponentiell zu wachsen.

In der Familie: Dad für seine unermüdliche Liebe, wenn ich sie am meisten brauche, und für seinen Willen, zu lernen und zu wachsen; Sandi, die Mutter, die ich gern gehabt hätte und glücklicherweise nun habe; Peter, den ich mehr liebe als jeden anderen, am meisten von allen; Robbie, der mir immer wieder Hoffnung gibt, dass ich trotz allem wachsen und gedeihen kann, und Grandma, die immer meine Liebe zum Lesen gefördert hat. Und natürlich meine zehn wunderschönen biologischen Kinder: Kit Kittredge, Rebecca Rubin, Ruthie Smithens, Melody Ellison, Samantha Parkington, Kita Bailey, Hal Incadenza, Cécile Rey, Felicity Merriman und Courtney Moore.

Dank der Toronto Public Library für ihre Computer, auf denen ich große Teile dieses Buchs geschrieben habe, aber nicht für die dumme Nummer mit dieser wie-heißt-sie-doch-gleich Terf.

Dank dem Langley School District #35, dass er die Write-From-The-Heart-Workshops gefördert und mir und so vielen anderen Jugendlichen geholfen hat; und dem Writing & Book-Camp der Vancouver Public Library, die mir ermöglicht hat, leibhaftige Autor:innen kennenzulernen und anschließend meine Arbeit auf der Bühne vorzulesen, als würde ich dazugehören. Ich bin ein stolzer Alumnus.

Für ihre Lektüre der frühen Entwürfe dieses Buchs und

ihr ehrliches gründliches Feedback: Lena, Daniel Lavery, Frankie Thomas, Hal Schrieve, Seph M., Shreya M und Ezra Mattes.

Dank, dass sie meine lieben Freunde sind: Lena, der dieses Buch gewidmet ist und ohne die ich nichts wäre; Grace, die mich materiell unterstützt und geliebt hat, als es mir dreckig ging, dass sie mir geholfen hat zu wachsen; Alex G. aus New York; Alex G. aus San Francisco; Alex G. der Musiker, der nicht mein Freund ist, aber *Rocket* und *House of Sugar* sind beides totale Meisterwerke, die ich mir beim Schreiben dieses Buchs oft angehört habe.; Alexis Henderson; Alice B., Allegra Rosenberg; Allison H.; Amal Haddad, deren Wissen mir geholfen hat, Rachel Corrie in diesem Buch Gestalt zu geben; Andrea W.; Ave G.; Bec U.; Bethany Hindmarch, die viel von der Substanz von Adwoas Rede inspiriert hat; Blythe P., dass sie Ezra und mich zusammengebracht hat (du Legende); das Canoe; Celeste Pille; Claire Dederer; Claudia M.; Daniel G.; Daniel Lavery; David B; Eli S.; Emily E.; Emily I.; Frankie Thomas; Hanna B; Hannah S; Harry Y.; Heidi; Ian R.; Jaime Z.; Jackson D.; James S.; James aus Australien; Jason Lipshutz; Joe Shapiro; Jules Holewinski; Kaelynn Stewart; Kai Cheng Thom, eine Zuflucht im Sturm; Kaya B.; Kevin F.; Lindsey G.; Lou B.; Mad J.; Mia G.; Mike Scrafford; Morgan Bimm; Morgan Jerkins; Ness Perruzza; Nick K.; Philipp Crandall; Sophie Shelton; Sam O.; Seaward Darby; Seph M.; Shreya M.; Stephanie Redekop und ihre ganze Familie, die mir mit siebzehn das Leben gerettet hat; Suzanne Greenfield; Taylor-Ruth Baldwin;

Thea; Tom Phelan; Waverly SM; Zainab Javed. Falls ich dich vergessen habe, werde ich mir das nie verzeihen.

Für ihre Inspiration: Andrea Long Chu; Andrew Garfield; Bill Hader; Cardi B.; Chris Colfer; Craig's Cookies; Donna Tartt; Fresco Tours; fruitsoftheape100; Hanya Yanagihara; die LGBT Youthline; Jeremy O. Harris; John Elway; John Mulaney; Joni Mitchell; Lemony Snicket; Matt Stone und Trey Parker; Meg Cabot, die sich nicht daran erinnern wird, aber einmal, als ich zwölf war, bin ich, nachdem ich gerade bei einem Schreibwettbewerb abgelehnt worden war, zu einer Lesung von ihr bei Kidsbook in Vancouver gegangen, und während der Q&A habe ich sie ganz ernsthaft gefragt: »Wie kommen Sie mit Ablehnung klar?«, und sie hat mir eine Antwort gegeben, die so mitfühlend und voller Liebe war, dass ich mich zehn Jahre später noch daran erinnere; Megan Thee Stallion; Mitski; Natalie Wynn; Richard Siken; Paddington Bear; Phoebe Bridgers; Pleasant Rowland; Sufjan Stevens; Telfar Clemens; Thomas Piketty; Valerie Tripp und natürlich wolfpupy. In seinen unsterblichen Worten: »[kickt ein Furby durchs Tor und macht die ausschlaggebenden Punkte beim Superbowl] Scheiß auf jeden, der mich je verletzt hat.«

Dank an Marina, Ned und Trish. Ihr habt mich zu dem Autor gemacht, der ich bin. Ich liebe euch. Ich vermisse euch. Ich wünschte, ihr wärt hier.

An Will Barnes: In jener Woche in New York habe ich das Buch gepitcht. Ich würde ja sagen, ohne dich würde es nicht existieren, aber nun ist es da.

Peyton Thomas ist ein Autor und Journalist aus Toronto, Kanada. Er studierte Politikwissenschaften und Geschlechterstudien und schrieb als freier Journalist u. a. schon für die *New York Times* und *Vanity Fair*. *Wenn wir wie Sterne leuchten* ist sein erster Roman.

© Jazzy Fae Photography

Claudia Max studierte an der Heinrich-Heine-Universität Düsseldorf Literaturübersetzen mit dem Schwerpunkt Anglistik/Amerikanistik. Seit 2008 ist sie freiberufliche Literaturübersetzerin und hat bisher über 80 Werke aus dem Englischen übertragen. 2010 war sie Stipendiatin der Berliner Übersetzerwerkstatt, ihre Arbeit wurde mehrfach mit Stipendien des Deutschen Übersetzerfonds ausgezeichnet. 2023 war sie für den Deutschen Jugendliteraturpreis nominiert. Sie lebt in Berlin, aber am liebsten ist sie auf Reisen, in Büchern und in der Welt.

© Frauke Witzler (Verve Photography)

Mehr zu unseren Büchern auch auf Instagram

## Sophie Gonzales
## Nur fast am Boden zerstört

336 Seiten, ISBN 978-3-570-16608-6

Will Tavares ist der perfekte Sommerflirt – witzig, attraktiv und liebevoll – doch gerade als Ollie denkt, er hätte sein Happy End gefunden, enden die Sommerferien und Will antwortet nicht mehr auf seine Nachrichten. Und dann muss Ollie wegen eines Familiennotfalls ans andere Ende der USA ziehen, wo er herausfindet, dass er von jetzt an auf dieselbe Schule wie Will geht – nur dass dieser Will nichts mit dem Jungen zu tun hat, mit dem Ollie seinen Sommer verbracht hat. Dieser Will ist ein Basketball-Crack, bekennt sich nicht zu seiner Sexualität und ist obendrein ein ziemlicher Idiot. Ollie denkt nicht daran, Will hinterherzutrauern. Doch dann taucht Will ständig „zufällig" in Ollies Nähe auf: vom Cafeteria-Tisch bis hin zu Ollies Musikkurs. Und Ollies Entschluss gerät gehörig ins Wanken …

www.cbj-verlag.de